MIA WINTE

Zahlen des Todes

18

Für die wunderbare Petra!

Viel Spaß damit!

Stefanie

MIA WINTER

ZAHLEN DES TODES

Roman

LYX

EGMONT

Originalausgabe April 2016 bei LYX
verlegt durch EGMONT Verlagsgesellschaften mbH,
Gertrudenstr. 30–36, 50667 Köln

1. Auflage
Redaktion: Uta Dahnke und Maike Hallmann
Umschlagabbildung & -illustration: bürosüd, München
Satz: Greiner & Reichel, Köln
Printed in Germany (670421)
ISBN 978-3-8025-9937-8

www.egmont-lyx.de

MIX
Papier
FSC FSC® C083411

Für Ingeborg

Prolog

»Können Sie uns helfen? Bitte!« Das Mädchen mit den filigranen Gesichtszügen zupfte an Monikas schäbigem Mantel.

Monikas Hände lösten sich vom Brückengeländer. Sie wusste nicht, wie lange sie dort schon stand. Langsam drehte sie sich zu der vierköpfigen Familie um. *Wie aus der Werbung*, dachte sie mit einem bitteren Geschmack im Mund. Ein gut aussehender Mann, eine verletzlich wirkende Mutter, zwei blonde, adrette Mädchen. Alle in warme Mäntel gehüllt. Die Mädchen trugen Handschuhe und Mützen. Ein eisiger Wind fegte über die Rheinbrücke, der den Kindern rosige Wangen machte und einem die Tränen in die Augen trieb.

»Helfen?«, fragte Monika.

»Ja.« Der Mann lachte verlegen. »Wir sind noch neu in der Stadt und verfahren uns oft. Wir wollen zu einem Dreikönigsfest in Oberkassel.« Er kramte einen Zettel aus seiner Jeanstasche und las: »Belsenplatz?«

Monika zeigte auf die andere Rheinbrücke. »Da wären Sie besser dort lang. Aber es macht nichts. Fahren Sie bis zum Ende dieser Brücke, und biegen Sie dann nach rechts ab. Dort sind überall Fahrradwege. Das ist sicherer mit den Kindern. Kurz vor der nächsten, der Oberkasseler Brücke, biegen Sie links ab und fahren dann schon auf den Belsenplatz zu.«

Monika starrte den Mann an. Ihr Mund wurde trocken. Lange zurückgedrängte Erinnerungen explodierten in ihrem Kopf. Sie kannte ihn.

»Vielen Dank!« Frei und unbeschwert rief er: »Tretet tüchtig in die Pedale, los!«

Monika blickte der kleinen Familie nach. Ein Schluchzen entrang sich ihr, dann stieg Übelkeit in ihr auf. Weil das jüngere der beiden Mädchen sich immer wieder zu ihr umsah, kämpfte Monika dagegen an, doch kaum war die Familie aus ihrem Blickfeld verschwunden, beugte sie sich über das Geländer und würgte. Die Dämonen der Vergangenheit holten sie ein und lachten sie aus.

Noch einmal umfasste sie das Geländer, um ihrem Leben in den kalten Fluten des Rheins endlich ein passendes Ende zu setzen, da tauchte das lachende Gesicht des Mannes vor ihr auf, und mit einer ihren Geist völlig durchdringenden Klarheit erkannte Monika, dass es auch noch ein anderes Ende ihrer Geschichte gab.

Sie ließ das Geländer los.

1. Dienstag

Leana erhob sich von ihrem Sitz und streckte im schmalen Gang ihre langen Glieder. Jeder einzelne Knochen schmerzte von diesem endlos scheinenden Flug. Sie hatte kaum geschlafen. Hinter ihr öffnete jemand das Gepäckfach, eine Duty-free-Tüte fiel zu Boden, Glas splitterte. Brauner Schaum verteilte sich auf dem Boden, und der Geruch nach süßem Alkohol schlug Leana auf den leeren Magen. Sie zerrte ihr Handgepäck aus dem Fach, drängte sich an den anderen Wartenden vorbei zum Ausgang. »'tschuldigung, mir ist übel«, murmelte sie und hörte hier und da »Ja, mir auch. Kann die nicht warten wie alle?«

Man fluchte, da es so lange dauerte, bis sich die Türen öffneten, während sich der klebrige Geruch im gesamten vorderen Raum verbreitete und mit der verbrauchten Luft vermischte. Leana stürzte zur Toilette und übergab sich. Sie wusch ihr Gesicht, setzte sich auf den zugeklappten Toilettendeckel, atmete konzentriert und wartete lange. So lange, bis sie vor der Tür kein Getrappel von Füßen mehr hörte.

Sie hatte ihr altes Leben, ihr einziges, hinter sich gelassen. Hinter sich lassen müssen. Einen Ehemann, der sie schon lange nicht mehr richtig wollte, zwei pubertierende Töchter im Alter von fünfzehn und sechzehn, die ihre endlosen Geschichten über Missbrauch und ermordete Mädchen leid waren.

»Du suhlst dich doch in deren Unglück und trägst es wie ein Parfüm. Die einzige Lady in ganz Südafrika, die weiß, worum es im Leben wirklich geht«, hatte Gregor sie angeschrien.

Dieses Leben lag nun hinter ihr, und das neue begann genau hier, auf der anderen Seite dieser Flugzeugklotür.

»Madam?« Es klopfte. »Are you okay?«

Leana öffnete, lächelte tapfer, nahm ihr Handgepäck hoch, verabschiedete sich und folgte den Anzeigetafeln zu den Gepäckbändern. Der Düsseldorfer Flughafen war zu dieser frühen Stunde ruhig. Nur ein paar Geschäftsreisende warteten auf ihren »Red Eye Flight«. Als sie am Gepäckband ankam, kreisten dort nur noch ihre Koffer und Taschen. Sie war versucht, sie einfach liegen zu lassen. *Ist das alles, was nach achtzehn Jahren von meinem Leben übrig ist?*, fragte sie sich.

Als sich die Ausgangstüren automatisch vor ihr öffneten, stand dort ein einzelner Mann. Er war sehr groß, schlank und hatte etwas zu lange blonde Haare, die er sich gerade hinters Ohr strich, als er Leana sah. Er hob ein Schild in die Höhe: *Leana Meister* stand darauf, und daneben war ein Smiley gemalt. Er grinste sie entwaffnend und fragend an. Leana zeigte auf das Schild und nickte. Er kam ihr entgegen, warf das Schild auf dem Weg in den nächsten Mülleimer, stellte sich als Christian Meier vor und nahm ihre Taschen. »Tut mir leid, aber Angela Rotenburg ist heute Morgen mit ihrem Auto liegen geblieben. Das passiert hin und wieder, wenn man als Staatsanwältin einen Mercedes Baujahr sechzig fahren will.«

»Und Sie sind …?« Leana hatte ihm die drei Taschen überlassen und nahm die zwei kleinen Koffer selbst.

»Christian Meier. Angelas Nachbar. Wir wohnen gemeinsam in einem der schönsten Häuser Düsseldorfs. Und da ich sowieso in die Innenstadt wollte, bekam ich dieses Abholschild«, er wies mit dem Ellbogen auf den Papierkorb, »und ein nettes Lächeln. Kommen Sie, ich stehe direkt vor dem Terminal.«

Das Thermometer im Auto zeigte zweiunddreißig Grad Außentemperatur. Christian verstaute alles in seinem Jeep und plapperte weiter. »Wir dachten, wir machen Ihnen eine Freude mit den afrikanischen Temperaturen. So viel Zeug, und das soll alles in ein kleines Polizeiapartment? Na ja.« Er stieg ein. »Alles in Ordnung mit Ihnen? Sie sind kalkweiß. Rede ich zu viel? Das tue ich immer, wenn eine Frau mir gefällt.«

»Danke, es geht schon. Brauchen wir lange?«

Er zuckte die Schultern. »Vielleicht zwanzig Minuten.«

Christian drehte die Klimaanlage auf die höchste Stufe. Fröstelnd zog Leana ihre Strickjacke zu. Sie öffnete das Fenster, um ein wenig warme Luft zu atmen. Es roch nicht nach Afrika, und der Himmel war nicht weit, sondern wie Blei und drückte auf die Stadt.

»Wenn Sie Afrika nicht verlassen, gehen Sie drauf!«, hatte ihr psychologischer Betreuer in Kapstadt gesagt, und ein halbes Jahr später: »Wenn Sie nicht freiwillig gehen, sorge ich dafür, dass Sie vom Dienst suspendiert werden!«

Da war sie gegangen, und jetzt war sie hier.

Dr. Natalia Rac stand am Fenster im zweiten Stock des LKA-Gebäudes, das nur wenige Meter von der sechsspurigen Straße zurückgesetzt stand.

Ein Jeep hielt vor der Schranke zum Parkplatz und spuckte ihre neue Chefin aus.

»Da ist sie«, sagte Natalia.

Tanni, ihre Mitarbeiterin, stellte sich neben sie. »Und?«

»Wie aus dem Bilderbuch. Sonnengegerbte Haut, Flatterrock, Strickjacke, Jesuslatschen. Ungekämmte, straßenköterbraune lange Haare. Wahrscheinlich isst die Müsli oder afrikanischen Hirsebrei zum Frühstück.«

»Genau. Und Antilopensteak zu Mittag.«

»Es ist gerade erst sieben. Wieso konnte die nicht zu einer normalen Tageszeit anreisen?«

Tanni grinste breit.

»Wann kommt der Rest?«, fragte Natalia und ging zu ihrem Schreibtisch.

»Wie immer, je nach Dienst. Spätestens alle um zehn Uhr.«

»Was mache ich so lange mit der?«

Tanni grinste weiter. »Sie in den Job einweisen, den du gern gehabt hättest.«

»Raus!«

Natalia ging zu ihrem Schreibtisch und setzte sich auf ihren großen lederbezogenen Drehstuhl. »Ich hatte gehofft, sie überlegt es sich anders. Stürzt ab, verunglückt mit dem Auto. Ach, was weiß ich«, murmelte sie grollend.

Telefon und Türklopfen ertönten gleichzeitig. Während Natalia den Hörer hochnahm, sich meldete und Fragen stellte, öffnete Tanni die Tür.

»Hallo«, flüsterte sie mit einer angedeuteten Verbeugung und nahm Leana eine Tasche ab. »Ich bin Tanni Marencovic, der Computer- und Fotofreak im Kompetenzcenter.«

Natalia ließ den Hörer geräuschvoll fallen.

»Frau Meister? Guten Morgen! Ich bin Dr. Natalia Rac, die stellvertretende Leiterin des Kompetenzcenters und Ihre einzige direkte Mitarbeiterin. Für alles Weitere haben wir jetzt keine Zeit. Wir müssen in den kleinen Park am Stadtmuseum. Da sitzt ein Toter.«

»Sitzt?«, fragte Leana lahm.

Natalia stand auf, nahm den Autoschlüssel vom Schreibtisch, ging auf Leana zu und sah der Frau, die fast einen Kopf größer war als sie, in die müden Augen. »Kommen Sie mit, oder wollen Sie sich erst akklimatisieren?«

Tanni schüttelte, hinter Leana stehend, den Kopf.

»Ich komme mit.« Leana ließ ihre Taschen einfach fallen – die Koffer hatte sie vorerst an der Pforte gelassen.

»Gut. Tanni, du weckst die anderen und sorgst dafür, dass alle antanzen.«

Die Augusthitze quälte die Stadt am Rhein seit Wochen mit Temperaturen manchmal jenseits der vierzig Grad. Die Bäume waren ausgetrocknet, Blumen ließen ihre Köpfe hängen, die Menschen schoben sich an den Hauswänden entlang, um den heißen Sonnenstrahlen zu entgehen. Vor dem Torbogen zum Rosengarten standen kreuz und quer verschiedene Polizeifahrzeuge.

»Die sind von der Spurensicherung. Die Gerichtsmedizin scheint noch nicht da zu sein«, sagte Natalia und zeigte auf die Autos. »Die Spurensicherung arbeitet eng mit unserem Biologen Sven zusammen, Sie werden ihn später kennenlernen.« Sie schnallte sich ab, öffnete die Autotür. »Die Kripo ruft uns immer dann, wenn ihnen ein Mord nicht normal vorkommt. Wobei«, sie zögerte, »dieses ›normal‹ recht beliebig ausgelegt wird. Kommen Sie?«

Leana stieg ebenfalls aus und folgte Natalia zum Eingang des Rosengartens. Das Kopfsteinpflaster unter ihren Sandalen glänzte, und durch ihre dünnen Sohlen fühlte Leana dessen Unebenheit. Rechts vom Eingang zum kleinen Park stand eine ältere Dame, gestützt auf ihren Stock; ein fetter Dackel lag hechelnd zu ihren Füßen. Die Frau schwitzte. Eine Polizistin stand teilnahmslos neben ihr.

»Eine Zeugin?«, fragte Natalia. Die Polizistin bejahte das.

»Holen Sie der Frau einen Stuhl«, sagte Leana und blickte sich kurz um. »Dort ist ein Hotel, die haben bestimmt einen.«

Aus dem hinteren Teil des Parks hörten sie das Klicken der Kameras. Natalia eilte voraus. Leana näherte sich langsam der

Leiche. Vom Parkeingang gesehen, wirkte der Mann, als hätte er sich hingesetzt und wäre dann einfach eingenickt. Sie ging zwei Schritte näher. Seine Hände ruhten mit den Handflächen nach oben auf seinen Oberschenkeln, als hätte er im Sitzen meditiert.

»Da wollte jemand etwas sagen«, murmelte Leana und machte weitere Schritte auf den Toten zu. Ein Frösteln überlief sie. Frauen mordeten anders als Männer, das wusste Leana, und selten im Affekt. Sie hatten eine klare Handschrift, weil sie stets planvoll handelten.

Tanni sprang um die Parkbank herum und machte Fotos aus allen erdenklichen Perspektiven. In Leanas Kopf formte sich gerade erst die Frage, als Natalia schon darauf antwortete: »Tanni hat ihr Rennrad genommen. Meistens ist sie damit schneller als wir mit dem Auto.«

Erst jetzt registrierte Leana, dass die kleine, schmale Tanni so bunt angezogen war wie ein Papagei. Zu einer giftgrünen engen Jeans trug sie ein pinkfarbenes T-Shirt, darüber eine geblümte Stoffweste mit roten Tulpen. Ihre Pumps waren blau und gelb, ihr Make-up ähnlich farbenfroh.

Leana sah die Szene wie durch ein Milchglasfenster, so dunstig und schwer war die Luft. Das Gras glänzte wie das Kopfsteinpflaster vom Morgentau. In einem Baum schimpfte ein Schwarm von grünen Papageien, die sich hier angesiedelt hatten, auf die Eindringlinge. Eine Amsel zwitscherte auf der Mauer gegenüber. Drei weiß vermummte Gestalten suchten den Boden rund um die Parkbank ab.

»Was ist denn hier los? Lassen Sie mich durch! Ich gehe hier jeden Morgen mit meinem Hund spazieren«, schimpfte hinter ihnen jemand am Parkeingang. Weit entfernt ertönte ein Martinshorn.

»Warum hast du keinen Anzug an?«, fragte Natalia Tanni.

»Zorro sagt, hier sind so viele Spuren, Fasern, Sporen, da kommt es auf meine nicht mehr an, und die hat er eh im System.«

»Tanni, Anzug an, du kennst meine Haltung dazu!«

Zorro zog sich die Kapuze vom Kopf, sein Gesicht glänzte vor Schweiß. »Wieso ausgerechnet dieses verdammte Hundeklo«, nuschelte er. »Kot, Kot, Kot, dazu ein paar Eichhörnchen, Ratten, Feldmäuse, die Papageien. Guten Morgen, Natalia!« Er kam auf Leana zu. »Und Sie sind ...?«

»Leana Meister!«

»Meine neue Chefin«, ergänzte Natalia.

Zorro nickte. »Es gibt nur seine Fußspuren und die von der dicken Alten. Ein paar undefinierte Vertiefungen, also ohne sohlenspezifische Merkmale, haben wir noch zu bieten. Wer weiß! Der Mörder ist vielleicht eingeschwebt.« Er zeigte gen Himmel und schob sich eine schwarze Haarsträhne aus der Stirn.

»Hat die Alte sich zu ihm gesetzt?«, fragte Natalia, und ihre Lippen zuckten verdächtig.

Zorro blinzelte mit einem Zwinkern in den Augen. »Ja, das hat sie. Ich liebe deinen schwarzen Humor. Bis sie ihre Glasbausteine aufgesetzt hat, dachte sie, es sei eine ganz nette Unterhaltung.«

»Todesursache?«, fragte Leana, verärgert über das Geplänkel, und ging noch einen Schritt auf die Männerleiche zu.

»Noch unklar. Wir haben vermutlich die Einstichstelle einer Spritze im Rücken gefunden. Der Mörder – oder wer auch immer – hat offenbar ein Blutgefäß getroffen. Deshalb hat der Tote dort einen blauen Fleck. Aber ob das was ist, kann uns erst die Gerichtsmedizin nach dem Toxscreen sagen.«

Leana nahm die Szene in sich auf. Den Mann schätzte sie auf Mitte vierzig, er saß im linken Drittel der verwitterten Parkbank. Seine schwarzen Haare waren ihm ins Gesicht gefallen, der Körper war muskulös und durchtrainiert, die Haut leicht gebräunt. Er trug eine verwaschene Jeans, schwarze Sandalen, ein eng anliegendes schwarzes T-Shirt. Neben ihm lag ein Jackett ordentlich zusammengefaltet. Alles an dieser Szene war harmonisch, friedlich. Nur dass seine Hose geöffnet war und sein Geschlecht entblößt, störte.

»Was sind das für Flecken auf der Jeans?«, fragte Leana nach hinten.

Natalia und Zorro kamen zu ihr.

»Jedenfalls kein Sperma.« Zorro zog die Kapuze wieder über und ging zu seinen Kollegen von der Spurensicherung.

Der Gerichtsmediziner erschien, komplett verhüllt wie Zorro, und ging ohne weitere Worte um die Leiche herum, untersuchte mit einer Lupe die Einstichstelle im Rücken des Mannes. »Könnte etwas sein. Die Haut sieht verätzt aus. Dabei sind Giftspritzen eher was für Frauen, die ihre Männer im Schlaf umbringen. Der Typ, der das hier …«

»Das«, Leana zeigte auf den Leichnam, »war kein Typ!«

»Wir stehen nicht auf Schnellschüsse. Warten Sie einfach, bis wir alle Infos zusammenhaben und es im Team besprechen!«, wies Natalia sie zurecht und wechselte einen vielsagenden Blick mit dem Gerichtsmediziner.

Leana ignorierte den Verweis. »Es war eine Frau. Wir haben hier die Tat einer Mörderin. Es würde mich nicht wundern, wenn wir bei diesem Mann ein Sexualdelikt in den Akten finden.«

Natalia starrte sie an. »Soll ich es noch einmal auf Kisuaheli sagen?«

»Ich habe viele solcher Morde in Südafrika gesehen.«

»Ach so, Afrika, klar«, antwortete Natalia. »Na, dann ist ja alles in bester Ordnung. Der Typ sieht nicht so aus, als ob er für Sex kriminell oder übergriffig werden musste.«

»Und das ist jetzt kein Schnellschuss?«

Natalia zuckte unwillig mit den Schultern, ging um Leana herum und gab routiniert Anweisungen. Zorro solle sich mit ihrem Biologen und Physiker zusammensetzen, Bodenproben rund um die Bank einsammeln. Dann wandte sie sich an den Gerichtsmediziner: »Maxim, wie lange brauchst du für den genauen Todeszeitpunkt?«

»Gegen zehn kann ich dir eine erste Einschätzung geben, wenn wir ihn jetzt mitnehmen dürfen.«

»Gut. Tanni?«

Tanni nahm die Kamera von ihren Augen, verstaute sie in der Weste und reckte das Kinn. »Was?«

»Such im Jackett nach Papieren. Er trägt einen Ehering. Sieh nach, ob er schon als vermisst gemeldet ist.«

»Po vašoj komandi, Ma'am.« Tanni durchsuchte mit Handschuhen das Jackett, nahm eine Brieftasche und ein paar Zettel heraus, verstaute alles in separaten Plastiktüten und verschwand damit aus dem Park.

»Fragen wir noch die schwitzende Oma, wie lange sie mit dem Typen gequatscht hat. Hoffe, die Flecken auf seiner Jeans sind nicht von ihr!«

»Sie sind abgeschmackt!« Leana hielt Natalia an der Schulter fest und fügte hinzu: »Ich rede mit ihr!«

Natalia machte mit einer jähen Geste ihre Schulter frei, hob die Hände, verließ den Park, stieg in ihr Auto und fuhr davon.

Leana seufzte. Sie sehnte sich schon jetzt nach Afrika zurück.

Zum zweiten Mal an diesem Morgen entstieg Leana vor dem Klinkerbau einem Auto. Die Uhr im Wagen zeigte halb zehn. Leana roch ihren eigenen Schweiß. Sie ging langsam, zog sich, mit den Händen am Geländer, die Treppe in die erste Etage hinauf. Sie hielt einen Moment inne, wartete, bis das Rauschen in ihrem Kopf nachließ, klopfte schließlich an Natalias Bürotür und trat ein.

»Tut mir leid mit vorhin, aber ich werde nicht so gern angefasst«, sagte Natalia, die an ihrem Schreibtisch saß. Sie hatte ihre langen blonden Haare zu einem Knoten zusammengesteckt, was ihren klaren Gesichtszügen noch mehr Schärfe verlieh. Das geblümte Sommerkleid umschmeichelte ihre drahtige Figur. »Wir treffen uns in einer Stunde im Konferenzraum. Ihr Büro ist nebenan. Ich habe Ihr gesamtes Gepäck dorthin bringen lassen. Das Büro hat ein eigenes Bad, falls Sie duschen möchten.«

»Danke«, murmelte Leana, zerrte nebenan frische Sachen aus ihrem Koffer, wusch mit heißem Wasser die Müdigkeit aus ihrem Körper und versuchte, auch innerlich beim LKA Düsseldorf anzukommen.

Auf ihrem Schreibtisch lagen ein Blackberry, alle wichtigen Nummern schon gespeichert, ihr Dienstausweis, die Waffe und eine Anmeldung zum Schießtraining. Der PC war angeschlossen. Rechts neben dem Fenster stand ein großes Sofa mit einem Bettkasten. Im Regal daneben befanden sich, neben Büchern über Kriminaltechnik, psychologische Forensik, Profiling und Spurenauswertung, saubere Handtücher und Bettwäsche.

Hier ist alles auf Durcharbeiten ausgelegt, dachte Leana, da sie auch in Natalias Büro eine Schlafcouch gesehen hatte. Sie band die noch feuchten Haare mit einem bunten Tuch zu einem losen Zopf im Nacken zusammen, legte das Schulterhalfter an, nahm Blackberry, Notizpapier, Stift und suchte den Konferenzraum.

»Hey, in Jeans und T-Shirt sehen Sie gleich viel deutscher aus.« Tanni stand an einem großen rechteckigen Tisch, in den ein Flachbildschirm eingelassen war, und warf die ersten Tatortfotos auf die Bildschirme an den Wänden.

»Es scheint, ich habe technisch reichlich was verpasst!«

Tanni grinste: »Digitale Welt eben. Die Bildschirme sind über eine digitale Schnittstelle miteinander verbunden und funktionieren als Touchscreen. Hier«, sie legte ihren Finger auf den Flachbildschirm in dem Tisch und zog einen Strich. Dann tippte sie den Strich an und verschob ihn nach rechts. »Und da!« Der Strich erschien auf dem Bildschirm an der Wand hinter Leana.

»Beeindruckend. Ist die ganze deutsche Polizei so ausgestattet?«

»Nee, nur wir und ein paar andere Sondereinheiten.«

Natalia kam in Begleitung. »Darf ich vorstellen: der Rest meiner Mitarbeiter im Kompetenzcenter. Theo, seines Zeichens Physiker, und Sven, unser Biologie-Ass. Zorro, Spurensicherung, kennen Sie ja bereits.«

Die Männer kamen auf Leana zu und begrüßten sie. Theo, ein magerer großer Mann mit tanzenden braunen Locken, lächelte sie so freundlich an, dass ihr Gehirn sich einen Moment entspannte, während er sagte: »Ich berechne alles, was sich in Zahlen und Kurven und Diagrammen ausdrücken oder irgendwie herleiten lässt.«

»Fangen wir an«, sagte Natalia streng.

Theo ging zu Tanni an den Tisch, rief ein Tatortfoto auf, tippte mit dem Zeigefinger auf das Zeichenmenü des Bildschirmtisches, und ein Pinsel tauchte auf. »Hier«, er schob den Pinsel zur Einstichstelle des Opfers und gab über eine aufgerufene Tastatur verschiedene Werte ein. Für ein paar Sekunden verschwand das Foto unter einem Gitternetz aus Zahlen, dann erschien die berechnete Spritze auf dem Flachbildschirm. Es folgten ein Arm und dann eine zweite Person. »Wenn ich davon ausgehe, dass die Person normal gewachsen ist, also nicht überlange Beine oder einen sehr langen Oberkörper hat, ist sie eins achtundsechzig bis eins dreiundsiebzig groß. Eher die kleinere Version. Und hier …« Theo zeigte auf Mulden vor der Parkbank, auf der der Tote saß. »Wenn die zu dem Mörder gehören, hat er entweder Schuhe mit einer glatten Ledersohle getragen, so wie Ihre.« Er wies auf Leanas Jesuslatschen. »Oder er trug Plastiküberschuhe, liegt nah, weil die Form sehr unspezifisch ist. Die Mulde lässt auf ein Gewicht zwischen sechzig und siebzig Kilo schließen.«

»Das können Sie so genau bestimmen?«, fragte Leana überrascht.

»Aber ja«, sagte Theo nicht ohne Stolz. »Tanni hat ein Programm dazu geschrieben. Wir füttern es mit der Beschaffenheit des Bodens, Zusammensetzung, Feuchtigkeit, ermitteln den Untergrund und dann das Gewicht. Der Boden hier«, er zeigte auf die Bildschirme an der Wand, »war sehr hart, wie ein festgetrampelter Waldweg. Deshalb müssen wir noch abwarten. Dies war der erste oberflächliche Scan. In den nächsten Tagen bekommen wir es exakt.«

Leana nickte anerkennend. »Diese Person ist eine Frau!« Sie sah Natalia an. »Auch wenn es wie ein Schnellschuss auf Sie wirkt.«

Natalia überging diesen Einwurf. »Hast du auch schon was, Sven?«

Er kräuselte die Stirn. »Ein wenig. Tausend Käfer und Fliegen und Larven. Die Eiablage in seinen Augenhöhlen deutet auf einen Todeszeitpunkt zwischen spätestens zehn und halb elf gestern Abend hin, denn es kann noch nicht ganz dunkel gewesen sein. Sonst hätten die Fliegen sich erst heute bei Sonnenaufgang auf ihm niedergelassen. Die Larven hingegen entwickeln sich auch bei Dunkelheit. Die Gerichtsmedizin ist einverstanden mit dem Todeszeitpunkt, und die haben noch ein Bonbon: Diese Flecken, die nicht sichtbaren auf seinem Schwanz und die sichtbaren auf der Jeans, sind laut Gaschromatograf und Massenspektrometer weiblicher Urin.«

»Das haben Sie sehr schnell herausgefunden.« Leana senkte den Blick, um nicht allzu triumphierend zu wirken.

»Und?« Natalia trommelte mit den Fingern auf der Tischplatte.

»Wir arbeiten dran, Natalia, wie immer. Für Sie zur Information«, Sven wandte sich Leana zu und wartete, dass sie ihn ansah, »unsere Geräte sind so programmiert, dass sie nicht die gesamten Möglichkeiten abgleichen, sondern zunächst die, die am wahrscheinlichsten sind.«

»Was ist mit Abweichungen?«, fragte Leana interessiert.

»Passiert, aber eher selten. Die Trefferquote liegt bei zweiundneunzig Prozent. Um die restlichen acht Prozent auch noch zu erwischen, laufen nach dem ersten Wurf die Apparate Tag und Nacht und werden stündlich von meinen Mitarbeitern kontrolliert. Sie arbeiten im Schichtdienst.«

»Danke für das Teach-in, Sven. Kannst du jetzt bitte mehr zu dem Urin sagen?«, ging Natalia dazwischen.

»Sobald wir mehr über das Genom der Frau wissen, erfährst du es selbstverständlich als Erste.« Sven blickte Natalia ruhig an und wich keinen Millimeter zurück. Sein runder Kopf war kahl rasiert, die dünnen Lippen wirkten hart, sein durchtrainierter Körper steckte in einer engen schwarzen Hose und einem Muskelshirt.

Natalia wandte den Kopf. »Tanni?«

Ihre Mitarbeiterin gab ein paar Befehle auf der Tastatur ein, und ein Foto des Toten, aufgenommen zu Lebzeiten, erschien. »Joachim Bauer, sechsundvierzig Jahre alt, seit neun Jahren mit der zehn Jahre jüngeren Amelie verheiratet, zwei Töchter, sieben und neun Jahre alt. Er war seit Anfang dieses Jahres stellvertretender Direktor des Lion-Feuchtwanger-Gymnasiums. Davor unterrichtete er in Bergisch Gladbach.«

Ein attraktiver, gut aussehender Mann mit einem Allerweltsgesicht, dachte Leana. Natalia hatte recht: Er wirkte nicht so, als hätte er Frauen zum Sex zwingen müssen.

»Wir haben in seinem Jackett auch das hier gefunden!« Tannis Finger hasteten über die Tastatur, und auf dem großen Bildschirm erschien eine E-Mail. »Er hat gestern Abend an einem Xing-Event teilgenommen. Runder Tisch Düsseldorf.«

»Sie wissen, was Xing ist, Leana?«

»Soziale Netzwerke sind kein deutsches Privileg.«

»Gut, wir fragen die Ehefrau danach. Ihr anderen lasst das übliche Prozedere ablaufen. Tanni, informiere die Staatsanwaltschaft, versuch die Rotenburg zu kriegen, und logg dich in seinen Xing-Account ein. Wir sehen uns um siebzehn Uhr hier wieder. Leana, würden Sie mich zu der Ehefrau begleiten?« Ohne eine Antwort abzuwarten, stand sie auf.

Leana folgte ihr wortlos.

Der Tote hatte unweit des Parks gelebt, in einem der alten Häuser in der Bilker Straße. Die Fassaden der zweistöckigen Gebäude zeigten sich gepflegt und in weichen Gelb- und Rosatönen. Zu den meisten Häusern gehörte ein Hinterhof, oft mit einem weiteren Wohnhaus.

Natalia parkte direkt vor dem Tor. »Es ist hier im Rückgebäude«, sagte sie, während sie ihre Tür öffnete.

Leana stieg auch aus und fragte über das Autodach hinweg: »Was läuft da zwischen Ihnen und Sven?«

»Nichts, was Sie wissen müssen.«

Der Hinterhof duftete nach den verblühenden Rosen, die sich an den Häuserwänden entlangrankten. In der linken Ecke befand sich ein Sandkasten und gleich daneben ein Puppenhaus, vor dem zwei Barbiepuppen lagen. Eine hatte den Rock über den Kopf gezogen, und ihr Po lag blank, was Leana instinktiv störte. Zwei Stufen führten zur offen stehenden Eingangstür. Gleichzeitig zogen Natalia und Leana ihre Waffen. Mit dem Fuß schob Natalia die Tür ein wenig weiter auf.

»Hallo, ist dort jemand?«, rief Leana ins Haus hinein. Sie hörten einen Wasserkessel pfeifen.

»Huhu, Rieke, komm rein, ich mache gerade frischen Kaffee.«

Sie folgten dem Ruf durch einen hellen Flur. Die Küche befand sich auf der Rückseite des Hauses, verbunden mit einem Wintergarten.

»Frau Bauer?«

Amelie Bauer fuhr herum und ließ die Kaffeekanne fallen. Das Glas zerschellte auf den grauen Fliesen. »Wer sind Sie?«

»Dr. Natalia Rac, Leana Meister, Landeskriminalamt Düsseldorf.«

Amelie Bauer starrte auf die Ausweise.

»Hi, Amelie!« Ein junges Mädchen betrat die Küche. »Oh, was ist denn hier passiert?«

»Das ist Rieke Schweitzer, meine Hilfe, eine ehemalige Schülerin meines Mannes. Sie verdient sich hier ein wenig Geld dazu.«

»Gut, dann wischst du das bitte auf, und Sie, Frau Bauer, gehen mit uns in einen Raum, wo wir uns unterhalten können.«

Im Wohnzimmer legte Leana der blonden Frau die Hand auf die Schulter und bat sie, sich zu setzen.

Durch ihre Blässe verschmolz Amelie Bauer geradezu mit dem weißen Sofa. Ihre großen blauen Augen starrten die zwei Ermittlerinnen ausdruckslos an. »Was ist passiert?«, hauchte sie.

»Wo sind Ihre Töchter?«, versuchte Leana die Frau in die Realität zurückzuholen.

»In der Schule. Rieke holt sie gleich ab.«

»Wann haben Sie Ihren Mann zuletzt gesehen?«, fragte Natalia.

»Gestern Abend. Er ging zu einem dieser Netzwerkabende im Steigenberger Hotel und wollte danach noch arbeiten, unten im Keller. Dort ist sein Arbeitszimmer. Oft schläft er auch dort, um nicht zu stören, wenn er spät ins Bett geht oder sehr früh aufsteht.«

»Und heute Morgen?«, fragte Leana.

»War er schon weg. Das macht er manchmal, wenn er vor dem Unterricht noch Dinge klären will.«

»Waren Sie in der Zwischenzeit unten im Arbeitszimmer?« Natalia stand bei diesen Worten auf.

Tränen füllten Amelie Bauers Augen, und sie schüttelte den Kopf.

»Wir haben Ihren Mann heute Morgen im Rosengarten tot aufgefunden«, sagte Leana mit ruhiger Stimme und ließ Amelie Bauer nicht aus den Augen.

Ein Schluchzen drang aus Amelie Bauers Kehle. Sie krallte ihre Hände in das Polster des Sofas, schloss die Augen, atmete tief ein und aus und sagte dann gepresst: »Er sagt immer, ich soll mich zusammenreißen!« Sie schlug ihre Augen wieder auf. »Kann ich Ihnen mit irgendwas helfen?«

»Könnten wir bitte sein Arbeitszimmer sehen?«

Amelie Bauer fuhr sich mit den Fingern durch ihr seidiges blondes Haar und stand auf. »Bitte folgen Sie mir.«

Eine Stunde später saßen Leana und Natalia wieder im Auto, den PC und alle Ordner aus dem Arbeitszimmer auf dem Rücksitz gestapelt.

»Sie hat nicht gefragt.« Leana nahm die Sonnenbrille aus ihrer Tasche.

Natalia bremste. »Scheiße, der Arsch. Kann der nicht bei Dunkelgrün fahren?« Sie zeigte dem Typen im Volkswagen vor ihr den Stinkefinger, er ihr im Rückspiegel einen Vogel. »Wichser. Was meinen Sie damit, ›sie hat nicht gefragt‹? Was gefragt?«

»Amelie Bauer hat uns nicht gefragt, was mit ihrem Mann passiert ist.«

»Muss sie das, wenn das LKA auftaucht und sich nach ihrem Mann erkundigt? Übrigens schick, schick, mit diesem Wintergarten und eigenem Ausgang aus dem Arbeitszimmer. Wie gemacht für ein Doppelleben.«

Die Ampel sprang wieder auf Grün. Natalia hupte.

»Das meine ich ja. Seine Ehefrau hat damit irgendwo in ihrem Unterbewusstsein gerechnet. Dass eines Tages etwas Schlimmes passiert. Sie hat sich benommen wie ein Mensch, der eben auch erleichtert ist. Erleichtert, dass das, was sie immer gefürchtet hat, eingetreten ist.«

Natalia bog mit hoher Geschwindigkeit auf den Parkplatz des LKA ab; die Sachen auf der Rückbank purzelten durcheinander.

Sie stiegen gleichzeitig aus. Leana zeigte auf das Chaos auf der Rückbank, sagte: »Viel Spaß damit«, und ging.

»Kuh«, murmelte Natalia und stapelte alles neu.

Tanni kam aus dem LKA-Gebäude und grinste Leana an.

»Sagen Sie ihr, das mit der Kuh habe ich gehört.« Leana verschwand im Inneren des Gebäudes.

In ihrem Büro angekommen, schloss sie die Tür und rief ihren Ehemann in Kapstadt an, um ihm mitzuteilen, dass sie gut angekommen war. Das Gespräch war kurz und verhalten. Jeder bemühte sich, die Tretminen ihrer Beziehung auszulassen. »Ich muss Schluss machen«, sagte sie hastig, als es klopfte.

Natalia stand im Rahmen. »Noch Lust auf 'ne Autofahrt?«

»Nur, wenn ich fahre. Sonst kotze ich Ihnen vielleicht noch in den Fußraum.«

»Okay, dann kommen Sie. Wir fahren erst nach Bergisch Gladbach zu seiner alten Schule und dann zu seiner neuen. Tanni durchkämmt derweil Bauers PC mit ihren Suchfiltern und sieht die Unterlagen durch. Theo rekonstruiert weiter den Tathergang, Sven und die Gerichtsmedizin tun das Ihre, sodass wir um siebzehn Uhr sicher eine erste Spur haben.«

»Sie haben das Team gut im Griff.«

»Alle handverlesen. Hier.« Natalia warf Leana die Autoschlüssel zu. »In ein paar Tagen kommt Ihr eigenes Auto.«

Den ganzen Weg nach Bergisch Gladbach sprachen sie kein Wort. Natalia war unentwegt mit ihrem Blackberry beschäftigt, und Leana konnte nicht ausmachen, ob es geschäftlich oder privat war. Natalia lächelte oft, und Leana vermutete, dass sie Nachrichten mit einem Mann austauschte.

Leana versuchte die Klimaanlage im Auto zu drosseln und fingerte so lange an den verschiedenen Knöpfen herum, die mal das Gebläse verstärkten, mal ganz abschalteten, bis Natalia sie kurzerhand ausschaltete. Binnen Minuten war die Luft im Auto heiß und stickig.

Als sie vor dem Gebäude der Schule in Bergisch Gladbach parkten, informierte Natalia sie: »Der pH-Wert des Urins auf unserer Leiche ist im Normbereich, schreibt Sven. Anhand der Stoffwechselprodukte im Urin ist davon auszugehen, dass es sich um eine Frau um die dreißig handelt, von den Hormonen her auf jeden Fall unter fünfundvierzig, kein Alkoholmissbrauch, Nichtraucherin, hat eine abklingende Blasenentzündung. Sie haben auch Bilirubin in den Urinspritzern gefunden. Dieser Stoff entsteht beim Abbau des roten Blutfarbstoffs Hämoglobin. Eigentlich wird Bilirubin über die Galle in den Darm geleitet. Wenn das aber durch Gallensteine oder einen

Tumor nicht möglich ist, sammelt sich das Bilirubin im Blut, und der Körper scheidet es über die Nieren aus. Wir suchen also eine Frau mit Gallensteinen oder einer Tumorerkrankung der Galle. Wir hatten schon schlechtere Profile.« Natalia blickte hoch, sah einem Mann, der sich direkt vor ihrem Auto aufgebaut hatte, in die Augen und stieg gleichzeitig mit Leana aus.

»Guten Tag, meine Damen, ich bin Hannes Hohlheim, der Direktor dieses Gymnasiums«, stellte sich ihnen der Mann vor. »Es ist wirklich entsetzlich, was Sie mir am Telefon angedeutet haben.«

»Gehen wir rein?«, fragte Natalia.

»Lieber hier draußen, da hört niemand mit.« Sein Gesicht glänzte, und sein Hemd zeigte große Schweißringe unter den Achseln.

Natalia umriss kurz, unter welchen Umständen sie Joachim Bauer gefunden hatten, und schloss mit der Frage: »Welchen Ruf hatte er an Ihrer Schule?«

»Einen ausgezeichneten. Wir hätten ihn mit Kusshand behalten, aber da ich auch noch recht jung bin, hätte der Wechsel nach Düsseldorf ihm einfach schneller zu einem Direktorenposten verholfen.«

»Das klingt eher nach ›weggelobt‹«, sagte Leana und band ihre Haare mit dem bunten Tuch neu zusammen.

»Ja.« Er lachte jovial. »Das könnte so klingen, ist aber nicht so.«

»Probleme mit Schülerinnen?«

»Nein, wir sind ein Jungengymnasium!«

»Probleme mit Jungs?«

»Also, hören Sie mal! Kennen Sie Amelie denn nicht, seine Frau, und seine Kinder? Was hätte der Mann von Jungs wollen sollen?«

»Tja«, sagte Natalia leichthin, »manch einer ist mit Gott verheiratet und hat was mit Jungs, oder etwa nicht?«

Zornesröte stieg Hohlheim ins Gesicht. »Das muss ich mir nicht bieten lassen!« Er machte auf dem Absatz kehrt.

Natalia hielt ihn hart am Arm zurück. Er war ganz offensichtlich überrascht, dass diese zierliche Frau so fest zupacken konnte. Sie sah ihm fest in die Augen. »Doch, das müssen Sie allerdings. Wir suchen nämlich einen Mörder, und es könnte sein, dass er von Ihrer Schule kommt!«

Hilfe suchend blickte er Leana an, die den Kopf schüttelte. Sie entfernten sich gemeinsam ein wenig vom Gebäude und schlenderten in die Mitte des Schulhofes. Hannes Hohlheim blickte sich um, ob auch wirklich niemand sie belauschte.

»Bauer kam vor achtzehn Jahren hierher. Ich vor zehn Jahren als Direktor, da war er einfach noch zu jung für diesen Posten. Vor einem halben Jahr bot sich ihm die Gelegenheit, in Düsseldorf den Stellvertretenden Schulleiter zu mimen, um dann in zwei Jahren Direktor zu werden.«

»In den achtzehn Jahren hat es nie einen Zwischenfall gegeben?«, bedrängte Natalia ihn ungläubig.

»Nein. Bauer war von einer seltenen Korrektheit. Keine Lieblingsschüler, keine Bevorzugungen, loyal, kollegial und immer sehr zurückhaltend. Obwohl er Direktor werden wollte, drängte er sich nie in den Vordergrund.«

»Mochten Sie ihn?«, wechselte Leana das Thema und fing einen fragenden Blick von Natalia auf.

Hannes Hohlheim schüttelte den Kopf. »Das kann man nicht sagen. Man respektierte und akzeptierte ihn.«

»Gab es von Bauer nie Gefühlsäußerungen?«, insistierte Leana.

»Nun, es gab da einen Vorfall, der mich stutzig gemacht hat, aber nicht hier in der Schule, sondern auf der Abschiedsparty, bei den Bauers zu Hause. Da habe ich einen Streit in der Küche mitgehört.«

Sie standen auf der Autobahn am Kreuz Hilden, ein Gewitter tobte über Düsseldorf und hatte auf dem Weg dorthin alles unter Wasser gesetzt. Ein umgekippter Lkw versperrte zwei der drei Spuren. Natalias Telefon klingelte. Sie stellte den Lautsprecher an.

»Hi, ihr zwei, ich bin's, Tanni. Also, ich habe auf dem PC ein paar einschlägige Filmchen gefunden. Joachim Bauer stand offenbar auf Gruppensex, und er war seit sechs Monaten Gast in einem Swingerclub auf dem Land, in Mettmann, der Laden heißt ›House of Joy‹. Aber alles im Rahmen der Gesetze, nichts mit Minderjährigen oder so. Trotzdem habe ich die Rotenburg dazu gebracht, einen Durchsuchungsbeschluss für sein Arbeitszimmer im Lion-Feuchtwanger-Gymnasium auszustellen. Den hast du auf deinem Blackberry, Natalia, und die Schule kriegt ihn auch, über das gute, altmodische Fax, aber erst, wenn ihr dort seid. Fahrt da bitte noch hin und bringt den PC von dort mit und seinen Papierkram. Es wartet die Direktorin auf euch, spitze Stimme, klingt nach dünner Zicke, Frau Dr. Salamander. Bauer hätte in zwei Jahren als Direktor ihre Nachfolge antreten sollen. Vielleicht lohnt sich die Frage, wer sich sonst noch Hoffnungen auf den Job gemacht hat. Ach, übrigens, Nati, ich habe dich bei Xing mit Joachim Bauer und durch ihn mit der Gruppe ›Runder Tisch Düsseldorf‹ vernetzt. Die laden dich also zum nächsten Xing-Event ein, nur für den Fall, dass das gewünscht ist.«

»Na, super, danke!« Natalia schüttelte unwillig den Kopf.

»Ach komm, du als Single. Wer weiß, wen du da triffst. In Wahrheit sind diese Abende nichts anderes als entschleunigtes Speeddating.«

»Mach dir keine Sorgen um mein Liebesleben.«

»Po vašoj komandi, Ma'am. Das war's. Von euch noch was?«

»Gleich in der Teambesprechung. Dann musst du es nicht zweimal hören. Hoffe, wir schaffen das. Wir stehen noch im Stau.« Natalia drückte auf den roten Knopf und unterbrach damit das Gespräch.

»Was heißt eigentlich *po vašoj komandi*?«, fragte Leana.

»Zu Befehl!«

Leana lachte und fragte: »Blaulicht?«

Natalia holte das Blaulicht aus ihrem Fußraum, schob es aufs Dach und machte Leana ein Zeichen, auf den Standstreifen zu wechseln. Zehn Minuten später räumten sie Bauers Büro im Lion-Feuchtwanger-Gymnasium aus. Die Direktorin zeigte sich weniger zickig als vielmehr sehr hilfsbereit. Sie händigte unaufgefordert eine Liste der Lehrerinnen und Lehrer aus und entließ Natalia und Leana schließlich auf dem Lehrerparkplatz mit den Worten: »Soweit ich das sagen kann, hat keiner meiner anderen Lehrkräfte sich Hoffnungen auf meinen Posten gemacht. Ich indes hätte lieber eine Frau als meine Nachfolgerin gesehen.« Sie klemmte eine graue Haarsträhne, die sich gelöst hatte, wieder fest. »Bauer war mir einfach zu glatt.«

»Was meinen Sie damit?«, fragte Leana, während sie Natalia den Monitor reichte, damit diese ihn im Kofferraum verstaute.

»Nun, er war zu makellos. Nicht einmal im Netz – und ich überprüfe alle meine Mitarbeiter – fand sich irgendeine wenigstens minimal zwielichtige Geschichte über ihn. Mich macht so was stutzig.«

Natalia knallte die Kofferraumklappe zu. »Nicht einmal Schüler, die sich über ihn beklagten?«

»Sehen Sie«, die Direktorin kniff die Augen zusammen, »nicht einmal das.«

Es war eine große Teambesprechung um siebzehn Uhr dieses Tages. Neben dem festen LKA-Team hatte sich auch Zorro Ohlmann von der Spurensicherung mit seinen Mitarbeitern eingefunden, die Staatsanwältin Angela Rotenburg und das Team um den Gerichtsmediziner Professor Maxim Winter, der die Besprechung eröffnete. Die Zuhörer erfuhren, dass neben dem Verdacht auf einen Gallenstein oder Tumor inzwischen auch klar war, dass die Frau den Urin in einem Plastikbecher zum Tatort mitgebracht hatte.

»Zum Tod geführt hat, davon gehen wir im Moment aus«, Maxim Winter, dessen Bewegungen Leana an ein pickendes Huhn erinnerten, machte eine kleine Pause, »das stärkste Pflanzengift überhaupt, Aconitin. Es ist das Gift des Blauen Eisenhuts. Wir fanden es im Blut und Reste in der Einstichstelle, das Gift wirkt sehr schnell. Noch während er sich über den Einstich gewundert hat, begann bereits sein nicht mehr aufhaltbares Sterben.«

»Wie konnten Sie das so schnell ermitteln?«, fragte Leana ungläubig. »Normalerweise dauert eine Spezifizierung Tage oder sogar Wochen!«

»Könnten wir …« Natalia machte eine ungeduldige Handbewegung.

»Die Minute hätte ich gern«, antwortete Maxim mit einem freundlichen Lächeln in Natalias Richtung, die mit den Augen rollte. »Sie haben selbstverständlich recht, Leana. Unsere Wunderwaffe heißt Tanni. Sie schreibt in rasender Geschwindigkeit neue Programme und Codes und verbessert sie ständig. Ganz wie Sven es schon erklärte, arbeiten wir mit Wahrscheinlichkeiten. Wir haben eine Datenbank mit Fotos von Einstichstellen mit Unterklassen: Messer, Dolche und eben Spritzen. Wir stellen das Foto ein, begrenzen den Suchlauf, hier auf Spritzen. Eine weitere Datenbank wird mit den ersten Symptomen gefüttert, die wir an der Leiche gefunden haben. Hier.« Maxim rief ein Foto der Leiche auf und zoomte näher an die Beine heran. »Hier sehen wir im Bereich der Knöchel sehr stark ausgeprägte Livores, also Leichenflecken, verursacht durch das schwerkraftbedingte Absinken des Blutes innerhalb der Gefäße einer Leiche. Aber die blassfahle Haut am ganzen Körper differiert erheblich von der normalen grauen Haut eines Verstorbenen. Die Haut unseres Toten ist zudem marmoriert. All das geben wir – in meiner Gerichtsmedizin sitzt permanent ein Mitarbeiter am PC – sofort in eine Datenbank für Symptome und eine weitere für Hautveränderungen ein. In unserem Fall ist das Besondere, dass diese Programme miteinander kommunizieren, dank Tanni. Hat, wie es hier der Fall war, unser Suchlauf für Einstichstellen einen ersten Vorschlag, gibt er diesen an die anderen Programme weiter. Die halten ihre Standardsuche an, prüfen den Vorschlag, verwerfen ihn, und alle suchen da weiter, wo sie aufgehört haben, oder sie prüfen die Übereinstimmung. Das Team der Toxikologen startet mit seiner Arbeit, das Programm läuft weiter, manchmal über Tage. Wir hatten eine Übereinstimmung. Deshalb wissen wir, wir haben es hier mit einem Giftmord zu tun, und in der Geschichte der Welt ist das ein Frauenthema. Vortrag beendet.« Er verbeugte sich leicht in Richtung Natalia, die ihm zunickte.

»Der Toxscreen hat außerdem ›Analgetika‹ ausgespuckt, Scopolamin. In der Dosierung, in der wir es gefunden haben, wirkt es beruhigend und hemmend auf das Brechzentrum im Gehirn. Außerdem dämpfend, und es sorgt für einen Zustand der Apathie. Wir erinnern uns: Früher wurde es als Wahrheitsserum verwendet.«

Leanas Augen brannten vor Müdigkeit, aber ihr Gehirn arbeitete auf Hochtouren. »Dann sagt mir das möglicherweise ein paar Dinge.«

Natalia warf der Staatsanwältin einen Blick zu und rollte wieder mit den Augen.

Leana stand auf, stellte sich an den Bildschirmtisch und fragte den Gerichtsmediziner: »Was muss man können, um dieses Gift herzustellen?«

»Nun, man muss sich schon ein bisschen auskennen. Sie musste zum Beispiel wissen, dass sie bei einem Mann seiner Größe sechs Gramm brauchte, um ganz sicherzugehen. Es sei denn, aber darüber wissen wir noch nichts, sie hat es aus der Wurzel extrahiert, dann brauchte sie weniger.«

Leana tippte: a*) Botanikerin, Chemikerin, Laborassistentin,* und mit einer wischenden Bewegung, wie sie sie bei Tanni gesehen hatte, schickte sie den Text auf die Bildschirme an den Wänden.

»Wie wirkt das Gift?«

Professor Maxim Winter kam zu ihr. »Nun, zunächst muss er Panik bekommen haben. Nach den ersten Minuten der Intoxikation spürte er Kälte und hatte Empfindungsschwierigkeiten, dann folgten Übelkeit, Erregung, schmerzhafte Herzrhythmusstörungen. Wahrscheinlich abgedämpft durch die Analgetika. Er hatte das Gefühl, Eiswasser liefe durch seine Adern, und kein Blut.«

»Konnte er da noch schreien, einen Anruf tätigen oder weglaufen?«

»Nein, es lähmte ihn zu sehr. Vorstellbar wäre allenfalls, dass er schrie.«

Leana schrieb: *b) weitere Waffe?*, zeigte auf das Wort und fragte: »Die wird sie möglicherweise gebraucht haben, um ihn in Schach zu halten?«

Maxim nickte. Er tippte ein: *c) gut organisierte Täterin.*

Jetzt kam auch Natalia zu ihnen. »Wie lange dauert es in einem solchen Fall bis zum Tod?«

Maxim legte ruckartig den Kopf schräg. »Nach zwanzig Minuten sinkt die Körpertemperatur stark ab, die Atmung wird unregelmäßig, der Blutdruck fällt. Herzversagen oder Atemstillstand führen zum Exitus nach dreißig bis fünfundvierzig Minuten.«

Natalia schrieb: *d) risikobereite Täterin,* und erklärte: »Es war noch nicht dunkel, es ist ein zwar kleiner, aber öffentlicher Park, und *e) sie kennt sich gut aus.*«

Maxim ruckte wieder mit dem Kopf, tippte: *f) mitleidlos.* »Er war die ganze Zeit bei vollem Bewusstsein und litt stärkste Schmerzen, und sie saß oder stand von Anfang bis Ende daneben! Wir haben sofort nach einem Zusatzgift gesucht, das ihn stilllegte, denn die Schmerzen, die er gehabt haben muss, kann man nicht aushalten, selbst wenn man eine Pistole am Kopf hat. So kamen wir auf das Scopolamin.«

Leana schloss einen Moment die Augen und zeigte auf das Bild der Leiche. »Sie hatte keine große Angst, aber dennoch Angst vor ihm. Er sitzt im linken Drittel der Bank, sie wird rechts gesessen haben, mit Abstand. Entweder ist sie dann aufgestanden und hinter die Bank getreten, oder sie ist näher gerückt. Aber sie hat zu irgendeinem Zeitpunkt neben ihm gesessen und mit ihm geredet. Sie hat ihm dabei vielleicht nicht in die Augen sehen wollen, deshalb hat sie von hinten gestochen. Sie hat gewartet, bis er langsam sein Leben aushauchte …«

»Eher quälend zu Ende brachte«, unterbrach Maxim sie.

Leana nickte und fuhr fort: »Sie hat seinem Todeskampf zugesehen. Und danach hat sie ihn so hingesetzt. Seine geöffnet daliegenden Hände symbolisieren etwas, aber nicht, dass sie sich für ihre Tat schämt, sonst hätte sie die Hände überkreuzt. Danach hat sie sein Geschlecht entblößt. Nur entblößt, nicht verstümmelt, nicht abgeschnitten.«

»Und«, sagte Maxim, »sein Geschlecht mit ihrem Urin benetzt.«

Angela Rotenburg applaudierte ihnen. »Wir können also davon ausgehen, dass die Mörderin ihm nicht fremd war?«

Leana ging zu ihrem Platz zurück. »Ja, aber ich denke nicht, dass wir sie in seinem direkten Umfeld finden. Sie würde nicht so einen deutlichen Genabdruck hinterlassen, wenn wir sie in seiner Nähe aufspüren könnten.«

»Und doch«, Natalie ließ sich auf den Stuhl neben ihr fallen, »wollte sie uns eine sehr persönliche Note und Botschaft zurücklassen.«

»Uns oder jemand anderem. Das wissen wir noch nicht«, murmelte Leana.

Natalia berichtete von ihrem Besuch der beiden Schulen und dem in Bergisch Gladbach und Düsseldorf beliebten Lehrer. Mit sicherer Hand stellte sie mehrere Teams zusammen, die am folgenden Tag den Swingerclub besuchen würden und die Besucher des Xing-Events sowie die Lehrkräfte des Gymnasiums nach ihren Alibis befragen sollten. »Tanni, du nimmst dir morgen als Erstes seinen Computer aus der Schule vor. Der Direktor in Bergisch Gladbach meinte, seine Frau Amelie habe mit ihm gestritten. Sie wollte, dass er nur Jungen unterrichtet. Sie waren erst seit neun Jahren verheiratet, kannten sich vielleicht zehn oder elf Jahre, und da hat er schon an dem Jungengymnasium unterrichtet. Also finde auch heraus, wo er vor dem Jungengymnasium war und ob während der Zeit was passiert ist, was Amelie Bauer Grund gab zu streiten.«

»Da gab es noch kein Internet, Ma'am«, maulte Tanni. »Was ich bisher gefunden habe: dass er irgendwo in Ostholstein in einem Dorf mit Namen Hövelburg gelebt hat, seinen Abschluss in Hamburg gemacht hat, Referendariat wieder in Hövelburg und dann Bergisch Gladbach. Willst du wirklich wissen, was er vor zwanzig Jahren in Hamburg und Hövelburg getrieben hat?«

»Es scheint tatsächlich sehr weit weg«, gab Leana zu bedenken.

Natalia ließ den Kopf kreisen. »Es hat nicht die oberste Prio, aber, Tanni, behalte es im Hinterkopf. Okay, das war es für heute. Vielen Dank!«

Als die Besprechung sich auflöste, fragte Leana unvermittelt: »Wo wohne ich eigentlich?«

»Scheiße, das habe ich total vergessen.« Natalia schlug sich vor die Stirn.

»Sie haben an so vieles gedacht – Waffe, Schießunterricht, Blackberry, Büro, Computer … Es wird ja wohl ein Hotelzimmer geben«, sagte Leana versöhnlich. Sie hatte einfach keine Lust, sich jetzt noch aufzuregen. Sie war müde und wollte schlafen.

»Messe«, sagte die Staatsanwältin mit ihrer warmen Stimme. Sie bedachte Leana mit einem langen Blick und fuhr fort: »Victor wird mich zwar köpfen, aber ich denke, am besten ist, Sie kommen mit zu mir. Wir haben ein kleines Apartment in Kaiserswerth mit dem Vorteil, dass Victors Restaurant darunter und er ein Spitzenkoch ist. Wollen Sie?«

»Bleibt mir eine Wahl?«, fragte Leana, und anstelle von Angela Rotenburg antwortete Natalia: »Nein!«

»Ich warte unten auf Sie«, sagte Angela, nahm ihren Aktenkoffer, sah Natalia mit hochgezogener Augenbraue an und fügte mit einem Blick auf die Bildschirme hinzu: »Das war wirklich gute Arbeit heute. Es ist gut, dass Sie da sind, Leana!«

Natalia rollte mit den Augen.

Leana kam mit ihren Taschen und Koffern an Natalias Büro vorbei. »Dann bis morgen!«

Natalia hob nur die Hand.

»Warten Sie, ich helfe Ihnen«, hörte Leana Sven hinter sich und überließ ihm dankbar ein paar Taschen. Angela Rotenburg saß in ihrem alten Mercedes und telefonierte. Kofferraum und Beifahrertür standen offen. Leana und Sven wuchteten das Gepäck in den Kofferraum, Sven schlug ihn zu.

»Geben Sie Natalia ein bisschen Zeit. Sie meint es nicht so.« Er blickte sich kurz um und fügte dann leise hinzu: »Sie sollten vielleicht wissen, dass Natalia Ihr Sessel schon versprochen war. Solange sie nicht überzeugt ist, dass Sie die bessere Besetzung sind, werden Sie es schwer haben mit ihr.«

Leana lächelte, stieg ein, und Angela startete, schaltete vorsichtig in den ersten Gang und ließ ganz langsam die Kupplung kommen.

»Danke für Ihre Hilfe. Ich weiß gar nicht, wie ich das gutmachen kann.«

»Na, so elend, wie Sie aussahen, konnte ich Sie doch in kein Hotel stecken.«

»Haben Sie Anweisung, mich zu observieren?«

»Keine Sorge. Eigennutz. Sie interessieren mich. Achtzehn Jahre Schwarzafrika!«

»Klingt romantischer, als es war.« Leana dachte an die staubigen Straßen, die Hitze, die Slums und das harte Leben der Frauen dort.

»Du denkst immer nur an arme Frauen«, hatte ihre älteste Tochter Georgia gekeift, »wieso sollten wir mit dir nach Deutschland gehen? Um uns dann die Geschichten von armen deutschen Frauen anzuhören? Du kotzt uns an, und wir werden dich nicht vermissen!«

Leana schossen die Tränen in die Augen. Sie blickte aus dem Beifahrerfenster und blinzelte sie weg.

»Ma belle, du siehst wieder aus, als habes du was getan, von was du weißt, es passt misch nischt«, sagte Victor, als er seine Partnerin die Bar betreten sah.

Angela zeigte mit dem Zeigefinger nach oben.

»Isch bin es leid. Wer ist diese Male da?«

Angela berichtete so kurz und bündig, wie es ging, von der neuen Untermieterin Leana Meister, die für ein paar Tage, vielleicht ein oder zwei Wochen, bleiben würde.

»Manschmal, ma belle, habe isch die sischere Gefühl, du bist nur mit misch zusammen, weil so die Düsseldorfer Polizei eine günstiges Apartment in Kaiserswerth hat.«

Angela kletterte auf den Barhocker. »Und wegen deines Essens. Machst du mir einen Apéro?«

Victor sah sie an und seufzte. »Du kleine, dünne Frau mit diese viele Wimpern um die schwarzen Augen! Du bist mein Unglück.«

»Das klang gestern Nacht noch ganz anders«, gab Angela zurück.

»Pastis?«, fragte er mit einem Lächeln in der Stimme.

Leana hatte das Notwendigste ausgepackt und schaute auf die kleine malerische Gasse hinunter, die von alten Gaslaternen erhellt wurde. Nach rechts führte die Gasse auf den Marktplatz, nach links waren es nur wenige Meter bis zum Rhein. Die Sommergewitter hatten Düsseldorf hartnäckig im Griff, dunkle Wolken türmten sich über dem Fluss.

Eigentlich hatte sie nur noch eine Dusche und ein Bett gewollt, aber als sie das Haus betrat, roch es so köstlich, dass ihr Magen die Prioritäten geändert hatte. Sie ging die kleine Stiege zum Innenhof hinunter und betrat das Restaurant durch die Hintertür.

»Leana, hier an der Bar!«, rief Angela aus der Dunkelheit.

»Hier steht schon ein kräftiger Pastis. Ich hoffe, Sie mögen das Zeug, und wenn nicht, trinken Sie es bitte Victor zuliebe.«

»Bonjour, Madame«, begrüßte Victor sie hinter der Theke.

Sie starrte ihn ein paar Sekunden zu lange an, denn Angela lachte und sagte: »Uns trennen zwölf Jahre, das sehen Sie vollkommen richtig.«

»Nein, ich meine, deshalb habe ich nicht ... Ach, egal. Ja, ich nehme gern einen Pastis.«

»Ihr könnt im Restaurant essen. Es sind heute nur paar Reservierungen. Claudine hat gedeckt.« Er verschwand in der Küche.

»Das Apartment ist zauberhaft«, sagte Leana, »vielen Dank noch mal!«

Angela tätschelte ihr die Schulter und prostete ihr zu. Sie wechselten mit ihrem Pastis in den Restaurantteil, ohne zu bestellen. Sternekoch Victor würde die Speisen in der Küche für sie aussuchen.

Das köstliche Menü begann mit einer Fischsuppe und Weißwein, gefolgt von einem Salat mit Paté. Als Hauptgang gab es gebratene Taube mit Estragon in einem Rotweinjus. Während sie das Essen genossen, wechselten die beiden so unterschiedlichen Frauen vom Sie zum Du und schilderten einander die wesentlichen Eckpfeiler ihres Lebens. Als sie beim Dessert ankamen, gesellte sich der Freund des Hauses zu ihnen – Christian Meier.

»Der Lieblingsarchitekt. Wir nennen ihn übrigens Chris. Büros in Düsseldorf, New York und Paris. Danke nochmals, dass du Leana vom Flughafen abgeholt hast.«

Christian strich seine Haare hinters Ohr und drückte sich in die Bank neben Angela Rotenburg. Er schaute zwar Leana an, fragte jedoch: »Frau Staatsanwältin, eine Leiche im Rosengarten der Stadt? Das ist ja fast romantisch.« Er lächelte.

»Ja, die liebe Presse konnte es mal wieder nicht abwarten.«

»Eben in den Nachrichten dachte ich einen Moment, ich kenn den Typ.«

»Du kennst tausend Leute, mon très cher!«

»Der Mann sieht sehr gut aus, aber nicht markant. Bei Menschen mit sogenannten Allerweltsgesichtern geschieht es sehr häufig, dass man glaubt, man kenne sie«, erklärte Leana. »Die Werbung arbeitet gezielt damit. Das Unterbewusstsein suggeriert einem im Supermarkt: ›Sieh mal, das ist doch der Typ aus der Werbung, und der kauft tatsächlich die Butter. Na, dann nehme ich sie auch.‹ Menschen wie der Tote im Park heute sind perfekte Projektionsflächen. Haben wir einen Täter oder eine Täterin mit einem Allerweltsgesicht, ist es fast unmöglich, eine brauchbare Beschreibung an die Öffentlichkeit rauszugeben. Man erhält Tausende Anrufe, aber keine Ergebnisse.«

»Darf ich stören?«

»Entschuldigung«, sagte Leana und errötete, »ich doziere schon wieder.«

Victor stellte ein Soufflé mit gratinierten Himbeeren auf den Tisch und verteilte Schälchen.

Angela lächelte selig. »Leana, das ist der Grund, warum ich großzügig darüber hinwegsehe, dass mein Mann zwölf Jahre jünger ist.« Sie tauchte den Löffel in den Schaum, füllte ihnen von der Köstlichkeit auf und schob auch Chris ein Schälchen hin. »Mir tun die beiden Mädchen leid, so jung und ohne Vater.«

»Kinder?«, fragte Chris.

»Jetzt ist aber Schluss. Wir dürfen nichts sagen! Willst du bei der neuen Leiterin des LKA-Kompetenzcenters Eindruck schinden, oder was interessiert dich das? Sonst sind dir doch Mordfälle eher ein Gräuel.«

Chris machte ein zerknirschtes Gesicht. »Vermassele mir doch nicht die Tour. Leana, ich bin zwei Wochen in der Stadt.

Wie Sie wissen, wohne auch ich in diesem wunderbaren Haus und würde mich freuen, wenn Sie ein oder zwei oder drei Mal mit mir essen.«

»Vorsicht!«, warnte Angela. »Charme ist sein zweiter Vorname, und die Freiheit seine große Liebe.«

Chris lehnte sich zurück und blickte Leana fragend an.

2. Mittwoch

»Wenn ihr einen Durchsuchungsbeschluss für die Wohnung des Lehrers braucht, soll Tanni sich melden.« Mit diesen Worten entließ Staatsanwältin Angela Rotenburg Leana am Mittwochmorgen aus dem Auto. Kurz bevor Leana die Autotür zuschlug, hatte Angela aber doch noch etwas zu sagen: »Leana, hör mal, Chris ist wirklich unser Freund und ein wunderbarer Unterhalter und Charmeur.«

Leana beugte sich ins Auto. »Stimmt, und?«

»Nun, er ist ein ausgesprochener Jäger und Sammler. Wir kennen ihn seit Jahren, und keine Geschichte hat länger als ein paar Monate gehalten, nachdem er sein Ziel erreicht hatte.«

»Vergiss, was ich dir gestern Abend über meine Ehe erzählt habe, und sieh mich wieder als verheiratete, liebende, treusorgende Frau.«

»Okay, gern.« Angela grinste. »Ich habe aufgehört zu zählen, wie viele Frauen in den Jahren verweint in Victors Restaurant gesessen und auf Chris gewartet haben. Sein Trick ist, dann einfach so lange in New York zu bleiben, bis sie aufgeben.« Sie schüttelte den Kopf. »Seit ein paar Wochen macht ihn eine neue Frau wahnsinnig, weil sie ihn nicht an sich ranlässt. Aber ich merke, wir nähern uns der Dreimonatsgrenze – der Jäger verliert die Lust, weil er die Beute nicht kriegt.«

»Und ich bin möglicherweise Plan B?« In Leanas Lachen klang ein schriller Ton mit.

»Du sollst nur aufpassen auf dich.«

Leana schlug die Tür zu und winkte Angela durch die Scheibe zu.

Die nächtlichen Gewitter hatten die Luft gekühlt, und so war es ein fast frühlingshafter Morgen. Leana sah, dass in Tannis Büro schon Licht brannte. In ihrem eigenen Büro angekommen, bemerkte sie erstaunt, dass ihr PC bereits eingeschaltet war.

»Macht der Frühdienst immer, damit alle gleich starten können, alle E-Mails auf dem Rechner haben.« Tanni erschien im Türrahmen. »Kommen Sie, ich zeige Ihnen, wo es Kaffee gibt.«

Sie führte Leana durch alle Büros und machte sie mit den Menschen und Dingen vertraut, für die am Vortag keine Zeit gewesen war. Jedem der Teammitglieder Tanni, Sven und Theo unterstand eine gesamte Abteilung. Tanni hatte zwanzig, Sven vierundzwanzig und Theo zweiunddreißig Mitarbeiter, die an verschiedenen Mordfällen arbeiteten. Leana erfuhr, dass die ungewöhnlicheren Mordfälle, wie die Leiche im Park, direkt auf Natalias Schreibtisch landeten. Die Kripo stellte in besonderen Fällen Anträge auf Zuweisung bestimmter Ressourcen und erhielt binnen zwölf Stunden eine Antwort.

Tanni wies Leana auch darauf hin, mit ihren E-Mails vorsichtig zu sein, denn die wurden immer an alle verteilt. »Das habe ich so eingerichtet, damit niemand mehr sagen kann: ›Habe ich nicht bekommen, habe ich nicht gesehen.‹« Sie riet ihr zudem, einen eigenen E-Mail-Account im Internet einzurichten, für ihre private Korrespondenz.

»Im Übrigen hat Natalia Sie dafür eingeplant, noch einmal zu der Ehefrau zu fahren und zu fragen, was sie daran störte, dass ihr Ehemann wieder an einer Schule mit Mädels, sprich Schülerinnen, war.« Sie hielt mit Leana vor einem Bildschirm in dem Flur an, von dem alle Büros abgingen. »Hier aktualisiert sich über Natalias PC ständig der Arbeitsplan, sodass jeder sich schnell darüber informieren kann, wer wo ist. Und hier – die nächste Teambesprechung ist für vierzehn Uhr geplant.«

»Das ist alles super organisiert«, sagte Leana anerkennend, »eigentlich braucht es hier keine Chefin.«

Tanni lachte sie an. »Wir sind ein Team, und jeder kann irgendwas am besten. Das sagt Natalia zumindest, und das klappt ganz gut. Ich mach mich wieder an die Arbeit, Bauers Compi aus der Schule knacken. Wenn Sie was brauchen … bin gleich nebenan.«

Leana blickte auf ihre Uhr. Sie hatte sie in der Frühe auf deutsche Zeit umstellen wollen, bis ihr einfiel, dass durch die mitteleuropäische Sommerzeit kein Unterschied bestand. Es war kurz vor sieben, hier wie dort, und sie sah ihre Familie vor sich: Gregor würde noch duschen, die Mädchen sich schon stylen, gleich gäbe es Frühstück. Süße Mango mit Joghurt und dazu eine heiße Schokolade. Es würde noch kalt sein, und vielleicht hatte es die ganze Nacht geregnet. Immerhin war Winter in Kapstadt.

Sie entschied sich gegen einen Anruf zu Hause, ging in den Besprechungsraum, las noch einmal, was sie am Vortag niedergeschrieben hatten. Schließlich sicherte sie die Dateien und öffnete ein neues Dokument. Sie nahm ihre Notizen aus der vergangenen Nacht, als der Schlaf sie gemieden hatte, und tippte konzentriert:

Chemikerin/ Laborassistentin, intelligent.
Organisiert und plant komplexe Abläufe.
Risikobereit, hat nichts zu verlieren?
Alleinstehend?
Mitleidlos, große Wut. Wo war die Wut bisher?
Hass.
Keine Angst vor unumkehrbaren Erfahrungen.

»Guten Morgen«, erklang hinter ihr Theos Stimme. »Kein Frühdienst und schon hier?«

Leana drehte sich zu ihm um. »Ich wusste noch nichts von Früh- und Spätdienst. Aber Sie standen für heute Morgen auch nicht auf dem Dienstplan im Flur.«

Er betrat den Raum. »Wenn meine drei pubertierenden Söhne anfangen, sich ums Bad zu prügeln, bin ich gern schon weg.« Theo las, was sie geschrieben hatte, tippte mit dem Zeigefinger auf *»unumkehrbare Erfahrungen«* und sah sie fragend an.

»Heranwachsende begreifen durch verschiedene Erfahrungen, dass das, was sie getan haben, nicht mehr zu ändern ist«, führte Leana aus. »Als Kind treten wir einen Freund, der ist verletzt und will nichts mehr von uns wissen, hetzt andere gegen uns auf. Das lehrt uns, gewisse Dinge nicht zu tun. Jeder hat ein Gewissen und muss damit leben. Den Tod eines Menschen verursacht zu haben ist sehr quälend und verändert einen für immer. Unsere Täterin hat davor keine Angst.«

Sven kam hinzu und stellte Theo mit einer Geste, die lange Routine verriet, einen Kaffee hin. »Und sie ist laut Gerichtsmedizin zwischen fünfunddreißig und vierzig Jahre alt.«

Leana trommelte mit den Fingern auf die Tischplatte. »Hm, dann sind seine aktuellen Schülerinnen raus. Eine Referendarin?«

»Oder eine frühere Schülerin«, sagte Sven.

Leana blickte ihn an und zugleich durch ihn hindurch. »Ist das rechnerisch möglich?«

Sven errötete. »Sorry, nein.«

Leana ignorierte seine Unsicherheit. »Wann hat sie ihn kennengelernt?«

»Sie glauben nicht an eine spontane Geschichte?«, fragte Sven.

Leana schüttelte den Kopf. »Frauen töten nicht im Affekt,

außer sie müssen ihr Leben verteidigen. Hat die Gerichtsmedizin wirklich nichts Verwertbares gefunden?«

»Nein, kein Kampf. Unter seinen Fingernägeln nur, was da hingehört. Berührt hat er sie oder sie ihn nicht.«

Leana registrierte, dass Svens Blick den Tatortfotos auswich; ihm ging der Fall sichtlich nah.

»Wird sie weitermachen?«, fragte Sven.

Leana zuckte mit den Schultern. »Kommt darauf an, wie traumatisiert sie ist. Es muss einen Auslöser für diese Tat gegeben haben, und den müssen wir finden. Und wann das war!«

»Vor ein paar Stunden oder Tagen?«, fragte Theo.

»Nein, das ist deutlich länger her. Für Tage oder Stunden ist sie zu organisiert vorgegangen. Sie wusste genau, was sie tat, und vielleicht sogar, wem sie es antat. Oder er hat sie an jemanden erinnert. Zwischen Auslöser und Tat liegen mindestens zwei, wenn nicht sogar sechs bis acht Monate. Auf diese Zeit in seinem Leben müssen wir uns konzentrieren.«

Da noch Zeit war bis zur Teambesprechung, beschloss Leana, unabhängig von Natalias Auftrag ihrem Gefühl nachzugeben und noch einmal Amelie Bauer aufzusuchen. Mangels eines eigenen Autos und weil sie Natalia nach ihrem nicht fragen wollte, bat sie unten am Eingang den Pförtner, ihr ein Taxi zu bestellen.

Leana trat auf den Vorplatz hinaus und ging sofort wieder zurück unter das Vordach, denn die Sonne brannte bereits zu dieser frühen Stunde sehr heiß vom klaren, blauen Himmel. Als das Taxi kam, stieg sie ein, gab die Adresse an und entnahm dem Murren des Fahrers, dass sich die Strecke für ihn nicht lohnte und er dafür jetzt extra seinen guten Halteplatz geräumt hatte.

Leana versuchte es mit einem großzügigen Trinkgeld wiedergutzumachen. Sie stieg aus, prüfte die Uhrzeit: kurz vor halb acht. Sie nahm an, dass die Töchter jeden Augenblick ihren Weg zur Schule antreten würden, und wartete auf der dem Haus gegenüberliegenden Straßenseite im Schatten.

Die zwei blonden Mädchen, so filigran und feenhaft wie ihre Mutter, kamen fünf Minuten später mit Tornistern aus dem Hinterhof. Beide trugen kleine Regenschirme bei sich, einer gelb mit blauen Punkten und einer rot mit weißen Wolken. Sie hüpften fröhlich und unbeschwert davon. Leana ahnte, dass Amelie Bauer ihren Töchtern noch nichts gesagt hatte.

Dieses Mal klopfte Leana laut an der Tür und wartete, bis Joachim Bauers Ehefrau ihr öffnete.

»Was wollen Sie?«

»Frau Bauer, erinnern Sie sich an mich? Ich war gestern schon einmal hier, mit meiner Kollegin.«

»Nein, ich kenne Sie nicht, bitte gehen Sie.« Ihre blonden Haare waren strähnig, die Augen rot unterlaufen, und schon hatte sie sich wieder abgewandt und ging.

Leana seufzte, nahm ihr Handy aus der Tasche und rief im Büro an. Tanni versprach, sofort psychologische Betreuung zu schicken.

Leana klopfte wieder, die Tür gab nach.

Bauers Ehefrau stand in der Küche. Sie war akkurat gekleidet, bis auf die falsch geknöpfte Bluse. Sie summte vor sich hin.

Leana setzte sich an den gedeckten Frühstückstisch. An zwei Plätzen befanden sich leere Schalen, in denen noch ein wenig Milch und Müsli waren, zwei halb leer getrunkene Orangensaftgläser standen daneben. Am dritten Platz wartete eine bis zum Rand gefüllte Kaffeetasse. Der vierte Platz war unberührt.

»Mein Mann kommt sicher gleich aus seinem Arbeitszimmer hoch und will frühstücken. Mittwochs hat er immer später Unterricht und genießt die Ruhe, ohne die Mädchen.«

Leana fasste Amelie Bauer am Handgelenk. »Kommen Sie mit, und setzen Sie sich. Ihr Mann hat bestimmt alles, was er im Moment braucht.« Leana stellte sich noch einmal vor und zwang sich, jetzt nicht zu nachgiebig zu sein. »Warum wollten Sie nicht, dass Ihr Ehemann an einer Schule unterrichtet, an der auch Mädchen sind?«

Mehrfach strich Amelie Bauer ihre blonden Haare zur Seite. Es war eine eher seltsame Geste, gerade so, als ob sie sich selbst streichelte, denn sie schob die Haare nicht hinters Ohr. »Sie kennen ihn doch, wissen, wie gut er aussieht. Immer schmeißen sich alle Frauen an ihn ran.« Sie schlug mit der flachen Hand auf den Tisch und giftete: »Immer diese Schülerinnen, die hierherkommen, mir helfen sollen, die bei ihm Nachhilfe haben, und wenn sie nicht bekommen, was sie wollen, bezichtigen sie ihn, und dann sehen mich die Frauen auf der Straße schräg an, als ob mein Ehemann mit kleinen Mädchen schliefe.« Unvermittelt straffte sie ihre Schultern, nestelte am Kragen der weißen Bluse. »Wollen Sie einen Kaffee? Sie sind doch sicher eine Kollegin meines Mannes? Er soll nicht sagen, ich sei nicht nett zu seinen Kolleginnen. Er wirft mir oft vor, ich benähme mich eifersüchtig.«

Amelie Bauer stand auf und holte diesmal eine porzellanene Kaffeekanne. Sie goss den Kaffee in die volle Tasse, ließ sie überlaufen. Die Untertasse füllte sich, dann lief die dunkle Brühe auf den Tisch.

Leana legte ihre auf Amelie Bauers Hand. »Setzen Sie sich wieder.«

Amelie Bauer gehorchte.

»Wussten Sie, dass Ihr Ehemann einen Swingerclub besuchte?«

Leana spürte genau, wie die schmale Frau sich in sich selbst zurückzog. »Ich … Wir … nein, ich … also, ich kann eben nicht alle Bedürfnisse meines Mannes erfüllen.« Sie schüttelte sich.

Leana fühlte mit ihr. Ja, das kannte sie auch. Diesen Satz hatte sie selbst kürzlich erst noch gesagt. »Sie wussten also davon?«

»Alles! Alles. Er hat alles erzählt. Immer. Alles«, schrie sie.

»Hallo?«, ertönte es hinter ihnen im Flur. »Frau Leana Meister?«

»Wir sind hier«, rief Leana, ohne sich umzusehen.

»Hallo. Claudia Kühn.« Die Polizeipsychologin legte ihren Ausweis so auf den Tisch, dass Amelie Bauer quasi darauf gucken musste. »Sind Sie mit der Befragung fertig?«

Leana nickte, stand auf, sah die Psychologin fragend an.

»Danke, ich brauch keine Hilfe. Ich bin im Bilde und komme zurecht. Die Fürsorge holt die Mädchen von der Schule ab. Wir suchen schon nach Verwandten in der Nähe. Danke.«

Noch auf der Rückfahrt rief Leana Natalia an und bat um eine ausführliche Überprüfung von Amelie Bauer. *Was, wenn es doch eine Beziehungstat war?*, fragte sie sich. Sie hatte Amelie Bauers Kaffeetasse an sich genommen und brachte sie in der Gerichtsmedizin vorbei. Sie wollte einfach Gewissheit haben, ob Amelie Bauer verdächtig war, gleichgültig, ob es zulässig war.

Um Punkt vierzehn Uhr fand sich das Kernteam im Besprechungsraum ein. Natalia schrieb den Namen *Amelie Bauer* in eine Spalte der Tabelle möglicher Verdächtiger und forderte Tanni auf, mit ihren Neuigkeiten anzufangen, was diese tat: Der Schulcomputer von Bauer war sauber. Die Befragung im Swingerclub hatte ergeben, dass er sich in den Monaten seiner Mitgliedschaft regelmäßig mit einer Frau traf. Anna66 war ihr Codename, einen richtigen gab es nicht. Man beschrieb die Frau als circa einen Meter achtzig groß, schlank und muskulös, kurze schwarze Haare, braune Augen. Sie war vor zwei Wochen zuletzt dort gewesen. Der Besitzer hatte aber eingeräumt, dass Mitglieder oft einfach verschwanden.

»Die Kollegen von der Sitte haben den Laden erst einmal dichtgemacht«, endete Tanni und schob hinterher: »Bei der Überprüfung der Xing-Mitglieder, die am Montagabend an diesem runden Tisch teilgenommen haben, haben wir auch einen Mann und eine Frau gefunden, die sich nicht mit ihren korrekten Daten eingetragen haben. Ich hatte mir schon Hoffnungen gemacht, aber dann wurde diese Frau als groß, sehr schlank, mit Brille und kurzen blonden Haaren beschrieben. Die Überprüfung der Alibis folgt noch, bisher haben wir nichts.«

Natalia warf Sven einen auffordernden Blick zu, in dem Leana eine Spur von Zärtlichkeit entdeckte, die ihren Verdacht vom Vortag bestätigte: Zwischen den beiden lief etwas.

»Die Gerichtsmedizin sagt, der Plastikbecher, in dem sie ihren Urin zum Tatort mitgebracht hat, war einer der üblichen, die man in jeder Apotheke bekommt. Maxim macht mit Tanni einen Abgleich der in Arztpraxen bekannten Fälle mit Gallenstein oder Tumor. Es klingt nach Kleinarbeit, aber so viele Frauen mit den Problemen dürfte es in diesem Alter nicht geben«, schloss Sven und fuhr sich mit der Hand über seinen glatt rasierten Schädel.

»Aber wenn die Täterin es nicht weiß oder sich nicht behandeln lässt?«, hielt Natalia dagegen. »Außerdem entwickeln nur knapp ein Viertel der Menschen mit Gallensteinen Beschwerden. Wenn es allerdings ein Tumor ist …«

»Dann weiß sie vielleicht davon und hat nichts mehr zu verlieren«, sagte Leana. »Ich war übrigens noch einmal bei Amelie Bauer …«

»Wie bitte?«, unterbrach Natalia sie. »Allein?«

»Eh, ja, allein.«

»Zum Schutz gehen wir bei Befragungen, egal zu wem, immer nur zu zweit. Können Sie sich das bitte merken?«

Leana überging die Zurechtweisung und berichtete von Amelie Bauers Verhalten und dass der psychologische Dienst sich ihrer angenommen habe und man nach Verwandten suche, die sich um die Mädchen kümmern sollten.

»Holla«, ertönte ein spitzer Schrei von Tanni. Ihre Finger jagten über die Bildschirmtastatur, die Bildschirme an den Wänden flimmerten kurz. »Schöne Grüße von unseren Kollegen aus Köln. Gefunden vor einer Stunde – darf ich vorstellen: Thomas Müller, sechsundsechzig Jahre alt, Zahnarzt im Ruhestand, auf seinem Boot in der Kölner Marina.«

Auf dem Bildschirm erschien ein schlanker Mann mit weißen Haaren, die Brille war ihm die Nase hinabgerutscht. Rechts von ihm lag ein aufgeschlagenes Buch. Er saß friedlich auf der Bank seines Bootes, die Handflächen nach oben gedreht. Auf der hellblauen Hose waren dunkle Flecken, sein Geschlecht entblößt.

»Wir haben es also mit einer Serienmörderin zu tun«, flüsterte Leana ungläubig in die entstandene Stille hinein. »Und sie ist schnell!«

Natalia löste sich langsam aus ihrer Erstarrung, aber noch bevor sie etwas sagen konnte, entschied Leana: »Natalia, wir fahren sofort. Tanni, bitte die Kollegen in Köln umgehend darum ersuchen, wenn es irgend geht, die Leiche noch dort sitzen zu lassen. Ich muss den Toten am Tatort sehen! Macht es Sinn, dass Theo und Sven mitfahren?«

»Nein«, entschied Natalia, »die Kollegen in Köln sind gut. Vielleicht Maxim. Tanni, kümmerst du dich bitte um alles und kommst dann nach? Ich fahre, los geht's!«

Auf dem Weg erfuhr Leana, dass es zwischen den Kölner und Düsseldorfer Kollegen des LKA keine Animositäten gab.

Trotz der jetzt von Natalia eingestellten Klimaanlage stiegen sie erhitzt aus dem Auto. Durch die feuchte, gewittrige Luft klebte ihre Kleidung augenblicklich an der Haut.

Leana bot sich das gleiche Bild wie schon in Düsseldorf: Autos der Spurensicherung standen kreuz und quer vor der Einfahrt zur Marina des Kölner Rheinauhafens. Das Wasser reflektierte das Sonnenlicht und ließ Leana blinzeln. Sie blieb kurz stehen und hatte das Bedürfnis, den Kopf zu schütteln, denn ihr Leben wandelte sich rasant.

Leana entfernte das Samtband, das ihre Haare im Nacken zusammenhielt, massierte die Kopfhaut und wickelte das Band wieder um den Knoten. Trotz des schwülen Wetters stand unweit des Schiffs, auf dem der Zahnarzt gefunden worden war, eine fünfzigjährige Frau mit ihrer Tochter in Decken gehüllt.

»Sie haben sie gefunden«, sagte Natalia neben ihr.

Leana ging zu den beiden, stellte sich vor, blickte von Mutter zu Tochter. »Sind Sie in der Lage, ein paar Fragen zu beantworten?« Sie nickten langsam und synchron.

»War er oft allein hier auf dem Boot?«

»Ja«, hauchte die Ehefrau, »seit er in Rente ist, lebt er fast den ganzen Sommer hier. Es ist quasi sein Schrebergarten. Er hat sich extra diesen Außenplatz ganz am Ende zuweisen lassen, damit er von Leuten, die vorübergehen könnten zu ihren Booten, nicht gestört wird. Sonst hätte man ihn …« Sie schluchzte auf.

»Und Sie?«

»Wir kommen immer mittags. Ich hole Svenja von der Schule ab, und wir fahren hierher, um gemeinsam zu essen. Thomas kocht gern. Ich bin fünfzehn Jahre jünger als …«, sie atmete schwer, »… als mein Mann. Ich arbeite halbe Tage an der Uniklinik als Ärztin für Augenheilkunde.«

Leana blickte dem jungen Mädchen in die Augen. »War dein Vater in letzter Zeit irgendwie verändert?«

Sie weinte. »Nein, er war wie immer. Gut gelaunt, lustig, hat mir geholfen, fürs Abi zu lernen.«

»Thomas ist seit zwei Jahren im Ruhestand, und seitdem hat er keine schlechte Laune mehr gehabt«, fügte die Mutter hinzu.

Leana wusste, dies war jetzt nicht der richtige Zeitpunkt, um nach anderen Frauen im Leben des Toten zu fragen. Sie betrat das Boot und näherte sich der Leiche. Tanni war bereits da, und Leana sah den Düsseldorfer Gerichtsmediziner Maxim mit seinem Kölner Kollegen sprechen.

Maxim winkte Leana und Natalia zu sich. »Die Einstichstelle ist fast exakt genauso wie bei Bauer, unserem Düsseldorfer Opfer.« Er wandte sich an seinen Kollegen: »Bitte analysiert die Flecken sofort und schickt mir die Ergebnisse. Ich selbst habe auch eine Probe genommen. Den Todeszeitpunkt schätzen wir auf Mitternacht plus minus eine Stunde – es ist eben auch nachts sehr warm, sodass die Lebertemperatur nicht so ganz verbindlich ist. Also, bitte noch nicht veröffentlichen.«

Leana blickte konzentriert auf den Mann, der dort so friedlich saß. Thomas Müller wirkte genauso sympathisch wie der Lehrer aus Düsseldorf. *Das war ihre Gemeinsamkeit*, dachte Leana, *aber da*rüber *hinaus*? Was hatten ein stellvertretender Schuldirektor eines Düsseldorfer Gymnasiums und ein pensionierter Kölner Zahnarzt gemein? Zudem trennten die beiden Männer knapp zwanzig Jahre.

Leana nahm ein Foto des Düsseldorfer Lehrers Joachim Bauer aus ihrer Tasche und ging zu Mutter und Tochter zurück. »Kennen Sie diesen Mann?«

Sie starrten das Foto an, Svenja zitterte. »Warum, was ist mit dem?«

»Kennst du ihn?«

»Nein, nie gesehen. Du, Mom?«

»Nein. Wir kennen überhaupt nicht so viele Leute. Thomas reichten seine Patienten. Im Privatleben legte er keinen Wert auf einen großen Freundeskreis. Er war gern für sich.«

Leana legte beruhigend die Hand auf den Arm der Ehefrau und beobachtete, wie routiniert und professionell auch das Kölner Team vorging. Südafrika war da anders. »Frau Müller, es tut mir wahnsinnig leid, Sie das fragen zu müssen, aber könnte es eine andere Frau im Leben Ihres Mannes gegeben haben?«

Die Frau des Zahnarztes straffte sich. »Und wenn, dann wusste ich nichts davon!«

Mitfühlend sah Leana sie an, denn sie wusste genau, was das mit einem machte. Es schien so viel leichter, die Augen zu verschließen und zu tun, als wäre nichts.

Natalia kam zu ihr, zog sie von Mutter und Tochter weg. »Wir haben eine Nachrichtensperre vereinbart. Solange wir nicht wissen, was die Mörderin erreichen will, soll sie keine Öffentlichkeit bekommen.«

»Okay, obwohl ich nicht glaube, dass es ihr darum geht. Wir müssen die Verbindung zwischen diesen beiden so unterschiedlichen Opfern finden, und zwar schnell. Ich hoffe, sie bleibt nicht in dieser Taktung, und wir haben schon morgen ein neues Opfer. Natalia, wir brauchen ein Profil, damit wir wissen, wonach wir suchen und vor wem wir warnen müssen. Sie reist, sie ist nicht auf eine Stadt beschränkt. Wir müssen alle Nachforschungen auf Nordrhein-Westfalen ausweiten. Wenn das nicht reicht, vielleicht sogar auf ganz Deutschland. Diese Frau macht mir Angst.«

Natalia seufzte. »Mir auch. Los, fahren wir zurück.« Sie rief Tanni, fragte Maxim, ob er mitwolle, und dankte ihrem Kölner Kollegen für die schnellen Infos.

Vor der Düsseldorfer Zentrale des LKA wartete Angela Rotenburg bereits auf das Team. Sie stand an ihren alten Mercedes gelehnt und las Zeitung. Die feuchte Hitze, die sich über die Stadt gelegt hatte, schien ihr nichts anzuhaben.

Auf dem Weg nach oben informierte Natalia die Staatsanwältin im militärischen Stil über die aktuelle Entwicklung. Einem unausgesprochenen Kommando folgend, begaben sich alle umgehend in den Konferenzraum.

Zorro Ohlmann von der Düsseldorfer Spurensicherung verfügte über alle Daten, die seine Kölner Kollegen zu bieten hatten, und Sven eröffnete das Gespräch mit einer Auskunft, mit der niemand gerechnet hatte: »Wenn wir annehmen, und das müssen wir, es handelt sich um dieselbe Täterin, dann spielt sie mit uns, denn der Urin stammt nicht von derselben Person. Maxim hat uns gerade die Ergebnisse gemailt.«

Schweigen breitete sich im Konferenzraum aus.

»Verdammt!«, rief Leana aus. »Mangels sonstiger Hinweise haben wir uns auf die kleinste Spur gestürzt, und jetzt hat sie uns auch die noch genommen.«

Natalia ging an den Bildschirmtisch. »Das heißt aber nicht, dass nicht zumindest ein Urin von ihr ist. Das können wir nicht ausschließen. Fangen wir noch einmal an: Wir wissen, es ist eine Frau. Sie ist mitleidlos und risikobereit, wie sie heute Morgen wieder bewiesen hat. Sie ist intelligent. Wir wissen von Serientätern, dass sie ihr Muster zwar verfeinern, aber einen gewissen Ablauf stets beibehalten. Das trifft auf sie auch zu.«

»Bis jetzt ja«, sagte Leana, »und sie geht dabei noch viel planvoller vor, als ich annahm.«

»Was meinst du damit?«, fragte Angela.

»Im Park konnte sie nachlässig sein. Sie wusste, es gab bei der Polizei keine Vergleichs-DNS von ihr. Jetzt auf dem Boot müssten weniger Spuren sein. Zorro, können Sie sich bitte auf Vergleichsspuren konzentrieren? Selbst der kleinste Anhaltspunkt könnte uns einen ersten Hinweis darauf geben, wer sie ist.«

»Die Spurensicherung weiß, wie sie zu arbeiten hat«, wies Natalia ihre neue Vorgesetzte scharf zurecht, »und braucht keine Belehrung.« Sie blickte Leana fest in die Augen, die nicht reagierte, sondern stattdessen fragte: »Was wissen wir über den Zahnarzt?«

Tanni trat an den Bildschirmtisch. »Er ist Mitbegründer der Plus-Zahnärzte, eines Franchiseunternehmens mit Sprechstunden am Wochenende und in den Abendstunden, alles sehr nobel. Er hat in allen Teilen Deutschlands gearbeitet und die Praxen von der Eröffnung an begleitet, bis sie liefen. Seine erste Ehe wurde vor vierzehn Jahren geschieden. Vor zwölf Jahren hat er wieder geheiratet. Diese Frau brachte eine sechsjährige Tochter in die Ehe mit, die er adoptiert hat. Er blieb fortan in Köln. Die Kollegen in Köln checken noch die Telefonverbindungen und privaten E-Mails und melden sich dann. Wir sind morgen zu einem Datenabgleich verabredet.«

Leana nickte. »Danke, Tanni. Kümmern wir uns also um das Motiv. Welches hat sie?«

»Ein sexuelles?«, fragte Theo.

Leana stand auf. »Nein. Sie müssen ganz neu denken. Weibliche Serientäter sind so selten, dass es weltweit keine Statistik über sie gibt. Nichts, was wir von ihren männlichen Pendants kennen, findet bei ihnen Anwendung. Sie haben weder ein Motiv sexueller Art, noch geht es um Dominanz oder den Wunsch nach Anerkennung.«

»Wenn man eine Leiche so zur Schau stellt, hat das nix mit Anerkennung zu tun?«, fragte Tanni unwillig.

Leana wischte mit ihrem rechten Zeigefinger über den Bildschirm und schob so die beiden Tatortfotos nebeneinander. »Was sagt Ihnen diese Haltung?«

»Offenheit«, schlug Angela Rotenburg vor.

»Ich kann so ein Psychozeug nicht so gut«, sagte Zorro.

»Versuchen Sie es bitte trotzdem«, insistierte Leana.

»Die Hände empfangen, etwas kommt von oben«, nuschelte Zorro und spreizte entschuldigend die Hände, die Handflächen nach oben gewandt.

Leana lächelte ihn an. »Es geht um genau das, was Sie gerade getan haben.« Sie zog mit dem Bildschirmpinsel einen Kreis um die Hände der Opfer. »Das hier, diese Körperhaltung, die bittet um Vergebung. Wir setzen uns so hin oder stehen jemandem gegenüber, wenn wir uns entschuldigen. Wenn wir uns entschuldigen, öffnen wir unsere Hände!« Sie wandte sich wieder den Fotos zu. »Das hier macht sie nicht, um Anerkennung in der Öffentlichkeit zu bekommen. Das macht sie für sich selbst. Sie will, dass diese Männer sie um Verzeihung bitten.«

»Könnte es eine Frau sein, die von Vater und Bruder missbraucht wurde? Das würde den Altersunterschied zwischen den Opfern erklären!«, sagte Natalia und setzte sich nach diesen Worten.

Leana lehnte sich an die Wand. »Ja, könnte sein, das ist gut möglich. Dann würde sie es vielleicht so wiederholen – ein Mann in ihrem Alter, einer im Alter ihres Vaters.«

»Brüder machen so was?« Tanni verzog angewidert das Gesicht. »Vergehen sich an ihren Schwestern?«

»In Afrika schon«, antwortete Leana. »Tanni, wir brauchen sämtliche Kontobewegungen der Männer, Kreditkartenabrechnungen.« Sie machte eine Pause. »Sorry, das hast du sicher schon veranlasst.«

Tanni hatte zwar schon alles auf ihrem Rechner, war aber noch nicht dazu gekommen, alle relevanten Daten zu prüfen. Sie tippte zahllose Befehle ein, während Sven weiter über den Urin referierte: »Wir haben die auf dem Lehrer Joachim

Bauer gefundenen Proben schon gestern an einen Urinspezialisten in Münster geschickt. Der hat in seiner Datenbank über zehntausend Urinproben und über hunderttausend Biomarker identifiziert, die auf verschiedenste Krankheiten hinweisen. Wir hoffen, mit seiner Hilfe ein schärferes Bild zu bekommen. Wenn sie einen Gallentumor hat, keinen Stein, muss sie – oder die Person, von der der Urin stammt – irgendwann zum Arzt. Wir hoffen, dass der Münsteraner Prof das rausfinden kann. Eine Probe des zweiten Urins haben wir gleich hinterhergeschickt.«

»Was ist mit Amelie Bauer?«, fragte Angela Rotenburg in die entstehende Stille hinein.

»Klapse«, sagte Natalia.

»Psychiatrie«, korrigierte Leana automatisch.

Natalia schlug ihre Beine übereinander und zog ihren Rock glatt. »Trotzdem müssen wir morgen noch einmal mit ihr reden. Sie kommt als Täterin infrage. Leana war heute Morgen zwar dort, aber wer weiß, was Amelie Bauer vorher gemacht hat? Wir besuchen sie in der Klapse. Kann doch nicht sein, dass alle Weiber weggucken, wenn ihre Männer fremdgehen!«

Sven, Theo und Zorro taten so, als suchten sie etwas in ihren Unterlagen. Tanni grinste und hackte weiter auf ihrer Tastatur herum.

»Ich habe das auch getan«, sagte Leana leise, aber bestimmt, »ich habe auch weggesehen. Es ist tatsächlich ganz leicht.«

»Tja«, sagte Natalia gedehnt und verschluckte den Rest ihrer Bemerkung, weil ihr Blick Leanas kreuzte.

Tanni verschaffte sich Gehör: »Unsere Täterin hat zumindest Geld.« Die Fotos der beiden Männer verschwanden vom Hauptbildschirm am Kopfende des Tisches. Stattdessen erschienen dort zwei Kontoauszüge. Joachim Bauer hatte am letzten Freitag fünfzehntausend Euro abgehoben, der Zahnarzt Thomas Müller am Dienstag fünfunddreißigtausend Euro.

Natalia stützte ihr Kinn in die Hände und lehnte sich vor. »Das macht doch keinen Sinn. Sie hat sie erst erpresst und dann ermordet?«

Leana löste sich von der Wand, beugte sich über den Bildschirmtisch und schrieb: *Erpressung.* »Tanni, wie viel Geld hatten die beiden? Also … war die Summe jeweils schwer aufzubringen?«

Tanni schüttelte den Kopf. »Nein. Der Zahnarzt hat schon auf seinem Girokonto dreihunderttausend Flöckchen rumliegen, das hätte ich auch gern. Und Bauer hat so circa einhundertzwanzigtausend auf Tagesgeldkonten.«

Leana lehnte sich wieder an die Wand und schloss die Augen. »Sie spricht mit uns, und wir müssen schnellstens herausfinden, wie wir ihr antworten können. Mit dem Geld sagt sie uns was. Sie wusste, dass wir das herausfinden, und auch, dass es Summen waren, die von den Opfern leicht aufzubringen waren. Aber was will sie damit sagen? Und welche Antwort braucht sie, um mit dem Morden aufzuhören?«

Angela Rotenburg klatschte in die Hände. »Leute, es ist nach sieben. Schluss für heute, wenn ich das anstelle Natalias sagen darf?« Sie zwinkerte ihr zu.

»Du hast recht. Ich mache noch den Plan für morgen. Ihr findet ihn dann später auf euren Smartphones. Danke für heute!« Natalia verließ den Konferenzraum.

Leana blickte ihr nach und dachte: *Sie hat mit sich zu kämpfen, und dabei geht es nicht nur um mich.* »Nimmst du mich mit nach Hause?«, fragte sie Angela und merkte, wie seltsam das klang. »Mein Dienstwagen kommt erst morgen.«

»Gern.«

Die Autofahrt über schwiegen sie, müde von dem langen und heißen Tag. Erst als sie im kühlen Schankraum von Victors Restaurant saßen und den ersten Pastis zur Hälfte geleert hatten, sagte die Staatsanwältin: »Lass Natalia ein wenig Zeit, sich an dich zu gewöhnen.«

»Das höre ich nicht zum ersten Mal«, antwortete Leana tonlos, kippte ihren Pastis runter und fügte hinzu: »Sagt ihr alle das auch Natalia über mich? ›Lass der Neuen ein wenig Zeit, sich einzugewöhnen‹?«

Angela seufzte hörbar, machte Victor ein Zeichen für zwei weitere Getränke, bedeutete ihm, als er sie ihnen gebracht hatte, mit einer Geste, er möge hinter der Theke verschwinden, und stieß mit ihrem Glas mit Leanas an. »Der schlimmste Feind des Guten, liebe Leana, auch des sehr Guten, ist stets das Bessere.«

Leana schloss einen Moment die Augen. »Und ich bin in dem Fall die Bessere?«

»Darauf kannst du einen wetten! Und weil Natalia klug ist, merkt sie das auch und punktet, wo es geht, gibt Minuspunkte, wo du angreifbar bist. Sie hat ihr Team wunderbar im Griff, mischt sich nur ein, wenn was aus der Spur läuft. Das waren einige Jahre harter Arbeit.«

»Jetzt komme ich und kassiere dafür die Lorbeeren?«

Angela schüttelte den Kopf. »Nein, da musst du dir keine Sorgen machen, die hat Natalia längst eingeheimst. LKA-Direktor Köhler wusste genau, warum er dich wollte. Er scheint dich von früher zu kennen. Er wollte deine Fähigkeit, dich in Tatorte und Täter einzufühlen. Und«, sie trank einen Schluck, »mir reicht, was ich die ersten beiden Tage gesehen habe. Deine Fähigkeiten sind außergewöhnlich.«

Leana trank das zweite Glas in einem Zug leer. »Und da dachte ich, mein einflussreicher Vater hat mir die Stelle besorgt!« Nur ihr Mund verzog sich zu einem Lächeln, als sie »Gute Nacht, Angela« sagte und ging.

In der Tür zum Hinterhof lief sie Chris in die Arme, dem Angela sofort ein Zeichen machte, die Klappe zu halten. Er ließ Leana vorbei und kam zu Angela an die Theke.

»Stress?«

»Wenn ich eines gelernt habe in meinem Leben, lieber Chris, dann ist es, hochbegabte Menschen zu erkennen und ihre Ausfallerscheinungen nicht persönlich zu nehmen. Hast du schon gegessen?«

Als sie von der Vor- zur Hauptspeise wechselten, fuhr in der Gasse vor dem Restaurant ein Taxi vor. Leana stieg ein, mit einer kleinen Tasche.

»Oh«, rief Chris, »seht, seht! Noch keine zwei Nächte in der Stadt, und schon zieht sie mit einem Bündel davon?«

Angela sah aus dem Fenster, bis das Auto losfuhr. »Sie wird ins LKA fahren und arbeiten, da wette ich mit dir.«

Leana genoss die Stille im Innenraum des angenehm klimatisierten Taxis. Den größten Teil der Strecke zurück zum Büro fuhren sie am Rhein entlang, und Leana entdeckte die schönen Seiten der Landeshauptstadt Düsseldorf. Das bunte und reiche Treiben am Rheinufer. Alle Cafés und Bars waren bis auf den letzten Platz besetzt. Straßenmusiker zogen ihrer Wege, Skater und Rollschuhfahrer jagten zwischen den Promenierenden hindurch. Auf den Radwegen klingelten sich die Fahrradfahrer ihren Weg durch die Touristen frei, die die Schilder für Radwege nicht kannten. *Für einen Mittwochabend ist viel los in dieser Stadt*, dachte Leana, und Bilder aus Kapstadt tauchten vor ihrem inneren Auge auf. Sie schrak leicht zusammen, als der Fahrer abrupt bremste. »Entschuldigung, die Schranke ist zu, ich muss Sie hier aussteigen lassen.«

Leana zahlte, stieg aus, ging über den kleinen Vorplatz und die Stufen hoch. Sie kramte ihre Zugangskarte aus der Stofftasche und schob sie in den dafür vorgesehenen Schlitz. Der kleine Bildschirm blinkte auf und teilte ihr mit, dass sie außerhalb der offiziellen Geschäftszeiten nicht befugt sei, das Gebäude zu betreten.

»Verdammte Scheiße«, fluchte sie und verpasste der Tür einen leichten Tritt, was augenblicklich den Alarm auslöste. »Na super! Die neue Leiterin des Kompetenzcenters wird beim Einbruch ins LKA-Gebäude erwischt.« Sie setzte sich auf den Boden, lehnte sich mit dem Rücken an die Glastür und wartete, was als Nächstes geschehen würde.

Zu ihrer Überraschung ging der Alarm wieder aus, und kurz darauf gab die Tür hinter ihr nach.

»Ich habe Sie von oben schon gesehen, aber ich war nicht schnell genug, hier.« Maxim Winter, der Gerichtsmediziner, hielt ihr die Hand hin.

Leana nahm sie und stand auf. »Was tun Sie denn hier am Abend?«

Er lächelte sie zögernd an. »Dasselbe könnte ich Sie fragen. Aber wollen Sie nicht lieber erst einmal hereinkommen?«

Während sie gemeinsam die Treppen hochgingen, erfuhr Leana, dass Maxim oft nachts hier arbeitete, denn er bildete sich fort zum Forensischen Psychologen, und dies war der beste Platz, um zu lernen, schon weil er niemanden störte. »Tagsüber, selbst wenn ich Zeit hätte, wäre ich dem Team im Weg. Es ist mit Natalia abgesprochen. Und Sie?«

»Ach, ich konnte einfach nicht schlafen. Dieses Problem habe ich wohl aus Afrika mitgebracht. Und da ich hier noch niemanden kenne, dem ich damit auf die Nerven gehen kann, dachte ich, dass ich genauso gut arbeiten könnte. Ich gehe in mein Büro und werde Sie sicher nicht stören.«

»Gut, dann bis später. Ich bin im großen Konferenzraum, sollten Sie was brauchen.«

Maxim ließ sie stehen und verschwand. Leana erinnerte sich an seine Akte. Er galt als der jüngste Professor für Gerichtsmedizin in Deutschland. Mit nur vierunddreißig Jahren hatte er seine Professur erlangt. Außerdem war er mehrfacher Deutscher Meister im Florettfechten. *Das passt zu seiner aristokratischen Ausstrahlung*, dachte Leana und studierte den großen Bildschirm im Flur, wo alle Termine des Teams für den kommenden Tag zu sehen waren. Die nächste Teambesprechung sollte am nächsten Morgen um neun Uhr stattfinden. In ihrem Tageskalender stand um elf der gemeinsame Besuch mit Natalia in der Psychiatrie am Volksgarten. Sie pfiff durch die Zähne, als sie entdeckte, dass bei ihr um acht Uhr ein Termin mit Dr. Köhler eingetragen war. »Gut, dass ich mir Wechselsachen mitgebracht habe«, murmelte sie vor sich hin und lief den Flur hinunter, um in ihr Büro zu gelangen. Als sie an dem großen Konferenzraum vorbeikam, stand die Tür offen, und von den Bildschirmen direkt gegenüber blickten sie die Großaufnahmen der beiden Opfer an. Rechts davon nahm sie Maxims Schatten wahr.

Sie betrat lautlos den Raum. Mit dem Rücken zu ihr tippte Maxim mit hoher Geschwindigkeit. Als Erstes erschien unter den Opfern die Frage: *Arrangement der Leichen mit welchem Ziel?* Dem folgte: *Drauf pissen. Warum?*

Leana las interessiert mit.

Spuren verwischt oder nicht?
Wie hat sie die Opfer gefunden? Zufall oder bekannt?
Was hat die Opfer zu Opfern gemacht? Aussehen? Tätigkeit?
Urin zweier verschiedener Personen. Wieso?
Sie kannte sich aus. Woher?
Woher die Sicherheit, nicht wiedererkannt zu werden?

»Wie meinen Sie das?«, fragte Leana wie elektrisiert, und Maxim fiel fast von seinem Stuhl.

»Mein Gott, haben Sie mich erschreckt!« Er fasste sich wieder. »Entschuldigen Sie meinen Ton. Ich bin nur so gewöhnt daran, hier allein zu sein, dass mich jedes Geräusch aus der Fassung bringt.«

»Schon gut. Also, was meinen Sie mit ›die Sicherheit, nicht wiedererkannt zu werden‹?«

Maxim ging auf die andere Seite des Bildschirmtisches und trat neben die Tatortfotos. »Nun, sowohl der Rosengarten als auch die Marina sind öffentliche Orte. Kein noch so gewiefter Täter kann davon ausgehen, dass er auf dem Weg dorthin oder von dort niemandem begegnet.«

Leana runzelte die Stirn. »Noch kann ich Ihnen nicht folgen.«

»Psychologische Forensik erfordert ein wenig Zeit. Haben Sie heute noch etwas anderes vor?« Er lächelte sie gewinnend an, und Leana schüttelte den Kopf.

»Gut. Wir, beziehungsweise die Kollegen von der Polizei in Düsseldorf und Köln, haben Anwohner, andere Besucher dieser Orte, die zur angenommenen Tatzeit dort oder in der Nähe waren, befragt. Wir erhielten Auskünfte über eine alte Dame mit Hund, drei männliche Teenager. Niemand sprach von einer einzelnen Frau, weder in Düsseldorf noch in Köln. Daraus schließe ich«, er verbeugte sich, »blutiger Anfänger der psychologischen Forensik«, er hob den Kopf wieder, »dass unsere Täterin es gewohnt ist, dass sie übersehen, also nicht wahrgenommen wird. Dass sie in ihrem Erscheinungsbild unauffällig und sich dessen bewusst ist und es bei ihren Taten einsetzt. Sie ist ein Mensch, der genau weiß, dass sie nicht auffällt, ja, selbst wenn man ihr in die Augen gesehen hat, man sich nicht an sie erinnert.«

Leana ließ sich auf einen Stuhl fallen. »Sie sind gut«, sagte sie und starrte die Fotos an.

»Danke. Ich hol uns jetzt einen Kaffee, wie trinken Sie ihn?«

»Schwarz, bitte.«

Ein paar Minuten später war Maxim zurück. »Lust, weiterzumachen?«

»Wenn ich Sie nicht störe?« Leana nahm die heiße Tasse von Maxim an und bemerkte sofort, dass der Kaffee frisch gekocht war.

»Ich lerne gern von den Besten. Nicht, dass Sie denken, ich schleime. Es ist nur meine Erfolgsstrategie. Welche meiner Fragen sticht Ihnen als Nächstes ins Auge?«

»›Drauf pissen, warum?‹«, las Leana ab.

»Das ist, in meinen Augen, der größere Gewaltakt. Sie tötet sie, ja, aber es ist der Urin, der zu uns spricht, der etwas über die Tat sagt. Diese Männer zu ermorden hat für sie eine Bedeutung. Dahinter steckt vielleicht Wut, Angst, Rachebedürfnis. Aber im Urin liegt nach meinem Gefühl so viel Verachtung, so viel Geringschätzung, dass ich es kaum ausdrücken kann.«

»Wie sind Sie überhaupt darauf gekommen, es so zu nennen: ›drauf pissen‹?« Leana trank einen Schluck von dem heißen, schwarzen Kaffee und fühlte sich seit ihrer Ankunft im LKA zum ersten Mal wohl.

»Weil wir es umgangssprachlich so sagen. Es kann durchaus sein, dass der Urin, zumal wir verschiedene bekommen haben, eine weitere Bedeutung hat. Aber es bleibt, was auch immer zusätzlich dahintersteckt, doch eine Geste der Dominanz. Es lässt sich nicht feststellen, ob sie den Urin post oder ante mortem über die Penisse gegossen hat. Ante mortem: Sie wollte, dass die Opfer sehen, was sie tut. – Warum? – Post mortem: Sie hat es für sich getan. – Aber warum?«

So ging es die ganze Nacht weiter. Sie warfen immer neue

Fragen auf, fanden Antworten, die berauschend genug waren, um noch eine Stunde und immer noch eine weiterzumachen.

Um vier Uhr morgens sagte Leana beglückt: »Wir haben das Profil unserer Täterin.«

»Mit der einen Einschränkung«, sagte Maxim und gähnte, »dass wir nicht wissen, ob sie die Opfer kannte oder zufällig ausgesucht hat für ein Ritual.«

Leana gähnte ebenfalls. »Kennen Sie eigentlich das Buch von Daphne du Maurier: *Rebecca*?«

Maxim lachte. »Daher kommt mein Name, Maxim. Meine Großmutter hat dieses Buch geliebt. Wiewohl ich immer noch finde, Maxim de Winter klingt edler.«

Leana stand auf. »Ich danke Ihnen für diese wunderbare Nacht.«

Maxim erhob sich ebenfalls. »Ganz meinerseits.«

Sie reichte ihm die Hand. »Ich bin Leana.«

»Maxim. Fährst du nach Hause?«

»Nein, das lohnt nicht mehr, und in meinem Büro steht ein ganz passables Sofa. Und du?«

»Ich habe es nicht weit, ich wohne gleich hier im Hafen. Ich hoffe, du kannst jetzt schlafen?«

»Oh ja, ganz sicher. Gute Nacht! Wir sehen uns dann gleich in der Besprechung.«

»Du hast vorher noch einen Termin«, erinnerte Maxim sie, während er die gesammelten Daten speicherte und gleichzeitig den Raum aufräumte.

»Der kann mich mal, um ehrlich zu sein. Ich kann es nicht ausstehen, wenn solche Termine nicht abgesprochen werden, sondern einfach vorgegeben.« Sie nahm die zusammengelegten schriftlichen Notizen. »Haben wir wirklich alles im System?«

»Ganz sicher.« Maxim fuhr den PC herunter. »Das muss ich machen, damit ein Back-up funktioniert. Der Frühdienst fährt gleich alles wieder hoch. Du solltest, wenn ich das sagen darf, Dr. Köhlers Termin nicht …«

»Keine Sorge, Maxim, ich weiß, was ich tue.« Sie gab die Notizen in den Schredder. »Also, gute Nacht!«

Leana ging in ihr Büro, stellte den Handywecker auf kurz vor acht, legte sich hin, deckte sich zu und schlief augenblicklich ein.

3. Donnerstag

Tanni, die Frühdienst hatte, weckte Leana auf, als sie in deren Büro den PC booten wollte. Zwar hatte Tanni versucht, leise zu sein, aber in diesem Bemühen stieß sie den Papierkorb um.

Leana blieb einfach noch liegen und ließ ihre Gedanken wandern. Die Nacht hatte der Stadt ein wenig Abkühlung gebracht, und sie atmete die Luft, die durchs Fenster in den warmen Raum drang, erleichtert ein. Die Mischung aus nassem Asphalt, Abgasen und hoher Luftfeuchtigkeit trug ihre Gedanken nach Kapstadt. Fast vier Tage war sie nun schon fort. Sie hatte mit Gregor vereinbart, einfach ein paar Wochen Zeit vergehen zu lassen, so schwer es auch sein würde. Obwohl Gregor sie betrogen hatte, machten Louisa und Georgia sie für das Scheitern der Ehe verantwortlich. Tief in ihrem Inneren wusste Leana, dass ihre Töchter recht hatten. Sie sehnten sich nach einer unbeschwerten Mutter, die mit ihnen Klamotten kaufte, statt sie ständig zu ermahnen, nichts zu verschwenden. Ihr Mann sehnte sich nach einer Frau und Partnerin, die ihn unterstützte, statt tagaus, tagein vom Leid anderer Frauen zu sprechen.

Leanas Blackberry vibrierte. Es war ihr Wecker. Sie seufzte, schlug die Decke zurück, nahm aus ihrer Tasche den Kulturbeutel, frische Wäsche, die Jeans, das dunkelrote T-Shirt und ging duschen. Unter dem warmen Wasserstrahl ließ sie ihren Tränen um die zerbrochene Ehe einen Moment freien Lauf.

Leana drehte das Wasser ab, trocknete sich nachlässig ab,

zog die frischen Sachen an, putzte sich die Zähne und wischte mit der Hand den beschlagenen Spiegel frei. Ihre Haut war rau, ihre Lippen rissig, ihr frisch gewaschenes Haar hatte keinen Glanz.

»Sieh dich doch mal an«, hatte Gregor sie angebrüllt, »du bist dreiundvierzig und siehst aus wie sechzig. Du pflegst dich nicht, du machst dich nicht zurecht, du gehst in Lumpen, als wärst du eine Heilige. Soll ich das attraktiv finden?«

Wieder liefen Tränen über ihre Wangen. Sie wischte sie ärgerlich fort, kramte aus dem Kulturbeutel eine Creme und fand dabei auch Wimpertusche und Kajal von ihren Töchtern. Ungelenk umrahmte sie ihre Augen und tuschte die Wimpern. Auf sie wirkte ihr Gesicht fremd, und doch musste sie zugeben, dass es hübscher aussah. Die Haare band sie zusammen und versprach sich selbst einen Besuch beim Friseur. Die Sehnsucht nach einem heißen Kaffee, so köstlich wie der von Maxim in der vergangenen Nacht, trieb sie aus dem Badezimmer.

»Da ist ja mein Date«, hörte Leana jemanden sagen und blieb abrupt stehen. An ihrem Schreibtisch saß ein Mann auf ihrem Stuhl, mit dem Rücken zu ihr. »Nehme an, du trinkst den Kaffee immer noch schwarz?« Mit Schwung drehte er sich mit dem Stuhl um.

»Nein!« Leana starrte Dr. Janosch Jacob Köhler an. »Du bist das, JJ? Du bist Chef des LKA Nordrhein-Westfalen?«

Köhler stand auf, ging zwei Schritte auf sie zu und nahm sie in den Arm. »Schön, dich zu sehen. Und warum lässt du mich einfach warten? Früher hattest du mehr Respekt vor Vorgesetzten.«

Nach ihrem Studium der Kriminologie war er für zwei Jahre ihr Chef bei der Kripo in Köln gewesen. Leana machte sich von ihm frei, blickte ihn von unten an und schüttelte den Kopf. »Und wieso Köhler?«

»Ich habe den Namen meiner ersten Frau angenommen. JJ sagen übrigens nur noch ganz wenige.«

Leana lachte. »Soll ich dich mit ›Dr. Köhler‹ ansprechen?«

»Unsinn, bleib ruhig bei JJ. Hier«, er griff hinter sich, »dein Kaffee. Tiefschwarz wie deine Seele.«

Leana lehnte sich an die Schreibtischkante, trank vorsichtig und ließ JJ nicht aus den Augen. »Deiner ersten Frau. Das heißt, es gibt eine zweite?«

»Gab.« Köhler kam zu ihr, nahm seine Tasse und stellte sich neben sie. »Jetzt bin ich und bleibe ich Single. Und du, immer noch die ganz große Liebe mit Supermann Gregor?«

»Hast du von unseren beiden Morden gehört?«, sagte Leana ausweichend. »Ich habe bis heute Morgen um vier Uhr mit dem wirklich sehr fähigen Gerichtsmediziner Maxim Winter gearbeitet, und ich denke, wir haben ein brauchbares Profil unserer Täterin. Ich werde es jetzt gleich in der Teambesprechung vorstellen, hast du Zeit, dabei zu sein?«

JJ lächelte. »So schlimm?«

»Was meinst du? Ich dachte, es interessiert den Leiter des LKA, wie seine neue Chefin des Kompetenzcenters arbeitet.«

»Oh weh! Der schöne Gregor, dieses Bild von einem Mann. Schwarze Locken, blaue Augen, volle Lippen, klug, gebildet und dann noch bei *Ärzte ohne Grenzen* … Wie habe ich diesen Supermann gehasst!«

Wider ihren Willen musste Leana lachen.

Köhler stimmte mit ein und fuhr fort: »Du hast es also nicht vergessen? Jenen denkwürdigen Abend, als ich endlich entschlossen war, endlich den Mut fand, dich zu erobern, und ich gehe nur kurz zur Toilette, um sicher zu sein, dass kein Spinat an meinen Zähnen klebt, und zu prüfen, ob das Hemd sitzt. Habe meinen Text noch einmal geprobt, und dann komme ich zurück an die Theke, und da sitzt *er*. Und du strahlst ihn an, hängst regelrecht an seinen Lippen und lässt meinen Drink stehen. Als ich sagte, ich führe jetzt, kam nur ein ›Hm‹. Einfach nur ein ›Hm‹. Nicht einmal angesehen hast du mich.«

Leana prustete los. »Ich hatte diesen Abend völlig vergessen. Danke, dass du mich daran erinnert hast.«

Es klopfte, und ohne eine Antwort abzuwarten, platzte Natalia herein. Sie war so überrascht, die Tränen lachende Leana zu sehen, dass sie einen Moment vergaß, was sie wollte. »Eh, guten Morgen, Dr. Köhler. 'tschuldigung, ich wusste nicht, dass Sie hier sind, denn im Kalender stand der Termin als gelöscht. Ich komme dann später …«

»Nein«, Leana rang nach Luft, »schon gut, was ist denn?«

»Wir wollten mit der Teambesprechung früher anfangen, und da Ihr Smartphone aus ist, konnte ich Sie nicht erreichen.«

»Es ist auf lautlos gestellt. Ich komme sofort. Kommst du mit, JJ?« Sie wandte sich ihm zu und blickte in seine blitzenden hellblauen Augen, die gemeinhin als stechend bezeichnet wurden.

»Gern. Ich bin gespannt, was du und unser Primus Maximus, so nennen wir Maxim, in der letzten Nacht herausgefunden habt.«

Natalia klappte noch einmal kurz der Mund auf, dann drehte sie sich auf ihren hohen Absätzen um und ließ die beiden stehen.

»Sie …«, hob Dr. Köhler an.

»Sag jetzt bitte nicht, ich soll ihr ein paar Tage Zeit geben, sich an mich zu gewöhnen.« Leana nahm ihren Kaffee und blickte JJ auffordernd an. Er grinste und folgte ihr in den großen Konferenzraum.

Köhler stellte sich ans Kopfende, vor den Hauptbildschirm, und blickte aus seinen hellblauen Augen jeden am Tisch einmal kurz an. Er öffnete den Knopf seines Jacketts, und darunter erschien wie immer ein grellbuntes T-Shirt, das in krassem Gegensatz zu dem sichtbar teuren silbergrauen Anzug stand.

»Leider war es mir nicht möglich, am Dienstag hier zu sein, wie geplant, um Ihnen Leana Meister vorzustellen. Andererseits hatten Sie so bereits Gelegenheit, sich selbst ein Bild von ihrer Arbeit zu machen. Dieses Team hier arbeitet vortrefflich, und die Erfolge geben uns immer wieder aufs Neue recht, dass wir dieses Kompetenzcenter mit den Besten der Besten ins Leben gerufen haben. Nur ist es stets ein Fehler, nicht nach weiteren Verbesserungen zu streben oder nach Ergänzungen. Daher also jetzt Leana. Ich kannte sie schon als junge Kriminologin. Sie war in meinem Team in Köln, vor zwanzig Jahren. Schon damals zeigte sich ihre außergewöhnliche Fähigkeit, sich in Tatorte und Täter einzufühlen. Dieses sehr hohe Maß an Gespür für die Emotionen der Täter hat sie in Afrika verfeinert. Als das Kompetenzcenter eine weitere Stelle genehmigt bekam, war Natalia Rac zu Recht für den Chefsessel vorgesehen. Als ich jedoch erfuhr, dass Leana wieder nach Deutschland kommt, wusste ich: eine bessere Ressource, eben weil sie eine Erweiterung, eine Ergänzung ist, gibt es nicht. Meine Entscheidung sorgte für Unruhe. Das liegt in der Natur der Sache, wenn etwas anders läuft, als es geplant war. Genug der Worte.« Köhler fuhr sich mit der linken Hand über seine raspelkurz geschnittenen grau melierten Haare, und für einen Moment blitzte aus dem Jackettärmel eine lange, wulstige Narbe am Unterarm auf. »Ich werde jetzt zuhören, damit ich über die aktuellen Ermittlungen in diesem Doppelmord auf dem Laufenden bin. Von heute an, Leana, möchte ich täglich einen kurzen Statusreport per FAZIT. Tanni, Sie zeigen ihr bitte, wie das geht.« Köhler klopfte mit den Fingerknöcheln auf die Tischplatte.

Natalia wollte gerade aufstehen und die Besprechung leiten, als Leana sagte: »Fangen wir heute einmal anders an.« Sie erhob sich und sah aus dem Augenwinkel, dass Natalia mit den Augen rollte.

Das muss ich ihr abgewöhnen, dachte Leana und fuhr fort: »Normalerweise«, sie ging nach vorn, »interpretieren wir jede neue Spur so unvoreingenommen wie möglich und hoffen doch, dass die Spur uns dem Täter näherbringt. Ich hatte eine sehr aufregende Nacht mit unserem Professor für Gerichtsmedizin«, der größte Teil des Teams lachte, und Maxim errötete leicht, »und wir sind wie folgt vorgegangen, um ein Profil unserer Täterin zu erstellen.« Leana resümierte kurz und bündig für das Team, wie sie vorgegangen waren, welche Fragen sie gestellt hatten. »Heraus kam, und ich bin zu neunundneunzig Prozent sicher, dass wir richtigliegen, folgendes Profil: Unsere Täterin ist mittelgroß, maximal eins siebzig, eher kleiner, das bestätigten auch die Berechnungen unseres Physikers Theo. Ihre Haare sind mittel- bis aschblond und höchstens schulterlang. Sie hat keinen Haarschnitt; sie wird sie vielleicht zu einem Zopf gebunden haben. Sie versteckt ihre Figur unter schlecht sitzenden Klamotten, trägt auch im Sommer einen dünnen Mantel, der ihr ein wenig zu groß ist. Die dominierenden Farben sind Grau oder Braun. Sie trägt keinen Schmuck, ist ungeschminkt. Ihre Stimme ist leise und eher dunkel.«

»Großartig, wir suchen eine graue Maus«, warf Natalia ein.

Sven blickte sie an und schüttelte fast unmerklich den Kopf.

»Genau auf den Punkt getroffen, Natalia. Wir suchen eine graue Maus. Denn genau das ist ihre Tarnung. Wir suchen eine Frau – danke noch einmal an Maxim –, die genau weiß, dass sie nicht auffällt. Sie könnte wahrscheinlich in aller Öffentlichkeit unter vielen Menschen einen Mord begehen, und keiner würde sich an sie erinnern. Deshalb kann sie die Männer an diesen öffentlichen Orten aufsuchen und ermorden. Sie ist unsichtbar, niemand nimmt sie wahr, und wenn doch, ist sie gleich wieder vergessen. Sie wohnt zur Miete in einem unauffälligen Haus, wahrscheinlich an einer Hauptstraße mit viel Verkehr, weil es dort leichter ist, übersehen und nicht wahrgenommen zu werden. Sie geht einer regelmäßigen Beschäftigung in einer Einrichtung nach. Einem Krankenhaus, einem Labor, einer Praxis, aber bestimmt mit einem so großen Team, dass eine Einzelgängerin zwar vielleicht auffällt, aber man nicht den Wunsch hat, sich um sie zu kümmern. Dort kommt sie an den Urin anderer Frauen heran.«

Leana trat an den Bildschirmtisch und rief eine Datei auf. »Hier, wir haben in der vergangenen Nacht auch ein Phantombild entwickelt. Na ja, eher einen Schatten desselben. Wir haben uns einfach getraut, ein unscheinbares Gesicht zu entwerfen. Die Befragung der Menschen, die in Tatortnähe waren, muss also noch einmal erfolgen. Die Beamten sollen gezielt nach einer unscheinbaren Frau suchen, damit wir diesem Schatten wenigstens eine Seele geben können.«

»Ist ja ein Kinderspiel, und die Jungs, die haben ja auch sonst nichts zu tun«, stichelte Natalia.

»Von jetzt an, und das gilt für jeden von uns«, überging Leana Natalias Einwurf, »werden wir jeden Morgen mit der Frage aufwachen, ob sie ein weiteres Opfer gefunden hat. Wir sind die, die das verhindern müssen. Und dafür ist diese Kleinarbeit notwendig.«

»Wie willst du also weiter vorgehen?«, fragte Köhler.

»Wir werden zwei Wege verfolgen.« Leana rief weitere Dateien auf. »Natalia geht den einen, ich den anderen Weg.«

»Ein Wettstreit?«, zischte Natalia.

Leana seufzte, blickte sie an und sagte: »Darauf würde ich mich nie einlassen, denn wir sind ein Team und Sie würden sicher besser abschneiden als ich.«

Natalia errötete, knibbelte eine Fluse von ihrem Rock und zuckte mit den Schultern.

»Normalerweise«, fuhr Leana fort, »kennen Serientäter ihre Opfer nicht. Das ist anders als bei herkömmlichen Morden, wo Täter und Opfer zumeist schon länger eine Beziehung verbindet. Serienmörder haben keine Beziehung zu ihren Opfern; die Motive für die Tat sind ganz tief in ihrer Psyche verwurzelt. Das Opfer war in der Regel nur zur falschen Zeit am falschen Ort. Ob das auch auf weibliche Serientäter zutrifft, wissen wir nicht; es gibt sie zu selten. In unserem Fall scheinen die Morde zu geplant, als dass es sich um zufällige Opfer handeln könnte. Doch der Zufall kann auch darin liegen, dass sie sie im auslösenden Moment eben zufällig wahrgenommen und dann mit ihrer Planung begonnen hat. Deshalb, bis wir klarer sehen und um keine Zeit zu verlieren, zwei Ermittlungsansätze. Natalia?« Leana wartete, bis sie den Kopf hob und sie ansah. »Sie suchen nach einer Täterin, die sich wie ihre männlichen Pendants verhält. Zufällige Opfer, die der Fantasie der Täterin entsprechen. Ich suche nach einer Täterin, die ihre Opfer kennt. Sie gehen davon aus, dass der Urin post mortem beigebracht wurde. Ich gehe davon aus, dass es ante mortem geschah. Das war es von meiner Seite. Danke!«

Tanni gab den Status der Überprüfung der PCs der Opfer mit »laufend« an, ebenso die Überprüfung der Telefondaten. Sven, der Biologe, hatte Antwort vom Zentrallabor: Der zweite Urin stammte von einer Frau, die im vierten oder fünften Schwangerschaftsmonat war. Theo, der Physiker, hatte nichts zu berichten.

»Gut.« Leana stand wieder auf. »Hier in FAZIT – das Programm hat Maxim mir letzte Nacht erklärt – haben wir einen Fragenkatalog aufgemacht. Zwei Bitten: Lest, und zwar jeder von euch, ihn immer und immer wieder, und, genauso wichtig, schreibt jede Frage, die euch in den Sinn kommt, dazu. Maxim und ich haben über zwanzig Fragen eingestellt, und ich bin sicher, es werden noch viel mehr. Wir sehen uns dann um vierzehn Uhr zur nächsten Besprechung.«

Es wurde unruhig, weil alle aufstanden, ihre Unterlagen und Mappen nahmen, Stühle rückten und zur Tür drängten. Maxim blieb neben Leana stehen und gab ihr ein Päckchen.

»Was ist das?«, fragte sie überrascht.

»Ein Einschlaftee, wenn der Geist nicht zur Ruhe kommt. Selbst entwickelt.«

Noch bevor Leana Danke sagen konnte, war Maxim verschwunden. Sie starrte irritiert auf das kleine Paket. Tanni und Natalia gingen an ihr vorüber, Sven und Theo folgten, schließlich der Chef des LKA.

»Schon den ersten bekennenden Fan«, frotzelte Köhler, blickte auf sie hinunter und zeigte auf das kleine Päckchen. »Das war gute Arbeit, Leana. Ich habe die anderen staunen sehen und es auch selbst getan. Ich bin wirklich froh, dass du hier bist.«

»Tja.« Sie sah zu ihm hoch. »Dass ich froh bin, hier zu sein, kann ich von mir selbst noch nicht sagen. Ich gebe mir Mühe.«

»Ich ruf dich an.«

»Und ich schicke dir die Berichte per FAZIT, Chef.« Sie lächelte Köhler an. Es tat gut, sich an die Zeit vor Gregor und vor Südafrika zu erinnern.

Natalia trat gegen ihren Bürostuhl, und der schoss gegen die Wand hinter dem Schreibtisch. Sven kam herein und schloss die Tür behutsam hinter sich. »Willst du drüber reden?«

Natalia schnellte herum. »Wieso haben die Löwen sie nicht gefressen? Mir kommt wirklich die Galle hoch bei dieser verdammten Müslifrau. Diese Straßenköterzotteln auf ihrem Kopf, diese sonnenverbrannte Haut ohne jedes Make-up, die leuchtend braunen Augen und Pranken wie ein Bauarbeiter. Sie ist zum Kotzen!«

Sven strich sich ratlos über die Glatze. »Das meinte ich nicht mit ›drüber reden‹!«

»Was denn dann?«, fuhr Natalia ihn an. »Soll ich jetzt auch sagen, wie die Rotenburg oder Köhler, ›Leana, ich bin froh, dass Sie da sind. Ich bin beeindruckt, wie Sie vorgehen. Beeindruckt, wie Sie sich einfühlen‹?«

»Bist du das etwa nicht?«, beharrte Sven und schob nach: »Denn wir anderen sind es schon. Fasziniert von Leana Meister.«

»Fuck it!« Natalia zerrte die Schreibtischschublade auf, holte Zigaretten hervor, riss das Fenster auf und gab sich Feuer. »Wie viele Mitarbeiter des LKA kennst du, die Köhler duzen dürfen? ›JJ‹«, äffte sie Leana nach. »Wahrscheinlich hat sie mit ihm geschlafen.«

Sven lächelte. »So, wie du es versucht hast?«

»Raus!«

Sven läutete den Rückzug ein. An der Tür drehte er sich noch einmal zu Natalia um, die tief inhalierte. »Schätzchen, du hast deine sonst sehr erfolgreiche Strategie angewandt, dass man, das heißt in diesem Falle Leana, sich um dich und deine Gunst bemühen muss. Ich glaube, spätestens heute hat sie den Spieß gründlich umgedreht. Bei ihr scheint es, anders als bei dir, allerdings keine Strategie zu sein. Sie ist, wie sie ist. Pass auf, dass du dich nicht selbst abhängst. Denn wir anderen laufen längst hinter ihr her.«

Natalia warf das Feuerzeug nach Sven, der sich geschickt duckte und dann die Tür hinter sich zuzog.

Er lief direkt in Leana hinein.

»Ist Natalia in ihrem Büro?«, fragte sie.

»Äh, vielleicht warten Sie so, na, sagen wir mal ... ja, ich denke, zehn Minuten dürften ausreichen?« Sven behielt die Türklinke in der Hand und blickte Leana bittend an.

Sie gab nach. »Bis zu unserer Abfahrt, um mit Amelie Bauer zu sprechen, ist ja noch ausreichend Zeit.«

Leana drehte sich um und ging in ihr Büro. Sie rief das Programm FAZIT auf und erstellte ihren ersten Statusbericht für JJ. Anschließend las sie immer wieder die Fragen. Sie fügte eine neue hinzu: »Wann hat die Täterin diese Fantasie entwickelt?« Wieder und wieder blätterte Leana durch die Datei. Sie wusste, dass die Sätze in ihr Unterbewusstsein drangen und dort zu Ideen, Visionen und Schlussfolgerungen führen würden.

Als es klopfte, schrak Leana zusammen. »Herein!«, rief sie und nahm schon ihre Tasche in der Annahme, es müsse Natalia sein.

Ein mittelgroßer Mann im Blaumann erschien. »Sie sind Leana Meister?«

»Ja.«

Er hielt einen Autoschlüssel hoch. »Dann habe ich einen dunkelblauen Mercedes für Sie mit allem Schnickschnack, den man sich wünschen kann. Haben Sie eine Minute?«

Leana folgte dem Mann auf den Parkplatz vor dem Haus. Sie wusste nicht, was so eine Limousine kostete, aber sie wusste sehr genau, dass man von diesem Geld viele Familien in Afrika hätte ernähren können. Sie schob diesen Gedanken ärgerlich beiseite, weil Gregors Stimme in ihr laut fragte: »Kannst du dich überhaupt noch an etwas freuen, ohne es in Relation zu den Slums dieses Landes zu sehen?«

Der Typ im Blaumann strahlte sie an, als er ihr die gesamte Technik, die Klimaanlage, das Navi, die Sitzheizung, das automatische Einfärben der Scheiben, den Tresor für die Waffe, den Fernseher, den Kühlschrank und vieles mehr erklärte. »Frau Meister, wenn ich so sagen darf: Das ist mein Traumauto.«

»Fahren kann es auch?«, fragte Leana, überfordert von all den Informationen.

»Klar, wahlweise Automatik oder Schaltgetriebe, hier«, er zeigte auf einen Knopf neben dem Startknopf, »Automatik und … zack: Getriebe.«

»Würden Sie mir einen Gefallen tun?«

»Sicher.« Er kletterte aus dem Auto.

»Stellen Sie mir die Klimaanlage so ein, dass man kontinuierlich im ganzen Auto dreiundzwanzig Grad hat. Stellen Sie den Sitz auf meine Größe ein, ein Meter dreiundsiebzig, stellen Sie das Auto auf Automatik, und dann geben Sie den Schlüssel beim Pförtner ab. Okay?«

Enttäuscht blickte er sie an und nickte.

Leana lief in das Gebäude und in den zweiten Stock zurück. Als sie am Konferenzraum vorbeikam, sah sie Tanni dort arbeiten. Heute trug sie eine grüne Baseballmütze, ein Biene-Maja-Oberteil und eine Jeans mit zahlreichen verschiedenen Flicken.

»Sorry wegen heute Morgen. Ich wusste nicht, dass Sie im Büro schlafen.«

»Nicht schlimm.« Leana kam herein und blickte auf den großen Bildschirm vor ihr. Die Opferprofile wurden gerade miteinander abgeglichen.

»Die Typen führten ein ziemlich langweiliges Leben«, sagte Tanni und stellte sich neben Leana. »Keine Hobbys, obwohl sie schwer Kohle hatten, keine Charity, nix Gemeinnütziges und beide kaum im Netz, außer unserem Lehrer bei Xing – da allerdings erst seit sechs Monaten und ohne Fotos.«

Leana legte den Kopf schräg. »Die Direktorin des Lion-Feuchtwanger-Gymnasiums meinte, sie hätte von und über Bauer nichts im Netz gefunden, er sei ihr einfach zu glatt gewesen. Vielleicht steckt doch mehr hinter dem Swingerclub?«

Tanni wippte auf ihren Schuhen vor und zurück. »Bisher nicht. Der Club, in den Bauer ging, das schwört der Inhaber, hat nicht mal einen Darkroom oder 'ne Sadomaso-Ecke. Allerdings gebe ich der Direx-Type recht. Ich meine, welcher Lehrer schafft es heute noch, dass seine Schülerbrut sich nicht über ihn äußert?«

Leana trat einen Schritt zurück, dann noch einen. »Wir müssen die Gemeinsamkeit der beiden finden.«

»Nada. Zahnarzt und Lehrer, unterschiedlich alt, andere Städte, andere Wurzeln.«

»Es gibt eine Gemeinsamkeit, Tanni, wir sehen sie nur noch nicht.«

Tannis Laptop gab ein Gackern von sich. »Sorry, meist schalte ich das tagsüber aus, um die Kollegen nicht zu verärgern.«

»Aha, und was bedeutet das Gackern?«

Tanni grinste breit. »Eine meiner Datenbanken hat ein Ei gelegt. Ich sag dir gleich, welches.«

Sie gab ein paar Befehle ein, pfiff durch die Zähne, schickte mit einem Wischen zwei Dateien auf den Hauptbildschirm, und die Opfer verschwanden nach oben links und rechts.

Leana starrte die Telefonlisten an. »Und?«

»Einen Moment.« Tanni tippte weitere Befehle ein, die Zahlenkolonnen rollten vor und zurück, und dann blinkte es in einer Reihe grün, in einer anderen rot.

»Was bedeuten die Farben?«

»Grün ist eine gesicherte Information, und die ist der Knaller. Du hast … 'tschuldigung, Sie haben recht gehabt. Knapp eine Stunde vor seiner Ermordung hat Joachim Bauer genau zwei Minuten und zehn Sekunden mit unserem Zahnarzt telefoniert.«

Leana ließ sich auf einen Stuhl fallen.

Natalia erschien in der Tür. »Tanni, hast du …? Ach, da sind Sie ja, wollen wir fahren?«

Leana bedeutete Natalia mit einer Geste, nach vorn zu schauen.

»Rot«, erklärte Tanni weiter, »bedeutet, hier stellt das Programm eine Vermutung an. Die Vermutung in Sachen Gemeinsamkeit lautet, dass sowohl Bauer als auch Meier vor ihrer Ermordung von verschiedenen Telefonzellen in Köln und Düsseldorf angerufen wurden.«

Die drei unterschiedlichen Frauen starrten die Telefonlisten, das Blinken darin an und schwiegen.

Schließlich sagte Tanni: »Um sich verwählt zu haben, ist schon eine Minute zu viel, und beide Männer hatten eine Handynummer, die nicht über die Auskunft zu erfragen war.«

Leana fuhr sich durch die offenen Haare, nahm mechanisch ihr Haarband vom Handgelenk und drehte ihre langen braunen Haare zu einem losen Knoten im Nacken, den sie damit fixierte. »Sie muss sich also mit Computern und Datenbanken sehr gut auskennen. Hätte sie die Nummern erfragt, persönlich oder am Telefon, hätte sie riskiert, dass man sich an sie erinnert.« Leana stand auf. »Gute Arbeit Tanni, ich bin echt beeindruckt, was ihr so alles könnt.« Sie wandte sich Natalia zu. »Von mir aus können wir fahren. Mit meinem Auto.« Sie lächelte. »Die Klimaanlage hat der Kfz-Mechaniker netterweise schon perfekt eingestellt.« Leana ging an Natalia vorbei auf den Flur.

»Tanni«, sagte Natalia, »konzentriere dich jetzt auf den Vergleich der Lebensweisen der beiden Opfer. Die Kollegen sind von den Befragungen zurück und haben ihre Infos in FAZIT eingetragen. Vielleicht entdecken wir dort noch mehr Gemeinsamkeiten.«

»Po vašoj komandi, Ma'am.«

Als sie vom Parkplatz fuhren, sagte Natalia: »Scheint, Sie liegen vorn mit Ihrer Seite, da unsere Täterin die Opfer kannte.«

Leana drückte ihren Kopf gegen die Rückenlehne und folgte den Anweisungen des Navis. »Ich bin in Afrika beinahe draufgegangen. Habe überall und in jedem nur noch Vergewaltiger, Kindesmisshandler, Pornofilmemacher, übergriffige Väter gesehen. Ich habe meinen beiden gesunden, entzückenden Töchtern ständig vorgehalten, was für ein sicheres Leben sie führen, wie verwöhnt sie sind. Meinem Mann, meiner großen Liebe, selbst beim Sex von Vergewaltigungen erzählt. Ich schlief nur noch zwei Stunden pro Nacht und hin und wieder am Tag, um überhaupt durchzuhalten. Ich nahm Pillen zur Beruhigung und welche zum Aufputschen. Mein Mann und mein Vater, ein einflussreicher Botschafter, sorgten dafür, dass ich nach Deutschland zurückkonnte, beziehungsweise -musste. Meine Töchter wollen mit mir nichts mehr zu tun haben. Sie sind froh, dass ich weg bin. Mein Mann hat mich seit Jahren nicht mehr angerührt. Er hatte eine Geliebte, hat sie noch und hat mir am Abend meines Abflugs erklärt, dass unsere Ehe zu Ende ist und er die Scheidung einreichen wird.«

Leana atmete tief durch, um nicht weinen zu müssen.

»Das …«, fing Natalia an, aber Leana fiel ihr ins Wort.

»Als es nicht nur irgendeine Stelle in irgendeinem kleinen Kommissariat auf dem Land wurde, sondern zu dieser ausgesprochen erfolgreichen Sondereinheit führte, sah ich ein wenig Licht. Es hat mich erleichtert, als ich von JJ erfuhr, dass er mich gewollt hatte, ich meine neue Stelle also keiner Mauschelei meines so einflussreichen Vaters verdanke. Ich bin verdammt froh, dass es so gekommen ist, dass meine Fähigkeiten nun helfen, Morde aufzuklären und weitere zu verhindern. Und das werden Sie mir nicht vergällen, Frau Dr. Natalia Rac, weil Sie, verständlich zwar, sauer sind, dass ich auf Ihrem Posten sitze.

Denn diese Stelle hier ist im Moment, und ich fürchte, dieser Moment wird noch lange dauern, das Einzige, was in meinem Leben stimmt.« Sie bog in die Auffahrt der Psychiatrie in Düsseldorf am Volksgarten ein. »Habe ich mich klar ausgedrückt?« Leana parkte und wandte ihren Blick Natalia zu.

»Tut mir leid«, murmelte Natalia, stieg aus, drehte sich um und sagte über das Autodach hinweg: »Ich neige manchmal dazu, nur an mich zu denken.«

»Ich glaube gern, dass sich das nicht gut angefühlt hat. Aber ich stehe vor den Scherben meines Lebens und kann jetzt keine Grabenkämpfe brauchen. Frieden?«

Natalia lächelte sie an. »Ich versuch's. Es ist ein bisschen gegen mein Naturell. Ich kämpfe gern.«

Leana nickte. »Das hatte ich befürchtet. Kommen Sie.«

Leana war wieder einmal erstaunt, wie freundlich so eine Klinik aussehen konnte, die in ihrer Vorstellung ein dunkler Ort voller verschlossener Türen, gesicherter Mauern und Stacheldrahtzäune war.

Natalia meldete sie am Empfang an, und man bat sie, Platz zu nehmen, der behandelnde Arzt würde sie in Kürze abholen.

Natalia blickte sich in der lichtdurchfluteten Empfangshalle um. »Sie haben das mit der Geliebten wirklich nicht gemerkt?«

Leana stand wieder auf, ging ein paar Meter hin und her, blieb dann vor Natalia stehen und sah zu ihr hinab. »Ich sagte, ich habe es übersehen, ignoriert. Ich hoffte, es ginge vorüber. Kleines Zwischentief. Er stillt seine körperlichen Bedürfnisse einfach woanders.«

»Das geht?« Natalia blinzelte gegen die Sonne, die durch das Glasdach schien.

»Das geht alles. Und irgendwie denkt man immer, die andere

Frau ist blöd, dumm. Aber das war sie eben nicht. Sie war nicht einmal jünger als ich. Nur besser gelaunt und lebenslustig und attraktiv. Ich hätte mich auch in sie verliebt.«

»Sind Sie vom LKA?«, fragte hinter Leana ein kleiner Mann mit dichtem schwarzem Haar und einem unüberhörbaren tschechischen Akzent. »Ich bin Dr. Kratkas, der Arzt von Frau Amelie Bauer. Kommen Sie bitte mit.«

Leana und Natalia folgten ihm in einen gläsernen Aufzug, der die Halle durchschwebte und schließlich im siebten Stock anhielt. Leana tippte im Hinausgehen kurz auf das Schild neben der Sieben, und Natalia nickte. Geschlossene Abteilung.

»Der Luxus unten in der Halle dient unseren Privatpatienten aus aller Welt. Frau Amelie Bauer ist gerade beim Schwimmen, so haben wir einen Moment Zeit für uns.« Er schloss eine Glastür auf und direkt dahinter links die Tür zu seinem Büro mit Blick auf den Volksgarten.

Leana und Natalia nahmen in den grauen Ledersesseln dem Schreibtisch gegenüber Platz, Dr. Kratkas dahinter. Er senkte seinen Blick auf die Unterlagen vor sich und sagte, ohne die Frauen anzusehen: »Sie kennen Amelie Bauers Vorgeschichte, nehme ich an?«

Leana und Natalia schüttelten einhellig den Kopf.

»Amelie Bauer war ein Findelkind. Sie wurde abgemagert und unterkühlt im Schloss Benrath gefunden, da war sie etwa sechs Monate alt. Normalerweise erhalten Kinder im Babyalter relativ schnell Adoptiveltern. Nicht so Amelie. Sie wurde entweder übersehen oder abgelehnt. Später brachte das Heim sie immer wieder bei Pflegefamilien unter. Es ging nie länger als ein paar Monate gut. So bekam sie den Stempel ›schwierig‹. Ihre erste Therapie machte sie hier bei mir vor achtzehn Jahren. Sie war volljährig, verließ das Heim und suchte sich eigene Hilfe. Sie kämpfte sich durch ein Medizinstudium.«

»Moment«, unterbrach Natalia den Arzt. »Amelie Bauer hat Medizin studiert?«

»Ja, und es auch zu Ende gebracht.«

»Warum sagten Sie ›kämpfte sich durch das Studium‹?«, fragte Leana.

»Sie fand kaum Anschluss unter den Studenten. Es gab einfach keinen Prof, keinen Dozenten, der sie wirklich mochte. Sie wurde trotz aller Therapiestunden, trotz ihres Abschlusses mit summa cum laude nie das Gefühl los, unzulänglich zu sein. Sie hatte keinen festen Freund, und trotz ihres guten Abschlusses gab ihr niemand eine Stelle.«

»Das klingt alles sehr grausam«, sagte Leana nachdenklich.

»Das war es. Dann erschien vor ungefähr zehn oder elf Jahren Joachim Bauer in ihrem Leben. Amelie hatte da schon die Hoffnung aufgegeben, jemals als Ärztin im herkömmlichen Sinne zu arbeiten, und jobbte in den verschiedenen Obdachlosenheimen und in einer mobilen Arztpraxis. Sie sagte selbst von sich, mit denen, die die Gesellschaft nicht wolle, kenne sie sich am besten aus. Aber dann«, er blätterte weiter in den Unterlagen, »mit Joachim, wurde alles gut. Er unterstützte sie bei ihrer Arbeit, machte ihr einen Heiratsantrag, sie bekamen die Kinder. Ich hoffte, sie als Patientin nicht mehr wiederzusehen.« Kratkas rieb sich die dunklen, kleinen Augen. »Dann wechselte er von Bergisch Gladbach nach Düsseldorf an eine gemischte Schule, also mit jungen Mädchen. Bauer hatte sich all die Jahre so aufopfernd um Amelie gekümmert – jetzt war einfach mal wieder er dran.«

Leana zuckte zusammen bei diesen Worten; sie waren ihr allzu vertraut. »Und das hat sie nicht verkraftet?«, fragte sie.

Dr. Kratkas schüttelte den Kopf. »Nein, es hat sie zu sehr an früher erinnert, als immer alle Mädchen besser, liebenswerter, hübscher als sie waren.«

»Was genau hat Amelie da gestört?«, fragte Natalia.

»Jedes Mal, wenn Joachim von einer Schülerin sprach, rastete sie unverhältnismäßig aus. Die Öffentlichkeit, die plötzlich notwendig war. Andererseits«, er schüttelte den Kopf, »war es auch mein Fehler. Ich dachte, Amelie sei nach all den Jahren stark genug, das auszuhalten. Ich meine, ihr Mann konnte nicht Direktor werden, ohne soziales Interesse an den Kollegen zu zeigen. Er musste zu den Festen, wo alle hingingen, zu den Schulfeiern. Am Anfang entschuldigte er Amelie, es sei was mit den Kindern, sie sei krank. Aber zu einem kompetenten Direktor gehört eine Familie, und die muss sich zeigen. Er animierte Amelie dazu, auch hier in Düsseldorf wieder für die Obdachlosenheime zu arbeiten, aber das stellte die Stabilität ihrer Psyche nicht so richtig wieder her, weil auch das nicht klappte.«

»Und jetzt«, fragte Natalia, »was ist jetzt mit ihr?«

»Sie hat einen Schock. Ihre größte Angst ist wahr geworden. Ihr Retter, Joachim, wurde ihr genommen. Obwohl sie versucht hat, alles richtig zu machen, ihn nie zu verärgern. Für ihre Seele ist das ein Desaster ohnegleichen. Wenn ich ehrlich bin, weiß ich nicht, ob wir sie je wieder entlassen können.«

»Als wir Frau Bauer am Dienstagmorgen mit dem Tod ihres Mannes konfrontierten, fragte sie nicht nach, was passiert ist, und zugleich hatte ich das sichere Gefühl, sie hatte damit gerechnet, war erleichtert.« Leana legte den Kopf schräg.

Natalia runzelte die Stirn und blickte Leana an. »Ja, das stimmt, das haben Sie gesagt.«

»So ist es oft«, sagte Dr. Kratkas. »Irgendwann ist die Furcht vor etwas so groß, so mächtig, so belastend, dass sie froh sind, wenn es endlich passiert.«

»Das klingt schizoid«, rutschte es Natalia heraus.

»Das ist schizoid«, antwortete Kratkas und lächelte, »und dennoch verständlich. Stellen Sie sich vor, Sie haben einen

Schiffbruch überlebt und schwimmen nun in den Weiten des Ozeans. Am Anfang haben Sie Hoffnung, dass Sie gefunden werden. Sie teilen Ihre Kräfte ein, halten Ausschau. Irgendwann wird die Hoffnung kleiner, die Ausdauer lässt nach, Sie ahnen langsam, dass nichts und niemand kommen wird, um Sie zu retten. Und dann geben Sie auf. Sie wissen zu genau, was auf Sie zukommt. Sie wissen, dass es nur eine Frage der Zeit ist.« Dr. Kratkas machte eine bedeutungsvolle Pause. »Die Gewissheit, dass es so kommen wird, ist irgendwann so groß, dass Sie erleichtert nachgeben und untergehen.«

Natalia schüttelte den Kopf, als wollte sie diesen bedrückenden Gedankengang loswerden. »Können wir nun Ihre Patientin befragen?«

»Sie können Amelie befragen, aber wann immer ich sage, es ist genug, will ich keine Diskussion führen müssen. Können Sie das akzeptieren?«

»Und wenn nicht?«, fragte Natalia.

»Dann gibt es gar keine Befragung, jetzt nicht und die nächsten Monate nicht.«

Es ist wirklich erstaunlich, dachte Leana, *wie schnell Natalia Menschen gegen sich aufbringen kann.*

»Dr. Kratkas«, wandte Leana sich in versöhnlichem Ton an ihn, »natürlich akzeptieren wir das. Ich fühle wirklich mit Ihrer Patientin mit.« Aus dem Augenwinkel nahm sie wahr, dass Natalia wieder mit den Augen rollte. »Deshalb möchte ich Ihnen gern eine Frage stellen, um sie nicht ihr stellen zu müssen. Halten Sie es für möglich, dass Frau Bauer ihren Mann ermordet hat?«

Kratkas senkte erst den Blick, sah dann Leana an und schüttelte den Kopf. »Sie hätte eher jeden umgebracht, der versucht hätte, ihn ihr wegzunehmen. Er war gewissermaßen der Garant, der Schutzpatron ihres Lebens.«

»Wussten Sie, dass dieser Schutzpatron seit einigen Monaten in einen Swingerclub ging? Was ist da passiert in der Ehe?«

Kratkas blickte Leana an und zugleich durch sie hindurch. »Amelie«, er zögerte, »hat es mir im Juni erzählt und«, er wischte sich über die Stirn, als wäre dort ein Haar, »und ich dachte, ihre Psychose begänne wieder. Ich telefonierte mit ihrem Mann. Er bestätigte mir, dass es sich um ein bloßes Hirngespinst seiner Frau handelte.«

»Ja, einer einmal als irre eingestuften Person lässt sich so etwas leicht unterstellen«, schloss Leana lakonisch.

Dr. Kratkas wurde einen Moment sehr blass. »Ich bringe Sie jetzt in den Besucherraum und hole dann Amelie.«

Sie standen gemeinsam mit ihm auf, folgten ihm durch einige Gänge und Türen und wurden in einen wie ein Wohnzimmer wirkenden Raum geführt.

»Eines noch«, sagte Dr. Kratkas. »Amelie Bauer behauptet, ihr Mann habe Nachhilfe gegeben und die Mädchen hätten ihn dann angemacht und sich in ihn verliebt. Derartiges hat nie stattgefunden.« Er zögerte einen Moment. »Und bevor Sie auch das hinterfragen – ich habe es mir von der Schule versichern lassen. Auch die Haushaltshilfe ist keine Schülerin.« Er verschwand.

»Verdammt, Leana«, sagte Natalia, »ich habe Sie wirklich unterschätzt. Erst die freundliche und absolut glaubhafte Art ›ich verstehe und fühle mit Ihrer Patientin mit‹ und dann mal eben so aus der Hinterhand die Kompetenz des Arztes infrage gestellt. Wow!«

Leana musste gegen ihren Willen schmunzeln und freute sich über die Worte. »Es ist nie geplant. Ich mache das intuitiv, auch wenn das blöd klingt.« Sie setzten sich. »Darf ich Ihnen eine Frage stellen, Natalia?«

»Bitte!«

»Gibt es irgendwas an mir, was Sie total bescheuert finden?«

Natalia grinste. »Ist das eine Falle?«

»Nein, keine Falle.«

»Ihre Jesuslatschen, die gehören zu einer jungen Frau in Jeans und nicht zu einer gestandenen Kriminologin Anfang vierzig.«

»Okay, ich schlage Ihnen einen Deal vor. Jedes Mal, wenn Sie mich in diesen Latschen erwischen, zahle ich fünf Euro. Und im Gegenzug zahlen Sie für jedes Augenrollen über meine Kommentare ebenfalls fünf Euro.«

Natalia errötete bis an die Haarwurzeln.

»Deal?« Leana grinste und hielt Natalia die Hand hin.

Die schlug im selben Moment ein, in dem die Tür aufging und Amelie Bauer mit noch vom Schwimmen nassem Haar und geröteten Wangen, gefolgt von Dr. Kratkas, eintrat.

Kratkas geleitete Amelie Bauer zu einem Sessel, nahm neben ihr Platz und forderte Natalia und Leana mit einer Geste auf, sich zu ihnen zu setzen.

»Kennst du diese Frauen, Amelie?«

Amelie Bauer strich sich wieder, wie es Leana schon vorher aufgefallen war, an den Wangen entlang über ihre Haare, ohne sie hinter die Ohren zu schieben. Es wirkte wie ein seltsames Bemühen, sich selbst zu streicheln, vielleicht, um sich zu beruhigen.

Amelie Bauers Haut war durchscheinend, ihre Augen wirkten, als hätte man die Farbe verwässert. Es gab keinen klaren Irisrand.

»Sie waren an dem Tag bei mir, als Joachim mich verlassen hat. Ich glaube, Sie sind schuld an seinem Verschwinden.« Amelie Bauer zeigte mit der Hand erst auf Leana, dann auf Natalia.

»Frau Bauer«, Leana beugte sich leicht nach vorn, um kleiner als ihr Gegenüber zu wirken, »Joachim wurde ermordet, in der Nähe Ihrer Wohnung, im Rosengarten.« Sie ließ Amelie Bauer nicht aus den Augen, in der Hoffnung, an ihrer Reaktion irgendetwas zu erkennen. Ob sie sich erinnerte, ob sie selbst dort war.

»Er hat mich verlassen, mehr muss ich nicht wissen«, antwortete Amelie Bauer aufgebracht. »Bitte gehen Sie!«

Kratkas legte ihr seine Hand auf den Arm. »Lass uns noch ein bisschen mit den Frauen reden, Amelie, sie sind extra für dich den weiten Weg gekommen.«

»Erzählen Sie mir bitte, wie Sie Joachim vor zehn Jahren getroffen haben?«

Amelie Bauer entspannte sich sofort. Sie faltete die Hände, ließ den Blick durch den Raum schweifen und heftete ihn dann auf ihre Knie.

Leana und Natalia erfuhren, dass Joachim Bauer damals einen Obdachlosen zur mobilen Ambulanz begleitet und sie sich sofort in ihn verliebt hatte. So ein netter und gut aussehender Mann. Sie habe sich so oft verliebt, und nie sei es erwidert worden. Aber Joachim sei immer wieder gekommen, habe stets kleine und oft witzige Geschenke für sie gehabt. Blumen, Bücher, einfach alles, was eine Frau sich wünschen könne. Er war der erste und einzige Mann in ihrem Leben; sie ging als Jungfrau in die Ehe. Ihre Dankbarkeit kannte keine Grenzen. Sie liebte Joachim mit Hingabe. Ihr Leben wurde durch ihn zu einem stillen, ruhigen Fluss. Erst der Wechsel nach Düsseldorf änderte alles. Sie hasste die Stadt, die vielen neuen Menschen, die Straßen. Es strengte sie an, Joachims neuen Kollegen zu gefallen. Er brachte die Mädchen ins Haus, erteilte ihnen Nachhilfe, und sie mussten ihr zur Hand gehen.

Leana bemerkte, wie Amelie auch physisch schrumpfte, wieder das Kind wurde, das niemand wollte, das nie gut genug war. »Ging Joachim oft in diesen kleinen Rosengarten in der Nähe Ihrer Wohnung?«, fragte sie.

Amelie Bauer richtete sich wieder auf. »Er war dort manchmal, um in Ruhe zu lesen, wenn unsere Töchter zu laut waren im Haus.«

»Könnten Sie sich vorstellen, wen er dort letzten Dienstagabend treffen wollte?«

»Joachim traf sich mit niemandem. Nie. Wir blieben für uns. Das war immer sein Wunsch. Für uns bleiben. Wir brauchten keine Freunde und Kollegen. Wir hatten uns. Es ist diese Stadt, die alles verdorben hat.«

Leana setzte sich wieder gerade hin. Sie war ratlos. »Können Sie sich an ungewöhnliche Anrufe erinnern in den letzten Wochen? Haben Sie irgendjemanden getroffen, der Ihnen fremd erschien, anders war?«

Amelie Bauer schüttelte den Kopf. »Wir trafen manche. Wir mussten raus. Joachim sagte, zeigen, dass wir eine glückliche Familie sind. Feste und Einladungen. Es waren schrecklich viele Menschen, alle fremd.«

Leana blickte Natalia an und nickte ihr zu.

»Waren Sie einmal mit in dem Swingerclub, den Ihr Mann besuchte?«, fragte Natalia.

Amelie Bauer sah Dr. Kratkas an. »Die Frauen sollen gehen. Ich will, dass sie gehen. Bitte, ich kann ihre Nähe nicht ertragen, sie riechen so streng.« Sie begann zu wimmern.

Leana und Natalia standen auf und verließen den Raum, ohne Auf Wiedersehen zu sagen. Amelie Bauers Wimmern verfolgte sie noch bis zum Aufzug.

Leana drückte auf den Knopf und lehnte ihren Kopf gegen den kühlen Marmor der Flurwand. »Spielt sie, oder ist das echt?«, fragte sie mehr sich selbst.

»Damit hätte ich gerade von Ihnen nicht gerechnet.« Natalia betrat den Aufzug als Erste. Als die Türen sich schlossen, fuhr sie fort: »Der Gedanke kam mir auch. Ich meine, ein Medizinstudium mit summa cum laude und dann das hier? Ein perfektes Versteck. Kommen wir ihr auf die Spur, wird sie als schuldunfähig eingestuft und kann hier weiter wellnessen. Kommen wir ihr nicht auf die Spur, kommt sie raus, und alles ist wieder gut.«

Mit einem sachten *Ping* kam der Aufzug im Erdgeschoss an.

Leana stieg aus und blickte nach oben. »Wir werden wiederkommen, mehrmals. Wir müssen lästig werden auf eine sehr freundliche Art, denn ich wüsste für Amelie Bauer noch absolut kein Motiv für den Mord an dem Zahnarzt.«

Auf dem Weg zum Auto kramte Leana einen Lippenpflegestift aus ihrer Stofftasche. »Bald brauche ich einen neuen«, sagte sie vor sich hin.

Natalia staunte. »Ich glaube, mir ist es noch nie gelungen, einen Labello so lange zu haben, dass er wirklich leer ist.«

»Afrika lehrt einen, auch Pfennigartikel zu Ende zu benutzen, weil man nie weiß, wann es sie wieder gibt«, dozierte Leana.

Natalia seufzte und rollte mit den Augen.

Kaum saßen sie im Auto, hielt Leana Natalia ihre rechte Hand hin.

»Was?«, fragte Natalia.

»Fünf Euro fürs Augenrollen, her damit!«

Um vierzehn Uhr erschienen Tanni, Sven, Theo, Zorro, Natalia, Maxim und Leana zur zweiten und kleineren Teambesprechung des Tages. Tanni unterrichtete alle über die Koinzidenz, dass Bauers wie Meiers Handy von Telefonzellen der Städte Köln und Düsseldorf aus angerufen wurde, und dass die Opfer sehr kurz miteinander telefoniert hatten, und zwar vor Bauers Ermordung im Rosengarten. Sie hatte den Abgleich der Lebensumstände und Tagesabläufe der beiden Opfer gemacht.

Sie blieben in allen Punkten unterschiedlich und boten keine Überschneidung, keinerlei Schnittmenge. »Das Einzige, was das Programm ausgespuckt hat, ist die Ähnlichkeit in puncto Unauffälligkeit. Keine Knöllchen, weder fürs Falschparken noch für zu schnelles Fahren. Beide gingen nicht gern unter Leute, hatten keinen Freundes- oder Bekanntenkreis. Man könnte fast sagen, sie bemühten sich, nicht aufzufallen, nicht wahrgenommen zu werden. Das macht sie aus Sicht meines Programms suspekt.«

»Solche Programme kannst auch nur du schreiben.« Maxim lachte. »Aber dass sie es versteht, *nicht aufzufallen*, trifft auch auf unsere Täterin zu. Vielleicht ist das die Schnittmenge, wenn sie auch im Moment wertlos erscheint.«

»Du hast recht, Maxim«, sagte Leana. »Es ist ein sehr kleiner, aber ein gemeinsamer Nenner. Hast du noch etwas?«

Maxim stand auf und ging nach vorn. »Nicht als Gerichtsmediziner. Da ist alles ausgewertet, was wir an Spuren, Vergleichsproben etc. hatten.«

»Oh doch, du hast die Teppichfaser vergessen, die wir an beiden Tatorten sicherstellen konnten«, mischte sich Zorro von der Spurensicherung ein. »Es ist Standardware, wie wir sie in Kaufhäusern finden, also ein sehr strapazierfähiges Material. Die Faser ist aus synthetischen Polymeren. Wir laufen gerade die einschlägigen Häuser in Düsseldorf und Köln ab.«

»Entschuldige, Zorro.« Maxim deutete eine Verbeugung an. »Und nach dem wenigen, was ich als Forensischer Psychologe bisher gelernt habe, fällt mir darüber hinaus noch etwas auf: Zumindest bei männlichen Serientätern ist es so, dass sie in einer ihnen vertrauten Umgebung zu morden beginnen. Leider haben wir hier gleich zwei Städte. In beiden Städten zeigt sich allerdings, dass sich die Täterin gut auskennt, denn sie hat ihre Opfer quasi über die Telefonzellen eingekreist.« Maxim rief die Stadtpläne von Düsseldorf und Köln auf, tippte weiter, und die Wohn- und Arbeitsplätze der Opfer wurden markiert, anschließend die Telefonzellen, aus denen angerufen wurde. »Wie eine Spinne, die ein Netz webt. Auch wenn jetzt andere Städte folgen, wird sie in einer dieser beiden Städte im Moment zu Hause sein. Warum hat sie in Düsseldorf angefangen? Weil …«

»… hier ihr Auslöser war«, beendete Leana den Satz.

»Genau«, übernahm Maxim wieder das Wort. »Hier in dieser Stadt ist ihr etwas passiert oder begegnet, was sie zu diesen Morden angeregt hat. Tanni«, er lächelte die ITlerin kurz an, »hat ihre Programme mit den Verbrechen seit Anfang des Jahres gefüttert.«

Tanni gab ein paar Befehle in ihren Laptop ein, und eine Sekunde später erschienen vier Frauen auf dem Hauptbildschirm.

»Unter allen Verbrechen und Vergewaltigungen zeichneten sich diese hier durch besondere Grausamkeit aus. Zwei der Frauen, nämlich Claudia Wagner und Sybille Lang, wurden Opfer häuslicher Gewalt, brutal zusammengeschlagen und vergewaltigt durch die besoffenen Freunde ihrer Ehemänner. Beide leben im Frauenhaus Hamm. Imogen Schlosser, achtzehn Jahre alt, wurde in ihrer Schule in der Toilette von drei Schülern vergewaltigt und beinahe in der Kloschüssel ertränkt. Zoe Beutelmacher, ebenfalls achtzehn Jahre alt, wurde vergewaltigt und verprügelt aufgefunden. Sie schweigt bis heute über den oder die Täter und ist im vierten Monat schwanger.«

Leana fröstelte. Da waren sie wieder, die Gesichter der Tausend und Abertausend misshandelten Frauen, die nachts durch ihre Träume geisterten. *Und ich dachte, nur Afrika sei so grausam*, gestand sie sich ein. »Deine Theorie dazu?«, fragte sie mit kratziger Stimme.

»Unsere Täterin arbeitet in einem Frauenhaus, in einem Labor, in der Gerichtsmedizin. Jahr für Jahr ist sie misshandelten Frauen begegnet, sah ihre Wunden, spürte, wie sie litten, wie sie Angst hatten, und zwar so entsetzliche Angst wie diese Zoe, sodass die Täter nie zur Rechenschaft gezogen wurden.«

»Das mag alles stimmen, Maxim«, sagte Natalia, »nur warum traf es Bauer und Meier?«

»Vielleicht hatte sie deren Namen von einer Frau bekommen, die nicht zur Polizei wollte.«

»Also …« Zorro räusperte sich. »Wir könnten immerhin prüfen, ob DNS von Bauer oder Meier bei diesen Vergewaltigungen aufgetaucht ist.«

»Außerdem wäre ein Abgleich der Urinanalysen mit denen der Opfer aus diesem Jahr vielleicht sinnvoll«, schlug Sven vor.

»Okay, das machen wir so. Es ist ätzend. Vor zwei Tagen die erste Leiche und noch keine wirklich vielversprechende Spur«, sagte Natalia ärgerlich.

»Der Fall ist allerdings auch sehr außergewöhnlich«, gab Theo zu bedenken.

Natalia nickte und resümierte abschließend ihren Besuch bei Amelie Bauer.

»Hm«, setzte Maxim Winter an, »wenn Amelie Bauer die Morde begangen hätte, kämen als Auslöser ihr Umzug nach Düsseldorf oder die Besuche ihres Mannes im Swingerclub infrage.«

»Und war sie es nicht«, sagte Leana, »wenn es sich also nicht um eine Beziehungstat handelt, liegt der Auslöser vielleicht bei diesen Frauen. Ich fahre morgen mit Natalia in den Swingerclub. Vielleicht war unser Zahnarzt ja auch da. Gleichzeitig veranlassen wir, dass das Umfeld dieser Frauen durchforstet wird. Vor allem müssen wir wissen, wo sie versorgt wurden, wer sie psychologisch betreut. Wenn es nicht Amelie war, finden wir unsere Täterin vermutlich in diesem Umfeld.«

Natalia nickte zustimmend, was Sven zu einem Stirnrunzeln veranlasste.

»Der Psychodoc meinte«, sagte Natalia, »Bauer musste seine Zurückhaltung aufgeben und häufiger öffentlich auftreten, um ein glaubwürdiger Direktor zu werden. Gut, sehe ich ein. Man muss Kollegen auch mal außerhalb der Arbeit treffen, um zu wissen, wie sie ticken. Aber gehört dazu ein Swingerclub? Tanni, können wir sicher ausschließen, dass er nicht schon vorher solche Clubs besuchte?«

»Ma'am, sein PC zu Hause ist einige Jahre alt. Er hatte keine Scheu, ein paar Sadomaso-Pornos darauf zu haben, die Adresse des Clubs, die Website, alles zwar verschlüsselt, aber da. Es widerspräche der Logik der digitalen Forensik, dass er Dateien von früher gelöscht hat. Es fing mit den Sadomaso-Pornos an, mit klarer Tendenz zum Sado, dem folgte kurz darauf der Swingerclub.«

»Digitale Forensik?«, hakte Leana nach.

»Yepp, Maxim und ich sind beide in Weiterbildungsprogrammen, er in Forensischer Psychologie, ich in IT-Forensik.«

»Alle unsere Leute durchlaufen regelmäßig Fortbildungen, ausgesucht nach dem Aktuellsten, was es am Markt gibt. Wir dürfen nicht hinterherhinken. Digitale Forensik bedeutet im Wesentlichen die Erfassung, Analyse und Auswertung digitaler Spuren. Einmal das lückenlose Dokumentieren, damit diese Spuren auch vor Gericht bestehen, im zweiten Schritt die Forensik, Auswertung der Doku«, erläuterte Natalia.

»Das wird mittlerweile unterrichtet?«, fragte Leana.

»Sogar als Studiengang an der Uni. Steuerbehörde und Marketing sind ganz heiß auf die Spezialisten.« Tanni grinste breit.

»Ich werde auch von Bauer ein Profil erstellen und dann von Meier«, machte Maxim den Erklärungen ein Ende, »denn es hat schließlich auch bei Bauer einen Auslöser gegeben, in den Swingerclub zu gehen. Leana, wenn ich das vorschlagen darf, wir müssen Bauers Leben in den letzten Monaten auf alle seine Unternehmungen hin überprüfen, um seinen Auslöser zu finden.«

»Gute Idee«, antwortete Natalia an Leanas statt, »und ich will die Töchter befragen. Kinder spüren sehr viel. Ich könnte mir vorstellen, sie können sehr genau sagen, wann sich in der Beziehung ihrer Eltern etwas verändert hat. Tanni, bitte versuche anhand der minimalen Aussagen, die durch die erneute Zeugenbefragung zusammengekommen sind, das Phantombild zu schärfen.«

Als die Teambesprechung zu Ende war, trug Leana den aktuellen Status in FAZIT ein und setzte für Angela Rotenburg und für JJ ein Lesezeichen, wie Maxim es ihr gezeigt hatte.

Kurz darauf klingelte ihr Smartphone.

»Danke für die Info. Es klingt nicht nach einer Spur?«, kam JJ sofort auf den Punkt.

»Ja, es ist frustrierend. Aber so ist es mit Serientätern, man kommt ihnen einfach nicht so schnell auf die Schliche.«

»Ich hole dich um sieben ab, dann gehen wir zusammen was essen. Vielleicht fällt mir ja was ein.«

»Äh«, sagte Leana, da hatte er schon aufgelegt.

Sie fuhr sich mit der Hand durchs Haar, fühlte, wie strohig es war, blickte auf ihre nackten Füße in den Jesuslatschen und dachte: *Okay, es ist Zeit, was zu tun.*

Sie rief Angela Rotenburg an.

»Was kann ich für dich tun?«

»Mir einen Friseur nennen, der jetzt Zeit hat, und mir sagen, wo ich schöne Schuhe finde.«

»Guter Plan. Ich hole dich ab.« Angela Rotenburg legte auf.

Leana dachte: *Ich muss wirklich grässlich aussehen,* und als sie sich beim Team für diesen Tag abmeldete, stieß dies bei allen auf Verständnis, da sie seit ihrer Ankunft vor zwei Tagen nicht einmal hatte durchatmen können.

Angela Rotenburg zerrte sie zuerst zu ihrem Friseur – sie hatte dort aufgrund ihrer großzügigen Trinkgelder und der jahrelangen Treue einen Status, der so etwas erlaubte.

Leana ließ sich belehren, dass auch langen Haaren ein Schnitt sehr guttat, bekam eine Glanzkur, gleichzeitig ein Peeling und ein leichtes Make-up. Die Haare wurden halb trocken geföhnt, noch einmal nachgeschnitten und mit einem Band so locker zusammengefasst, dass einzelne Strähnen herausrutschten und ihr Gesicht umspielten.

Anschließend ging es in verschiedene Boutiquen. Auch hier war Angela lange bekannt, und mit geschultem Blick stellte das Personal für Leana zehn T-Shirts, fünf Blusen, vier Hosenanzüge, drei Kleider und vier Paar Schuhe zusammen, die aufeinander abgestimmt waren und perfekt zu ihrem dunklen Teint, ihren hellbraunen Haaren und ihren graugrünen Augen passten.

»Mein Konto begeht Selbstmord«, sagte Leana lachend und erschöpft, als sie mit Angela schließlich in Kaiserswerth ankam und mit ihren Tüten aus dem Auto ausstieg.

»Holla, was ist denn mit dir passiert?«, rief Chris anerkennend aus der Bar, als er Leana eintreten sah. »Hättest du Dienstag schon so ausgesehen, hätte ich dir auf der Stelle einen Heiratsantrag gemacht.«

Sie hatte den dunkelgrünen Hosenanzug aus Leinen und das dazu passende rosafarbene Shirt, das ihrem Teint schmeichelte, gleich angelassen.

»Es ist seit Jahren mein erster Hosenanzug. Ich hatte vergessen, wie das ist. Meine engste Mitarbeiterin, Dr. Natalia Rac, hat mich daran erinnert, dass es einen Dresscode für Führungskräfte gibt und dass dieser Jesuslatschen und bequeme Jeans nicht vorsieht.« Sie lachte. »Nimmst du einen Drink mit uns? Ich habe nicht viel Zeit, aber immerhin.«

Gemeinsam mit Angela tranken sie einen Pastis. Dann verabschiedete sich Leana zu Chris' Leidwesen, ohne preiszugeben, was sie vorhatte.

»Du weißt wirklich nicht, wo sie hinwill?«, bohrte Chris bei Angela nach, als Leana gegangen war.

»Nein, ich habe zwar so eine Idee, aber wissen tue ich es nicht. Chris, bitte, sie hat gerade eine gescheiterte Ehe hinter sich oder steckt noch mitten im Scheitern fest. Lass die Finger von ihr.«

»Ich will nicht mir ihr spielen. Sie interessiert mich wirklich. Ich meine ... wow, eine Frau, die jahrelang in Afrika Verbrecher gejagt hat.«

»Spezialisiert auf Sexualdelikte, vergiss das nicht«, erinnerte Angela ihren langjährigen Freund.

»Umso mehr vermute ich bei so einer Frau viel Tiefe, Lebenserfahrung, und heute zeigt sie auch noch, wie schön sie ist. Ich bin total verknallt, Angela!« Er legte seine rechte Hand aufs Herz. »Ganz ehrlich.«

»Victor«, rief Angela in Richtung Küche, »hast du das gehört? Was für eine Überraschung, unser Chris ist verliebt. Und er meint es dieses Mal ernst!«

Chris leerte sein Glas und hielt es Victor hin, der aus der Küche kam und seine Hände an einem Tuch trocknete. »Sie geht heute Abend schon wieder aus, und wieder nicht mit mir!«

Victor schüttelte nur den Kopf, füllte beide Gläser neu und fragte: »Wollt ihr essen? Isch habe frische Forelle und wunderbare Kartoffeln, daraus ich mache ein Salat mit Kresse.«

Angela seufzte. »Das klingt himmlisch. Was meinst du, Chris? Ich esse nur mit dir, wenn du nicht über Leana redest!«

»Na gut, mein Hunger ist groß und unstillbar.«

Für sie war es ein Abend wie viele andere zuvor. Man aß gemeinsam, sprach über den Tag, lästerte über Freunde. Irgendwann gesellte sich Victor dazu, mit einem alten Grappa, und schimpfte über so manche Gäste. Doch an diesem Abend kannte Chris nur ein Thema und fragte Angela so lange aus, bis sie alles erzählte, was sie von Leanas Laufbahn wusste und was nicht privat war.

JJ hupte pünktlich um neunzehn Uhr vor dem Haus, hielt Leana die Wagentür auf und brachte sie in die Düsseldorfer Innenstadt, in eine spanische Tapasbar, wo er reserviert hatte. »Es ist ein Lieblingsrestaurant des LKA hier in Düsseldorf, weil für jeden etwas dabei ist. Außerdem kann man nach dem Essen einfach sitzen bleiben und hat nicht das Gefühl, den Platz räumen zu müssen.«

»Dann kann es sein, dass Kollegen hier sind und uns sehen?«, fragte Leana verunsichert.

»Klar, und das ist auch gut so, weil dann niemand denkt, ich will dich verstecken oder heimlich mit dir essen. Außerdem kann ich ein wenig mit dir angeben, du siehst nämlich fabelhaft aus.«

Leana drehte den Kopf weg, weil sie bemerkte, dass sie errötete. Sie kletterte auf einen der beiden Barhocker, die zu ihrem Tisch, der aus einem Fass bestand, gehörten. JJ ließ sich gar nicht erst die Karte geben, sondern bestellte aus dem Kopf allerlei.

»Du fragst mich nicht einmal, was ich essen möchte?«

JJ lächelte sie an. »Ich will bloß wissen, ob ich noch wie früher deinen Geschmack genau treffe. Wenn es falsch ist, bestellst du einfach was dazu.«

Er hatte ihren Geschmack getroffen. Es gab Oliven und Iberico-Schinken, gegrillte Sepia und Babycalamares, Leber in Weißweinsoße, marinierte Pilze, würziges Huhn und einen kräftigen Rotwein dazu.

Schon nach kurzer Zeit glühten Leanas Wangen. Sie erzählte JJ ausführlich von ihrem Leben in Kapstadt, wie die Polizei dort arbeitete und was sie von den Kollegen gelernt hatte. Im Gegenzug erfuhr sie von JJs kometenhaftem Aufstieg, seinem Doktor in Kriminologie, seinen gescheiterten Ehen und von seinen Töchtern, zu denen ein gutes Verhältnis zu haben er sich redlich bemühte. Nur ein Thema ließen sie bewusst aus: warum Leana damals JJs Team verlassen hatte.

Vor achtzehn Jahren hatte JJ einen Täter entkommen lassen. Der Junge hatte seine Pflegeeltern, die ihn jahrelang gequält und missbraucht hatten, im Schlaf erstochen. Da es mehrere Pflegekinder in dieser Familie gab, konnte die Tat zunächst keinem zugeordnet werden, insbesondere weil das Messer, die Mordwaffe, nicht auffindbar war. Die fünf Pflegekinder hatten unvorstellbar gelitten in dieser Familie. Alleingelassen von den Behörden, ignoriert in den Schulen, hatten sie von niemandem Hilfe bekommen. Bei einer weiteren Hausdurchsuchung, denn das war Leanas Spezialität – sie fand immer noch etwas, wenn alle Teams schon durch waren –, hatte sie zusammen mit JJ die Mordwaffe entdeckt. Es war spät in der Nacht, also verwahrten sie das Messer mit den Blutspuren und Fingerabdrücken in JJs Kofferraum. Am nächsten Morgen war der Wagen aufgebrochen. Anlage, CD-Spieler, Funk, alles fehlte, und eben auch das Messer.

Als JJ damals sagte: »Es ist besser so. Hätten wir das Messer abgeliefert, hätten wir den Hauptverdächtigen noch einmal im

Stich gelassen«, wusste Leana, dass JJ diesen Raub fingiert hatte. Das widerstrebte ihrer Rechtsauffassung, und so war ihr, da sie aber auch JJ nicht bloßstellen wollte, nur der Weg geblieben, das Team zu verlassen. Sie bewarb sich auf die Beraterstelle in Kapstadt, und da ihr Mann dort als Arzt in einem Krankenhaus arbeitete, ging alles ganz leicht. Nur verabschiedet hatte sie sich von JJ nie.

4. Freitag

Leana lauschte dem ersten zarten Vogelzwitschern, das durch das weit offen stehende Fenster ihres Schlafzimmers drang. Die Luft roch so würzig, dass sie annahm, es habe geregnet in der Nacht.

JJ hatte sie vorbildlich direkt nach dem Essen um zehn Uhr nach Kaiserswerth gebracht, und da hatte es noch nicht geregnet. Leana war hinten ums Haus gegangen, um in ihre Wohnung zu gelangen, denn im Restaurant hatten noch die Staatsanwältin und Chris Meier gesessen. Aber Leana hatte allein sein wollen, um sich zu erinnern an damals, als es zwischen ihr und JJ gefunkt hatte. In ihrer kleinen Küche hatte sie sich den Tee von Maxim zubereitet und ihn heiß und in kleinen Schlucken getrunken, so wie der junge Gerichtsmediziner es auf die Packung geschrieben hatte. Und noch während sie überlegte, ob sie wohl ohne Schlaftabletten auskommen würde – denn JJ hatte sie auch darüber informiert, dass nächste Woche ein Gesundheitscheck für sie anstand –, hatte sie eine so köstliche Müdigkeit verspürt wie seit Jahren nicht mehr. Sie hatte ganze fünf Stunden durchgeschlafen und fühlte sich jetzt, um vier Uhr zweiunddreißig, wach und ausgeschlafen.

Leana streckte sich, stand auf, wickelte die Decke um ihre Schultern und setzte sich auf die niedrige, breite Fensterbank. Der Horizont färbte sich gerade golden. Vom Rhein her ertönte das Stampfen eines Schiffes. Sie dachte an die Welt, die sie vor wenigen Tagen hinter sich gelassen hatte. An Kapstadt, ihre Stadtwohnung neben dem Krankenhaus, in dem Gregor als Chefarzt arbeitete, an ihre Töchter auf der ständigen Jagd nach Markenartikeln und an die leeren Gesichter der Kinder in den Slums.

Seit vier Tagen dagegen nun das reiche Düsseldorf, die Landeshauptstadt, das technisch perfekt ausgestattete LKA, ein hochintelligentes Team, das es sich leisten konnte, mit unzähligen Personen an einem Fall zu arbeiten. Nicht wie in Kapstadt eine einzelne Ermittlungsbeamtin und mehrere Sexualdelikte oder Mordfälle gleichzeitig.

Sie ließ ihren Blick durch die kleine, freundliche Wohnung gleiten, über die neuen Hosenanzüge und T-Shirts, die auf dem einen Sessel lagen, und ihre abgewetzten, abgetragenen Jeans und Latschen auf beziehungsweise unter dem anderen Sessel.

Stecke ich dazwischen fest, fragte sie sich, *oder will ich nur nicht zugeben, dass es in mir ein Gefühl der Erleichterung gibt, des Nachhausegekommenseins?*

Leana seufzte, ging duschen, benutzte das neue Shampoo aus der edlen rubinroten Flasche und verbot sich, darüber nachzudenken, wie viele Tiere gequält worden waren in endlosen Versuchen, um dieses haarfreundliche Shampoo herzustellen. Denn sie fühlte schon beim Einmassieren, wie ihre Haare glatt und geschmeidig wurden. »Sie sollten Ihre Haare eine Woche lang täglich damit waschen«, hatte die Meisterfriseurin ihr geraten, »damit das Strohige sich verliert.«

Als sie fertig geschminkt und angezogen war, räumte sie beide Sessel leer. Die neuen Hosenanzüge, Blusen und T-Shirts wurden ordentlich aufgehängt, die alten Klamotten in die Wäsche gestopft, die Jesuslatschen schob sie unter den Schrank. Zufrieden betrachtete sie das Ergebnis und beschloss, unten in Victors Küche nach Kaffee zu suchen, denn sie hatte außer Maxims Tee nichts in ihrer Wohnung.

Meine Wohnung, dachte sie, *aber wer weiß, wie lange ich hier bleiben kann! Ich muss Victor heute Abend mal danach fragen.*

Als sie durch den dunklen Restaurantteil ging, spürte sie, dass sie nicht allein war. Leana blieb stehen, griff langsam nach ihrer Pistole und wartete darauf, dass ihre Augen sich an die Dunkelheit gewöhnten. Sie hörte ein Rascheln in der Nähe der Küchentür zum Garten. Vorsichtig öffnete sie die Schwingtür, die Restaurant und Küche trennte, und einen kurzen Moment war sie wieder in Afrika, bereit, die Ratte, die das Rascheln verursachte, mit einem Schuss zu erledigen. Allerdings entpuppte sich das Geräusch als das Zischen einer Kaffeemaschine, und der Duft von frisch gemahlenem und aufgebrühtem Kaffee ließ sie ihre Waffe wieder wegstecken.

»Hier draußen«, hörte sie Chris Meiers Stimme. Er saß auf der Steinbank des kleinen Kräutergartens, der zum Restaurant gehörte.

»Du bist schon auf?«, fragte Leana überrascht.

»Ich laufe sehr früh, und dann genieße ich die Stille des Morgens. Victor hat mir erlaubt, seine heilige Kaffeemaschine zu benutzen, wenn ich verspreche, sonst nichts anzurühren. Komm her, setz dich, ich hole dir einen Kaffee.«

Leana ließ sich auf der Bank nieder, legte ihr Jackett über die Knie und lehnte sich gegen die unebene Bruchsteinmauer.

»Wie trinkst du ihn?«, fragte Chris aus der Küche.

»Schwarz, bitte.«

Als er mit zwei Tassen zurückkam, setzte er sich neben Leana, die die Wärme seines Körpers wahrnahm und den Geruch seines dezenten Aftershaves.

»Wie kommst du mit deinem Fall voran? Ich habe nichts mehr in der Presse gelesen.«

Leana trank einen Schluck und sagte: »Köstlich! Was ist das?«

»Victors Mischung. Verrät er nicht.«

Leana lächelte. »Ist das eine neue Mode, dass jeder seine geheimen Mischungen hat?«

»Wieso?«, fragte Chris zurück und schob sich seine noch nassen Haare hinter die Ohren.

»Der Gerichtsmediziner hat mir eine Spezialmischung Tee gegeben, und ich habe davon so gut geschlafen, dass ich fürchte, der Tee fällt unter das Betäubungsmittelgesetz.«

Chris lachte. »So gut? Gibst du mir was davon? Ich habe schon so viele Jahre nicht mehr gut geschlafen.«

»Was zahlst du?«

»Du willst dealen, Frau Kommissarin? Ich fürchte, das macht sich nicht gut in deinem Lebenslauf, der bisher ausnehmend spannend klingt.«

»Na gut, vielleicht zweige ich dir was ab.«

»Also, warum liest man nichts mehr von eurem Toten im Rosengarten?«

Leana trank ein paar Schlucke. »Wir haben Presseverbot erteilt.«

»Warum?«

»Ganz einfach, weil ich es entschieden habe.«

»Verzeihung …« Chris blickte sie von der Seite an.

Leana schloss die Augen und hörte Gregor: »Du meinst, du kannst alles allein entscheiden? Keiner weiß es besser als du? Du bist von einer ekelhaften Selbstherrlichkeit. Und dieses Kind, diese Alice, ist genau deshalb gestorben, weil du meintest, nur du allein weißt, was richtig ist.«

Sie atmete ein paarmal tief ein und aus. »Entschuldigung, Chris, es darf nichts an die Öffentlichkeit, und dazu gehört auch, dass jeder im Team die Klappe hält. Ich erkläre es dir gern, wenn alles vorbei ist. Ich wollte nicht …«

»So ätzend sein?«, fragte Chris mit einem Schmunzeln.

»Nun, das ist dir nicht so gut gelungen. Ich verzeihe dir, wenn du mir versprichst, morgen Abend mit mir zu essen!«

Leana schoss der schmerzliche Gedanke durch den Kopf, dass inzwischen schon Freitag war und ihr erstes Wochenende ohne Familie vor der Tür stand. »Also gut«, sagte sie und erhob sich. »Dann bis morgen Abend!«

Sie legte ihm kurz die Hand auf die Schulter, stellte in der Küche die Tasse in die Spüle, startete ihren Wagen und fuhr durch die noch schlafende Stadt am Rhein entlang zum LKA. Sie wollte an diesem Morgen mit Natalia zusammen Joachim und Amelie Bauers Töchter befragen, denn die Recherchen bezüglich der letzten Monate von Bauers Leben hatten bisher nichts zutage gefördert, was als Auslöser hätte angesehen werden können. Es hatte in der Schule keinen Streit mit einer Kollegin oder Schülerin gegeben, keine Rempelei auf einer Kirmes, nichts, was hätte erklären können, warum Bauer das erste Opfer einer Serientäterin geworden war.

Als Leana auf den Parkplatz des LKA einbog, sah sie zuerst Natalias Auto und dann, dass in deren Büro Licht brannte und zwei Personen Schatten warfen.

Während sie ihre Unterlagen und Tasche vom Rücksitz nahm, überlegte Leana, ob es Sven sein würde. Aber der bog gerade mit seinem Fahrrad von der Hauptstraße ab und bremste hart, um Leana nicht anzufahren.

»Guten Morgen! Sonst steht hier um diese Uhrzeit nie ein Auto!« Er lachte, sprang ab und machte das Rad an einer Verankerung in der Hauswand fest.

»Wir sind nicht die Ersten!« Leana zeigte nach oben.

»Ja, ich weiß, es sind Natalia und unser Primus Maximus. Er hat mal wieder eine Nachtschicht eingelegt, um angeblich für seine Prüfung in Forensischer Psychologie zu lernen, und mal eben nebenher ein Profil von unseren Opfern Joachim Bauer und Thomas Müller erstellt.« Er schulterte seinen Rucksack. »Natalia hat mir 'ne Nachricht geschickt.«

Es versetzte Leana einen Stich, denn genau das hatte ihr und Gregor gefehlt: eine gemeinsame Arbeit, die der andere so gut verstand, dass es sich lohnte, sich mit ihm zu beraten.

Sie folgte Sven die Treppe hinauf. Schon von Weitem hörte sie Maxim und Natalia lachen.

Sven drehte sich kurz zu ihr um. »Sie sehen übrigens gut aus in den neuen Klamotten«, sagte er und verschwand in Natalias Büro.

Leana ging weiter in ihr Büro, um ihre Sachen abzulegen. Es klopfte an ihrem Türrahmen.

»Guten Morgen, Leana, wie geht es dir?«, fragte Maxim.

Noch halb abgewandt, antwortete sie: »Guten Morgen! Fällt dein Tee unter das Betäubungsmittelgesetz?«

Maxim kam zu ihrem Schreibtisch und blieb ihr gegenüber stehen. »Du hast also gut geschlafen?«

Leana richtete sich auf. »Ja, wie seit Jahren nicht mehr. Also, was ist drin?«

Maxim grinste schelmisch. »Vielleicht verrate ich es dir eines Tages, aber bis dahin musst du einfach nur nachbestellen.«

Damit war das Geplänkel vorüber. »Interessieren dich meine Entwürfe zu den Profilen unserer Opfer?«

Sie nickte. »Klar.«

»Dann komm mit in den Konferenzraum. Theo kommt auch gleich.«

»Habt ihr allen Bescheid gegeben, nur mir nicht?«, fragte Leana mit einem schrillen Ton in der Stimme, der sie selbst ärgerte.

Ohne sich nach ihr umzudrehen, fragte Maxim zurück: »Hast du mal auf dein Smartphone geschaut?«

Leana zog es aus der Hosentasche und stellte fest, dass sowohl Maxim als auch Natalia ihr eine SMS geschrieben hatten. Augenblicklich legte sich das Gefühl des Ausgeschlossenseins.

Die Uhr im Konferenzraum zeigte fünf Uhr dreißig und erinnerte Leana daran, wie jung der Tag noch war. Sven und Natalia brachten eine Kanne Kaffee, frische Brötchen und Tassen mit. Leana nickte Natalia anerkennend zu und gestand sich ein, dass das hier im Moment das einzige soziale Netz war, das sie hatte. Doch sie wusste nicht einmal, ob sie sie auffangen würden, wenn es nötig wäre.

Für einen kurzen Moment befiel sie Panik.

»Nun«, eröffnete Maxim die Präsentation, »machen wir einen ganz kurzen Ausflug in die Viktimologie. Opfertypologien stellen die Frage nach der Ursache der Opferwerdung. Gibt es eine Disposition? Ethisch ist diese Frage natürlich unhaltbar, denn würden wir hier eine Disposition nachweisen, müssten wir sie auch an anderer Stelle erlauben. Opfertypologien riskieren immer, zu etikettieren, viel schlimmer sogar, zu stigmatisieren, doch entstehen sie in der Absicht, mögliche Opfer auf ihre Disposition hinzuweisen, um präventiv handeln zu können. Einer der Väter der Viktimologie, Hans von Hentig, sagte, dass die berufliche Stellung für die Opfertypologie von Wichtigkeit sei. Er konzentrierte sich zum Beispiel auf Taxifahrer und Prostituierte und hielt diese für disponiert aufgrund ihres Berufes. Alle Menschen, die mit vielen Menschen zu tun haben. Ich habe das hier abgewandelt.«

Maxim tippte ein paar Befehle auf dem Bildschirmtisch; Joachim Bauer und Thomas Müller erschienen im Passfotoformat.

»Ich bin davon ausgegangen, dass für unsere spezielle Täterin andere Gründe dafür galten, genau diese Männer zu Opfern zu machen.«

Unter den Bildern der ermordeten Männer tauchten in schneller Reihenfolge Schlagworte auf – gut aussehend, gesellschaftlich anerkannte Berufe, finanziell gut bis sehr gut situiert, intakte Familie, gesunde Kinder, treue Ehepartner, schicke Wohnungen – und dazu Fotos, die das Genannte visualisierten.

»Kurzum, ich bin zu dem Schluss gekommen, dass unsere und also auch die zukünftigen Opfer aus einer … ich möchte es unter dem Sammelbegriff ›Rama-Familie‹ fassen … stammten beziehungsweise stammen werden.«

Theo und Tanni betraten gemeinsam den Konferenzraum; auch sie hatten die SMS erhalten.

»Rama-Familie?« Leana runzelte die Stirn.

»Aus dem Fernsehen?«, sagte Theo.

»Ich habe seit achtzehn Jahren nicht mehr ferngesehen«, gab Leana zu und sah aus dem Augenwinkel, wie Natalia grinste.

»Die Rama-Familie«, sagte Theo, »macht Werbung für eine Margarine. Stell dir einen sonnigen Morgen vor, einen üppig gedeckten Frühstückstisch aus massivem Holz, mit karierten Servietten, auf einer Terrasse. Ein Hund springt durch den Garten, und die gut gelaunten Eltern streichen ihren properen Kindern Rama, also Margarine, auf das frische Brot.«

»Danke, verstanden. Maxim, du kannst fortfahren.« Leana machte sich eine Notiz dazu und blickte hoch.

»Meine These: Sie sucht Rama-Familien aus, die dem Ideal nicht standhalten. Sie hat Bauer getötet, weil sie herausgefunden hatte, dass er in den Swingerclub ging und seine Frau betrog. Das Motiv bei dem Kölner Opfer: Müller besuchte regelmäßig in Frankfurt sehr teure Bordelle – die Meldung kam diese Nacht von den Kölner Kollegen rein –, also hat auch er seine Frau betrogen.

Machen wir einen kleinen Sprung in der Geschichte der Kriminologie und Viktimologie zu Benjamin Mendelsohn. Er unterscheidet drei Opfergruppen: erstens das unschuldige oder ideale Opfer, zweitens das zum Delikt beitragende Opfer, das provozierend, willig oder unvorsichtig aus Unwissenheit zum Opfer wird, und drittens das Opfer, das selbst ein Delikt verübt hat. Letzteres trifft gewissermaßen auf Bauer und Müller zu – sie haben ihre Frauen betrogen. Zum Opfer disponiert ist für unsere Täterin, wer die heile Welt verrät und damit zerstört.« Maxim machte eine Pause und blickte in die Runde.

»Also müssen wir auch fragen«, sagte Leana, »was unsere Täterin mit der Rama-Familie verbindet. Verspürt sie Neid? Hat sie danach Sehnsucht, wurde sie ihr ihr Leben lang verwehrt? Welches Gefühl treibt sie dazu, Maxim, die Zerstörer der Rama-Familie, gemäß deiner These, zu Opfern zu machen?«

»Nun«, sagte Maxim und rief die Bilder der Opfer auf, wie sie gefunden worden waren. »Da sie die Männer in einer Haltung zurückgelassen hat, als bäten sie um Verzeihung, einer Haltung, die ausdrückt, es tue ihnen leid, unterstelle ich, dass sie diese Männer anstelle des Mannes umbringt, der vor einer unbestimmten Zeit ihre eigene Rama-Familie zerstört hat.« Er drehte sich zu den Bildern um. »Und deshalb pisst sie quasi auf deren Schwänze. Weil es ihrer Auffassung nach mit fehlgeleiteter Sexualität zu tun hat.«

Leana ließ ihren Kopf kreisen. »Deine These ist gut. Verwerfen wir also – Ihr Einverständnis vorausgesetzt, Natalia – die Annahme, dass es zufällige Opfer waren. Denn um herauszufinden, dass der eine Mann in teure Bordelle fuhr und der andere in einen Swingerclub, muss sie ihre Opfer ausspioniert haben.«

Natalia nickte. »Also erfährt sie erst von den schlechten Gewohnheiten und macht sie dann zu Opfern?«

Maxim setzte sich neben Natalia. In dem ratlosen Schweigen wurde das surrende Geräusch des Computers hörbar.

»Tanni«, sagte Leana in die Stille hinein, »Sie haben gestern gesagt, dass Ihr Programm eine Vermutung angestellt hat, und zwar rot markiert. Es war die Vermutung einer Übereinstimmung, die da lautete, dass Bauer und Meier vor ihrer Ermordung von verschiedenen Telefonzellen in Köln und Düsseldorf aus angerufen wurden.«

»Yepp«, sagte Tanni mit vollem Mund, da sie gerade in ein Brötchen gebissen hatte.

»Sagt Ihr Programm auch, wann diese Anrufe angefangen haben?«

Tanni sprang auf, war mit wenigen Schritten an dem Bildschirmtisch und rief die entsprechende Auswertung auf, die zwei Sekunden später auf dem zentralen Hauptbildschirm am Kopf des Tisches auftauchte.

»Wenn ich ausschließe, dass irgendein Mensch mit Zahnschmerzen auf altmodische Weise von einer Telefonzelle aus die Handynummer seines Zahnarztes beziehungsweise ein Schüler die seines Lehrers …«

»Komm auf den Punkt!«, mahnte Natalia.

»Wow, der erste Anruf war in beiden Fällen vor sechs Monaten.«

»Vor sechs Monaten«, wiederholte Leana. »Also hatte sie da oder kurz davor Bauer getroffen. Ihren Auslöser. Düsseldorf ist ihre Stadt. Wir müssen noch einmal Bauers Leben aufrollen. Und zwar jeden einzelnen Tag.« Leana machte eine kurze Pause. »Irgendwann zwischen Ende Dezember – Bauer ist laut Unterlagen vor Weihnachten nach Düsseldorf gezogen – und dem ersten Anruf im Januar ist er seiner Mörderin begegnet. Es kann nicht anders sein.«

Alle standen gleichzeitig auf, Tanni und Sven nahmen sich je ein Brötchen auf die Hand. Natalia blieb als Einzige sitzen. »Und was ist mit dem Zahnarzt, wo hat sie den getroffen?«

Leana lehnte sich an die Wand neben der Tür. »Diese beiden Männer«, sie zeigte auf den Bildschirm hinter Natalia, »kennen sich von irgendwoher. Wir müssen rausfinden, woher!« Leana trat einen Schritt vor und nahm sich frischen Kaffee. »Die Nächte mit Maxim lohnen sich«, sagte sie lächelnd, »haben Sie gar nicht geschlafen?«

Natalia stand auf, kam zu ihr und hielt Leana ihre Tasse hin, damit diese sie füllte. »Ich habe hier im Büro geschlafen.«

»Machen Sie das öfter?«, fragte Leana.

Natalia ließ vier Würfel Zucker in ihren Kaffee fallen und goss reichlich Milch dazu. »Es ist mein zweites Zuhause, seit Jahren. Ich bin irgendwann wach geworden, ich glaube, es war gegen zwei Uhr, während des heftigen Gewitters über Düsseldorf, und konnte nicht wieder einschlafen«, sie drehte sich zu den Bildern der Ermordeten um, »denn dieser Fall beschäftigt mich. Ich habe dergleichen noch nie gesehen. Mich lässt die Frage nicht los, was mit der Frau passiert sein muss, dass sie so etwas tut! Ich bin also aufgestanden, habe mich an meinen PC gesetzt und gesehen, dass Maxim auch arbeitet.«

Tanni kam zurück, reichte Natalia wortlos einen Schrieb und verschwand wieder.

»Danke dir!«, rief Natalia ihr hinterher und wandte sich wieder an Leana: »Das ist unsere Genehmigung, dass wir die Mädchen befragen dürfen.«

»Wie bekommen Sie diese Genehmigungen so rasend schnell?«

Natalia grinste. »Da weihe ich Sie mal ein in den nächsten Wochen. Fahren wir? Und nehmen Sie sich ein Brötchen mit! Keine Ahnung, wann wir heute wieder dazu kommen werden, etwas zu essen.«

»Ich fahre«, sagte Leana, wickelte das Brötchen in eine Serviette ein und lief hinter Natalia her.

Sie hatten es nicht weit bis in die Bilker Allee zum Kinderheim Sankt Anna. Als sie durch die Toreinfahrt gingen, war es zwanzig nach sieben, und aus der kleinen Kapelle drang der Morgengesang der Kinder.

»Um halb acht gibt es Frühstück. Wer mitsingt, darf als Erstes in den Frühstücksraum«, sagte Natalia.

»Woher wissen Sie das?«

»Vor vierundzwanzig Jahren habe ich hier auch mal gewohnt für ein paar Monate. Kommen Sie.«

Natalia eilte voraus, und Leana folgte ihr die Treppe hinauf in ein Gebäude, das durch ein Schild als Wohnhaus ausgewiesen wurde. Links, direkt hinter einer schweren Eichenholztür, gab es ein Büro. Natalia klopfte an und trat ein.

»Immer noch so schlechte Manieren«, schimpfte die Schwester, als sie Natalia sah. Sie stand vom Schreibtisch auf und zog sie am Ohr.

»Lass los, Agathe«, zischte Natalia.

»Teufelskind, was willst du?«

»Das hier ist meine neue Chefin …«

»Leana Meister, ich weiß, ich habe davon in der Zeitung gelesen. Alle Achtung, was Sie da in Afrika geleistet haben.«

»Zeitung?«, frage Leana ratlos, bemerkte, dass Natalia mit den Augen rollte, und hielt sofort ihre Hand auf.

»Dođavola!«

»Du sollte nicht fluchen in diesem Haus.«

Natalia wich geschickt der Hand der Schwester aus. »Schwester Agathe, am Mittwoch, also vorgestern, sind euch zwei Mädchen übergeben worden. Sieben und neun Jahre alt. Sie heißen Amelie-Rose und Johanne Bauer. Hier ist meine Genehmigung, sie in Anwesenheit einer Psychologin zu befragen.«

Schwester Agathe setzte umständlich ihre Lesebrille auf, betrachtete das Schreiben und sagte: »Gut, aber du kommst zu spät. Die Kinder wurden Mittwochabend schon wieder abgeholt.«

»Ich hör wohl nicht richtig. Von wem? Und warum wissen wir davon nichts?«

Schwester Agathe schüttelte den Kopf, zog eine Schublade auf, blätterte zügig die altmodische Hängeregistratur durch und holte eine jungfräuliche Hängemappe hervor.

Natalia trat zu ihr und bekam einen Klaps auf die Hand, als sie selbst nach dem entsprechenden Papier greifen wollte.

»Ich mache dir eine Kopie.« Schwester Agathe legte das Blatt auf einen kleinen Kopierer, der links neben ihrem Schreibtisch stand und mit einem Knarzen wach wurde.

»Und sonst, Natalia, wie geht es dir? Immer noch Angst im Dunkeln?« Schwester Agathe grinste.

Leana schaute von einer zur anderen und nahm sich vor, über diese Jahre in Natalias Leben zu gegebener Zeit etwas mehr zu erfahren.

Ein Lichtblitz fuhr unter der Oberfläche entlang, und Natalia schnappte sich die Kopie. »Hier steht, eine Irene Kohlmeyer hat die Kinder abgeholt, weil sie als bevollmächtigte Erziehungsberechtigte eingetragen ist.«

»Genau. Sozusagen die notariell beglaubigte Patentante«, sagte Schwester Agathe und presste ungehalten die Lippen zusammen. »Soweit ich es beurteilen konnte, ging es den Kindern so gut, wie es eben geht, wenn der Vater verstorben ist und die Mutter ins Krankenhaus muss.«

»Klapse«, sagte Natalia.

»Psychiatrie«, korrigierte Leana.

»Kommen Sie, Leana.« Natalia schob die Kopie in ihre Umhängetasche. »Das ist in Düsseldorf Hamm, um die Ecke vom LKA, und sicher wird sie die Kinder nicht in die Schule schicken.«

»Routine kann beruhigend wirken«, sagte Schwester Agathe.

»Besmislica!«

»Nein, das ist kein Unsinn!« Schwester Agathe baute sich vor Natalia auf.

»Lass gut sein.« Natalia duckte sich lachend, und zu Leanas Überraschung umarmten sich die zwei so unterschiedlichen Frauen sehr herzlich.

Kaum vor der Tür, hielt Leana Natalia am Arm fest.

»Ich will nicht drüber reden«, wehrte Natalia ab, »und schon gar nicht, wenn jemand eine rührende Kinderheimgeschichte hören will. Es gibt nämlich keine, weil ich ziemlich robust war.«

»Ich will keine Geschichte, ich will meine fünf Euro fürs Augenrollen!«

»Dođavola!«

»Ich nehme an, ›Dođavola!‹ heißt ›Verdammt!‹?«

»Sie lernen schnell.«

Auf dem Weg zum Auto rief Natalia Tanni an und gab ihr den Auftrag, Irene Kohlmeyer zu überprüfen.

Die Stadt erwachte langsam, Schulkinder mit müden Gesichtern und Schülerlotsen standen an den Fußgängerampeln. NRW hatte in diesem Jahr mit als erstes Bundesland Ferien bekommen, und entsprechend früh hatte das neue Schuljahr nun schon begonnen. Straßenbahnen klingelten sich den Weg frei, und Fahrradfahrer kreuzten in waghalsigen Manövern.

Es wunderte Leana nicht mehr, dass Tanni nach wenigen Minuten zurückrief. Natalia stellte ihr Smartphone auf Lautsprecher.

»Ma'am, Irene Kohlmeyer wohnt seit zwanzig Jahren in Düsseldorf. Davor, man höre und staune, in Hövelburg in Ostholstein. Joachim Bauer und sie dürften sich gekannt haben, denn sie haben an derselben Schule ihr Abitur gemacht. Übrigens, Ma'am, unsere slawischen Vorgänger, die Obotriten, haben sich in Hövelburg im siebten und achten Jahrhundert nach Christi Geburt herumgetrieben und sogar 'ne Burg gebaut. Ja, ja, ich sag's ja immer wieder, wir sind ein Volk der Krieger und Kämpfer …«

»Tanni!«, warnte Natalia.

»Vielleicht sind wir mit ihr sogar verwandt!«, quoll es aus dem Lautsprecher, und Leana hörte Sven im Hintergrund lachen.

»Was noch?«

»Sie ist Sozialpädagogin und Psychologin, arbeitet in der Frauenberatungsstelle der Stadt Düsseldorf, leitet das Frauenhaus Hamm und das in der Carlstadt, hat eine Tochter, neunzehn Jahre alt, Mareike – was für ein scheußlicher Name! –, die gerade Abitur gemacht hat, Durchschnitt 1,0. Ein Psychologe von uns ist schon unterwegs und erwartet euch vor dem Haus. Als würde der Name nicht reichen, wohnt sie auch noch auf dem Kohlweg, Ecke Aderkirchweg.«

»Danke!« Natalia beendete das Gespräch.

Leana schüttelte den Kopf. »Sie sind wirklich ein außerordentliches Team.«

Natalia ging nicht darauf ein. »Mal sehen, ob die uns überhaupt an die Mädchen ranlässt, die Kombi Sozialpädagogin, Psychologin und Frauenberatung klingt nicht sonderlich verheißungsvoll.«

»Slawische Vorgänger, die Obotriten? Sind Sie beide aus Ex-Jugoslawien?«

Natalia erklärte kurz, dass sie und Tanni zwar einige Jahre trennten, sie aber aus demselben slowenischen Dorf kamen. Natalia hatte Tanni, die eigentlich Tania hieß, ins Kompetenzcenter geholt wegen ihrer außerordentlichen Fähigkeiten, was Netzwerke, PCs und Computer-Forensik anging.

»Nur deshalb?«, fragte Leana nach.

»Nur deshalb!«, antwortete Natalia.

Es war kurz nach acht, als Leana und Natalia vor Irene Kohlmeyers Haus im Kohlweg parkten.

»Klinkerbau und Geranien vor dem Fenster«, stöhnte Natalia. »Wahrscheinlich hat sie hinter dem Haus Hühner und einen Gemüsegarten und strickt Socken für Frühchen.«

Leana lachte und stieg aus. »Wie war das noch mit den Schnellschüssen am letzten Dienstag?«, fragte sie über das Autodach hinweg.

Natalia zuckte mit den Schultern und ging die Stufen zur Haustür hoch. Über dem Rhein blitzte es in den schwarzen Wolken, und das ferne Donnergrollen hallte über die zwei- und dreistöckigen Häuser von Düsseldorf-Hamm. Die Luft war schwül und stickig und hier in der Nähe der Felder von einem Fäulnisgeruch durchsetzt.

»Es riecht hier ein wenig wie in den Slums.« Leana trat neben Natalia und nahm ein Taschentuch aus ihrer Tasche, das sie sich vor die Nase hielt.

Natalia zeigte auf die Felder. »Das kommt dadurch, dass die Bauern die Kohlstrünke auf den Feldern verrotten lassen. Unser Psychologe ist noch nicht da. Wollen wir warten?«

Leana schüttelte den Kopf und drückte auf die goldene Klingel, neben der *Irene und Mareike Kohlmeyer* stand.

Sie hörten Schritte hinter der weißen Tür mit dem Milchglasfenster. »Das klingt nach hohen Hacken«, murmelte Natalia.

Einen Moment blieb ihnen beiden der Text weg, als Irene Kohlmeyer öffnete und ein großer, knallrot geschminkter Mund zu ihnen sagte: »Sie sind sicher die Ermittlungsbeamtinnen. Ihren Kollegen Wertmüller habe ich weggeschickt, weil ich denke, es reicht, wenn ich bei der Befragung dabei bin.« Sie streckte Leana ihre große Hand mit verschiedenen Silberringen entgegen, auf denen Totenköpfe, Drachen und alchemistische Symbole zu sehen waren.

»Leana Meister, LKA Düsseldorf, und das ist meine Kollegin Dr. Natalia Rac.« Leana blickte zu der großen Frau empor, die durch ihre hohen Schuhe auf fast zwei Meter kam, und fragte sich, wie eine Frau mit Hundehalsband, Latexoberteil, raspelkurzen schwarz gefärbten Haaren und einer Nietenjeans hinter eine Hausfassade aus Klinker und mit Geranientöpfen kam.

»Kommen Sie doch rein. Die Mädchen spielen oben. Meine Tochter muss ich eben noch aus dem Bett scheuchen, dann bin ich bei Ihnen.«

Natalia und Leana tauschten einen ratlosen Blick, als sie Irene Kohlmeyer durch den dunklen Flur folgten.

»Hier.« Irene Kohlmeyer blieb stehen und zeigte in die große Wohnküche. »Dort finden Sie Kaffee und Saft. Bedienen Sie sich, ich bin gleich zurück.«

Natalia schaute der Frau hinterher, die auf dem Weg in den ersten Stock mit ihren langen Beinen immer drei Stufen auf einmal nahm.

»Zumindest mit dem Gemüsegarten hatten Sie recht«, sagte Leana, die an der geöffneten Terrassentür stand.

Natalia kam zu ihr. Von der großen Holzterrasse führte eine Treppe in einen üppigen Gemüsegarten.

»Ist es gut, hier in diesem Stadtteil zu wohnen?«, fragte Leana und trat nach draußen.

»Sagt Ihnen der Geruch nach Slum zu?«

»Nein, es ist der dörfliche Charakter, so ähnlich wie in Kaiserswerth.«

»Ganz Düsseldorf ist eine Ansammlung von Dörfern. Und jedes davon betreibt seine eigene Inzucht.«

»Ich wollte immer schon mal einen Gemüsegarten haben«, sagte Leana sehnsüchtig.

Natalia schüttelte den Kopf. »Ich nicht!«

»Mein Freund kümmert sich um den Garten«, sagte Irene Kohlmeyer hinter ihnen. »Er legt Wert auf Bio, und von ihm sind auch die Geranien.«

Leana drehte sich zu ihr um. Die dunklen Augen der Frau wirkten warm und freundlich. »Können wir drinnen reden?«, fragte Leana und zeigte auf die offenen Fenster der umliegenden Häuser.

»Sicher, kommen Sie.«

In der Wohnküche schenkte Irene Kohlmeyer drei Tassen Kaffee ein und stellte sie in die Mitte des gedrechselten Holztisches neben ein Milchkännchen und eine Zuckerdose. Sie selbst setzte sich an die Stirnseite und streckte ihre langen Beine unter den Tisch. »Meine Tochter bringt Jo und Rose gleich runter.« Sie zeigte auf die Stühle rechts und links von sich, wo Leana und Natalia Platz nahmen. »Sie wissen, dass ihr Vater tot ist, aber sie wissen nicht, dass er ermordet wurde. Sie wissen, dass ihre Mutter im Krankenhaus ist; sie wissen nicht, dass es eine Psychiatrie ist. Ich werde sie schrittweise mit der Wahrheit vertraut machen, aber in ihrem Tempo und in niemand anderes Tempo.«

Leana dachte: *Diese Frau ist zu viel mit gestörten Menschen zusammen, deshalb wiederholt sie die Sätze wie für Kleinkinder.* Ein Blick auf Natalia sagte ihr, dass die in weniger als einer Minute auf diese entnervende Art reagieren würde.

»Wir haben gemeinsam beschlossen, dass sie diese Woche noch hier in der Wohnung bleiben, aber danach wieder in die Schule gehen.«

»Das interessiert uns alles nicht«, sagte Natalia gefährlich leise, »denn wir haben einen Doppelmord aufzuklären, und es könnte sein, dass diese Mädchen wertvolle Zeugen sind. Wertvoll, um die Täter zu finden, vielleicht sogar, um weitere Morde zu vermeiden. Verstehen Sie das? Oder muss man in der Kommunikation mit Ihnen jedes Wort zweimal unterbringen?«

Irene Kohlmeyer zog ihre linke Augenbraue bis fast an den Haaransatz. Dann lachte sie schallend. Leana blickte Natalia Rat suchend an.

»Schon gut«, sagte Irene Kohlmeyer mit ihrer tiefen Stimme. »Ich spreche so oft mit Frauen, direkt nachdem ihnen Gewalt angetan wurde, dass es mir in Fleisch und Blut übergegangen ist. Nur ... Sie werden aus den Mädchen nichts herausbekommen, wenn Sie sich nicht auf deren Modus einlassen.«

»Ich habe viele Jahre in Südafrika mit misshandelten Frauen und Kindern gearbeitet. Sie können sich darauf verlassen.« Leana warnte Natalia mit einem Blick, nicht mit den Augen zu rollen. Sie erzählte von ihrer Zeit in Kapstadt, ließ Fragen Irene Kohlmeyers zu und ging so lange darauf ein, bis sie merkte, dass diese bereit war, sie als Mitstreiterin für misshandelte Frauen anzuerkennen. Als das geschehen war, kam sie auf die Mädchen zurück.

»Sprechen die zwei über ihre Eltern?«

»Im Moment noch nicht. Im Moment ... Entschuldigung«, sagte Irene Kohlmeyer mit einem Blick auf Natalia. »Sie halten es noch für einen Abenteuerausflug.«

»Wie lange kennen Sie denn die Kinder von Amelie und Joachim Bauer schon?«, fragte Leana.

»Seit Anfang des Jahres.«

»Wie kam es dazu?« Leana nahm sich eine der gefüllten Tassen und trank daraus, während sie die Psychologin und Sozialpädagogin über den Rand hinweg beobachtete.

»Sie werden es ja doch herausfinden.« Irene Kohlmeyers Blick wanderte von einer zur anderen. »Wir kommen aus demselben ostholsteinischen Nest, Hövelburg. Joachim war am Gymnasium zwei Jahre über mir und einer der coolsten Typen. Alle wollten ihn haben. Keine bekam ihn, auch ich nicht. Ich kam nach dem Abi nach Düsseldorf, um hier zu studieren. An den seltenen Wochenenden, an denen ich zu meinen Eltern nach Hövelburg fuhr, sah ich ihn nicht. Meine Eltern starben vor sechzehn Jahren. Seitdem bin ich nicht mehr dort gewesen. Anfang Januar standen er und ich uns dann plötzlich gegenüber. Und zwar hier im Frauenhaus in Hamm. Er suchte eine Beschäftigung für seine süße Amelie.«

Leana machte sich Notizen, während sie zuhörte.

»Wieso süß?«, fragte Natalia.

»Diese kleine Elfe.« Wieder lachte Irene Kohlmeyer schallend und dröhnend zugleich. »Sie sollte als Ärztin die Frauen bei uns untersuchen, die Angst vor der Gerichtsmedizin haben. Wir versuchten es. Aber sie war einfach zu verstörend für die ohnehin schon verunsicherten Frauen.«

»Wieso verstörend? Was tat sie?«, fragte Leana.

Irene Kohlmeyer blickte wieder von einer Ermittlerin zur anderen. »Ich kann es nicht sagen. Aber die Frauen wollten Amelie einfach nicht. Haben Sie mal mit ihr geredet?«

»Sicher, das ist Teil unserer Arbeit«, sagte Leana, notierte weiter und nickte Natalia zu.

»Und jetzt die Eintausend-Dollar-Frage: Warum wurden ausgerechnet Sie zum gesetzlichen Vormund erklärt?« Natalia zog die letzte Kaffeetasse zu sich und ließ vier Würfel Zucker hineinfallen.

»Sie hatten niemand anderen. Amelie ist Vollwaise. Joachims Eltern sind noch vor seiner Ehe mit Amelie gestorben. Ich als ehemalige Mitschülerin aus demselben Dorf war unter den verbliebenen Möglichkeiten die erste Wahl.«

Natalias Smartuhr meldete die Ankunft einer SMS von Tanni. »Das mit der ersten Wahl kann man so oder so sehen«, sagte Natalia ruhig und hielt Leana die Uhr so hin, dass sie lesen konnte, was darauf stand.

Leana runzelte die Stirn und schüttelte den Kopf, denn hinter Natalia tauchte Mareike in einem ähnlichen Outfit auf, wie ihre Mutter es trug, im Schlepptau die blonden, zarten Kinder von Amelie und Joachim Bauer, beide in rosafarbenen Nachthemden. Johanne klammerte sich an Mareikes Hand, die Kleinere, Amelie-Rose, an deren Oberschenkel.

Es wurde so dunkel in der Küche, dass Irene Kohlmeyer aufstand und das Licht anknipste. Im selben Moment zuckte ein Blitz über den Himmel, und es gab einen Knall. Alles im Haus wurde dunkel. Die Radiouhr ging genauso aus wie die Warmhalteplatte der Kaffeemaschine.

»Die Sicherung«, seufzte Irene Kohlmeyer, nahm im Vorbeigehen Rose auf den Arm, die losquiekte, und galoppierte mit ihr durch den Flur. Mareike schob Johanne vor sich her, setzte sich auf den von ihrer Mutter verlassenen Stuhl und hob das neunjährige Mädchen auf ihren Schoß. Ein Donner erschütterte das Haus, Natalia zuckte zusammen. Dann ging die Küchenlampe wieder an.

»Wie geht es dir, Johanne?«, fragte Leana.

»Wir nennen sie alle nur Jo«, sagte Mareike und legte schützend ihren Arm um das Mädchen.

»Jo, weißt du, was mit deinen Eltern ist?«, fragte Leana.

»Ich weiß, dass mein Vater nicht mehr wiederkommt und meine Mutter irgendwann«, antwortete Jo mit leiser Stimme, dann blickte sie zur Tür.

Leana verstand und wartete, bis Irene Kohlmeyer und die kleine Schwester zurück waren. Dann befragte sie die Mädchen mit viel Geduld und fand über zahlreiche Umwege heraus, dass die letzten Monate, genau genommen die ganze Zeit, seit sie nach Düsseldorf gezogen waren, eine ziemliche Qual gewesen waren. Die Eltern stritten, redeten wochenlang nicht miteinander. Aber über wie viele Seiten sie sich auch näherte, keines der Mädchen erzählte von einem Ereignis, das mit einer unbekannten Frau zu tun hatte, irgendeiner besonderen Begegnung.

»Können wir jetzt wieder schlafen gehen?«, fragte Rose und gähnte.

Leana wusste, dass einige traumatisierte Menschen mit ständiger Müdigkeit und viel Schlaf reagierten. »Sicher«, sagte sie freundlich, und Rose rutschte sofort von Irene Kohlmeyers Schoß und lief zu ihrer Schwester Jo, die am Daumen lutschte. »Könnten sich die Mädchen noch eben zwei Fotos ansehen?«

»Ich zuerst«, sagte Irene Kohlmeyer und zog wieder die Augenbraue hoch.

Leana hielt ihr Smartphone so, dass Irene Kohlmeyer das Passbild des Zahnarztes und das Phantombild der Täterin sehen konnte. Irene Kohlmeyer nickte. Leana reichte Jo ihr Telefon, die es nahm und mit dem angelutschten Daumen über den Touchscreen fuhr. Dann hielt sie es Rose hin, die immer noch neben dem Stuhl wartete.

Leana sah, wie das Kind im tiefsten Inneren zusammenzuckte, aber sie wusste auch, dass dies nicht der rechte Moment war, um danach zu fragen. »Rieke, würden Sie die Kinder bitte nach oben bringen und dann noch einmal herunterkommen?«

Ihre Mutter nickte Mareike zu und machte eine Bewegung mit der Hand in Richtung Tür.

Kaum waren die drei verschwunden, fragte Natalia Leana: »Wieso Rieke? Und woher kennen Sie sie?«

»Erinnern Sie sich nicht an das Mädchen am Dienstagmorgen bei Amelie Bauer, das hinter uns hereinkam und den verschütteten Kaffee aufgewischt hat? Sie wurde uns als Rieke Schweitzer vorgestellt und heute als Mareike Kohlmeyer.« Leana sah Irene Kohlmeyer erwartungsvoll an.

»Ich habe nach der Scheidung von meinem letzten Irrtum meinen Mädchennamen wieder angenommen. Rieke hängt aus unerklärlichen Gründen an ihrem Erzeuger.«

»Sie werden also gesetzlicher Vormund der Kinder, ihre Tochter hilft dort im Haus aus, und das alles ein paar Monate bevor Joachim Bauer ermordet wird? Scheint Ihnen das nicht etwas viel? Selbst für eine Frau, die in den Swingerclub geht und sich gerade für die ›Just Fucking‹-Orgie in der SF Lounge angemeldet hat? Sind Sie Anna66?«

Irene Kohlmeyer verschränkte ihre beringten Hände ineinander und starrte auf den großen Totenkopf. »Wenn Sie jetzt alle Ihre Vorurteile ausgespuckt haben, Frau Dr. Rac, dürfen Sie und Ihre Kollegin mit den vielen Notizen gern gehen. Braucht das LKA nicht für die Überprüfung meiner Internetaktivitäten genauso einen Durchsuchungsbeschluss wie für das Durchwühlen meines Hauses und bekommt beides nur dann, wenn ich verdächtig bin?« Sie blickte Natalia an, ihr Mund war nur noch ein schmaler Strich.

»Wenn es um Mord geht, haben wir mehr Rechte, als Ihnen lieb ist, Frau Kohlmeyer«, sagte Natalia scharf.

»Wir brauchen Ihre Hilfe«, ging Leana mit sanfter Stimme dazwischen, »und als Erstes hätte ich gern noch einen schwarzen Kaffee, wenn das geht!«

Irene Kohlmeyer wandte sich langsam Leana zu. »Na gut.« Dann sprang sie unvermittelt auf, ließ Wasser in die Maschine laufen, füllte gemahlenen Kaffee ein und schaltete sie an. Ohne aufzublicken, erzählte sie: »Joachim hatte Angst um seine Kinder. Er hatte bemerkt, dass seine Frau immer mehr abdriftete. Der Psychiater Dr. Krates oder so …«

Leana half ihr aus: »Dr. Kratkas.« Sie stand auf, ging zu Irene Kohlmeyer an die Küchenzeile und lehnte sich mit der Hüfte dagegen, um das Profil der Frau erkennen zu können.

Wieder zischte vor den Fenstern ein Blitz, ein Donnergrollen folgte, und dann öffneten sich die Schleusen des Himmels, und der Regen trommelte auf das Holz der Terrasse. Eine Sturmbö drückte die Küchentür auf.

»Dr. Kratkas bügelte Joachims Bedenken ab. Er hielt nichts davon, Amelie dadurch zu verunsichern, dass Joachim ihr vorschlug, sie solle einen Termin bei ihm machen. Stattdessen vereinbarte er mit Joachim ein ›zufälliges‹ Zusammentreffen beim samstäglichen Einkauf auf dem Markt mit anschließendem spontanen Kaffeetrinken. Kratkas fand nichts an Amelie, was ihm zu denken gab.« Irene Kohlmeyer drehte sich um und passte ihre Haltung Leanas an. »Meine Tochter Rieke suchte eh einen Job für die Zeit bis zur Uni, also arrangierte Joachim das. Über Nacht war er ja da und Rieke dann tagsüber. So fühlte er sich sicher, zumindest, was seine Kinder anging.«

»Was bedeutet das, ›zumindest, was die Kinder anging‹?«

Irene Kohlmeyer wandte sich der Kaffeemaschine zu, nahm die gefüllte Kanne und ging damit zum Tisch. »Er hat einmal gesagt, er hätte selbst ein bisschen Angst.«

»Wann war das?«, fragte Natalia und hielt ihre Tasse hin.

»Vor ein paar Monaten das erste Mal, dann vor zwei Wochen zuletzt.« Irene Kohlmeyer setzte sich wieder auf ihren Platz.

Leana folgte ihr, blätterte durch ihren Block, fand die gesuchte Notiz und sagte: »Amelie Bauer hat Dr. Kratkas im Juni selbst angerufen, weil sie herausgefunden hatte, dass ihr Mann in einen Swingerclub ging, und da hat er wohl gedacht, ihre Psychose beginne von vorn. Ein Telefonat Kratkas' mit Joachim Bauer führte dazu, dass die Sache mit dem Swingerclub als Hirngespinst Amelies abgetan wurde. Irgendwie passt das nicht so richtig zu dem, was Sie da sagen, oder?«

»Vielleicht hat Dr. Kratkas versagt?« Irene Kohlmeyer zuckte mit den Schultern. »Ich kann Ihnen nur sagen, was Joachim mir sagte und was dazu führte, dass ich die Vormundschaft für die Kinder bekam und meine Tochter dort im Haus arbeitete.«

»Und Sie trafen sich als Anna66 mit Bauer im Swingerclub. Dieses kleine Detail sollte doch in der Aufzählung nicht fehlen«, sagte Natalia.

»Er ließ sich gern den Arsch versohlen, und ich bin gut darin, und wenn man das nicht im Hotel machen will, ist so ein Club dafür perfekt anonym. Als er den Spieß rumdrehen wollte, zog ich mich zurück.«

»Sie schlagen gern?«, fragte Leana so neutral, wie es ihr möglich war.

Irene Kohlmeyer legte den Kopf schräg. »Wie haben Sie in den letzten Jahren Ihre Wut kanalisiert?«

Die Straße stand unter Wasser, die Kanalisation konnte die Massen nicht aufnehmen. Die wenigen Meter von der Haustür zum Auto genügten, um Leana und Natalia bis auf die Haut zu durchweichen. Natalias weiße Bluse wurde durchsichtig, und ihr Spitzen-BH zeichnete sich überdeutlich ab.

»War bestimmt teuer«, sagte Leana und zeigte auf Natalias Brust.

»Kaufe ich in Serbien, da wird die Spitze hergestellt. Verdammt, so kann ich nicht wieder ins Büro gehen.«

Leana griff nach hinten und zog ihre grüne Leinenjacke vom Rücksitz. »Hier, ziehen Sie die drüber, bis die Sachen wieder trocken sind.«

Sie fuhren vorsichtig über die überschwemmten Straßen. Als sie das LKA erreicht hatten, ließ endlich auch der Regen nach. Leana hatte die Türklinke schon in der Hand, als sie sagte: »Diese Irene hat irgendwie komisch auf die Fotos reagiert. Vielleicht kennt sie den Zahnarzt? Und genauso das kleine Mädchen, Rose, die zuckte innerlich zusammen.«

Natalia sprang aus dem Auto und eilte zum Eingang. Unter dem Vordach wartete sie auf Leana. »Sie sehen Gespenster!«, sagte sie und hielt ihre Zugangskarte vor das Lesegerät.

»Ja! Ich freue mich immer, wenn sie da sind«, antwortete Leana, ging an Natalia vorbei und rannte direkt in Dr. Köhler hinein.

»Man tauscht schon seine Kleidung. Ich dachte, das machen nur kleine Mädchen?« Er blickte von Natalia zu Leana und wieder zurück.

»Was tust du hier?« Leana fühlte, wie ihre Wangen sich röteten.

»Ich arbeite.« Er lächelte sie an. »Die Spurensicherung hat einen kleinen Durchbruch zu vermelden.«

»Die Teppichfaser?«, fragte Natalia aufgeregt.

Köhler schüttelte den Kopf. »Besser. Aber ich will Zorro und Maxim nicht die Show stehlen. Wir sehen uns in zehn Minuten im Konferenzraum. Leana, bekomme ich bei dir einen guten Kaffee?«

Er ließ mit einer galanten Geste den Frauen den Vortritt. Leana spürte seinen Blick und hoffte, sie würde in dieser durchnässten Leinenhose keine zu schlechte Figur machen.

Mit einem Winken verschwand Natalia in ihrem Büro. Leana ging weiter, öffnete die Tür zu ihrem und staunte.

»Eine Kaffeemaschine?« Sie drehte sich zu Köhler um. »Warum?«

»Ganz einfach, weil ich als dein direkter Vorgesetzter öfter hier sein werde und, was Kaffee angeht, ein wahrer Snob bin. Außerdem«, er trat dicht hinter sie, »weiß ich, dass auch du deinen Kaffee liebst.«

Hinter ihnen klopfte es an der Tür. Leana spürte dankbar, dass die Wärme von Köhlers viel zu nahem Körper hinter ihr verschwand. »Bitte«, sagte er laut.

Der Gerichtsmediziner trat ein. »Hi, Leana, Dr. Köhler, wir sind so weit.« Maxim lächelte Leana zu.

Zorro Ohlmann stand gebeugt da und tippte auf dem Touchscreen hin und her. Er war so vertieft in seine Arbeit, dass er nicht bemerkt hatte, wie der Konferenzraum sich gefüllt hatte. Zorro blickte hoch, runzelte seine buschigen Augenbrauen, nickte Dr. Köhler zu und fragte: »Wo ist Maxim?«

Der schloss gerade die Tür und kam zu Zorro nach vorn.

»Nun«, begann Maxim wie immer, »die bei unseren vergewaltigten Opfern gefundene DNS stimmt nirgendwo mit der von Thomas Müller oder Joachim Bauer überein. Das bedeutet jedoch nicht, dass die an diesen Frauen verübte Gewalt garantiert nichts mit den Morden an diesen Männern zu tun hat. Denn ich kann mir immer noch vorstellen, dass unsere Täterin in einem Frauenhaus arbeitet, in einem Labor, in einer Praxis, irgendwo, wo sie auf diese oder andere misshandelte Frauen trifft. Jetzt würde ich gern an Zorro übergeben, denn es ist der Durchbruch seines Teams, das Tag und Nacht gearbeitet hat. Zorro?« Maxim machte eine leichte Verbeugung und setzte sich neben Natalia.

»Wir haben auf diesem verdammten Hunde- und Vogelklo, Rosengarten Düsseldorf ...«, nuschelte er vor sich hin, während er Bilder auf die Bildschirme an den Wänden warf.

»Könntest du wohl deinen Mund beim Reden etwas mehr öffnen«, bat Natalia mit einem Lächeln.

Zorro straffte sich, strich sich eine widerspenstige Haarsträhne aus der Stirn und fuhr fort: »Wir haben auf diesem Klo ganze fünf Meter rund um die Bank abgesucht und aufgesammelt und damit an die fünfhundert Nachweise von diversem Kot, Tierhaaren, Urinen, Fasern, DNS, wohin das Auge reicht. Aufgrund des Zeitdrucks haben wir im Team die beste Vorgehensweise besprochen und uns darauf geeinigt, die Spuren als Erstes auszuwerten, die am seltensten vorkommen.«

»Können Sie das bitte etwas genauer erklären?«, sagte Dr. Köhler.

Leana beobachtete ihn aus dem Augenwinkel und war fasziniert, wie bereitwillig sich ihm das gesamte Team, inklusive Natalia, unterordnete, sobald er mit im Raum war.

»Es gab über hundert verschiedene Hundehaare rund um die Bank und dreihundert Spuren von Vogelfedern, Tauben, Zwergpapageien, aber«, er wischte mit dem Zeigefinger über den Bildschirmtisch, und es erschien die fünftausendfache Vergrößerung dreier Katzenhaare, »nur drei Spuren von einer Katze. Nicht, dass es keine Stadtkatzen im Rosengarten gäbe, nur lungern die offenbar nicht auf oder vor dieser Bank rum. Wir hatten unseren Kollegen in Köln bereits Mittwochabend mitgeteilt, dass wir Katzenhaare gefunden hatten.« Zorro warf ein neues Bild an die Wand. »Es ist schon mit dem bloßen Auge zu erkennen, dass diese beiden Haare fast gleich sind. Wir hatten zudem Glück, dass beide Haare noch über Wurzeln verfügten und wir DNS extrahieren und vergleichen konnten. Vor zehn Jahren haben wir noch nicht gewusst, ob zum Beispiel zwei weiße Katzen derselben Rasse dieselbe DNS haben. Heute wissen wir es. Ihre DNS unterscheidet sich, und das hier«, er drehte sich um, »ist ein und dieselbe Katze. Unsere Täterin war die Spurenträgerin. Wie man es auch dreht und wendet, die Katze kann nicht Montagnacht in Düsseldorf gewesen sein und Dienstagnacht in Köln. Und wir haben eine weitere Vergleichsprobe: Auch in Köln gab es die Teppichfaser.«

»Also ist unsere Täterin die Besitzerin einer Katze?«, fragte Tanni.

»Das könntest du daraus schließen, wenn du wolltest«, sagte

Maxim. »Es könnte aber auch sein, dass sie beispielsweise eine alte Dame betreut, die eine Katze hat.«

Tanni nickte und runzelte die Stirn.

»Das ist ein Meilenstein.« Dr. Köhler stand auf. »Wie wollen Sie ihn nutzen?« Er blickte von Zorro zu Maxim und dann zu Natalia.

Leana gab ihnen einen Moment Zeit, denn sie wusste, dass es mit den Kriminaltechnikern, den Biologen und Gerichtsmedizinern manchmal so war – sie freuten sich an der Entdeckung einer Spur und wussten doch nicht, was damit zu tun war, wohin sie führte.

Als das Schweigen zu lange dauerte, stand Leana ebenfalls auf und trat neben Zorro. »Wir müssen nach weiteren Vergleichsspuren suchen. Die Tauben und Papageien können Sie vernachlässigen, die Hunde aber nicht.«

»Sie legen das Team lahm, wenn die über hundert Hundehaare auswerten müssen«, sagte Natalia düster, aber nicht unfreundlich.

»Gab es auch Hundehaare in Köln?«, fragte Leana Zorro.

Der nickte. »Genau vier.«

»Dann müssen Sie so lange in den Hunderten von Düsseldorf suchen, bis Sie die passende Entsprechung gefunden haben.«

»Was hast du im Sinn?« Dr. Köhler fixierte sie mit seinen fast durchsichtig blauen Augen.

Leana sammelte sich einen Moment. »Das Profil unserer Täterin sagt, sie ist eine graue Maus, fällt nicht auf, man nimmt sie nicht wahr. Für wen macht das Aussehen eines Menschen keinen Unterschied?«

»Tiere«, sagte Köhler. »Ihnen ist egal, ob du dick oder dünn bist, groß oder klein. Sie schenken dir ihre Liebe, weil du gut zu ihnen bist, und manchmal auch, wenn du nicht gut zu ihnen bist.«

»Genau. Ein Mensch wie unsere Täterin braucht die Liebe der Tiere. Zudem fühlen sich gequälte Menschen zu gequälten Kreaturen hingezogen. Sie empfinden deren Leid deutlicher als gesunde Menschen, und sie helfen ihnen. Fast immer so, wie sie sich wünschen, dass man ihnen geholfen hätte. Sie gehen mit viel Geduld auf traumatisierte Tiere ein, auch über lange Zeiträume, und empfinden es als Hoffnungsschimmer, wenn sie Erfolg haben.«

Leana blickte in ratlose Gesichter und fühlte einen Moment Frustration in sich aufkommen, weil nicht einmal Maxim ihr folgen konnte.

»Die Teppichfaser aus sehr strapazierfähigem Material. Gibt es dafür schon Treffer?«

Zorro schüttelte den Kopf.

»Dann hört auf, nach Kaufhäusern zu suchen. Untersucht die Teppichfaser auf Tierspuren.«

»Ein Tierheim!«, rief Maxim aus. »Ja, unsere Täterin arbeitet in einem Tierheim.«

Leana nickte erleichtert. »Ja, das halte ich für sehr wahrscheinlich. Und auch in einem Tierheim brauchen wir strapazierfähige Böden. Deshalb, Zorro, untersuchen Sie bitte die Hundehaare, und schicken Sie Ihre Leute in die Tierheime in und um Düsseldorf. Ich will mich nicht …«

Zorro hob die Hände. »Keine Sorge, Sie mischen sich nicht in meine Arbeit ein. Sie haben ganz einfach recht.«

»Und wir«, Leana drehte sich zu Natalia um, »müssen herausfinden, ob die beiden Familien vielleicht in einem Tierheim waren oder jemand aus einem Tierheim bei ihnen. Wir müssen die Wohnungen noch einmal auf Tierhaare untersuchen. Finden wir Spuren, bedeutet das, unsere Täterin war in den Wohnungen, oder sie hat ihre Opfer mehr als einmal getroffen. Und wenn das so ist, finden wir vielleicht auch ihre

DNS.« Sie zeigte auf den Bildschirm vor Kopf. »Und diese Haare dort sind unsere Vergleichsprobe!«

Das Team diskutierte über zwei Stunden die weitere Vorgehensweise. Wer noch einmal das Leben des Lehrers und des Zahnarztes, insbesondere die letzten Monate über, durchforsten, wer zu den Wohnungen der Opfer fahren und dort nach Tierhaaren suchen würde, welche Aufgaben für den Tag noch anstanden, welche davon zu schaffen waren und welche einfach bis zum nächsten Tag oder sogar bis Montag warten mussten.

Als alles geklärt war, stand Tanni als Erste auf. »Ich quäle dann mal die Datenbanken, welche Tierheime wir in und um Köln und Düsseldorf haben, wer da arbeitet, wer alles zum Streicheln kommt. Oder ist noch was anderes, Ma'am?« Sie sah auf Natalia hinunter, die den Kopf schüttelte.

Zorro packte seine Unterlagen zusammen und verließ gemeinsam mit Maxim den Konferenzraum.

»Ich weiß, ich wiederhole mich«, sagte Leana, »und werde es noch oft wiederholen: Dieses Team ist großartig.«

»Leana«, Natalia stand auf und kam zu ihr, »Sie sind es auch! Ich habe jetzt verstanden, warum Dr. Köhler Sie geholt hat. Deshalb noch einmal: Willkommen beim LKA Kompetenzcenter! Ich bin Natalia.« Sie reichte Leana die Hand, die sie nahm und kurz drückte.

»Leana. Und danke.«

»Bekomme ich jetzt einen Kaffee?«, fragte Köhler und lächelte sie schräg an.

»Wir haben leider zu tun«, antwortete Leana, »wir haben einen Termin im Swingerclub. Willst du mit?«

Köhler lächelte weiter. »Nein danke, vielleicht ein anderes Mal.« Er schob seinen durchtrainierten, kompakten Körper aus der Tür und winkte, ohne sich noch einmal umzudrehen.

»Man schlägt Köhler nichts ab«, flüsterte Natalia, »auch keinen Kaffee.«

Ja, dachte Leana, *das habe ich gemerkt, und ich bin nicht sicher, ob ich diese dominante Haltung an JJ mag.*

»Außerdem haben wir nicht wirklich einen Termin im Swingerclub«, schob Natalia nach.

»Geplant schon«, erwiderte Leana. »Ich will wissen, wie sehr unsere Anna66 Joachim Bauer den Allerwertesten verhauen hat. Denn angeblich gab es ja nicht einmal einen Darkroom oder Sadomaso. Soll ich jemand anderen fragen?«

Natalia wich ihrem Blick aus.

»Was ist?«

»Nichts. Fahren wir.«

Als sie an Leanas Büro vorbeikamen, sahen sie, dass Köhler sich an der Kaffeemaschine zu schaffen machte. Am Ausgang trafen sie auf die Staatsanwältin Angela Rotenburg.

»Die Damen, wohin so eilig? Ich konnte leider nicht früher hier sein.«

»Nicht schlimm«, antwortete Leana. »Oben in meinem Büro ist JJ, er kann dir alles berichten. Wir haben einen Termin.«

Kaum hatte Natalia sich angeschnallt, fragte sie: »Warum so eilig auf einmal?«

Leana setzte den Blinker, bog auf die Völklinger Straße ein und wechselte die Spur in Richtung A46. »Ich wäre gern vor dem ›erotischen Partyfreitag mit Samys Duftreisen‹ dort.«

»Und der beginnt wann?«, fragte Natalia und rutschte auf ihrem Sitz hin und her.

»Um Punkt zwölf.«

Natalia blickte auf ihre Uhr. »Das ist in einer Stunde.«

»Richtig.« Leana bog auf den Südring ab und trat auf das Gaspedal.

»Hm, hier riecht es nach gutem Kaffee. Bist du nicht im falschen Büro, Janosch Jacob?« Angela Rotenburg stellte ihre alte Aktentasche auf dem Boden ab und trat zu JJ ans Fenster. »Was hast du zu berichten?«, fragte sie, und JJ reichte ihr seinen noch unberührten Kaffeebecher.

»Sie finden zueinander.«

»Du ziehst es doch vor, zu teilen und zu herrschen.«

JJ lächelte zu ihr hinab. »Wir kennen uns zu lange, Angela.«

»Noch sechs Jahre bis zur Pensionierung, dann bist du mich los.«

»Sie werden keine Freundinnen werden, aber sie werden einander immer respektieren, das ist viel wichtiger.«

»Für dich vielleicht, JJ, aber das gilt nicht für jeden und für Leana schon gar nicht. Sie braucht Freundschaften.«

Maxim klopfte an den Türrahmen der offen stehenden Bürotür. »Ist Leana schon weg?«

Köhler nickte. »Was gibt es?«

»Wir haben nach dem Match der Katzenhaare den ersten Hunde-Match!«

»Also tatsächlich ein Tierheim«, murmelte JJ anerkennend. »Sie ist einfach der Knaller.« Dann wies er mit dem Kopf zur Tür. »Sagen Sie allen Bescheid.«

Maxim nickte und verschwand.

»Tierheim? Klärst du mich bitte auf?«, fragte Angela über den Rand des Kaffeebechers hinweg.

Dr. Janosch Jacob Köhler berichtete ausführlich, was Spurensicherung und Gerichtsmedizin herausgefunden hatten und welche These Leana sofort entwickelt hatte, die sich jetzt zu bestätigen schien.

»Sie ist ein Knaller.« Angela reichte Köhler den leeren Kaffeebecher, nahm ihre Aktentasche und ging zur Tür. »Als Ermittlerin!«

»Keine Sorge, Angela, ich habe mich noch nie zweimal in dieselbe Frau verliebt.«

Sie drehte sich noch einmal zu ihm um. »Hast du irgendwann mal aufgehört, in sie verliebt zu sein? Ich kann mich jedenfalls nicht daran erinnern, dass es mal eine Zeit gab, in der du nicht von Leana Meister geschwärmt hast.«

Je näher sie dem Swingerclub kamen, desto mehr hampelte Natalia auf ihrem Sitz herum. »Wie kann man in einem Frauenhaus arbeiten und zugleich in einen Swingerclub gehen? Das ist abartig.«

»Nach welchen Maßstäben?«, fragte Leana und warf einen Seitenblick auf Natalia.

»Dem guten Geschmack! Herrgott, so ein Haus, nur um dort Sex zu haben!«

Leana hielt an einer roten Ampel in Mettmann und sah zu Natalia hinüber. Sie bemerkte, dass diese ihre Hände im Schoß knetete, ihre Beine im Fußraum verschränkt und die Schultern nach vorn geschoben hatte.

Plötzlich fing Leana schallend an zu lachen. Hinter ihnen wurde gehupt. Leana trat aufs Gas und fuhr an.

»Was ist bitte so unglaublich komisch?«, fragte Natalia spitz.

Leana wischte sich eine Lachträne aus dem rechten Auge. »Du bist verklemmt!«

»Bin ich nicht!«

»Doch, die knallharte Ermittlerin mit dem Doktor in Chemie und erstem Dan in Shotokan-Karate ist so verklemmt wie eine Kirchenmaus!« Leana schlug lachend aufs Lenkrad. Sie musste so sehr prusten, dass sie fast die Einfahrt zum »House of Joy« verpasst hätte.

»Jetzt hör auf!«, rief Natalia drohend.

Leana versuchte sich zusammenzureißen. Mit rotem Kopf

stieg sie aus dem Auto, band ihre Haare im Nacken zusammen, blickte auf ihre Uhr – schon zwanzig vor zwölf – und linste zu Natalia hinüber, die erhobenen Hauptes die breite Holztreppe zu der Villa hochstampfte.

Der Eingang war geöffnet, nur Schwingtüren wie in einem Western trennten draußen und drinnen. Natalia verschwand hinter den Türen im schummerigen Dunkel, und Leana folgte ihr.

5.

Als sie eine Stunde später wieder im Auto in Richtung Düsseldorf saßen, gab Natalia unumwunden zu: »Okay, ich bin prüde.« Sie schüttelte unwillig den Kopf. »Das sind mir einfach zu viele Brüste und Ärsche auf einmal. Dieses Rudelficken, das verstehe ich nicht.«

Leana lächelte sie von der Seite an. »Da kommen wir her. Wir haben in Rudeln gelebt, und letztlich ist das eine gute Idee, denn die Streuung der Gene in alle Richtungen gewährleistet viele Kombinationen und bringt Nachkommen mit unterschiedlichen Fähigkeiten hervor, die der Gemeinschaft wieder zugutekommen. Dieser Exklusivanspruch auf einen Partner und ›bis dass der Tod euch scheidet‹ ist für die Fortpflanzung nicht das Beste.«

»Aber das konnte für deinen Mann nicht als Entschuldigung gelten, als er fremdgegangen ist?«

Leana zuckte innerlich zusammen. Im Auto breitete sich Schweigen aus, untermalt von dem Surren der Klimaanlage, die die Luft im Wageninneren konstant auf dreiundzwanzig Grad kühlte.

Leana wischte sich mit der Hand über den Nacken und hob ihren lose gewundenen Knoten an. Sie erinnerte sich genau an den Abend, als ihre Konkurrentin mit am Tisch in ihrer Wohnung in Kapstadt saß. Ärztin, wie Gregor, lange blonde Haare, schlank, riesige Augen, die stets ein Lächeln umspielte. Marlo! Leana hatte sie bewundert, weil sie so unbeschwert mit ihren

Töchtern umgegangen war, hatte sie beneidet, weil sie wusste, wovon Gregor sprach, wenn er Operationen erklärte, und hatte gedacht, sie hätte sie gern zur Freundin. Aber dann, ganz unerwartet an diesem Abend, hatte sie einen Blick aufgefangen, den Marlo und Gregor wechselten. Da wusste sie es und verdrängte es ganz schnell wieder.

»Eh, wo fährst du hin?«, holte Natalia sie in die Gegenwart zurück. »Zum LKA hättest du hier abbiegen müssen.«

Leana trat auf die Bremse, fuhr rechts ran, schnallte sich ab, lief einmal um das Auto, noch einmal, dann andersherum, dann öffnete sie die Beifahrertür.

Natalia streckte hilflos ihre Hände aus und stammelte: »Es tut ...«

»Nein, das muss es nicht. Du bist eine gute Ermittlerin, weil du nicht lange um einen Fakt herumkreist, sondern gleich deinen Finger drauflegst. Dass du das nicht beliebig ab- und anschalten kannst, ist mir klar. Aber willst du auch die Antworten hören?« Sie starrte auf Natalia hinunter.

»Da bin ich mir nicht so sicher«, murmelte Natalia und verschränkte die Arme vor der Brust.

»Das habe ich mir gedacht.« Leana knallte die Beifahrertür zu, lief halb ums Auto herum, stieg wieder ein und fuhr weiter. »Wir fahren zu Dr. Kratkas. Ich möchte dem kleinen Mann mit dem dichten schwarzen Haar und dem tschechischen Akzent noch ein paar Fragen stellen.«

Natalia schwieg und starrte nach vorn. Ein Schülerlotse hielt sie an einem Zebrastreifen gefangen, der Strom der I-Dötzchen schien unendlich. »Jetzt sag es schon!«

»Was?«, fragte Leana, ohne Natalia anzusehen.

»Was da war mit deinem Mann!«

Leana legte die Hände oben auf das Lenkrad und drehte leicht den Kopf. »Er hat nicht *auch,* sondern *nur* mit ihr geschlafen. Er hatte da schon seit Jahren nicht mehr die Hand nach mir ausgestreckt.«

Hinter ihnen wurde wütend gehupt. Natalia drehte sich jäh um. »Eh, du Arsch!«

Leana fuhr an.

»Okay, das ist bitter, das sehe ich ein.« Natalia lächelte unsicher.

Leana nickte und konzentrierte sich auf den dichten Verkehr.

Zehn Minuten später standen sie in der glamourösen Empfangshalle der Psychiatrie und baten um ein kurzes Gespräch mit Dr. Kratkas.

»Dann müssten Sie in einer Stunde wiederkommen. Dr. Kratkas ist mitten in einer Therapiesitzung, und wir dürfen nicht stören.« Die durchgestylte Empfangsassistentin lächelte sie entschuldigend an.

Natalia lächelte zurück wie ein bissbereiter Dobermann. »Wo findet denn die Sitzung statt?«

»Wie bitte?«

Blitzschnell hatte Natalia den Bildschirm der Assistentin gedreht, sah, dass die Gesprächszimmer im sechzehnten Stock waren, und fand seine Zimmernummer.

»Ich werde …«, stieß die Assistentin hervor und griff nach ihrem Telefon.

Natalia knallte den Hörer zurück, hielt die Hand der jungen Frau fest und sagte leise: »Sie glauben ja gar nicht, wie ungemütlich ich werden kann. Wagen Sie es nicht, Ihren Chef jetzt anzurufen und vorzuwarnen. Sollten Sie es doch tun, erzähle ich ihm brühwarm, dass wir die Zimmernummer von Ihnen haben. Was glauben Sie, wie lange Sie dann noch hier in diesem Aquarium an derart exponierter Stelle sitzen und nach einem erfolgreichen, heiratswilligen Arzt Ausschau halten können?«

Die Assistentin zog ihre Hand zurück und nickte.

Natalia schwebte mit Leana in den sechzehnten Stock. Als Leana anhob, etwas zu sagen, kam Natalia ihr zuvor: »Sag es einfach nicht.«

»Ich wollte sagen, ich bin froh, dass du so was so gut kannst. Ich kann es nämlich nicht.«

Mit einem dezenten *Ping* kam der Aufzug zum Stehen. Ihre Füße versanken in dem flauschigen beigefarbenen Teppichboden. Hinter den Türen wurde gesprochen, aber man konnte nicht verstehen, was. Als sie die angegebene Tür erreichten, öffnete Natalia sie geräuschlos. Zu ihrer beider Überraschung hörten sie den Arzt und seine Patientin kichern. Natalia schob die Tür sachte ein Stück weiter auf. Mit gerunzelter Stirn blickte sie Leana an und wies in das Zimmer. Die fröhlich kichernde Patientin war Amelie Bauer.

Durch einen Tritt von Natalia flog die Tür ganz auf. »Dürfen wir mitlachen?«

Dr. Kratkas wandte sich blitzschnell zu ihnen um. Amelie Bauer lief zum Sofa, nahm zum Schutz ein Kissen vor den Bauch, zog ihre Füße hoch und belauerte die Ermittlerinnen mit einem gehetzten Blick von unten.

»Was fällt Ihnen ein?« Kratkas gestikulierte mit den Armen, sein Gesicht lief rot an.

»Sie haben Bluthochdruck«, sagte Natalia ungerührt, »und wenn es Ihnen lieber ist, können wir Sie auch regelmäßig vorladen, um das Gespräch in unseren eigenen Räumen fortzusetzen. Ich schätze, ein Tipp an die Presse würde genügen, man macht an der Eingangstür zum LKA ein paar hübsche Fotos von Ihnen, und der Ruf dieser bekannten Klinik bekäme einen empfindlichen Knacks. Also, wie sieht es aus?« Sie stemmte lässig eine Hand in die Hüfte.

Kratkas nahm aus seinem Arztkittel das mobile Telefon,

wählte dreimal die Neun, und während er wartete, dass jemand abhob, strich er Amelie Bauer beruhigend mit der Hand über den Rücken. »Kommen Sie sofort in die sechzehn/dreiunddreißig, und bringen Sie Amelies Medikamente mit. Nein, sofort!« Seine Stimme war leise und eindringlich.

Leana blickte sich in dem Raum um. Sofas standen in losen Gruppen, Schaukelstühle, es gab eine Ecke mit Leinwand und Farben. Ein schneller Blick auf Amelie Bauers mit Farbklecksen bedeckte Hände verriet Leana, dass die Patientin das Bild gemalt hatte. Es dominierten Rot- und Orangetöne, und unten links in der Ecke kauerte eine graue Gestalt, die von den strahlenden Farben erdrückt wurde. Leanas Blick wanderte zu Amelie Bauer, und sie fragte sich in Gedanken: *Was erdrückt dich? Wissen? Schuld? Oder einfach das alte Lied, dass alle anderen schöner und strahlender und beliebter sind als du?*

»Herr Doktor?« In der offenen Tür erschien eine Krankenschwester. Sie trug eine weiße Hose und eine passende Bluse. In der linken Hand hielt sie einen Dispenser, in dem sich orangefarbene und rote Pillen befanden.

»Su, bleiben Sie bitte bei Amelie, bis ich zurück bin. Die Medikamente nur für den Notfall. Amelie?« Er trat vor das Sofa, beugte sich zu ihr hinunter und sagte ruhig: »Ich bringe die Frauen jetzt raus, damit du ganz sicher sein kannst, dass sie nicht wiederkommen.«

Leana sah, dass Natalia Luft holte, hob den Finger an die Lippen und schüttelte den Kopf.

»Sie sollen nie mehr wiederkommen«, wimmerte Amelie, »sie sind schlecht, sie bringen das Schlimme hierher zurück.«

Kratkas streichelte ihr über den Kopf, wandte sich um und bedeutete Natalia und Leana mit einer unmissverständlichen Geste, den Raum zu verlassen, und zwar vor ihm. Kaum hatte er die Tür hinter sich geschlossen, fuhr er sie an: »Was fällt Ihnen ein? Wissen Sie denn nicht, dass schon ein kleiner Rückschlag alles wieder zerstören kann?«

Leana legte ihm ihre Hand auf den Unterarm. »Dr. Kratkas, wir ermitteln in einem Mordfall, und mir ist im Moment wichtiger, die Mörderin zu finden, damit ein paar Menschen, die ich noch nicht kenne, am Leben bleiben.«

»Und vielleicht«, Natalia trat dicht vor ihn, »sitzt unsere Mörderin genau hinter dieser Tür.«

Kratkas schnappte nach Luft. »Solange sie hier ist, wird ja dann kein weiterer Mord geschehen!«

»Könnten wir jetzt in Ruhe reden?« Leanas Stimme klang freundlich und versöhnlich.

»Kommen Sie.« Er eilte ihnen voraus durch den Flur über den weichen Teppichboden, drückte wortlos auf den Knopf für den Aufzug und ließ den Frauen den Vortritt. Sie schwebten in die siebte Etage hinunter.

Als alle in Kratkas' Büro mit dem Blick auf den Volksgarten Platz genommen hatten, schien der Arzt sich beruhigt zu haben. »Gibt es einen guten Grund für Ihr überfallartiges Gebaren?« Kratkas blickte von einer zur anderen.

»Sehen Sie«, sagte Leana, »Menschen in unterschiedlichen und stressigen Momenten zu erleben heißt, sie erheblich schneller kennenzulernen. Um gar nicht lange herumzureden: Sie haben uns beim letzten Mal sehr lückenhaft Bericht erstattet.«

»Ich habe vielleicht nicht an alles gedacht«, unterbrach Kratkas sie aufgebracht, »aber das macht mich ja wohl noch nicht verdächtig! Ich war selbst völlig überrascht von Joachim Bauers Tod und Amelies Einlieferung.«

»Sie verteidigen sich ja schon, bevor ich meinen Vorwurf formuliert habe?« Leana lehnte sich zurück, lächelte ihm zu und nahm ihren Block heraus, in dem sie vor- und zurückblätterte.

»Sie haben Joachim Bauers Befürchtungen kurzerhand abgetan, als der sich Sorgen um seine Kinder und wohl auch um sich selbst machte. Er rief sie vor ein paar Monaten deswegen an. Sie haben ebenso Amelie Bauers Annahme abgetan, das war dann im Juni, dass ihr Mann in einen Swingerclub gehe. Nach Ihren Angaben, Dr. Kratkas, riefen Sie daraufhin Joachim Bauer an, der Ihnen angeblich sagte, das seien Hirngespinste!« Leana hielt inne, blätterte noch einmal in ihrem Notizblock vor und zurück und fuhr schließlich fort: »Zwei Eheleute wenden sich, voneinander unabhängig, an Sie, ersuchen Sie um Hilfe, und Sie erklären beiden, alles sei in Ordnung? Und jetzt, sechs Wochen später, ist der eine tot, und die andere sitzt hier in der geschlossenen Abteilung. Wie fühlen Sie sich dabei, Dr. Kratkas?«

Feine Schweißperlen hatten sich auf Kratkas' Stirn gebildet, seine Hände fuhren unruhig über den Schreibtisch. »Manchmal …« Er atmete schwer, seufzte, wischte sich mit einem Taschentuch über die Stirn. »Manchmal neigen diese Ehepaare dazu, einen als Dauerproblemlöser zu beanspruchen. Sie verlernen mit der Zeit der Therapie, einfach miteinander eine Lösung zu finden. Ich war mir sicher, dass es bei Amelie und Joachim Bauer so war.«

»Was machte Sie so sicher? Ich dachte, es hätte jahrelang gar keinen Kontakt gegeben?« Leana nickte Natalia zu, zum Zeichen, dass sie danach weitermachen sollte.

Kratkas rang mit sich. »Dass Joachim, der so sehr auf seinen tadellosen Ruf bedacht war, so leichtsinnig sein sollte, in einen Swingerclub zu gehen, das musste eine von Amelie ausgedachte Geschichte sein, damit ich ihr helfe. In ihrer ersten Krise nach Jahren der harmonischen Ehe ruft sie ihren Doktor an. Ich wollte die Anfänge gleich abwehren, um nicht in die Ehefalle zu tappen. Krisen sind in jeder Partnerschaft normal, und es gilt, sie zu meistern, und zwar miteinander.«

»Sie waren sich da so sicher und haben trotzdem Joachim Bauer angerufen und ein zufälliges Treffen auf dem Markt arrangiert?«, hakte Natalia nach und warf einen kurzen Blick auf Leana.

»Wie jeder Arzt habe ich Angst vor Fehlern.«

»Waren Sie mal in einem Swingerclub?«

Kratkas schaute Natalia düster an.

»Ich hörte, in Tschechien sind die auch sehr beliebt. Da gibt es viele nackte Körper, schön und unschön, und man fummelt, wo man kann, egal ob festes oder wabbeliges, junges oder altes Fleisch.«

»Verdammt, warum erzählen Sie mir das?«

»Weil Sie wissen sollten, dass eine eifersüchtige Frau normalerweise nicht *so etwas* erfindet. Sie glaubt an eine Geliebte. Durchsucht seine Unterlagen, wühlt in seinen Anzugtaschen, liest die Nachrichten auf seinem Handy. Und jetzt stellen Sie sich bitte vor, dass Joachim Bauer dort hinging, um sich von einer Domina den Arsch versohlen zu lassen! Passt das in Ihre Vorstellung? Und wenn nicht, dann vielleicht, dass er selbst anfing zuzuschlagen und auf die Sadoseite gewechselt ist? Ihre Patienten, Dr. Kratkas!«

»Nein!« Kratkas sprang auf. »Joachim war es nie, und Amelie war schon lange nicht mehr meine Patientin.«

»Warum haben Sie uns nicht alles erzählt?« Natalia stand auf und sah dem Arzt fest in die Augen.

»Ich wollte mich nicht selbst belasten«, gab er zu.

»Und jetzt wollen Sie uns glauben machen, dass Amelie Bauer bei Ihnen in besten Händen ist? Ich sag Ihnen was, Doc, ich werde bei der Staatsanwaltschaft beantragen, dass Amelie Bauer verlegt wird.«

Kratkas ließ sich auf seinen Stuhl fallen. »Tun Sie ihr das bitte nicht an. Sie vertraut mir.«

Leana und Natalia stiegen ins Auto. »Willst du das wirklich veranlassen?«

»Hier«, Natalia hielt Leana ihre Smartuhr hin, »die Nachricht von Tanni. In beiden Wohnungen wurden Haare derselben Katze gefunden wie an den Tatorten in Köln und Düsseldorf. Und weiter«, sie zog ihren Arm wieder zurück, »schreibt sie noch, dass Amelie Bauer vor acht Wochen zweimal das Tierheim Düsseldorf besucht hat. Die Katzenhaare sind also möglicherweise von ihr! Sie hätte, anders als die Katze, an beiden Tatorten sein können. Wir haben für Amelie kein Alibi. Ich will ein Gutachten, und ich will, dass wir sie, von mir aus in Anwesenheit eines Psychiaters, befragen dürfen.«

»Von zwei Besuchen und vielleicht zweimal mit demselben Tier schmusen soll sie so viele Haare an sich gehabt haben, dass sie sie Monate später noch verteilt hat?«, fragte Leana ungläubig.

»Hast du mal Katzen gehabt?« Natalia grinste.

»Nein. Gregor hatte Angst vor Katzen.«

»Dann darfst du so was sagen. Und jetzt fahr los, wir haben gleich Besprechung.«

Leana klappte die Sonnenblende herunter und bog auf die Straße ab. »Du hältst Amelie also für verdächtig?«

»Sie ist im Moment die einzige Spur, die wir haben.«

»Spur? Nicht Verdächtige?«

»Wir neigen, gerade bei Serienmördern, dazu, es für die Tat einer einzelnen Person zu halten. Das kann, muss aber nicht stimmen. Außerdem kann es sein, dass Amelie unwissentlich dazu beigetragen hat, dass die Morde ausgeführt werden konnten. Ich will sie verhören!« Leana hörte die Wut in Natalias Stimme und interpretierte sie als Frustration darüber, der Mörderin keinen Zentimeter näher gekommen zu sein. Katzenhaar hin oder her.

»Und was versprichst du dir von einer Verlegung?«

Natalia klappte ebenfalls ihre Sonnenblende herunter, blickte seitlich aus dem Fenster und sagte: »Ich möchte ihr gern ein bisschen Angst machen. Denn wenn sie das alles spielt, und das halte ich für möglich, soll sie fürchten müssen, sie kommt in eine richtige Klapse und nicht in so einen Wohlfühltempel mit dicken Teppichböden, Schwimmbad und Kreativzimmer.«

»Das ist gewagt für den Fall, dass sie wirklich krank ist.«

Sie fuhren eine Weile schweigend durch den noch spärlichen Nachmittagsverkehr. Als Leana vor einer roten Ampel anhielt, fragte sie: »Hast du die Leinwand gesehen?«

»Sehr buddhistisch in diesen Orange- und Rottönen.« Natalia schnalzte mit der Zunge.

»Hast du auch die kleine graue Gestalt unten links in der Ecke gesehen?«

»Das war ein Fleck.«

»Nein«, Leana lachte, »das war ein gebeugter Körper, erdrückt von dem Gewicht der strahlenden Farben.«

»Unsinn!« Natalia schüttelte den Kopf.

»Ihre Pillen sind auch orange und rot.«

»Wow, so was siehst du aus dem Augenwinkel?«

»Ich habe ein gutes Gedächtnis, roll jetzt nicht mit den Augen, aber in Afrika brauchst du das, weil dir oft an Tatorten selbst eine Kamera fehlt. Und die ganze Zeit schon gehe ich unsere Tatorte durch …« Leana schilderte detailgenau aus der Erinnerung, wie die ermordeten Männer ausgesehen, welche Passanten in der Nähe gestanden hatten. Wie Mutter und Tochter in Köln gekleidet waren, wer von der Spurensicherung wo und wann was eingetütet hatte. Wie der Stand der Sonne war, welche Temperatur geherrscht hatte, von welcher Beschaffenheit die Bänke waren, auf denen die Opfer gesessen hatten.

»Und das alles hast du so detailliert in deinem Kopf?«, fragte Natalia skeptisch und starrte Leana an.

Statt ihr zu antworten, fuhr Leana einfach fort: »Und deshalb frage ich mich die ganze Zeit: Gibt es einen Grund dafür, dass am ersten Tatort nichts lag, aber am zweiten ein Buch? Ich meine, sie hat alles gleich arrangiert, die Jacken gefaltet, die Hände gedreht. Das Buch hätte sie stören müssen, es sei denn …«

»Meinst du, nur das Buch ist von Bedeutung? Oder auch Titel und Inhalt? Was für ein Buch war das?«

»Es lag aufgeschlagen neben ihm, deshalb konnte ich den Titel nicht sehen. Die aufgeschlagenen Seiten waren leer, vielleicht ein neues Kapitel.«

Natalia wählte Tanni an. »Was war das für ein Buch am Kölner Tatort? Ja, den Titel! Und finde heraus, ob es aus dem Bestand des Zahnarztes kam. Schau auf deinen Fotos nach, auf welcher Seite es aufgeschlagen war.«

Leana wollte Natalia gern sagen, dass es Spaß machte, mit ihr zu arbeiten, aber irgendetwas hielt sie zurück.

Im Konferenzraum war alles vorbereitet. Maxim und Zorro erklärten, wo sie, beziehungsweise die Kollegen aus Köln, die Katzenhaare sichergestellt hatten. Den Teams war jeweils die Abwesenheit eines Haustieres aufgefallen, weshalb sie die Katzenhaare überhaupt eingesammelt hatten. Jetzt, bei der zweiten Befragung, hatten Mutter und Tochter sich an eine Frau erinnert, die vor einigen Monaten, genauer konnten sie den Zeitraum nicht bestimmen, bei ihnen vor der Tür gestanden und um Spenden für die Tierheime in Nordrhein-Westfalen gebeten hatte. Sie hatten sie allerdings weder beschreiben noch anhand des Phantombildes identifizieren können. Was wiederum das Profil, das Leana mit Maxim entwickelt hatte, bestätigte. Ihre Täterin war unauffällig bis zur Durchsichtigkeit.

Tanni hatte ein Fax an Dr. Kratkas geschickt und ihn gebeten, in seiner nächsten Sitzung mit Amelie Bauer in Erfahrung zu bringen, ob auch sie aufgesucht worden war. Außerdem zogen, allerdings bisher ohne Erfolg, Polizisten mit dem Phantombild ihrer Täterin durch die Tierheime. Des Weiteren konnte Tanni mit dem Buchtitel aufwarten: *My Life Story*, ein eintausend Seiten starkes Tagebuch. Es sah vor, dass man Fotos einklebte, Rezensionen zu Büchern verfasste, die eigene Größe und das Gewicht regelmäßig eintrug. Aber alle Seiten waren leer. Die Familie des Zahnarztes kannte es nicht, konnte sich aber vorstellen, dass er es für seine Tochter erworben hatte.

Leana fasste ihre Ergebnisse zusammen. Sie berichtete von Irene Kohlmeyer und den Kindern, dem Swingerclub, wo sie herausgefunden hatten, dass Joachim Bauer im Sadobereich sehr hart zugeschlagen hatte, sowie von ihrem Auftritt bei Dr. Kratkas, und endete damit, dass sie sagte: »Immer mehr drängt sich die Frage auf, warum zwei Saubermänner, die peinlich auf ihre Vita geachtet haben, plötzlich in einen Swingerclub oder teure Bordelle gehen und dort Dinge tun, mit denen ihre Unbescholtenheit endet.«

Einen Moment lang schwindelte Leana von dem Tempo dieser Ermittlungen und der Fülle der Informationen und Ansätze, die innerhalb von nur vier Tagen zusammengetragen worden waren.

Ein Donnergrollen ließ das LKA-Gebäude erbeben, und Natalia schrak zusammen.

Sie stand auf und ging nach vorn. »Leute, ihr kennt meine Devise. Wir nutzen niemandem, wenn wir nicht mehr wach sind. Für die meisten von uns und auch aus euren Teams gab es kaum mehr als vier Stunden Schlaf pro Nacht. Für Maxim wahrscheinlich nur zwei?« Sie lächelte ihm zu. »Deshalb machen wir hier jetzt einen Schnitt. Geht nach Hause, geht einkaufen, spielt mit euren Kindern. Tut dem Fall den Gefallen, ein paar Stunden nicht an ihn zu denken. Haltet euch daran, ihr wisst, dass wir oft nach diesen Stunden die wahren Durchbrüche erzielt haben. Einverstanden?«

Ein zustimmendes Murmeln ging durch die Reihen.

»Gut, dann schlage ich vor, für einen kurzen Gedankenaustausch treffen wir uns morgen Nachmittag hier, sechzehn bis achtzehn Uhr.«

Einer nach dem anderen ging an Leana vorbei zur Tür des Konferenzraumes. Sie blieb ratlos sitzen. Es war Freitagnachmittag, das erste Wochenende in Deutschland wollte bewältigt werden.

»Was ist?«, fragte Natalia, die als Letzte ihre Unterlagen hochnahm und in Richtung Tür ging.

»Irgendwie weiß ich jetzt nicht, was ich machen soll«, gab Leana zu, zog die Schultern hoch und sah Natalia, die neben ihr stehen blieb, hilflos an.

»Soweit ich das diese Woche mitbekommen habe, hast du zwar ein paar neue Anziehsachen gekauft, aber sonst noch nichts, richtig? Wie wäre es, wenn du einfach mit deinem Auto zum nächsten Supermarkt fährst und ein bisschen für deine Küche einkaufst? Antilopenfleisch haben wir eher selten, aber Vogel Strauß gibt es schon.«

Leana stand auf und fühlte sich augenblicklich besser. »Danke!«

»Und vielleicht rufst du auch kurz zu Hause an?«

Leana nahm nun ebenfalls ihre Sachen. »Eher nicht. Egal. Also dann, bis morgen!« Jetzt, da sie ein Ziel hatte, freute sie sich sogar, ein paar Stunden für sich zu haben.

Leana verabschiedete sich noch persönlich von Tanni, Maxim, Sven und Theo, bevor sie bei Natalia an den Türrahmen klopfte. »Mein PC ist gesichert, mein Smartphone steht nicht mehr auf lautlos, meine Waffe ist im Safe, habe ich was vergessen?«

»Die Adresse des Supermarktes?«

»Auf dem Weg nach Kaiserswerth.«

»Dann bis morgen!«

Leana hätte Natalia gern gefragt, was sie jetzt vorhatte, aber sie fürchtete, das könnte so wirken, als hoffte sie auf eine Einladung.

Als Leana mit dem voll beladenen Auto die Tiefgarage des Einkaufscenters verließ, sah sie, dass es offenbar sehr stark geregnet hatte in den zwei Stunden, in denen sie sich im Innern ausgetobt hatte. Das Thermometer im Auto zeigte zweiundzwanzig Grad Außentemperatur und fünfundachtzig Prozent Luftfeuchtigkeit. Sie ließ die Fenster herunter, drehte das Radio laut und parkte wenig später vor Victors Restaurant in Kaiserswerth.

»Mon dieu! Was hast du da alles eingekauft. Komm, isch helfe dir.« Victor ließ sich die Arme vollladen, rief irgendwas auf Französisch in seine Küche, und kurz darauf nahmen zwei weitere Helfer Leana Tüten und Taschen ab. In weniger als zehn Minuten war das Auto leer, und Leana trug gemeinsam mit Victor die letzten Sachen nach oben.

»Uff, das ist wirklisch viel. Du hast gekauft für eine Ewigkeit.«

»Nein«, Leana strahlte, »das scheint nur so. Von Butter über Zucker und Salz, Gewürze, Kaffee und Milch fehlte mir alles. Aber apropos Ewigkeit, Victor, darf ich dich was fragen?«

»Oh, attention!«

»Nichts Privates. Ich wollte dich fragen, und bitte, sag ganz ehrlich, wie lange ich hier wohnen darf.«

»Wie meinst du?« Er legte den Kopf schräg.

»Ich hatte Dienstag den Eindruck, dass du es nicht gern hast, wenn hier jemand wohnt.«

»Ah, non, aber gemeint warst doch nicht du. Tu mir die Gefallen und bleibe, so lange du willst. So kommt wenigstens kein anderer. Wenn du ausziehst, findet Angela neue, und wenn notwendig, auf die Straße, und bringt die als Bewohner mit.«

»Ganz ehrlich?«

»Bien sûr!«

»Dann sag mir, was du an Miete bekommst.«

»Frag die Finanzministerin. A plus, und ist gut, dass du bleibst.« Victor verschwand, zog die schwere Eichenholztür ihres Apartments zu und ließ Leana allein, die glücklich auf ihre Einkäufe sah und sich sofort viel heimischer fühlte, weil sie wusste, dass sie bleiben konnte.

Sie hatte alles weggepackt, Töpfe und Pfannen gespült, Fleisch, Gemüse, Aufschnitt und Käse in den Kühlschrank geräumt, hatte ihren Hosenanzug gegen eine alte, abgeschnittene Jeans und eine Wickelbluse getauscht und sich eine Flasche kühlen Weißwein geöffnet, von dem ihre Wangen glühten, als es klopfte.

»Herein!«, rief sie, über die letzten Flaschen gebeugt.

»Das ist ein entzückender Anblick!«

Leana schnellte herum, zog automatisch ihre Shorts zurecht und errötete. »Was tust du hier, JJ?«

»Ich?«

Erst jetzt sah Leana, dass er beide Hände voller Tüten hatte, und unter seinem linken Arm klemmte ein Strauß bunter Sommerblumen.

»Ich dachte, ich kaufe ein wenig für dich ein, da wir dich sozusagen direkt vom Flugzeug von Tatort zu Tatort geschleppt haben. Nimm's als Willkommensgruß.«

Sie ging auf ihn zu und nahm ihm die Blumen ab. Zu ihrer Erleichterung erschien direkt hinter JJ nun Angela.

»Willst du auch hier einziehen, JJ?«, neckte sie ihn und trat an ihm vorbei ein.

Dr. Köhler stellte die Tüten auf den Boden, beugte sich zu Leana herunter und küsste sie links und rechts auf die Wange. »Du siehst entzückend aus«, flüsterte er ihr ins Ohr.

Ein Schauer überlief ihren Körper.

»Das habe ich gehört«, rief Angela und inspizierte seine Mitbringsel. »Gesalzene Butter, Cracker, Champagner, Serrano-Schinken, Salami – JJ, wenn ich es nicht besser wüsste, müsste ich annehmen, du bist auf Freiersfüßen.«

»Keine Sorge, ich bin sofort wieder weg, meine Töchter warten auf mich.« Er bückte sich, nahm die Einkäufe und platzierte sie auf der Küchenanrichte.

»Unsinn, Victor deckt unten schon den Tisch für uns. Ruf deine Kinder an, dass du später kommst, die wollen eh lieber chatten, als mit dir durch eine Ausstellung zu traben.«

»Wenn es dir recht ist?« Er blickte Leana an, die lächelnd nickte.

Sie hätte am liebsten alle umarmt, so dankbar war sie dafür, dass sie an sie gedacht hatten und, vor allem, dass sie sich wie Freunde benahmen, obwohl sie erst wenige Tage in Düsseldorf war. »Klar. Geht schon mal runter, ich will mir nur was Angemessenes anziehen.«

»Von mir aus kannst du so bleiben!« JJ feixte, und Leana wandte den Kopf ab, damit er nicht sah, dass sie errötete.

JJ Köhler, die Staatsanwältin Angela Rotenburg und der Architekt Chris saßen an der Theke des Restaurants und tranken Aperitifs, als Leana zu ihnen stieß. Sie hatte sich ein Sommerkleid übergezogen und eine dünne Strickjacke, die ihre muskulösen Arme verbergen sollte. Im Restaurant waren die meisten Tische besetzt, genauso wie auf der Terrasse. Leana bewunderte, wie lautlos und stressfrei Küche und Kellner alle Gäste bedienten.

Angela wies auf die kleinen Schälchen mit Oliven, Cornichons, Salami und gehobeltem Parmesan, die zwischen ihren Aperitifgläsern standen, und sagte: »Wir mussten unseren Tisch hergeben für Stammgäste und werden hiermit vertröstet. Aber da die Deutschen immer sehr früh im Restaurant erscheinen, sollten wir jeden Augenblick einen frei werdenden Tisch bekommen.«

Bis dahin hielt JJ Chris einen ausschweifenden Vortrag über Serienmorde. Dass im Durchschnitt und rein statistisch gesehen ein Serienmörder drei bis vier Jahre unentdeckt bleibt. Dass er in dieser Zeit bis zu sechsmal mordet. Dass in achtzig Prozent der Fälle und anders als bei anderen Morddelikten keine persönliche Beziehung zu den Opfern besteht. Dass sie zu fünfundneunzig Prozent Einzeltäter sind, meist unter sechsunddreißig Jahre alt, ledig oder geschieden und kinderlos und oft ein sehr auffälliges Sexualverhalten an den Tag legen.

Während sie sich an dem Tisch in der Terrassenlaube niederließen, endete JJ damit, dass er sagte: »Und das alles trifft sehr wahrscheinlich auf unsere Täterin nicht zu.«

»Sie suchen nach einer Frau?«, fragte Chris, faltete seine Serviette auseinander und breitete sie über seine helle Hose.

»Das nehmen wir im Moment an«, antwortete JJ, »nur, mehr kann ich dazu nicht sagen.«

»Das sind aber keine schönen Aussichten, dass, ob nun sie oder er, noch ein paar Jahre weitermordet, bis unsere schöne Kommissarin sie oder ihn gefasst hat.«

JJ bedachte Chris mit einem Stirnrunzeln.

»Ich finde sie so wunderbar, dass ich bereit wäre, einen Mord zu begehen, damit sie sich für mich interessiert«, setzte Chris nach.

JJ wollte gerade etwas erwidern, als Leana die Hände hob und sagte: »Also, Natalia hat heute verordnet, und ich glaube, ich finde das sehr gut, dass wir bis morgen nicht mehr über unseren Fall nachdenken. Bitte lasst uns das Thema wechseln. JJ, was machen deine Töchter?«

Die Kirchturmuhr schlug Mitternacht. Leana begleitete JJ zur Straße, wo sie gemeinsam auf sein Taxi warteten.

»Dieser Chris steht auf dich!«

»Der steht, laut Angela, auf alle Frauen. Ein typischer Jäger und Sammler. Und im Moment fehlt ihm wohl eine gute Beute, und ich wohne ja mit im Haus.«

»Ganz wie du meinst. Aber ob Theo, Zorro, Sven oder Maxim, sie haben alle schon den einen oder anderen begehrlichen Blick auf dich geworfen.«

»Unsinn.« Leana lachte verlegen. Sie hatte es völlig verlernt, sich selbst als attraktive Frau wahrzunehmen. Das Taxi bog in die Straße ein, die Scheinwerfer blendeten sie einen kurzen Moment. »Außerdem bin ich eine verheiratete Frau.«

JJ Köhler öffnete die hintere Wagentür und hielt einen Moment inne. »Ganz sicher?«

Leana winkte ab und ging hinein an die Bar, wo nur noch Angela übrig geblieben war und nun in zwei Gläser einen dunklen Grappa goss. »Ich wollte noch mit dir auf deine neue Wohnung anstoßen.«

»Hätte ich dich zuerst fragen müssen?«

»Nein, du hast es genau richtig gemacht. Die Miete?«

»Nimm, was du von jedem nehmen würdest. Ich habe gehört, dass Kaiserswerth sehr teuer ist.«

»Ja, sicher, es ist Kaiserswerth, aber die Wohnung ist auch recht klein. Bist du mit fünfhundert Euro warm einverstanden?« Angela hielt ihr die Hand hin.

Leana schlug ein, nahm mit der Linken das schmale Grappaglas und stieß mit Angela an. »Das ist perfekt. Wie dieser ganze Tag schon! Danke!«

6. Samstag

Leana träumte, in einem Flugzeug zu sitzen. Sie waren in Turbulenzen geraten, und immer wieder leuchteten mit einem lauten Hinweiston die Schilder auf, man möge an seinen Platz zurückkehren und sich anschnallen. Dann saß sie plötzlich wieder in der Toilettenkabine, und es wurde an die Tür geklopft. Ihr Kopf dröhnte. Mit einem Schlag war sie hellwach.

»Leana!!!!«

»Was? Wer ist da?«

»Kann ich reinkommen?«

»Es ist offen!«

Leana sprang aus dem Bett und zog sich schnell das Kleid vom letzten Abend über, denn sie schlief stets nackt. Als sie ihren Wohnraum betrat, stand dort Angela mit wirr vom Kopf abstehenden Haaren in einem violetten Seidenkimono.

»Geh duschen, Abflug ist in zwanzig Minuten. JJ holt uns in zehn Minuten ab. Die haben auf deinem Handy angerufen, aber du hast es nicht gehört.«

Angela wandte sich zur Tür um und wollte schon davonrauschen, aber Leana rief: »Abflug wohin?«

»Hannover. Wir haben die dritte Leiche.«

Leana lief mit nassen Haaren die Treppe hinunter. Als sie an der Küche vorbeikam, drückte ihr Victor einen Thermobecher mit Kaffee in die Hand. Angela saß auf dem Rücksitz, ebenfalls mit Kaffee in der Hand, der Motor lief, und kaum dass Leana saß, trat JJ schon aufs Gaspedal. Ihre Tür fiel von allein zu. Sie ließ Unterlagen und Smartphone auf ihren Schoß fallen, stellte den Kaffeebecher in die dafür vorgesehene Halterung, griff nach dem Sicherheitsgurt und schnallte sich an.

JJ fuhr mit Blaulicht in Richtung LKA. »Der Heli wartet nur auf uns. Tanni, Zorro und Natalia sind bereits vor Ort.«

»Mit dem Heli?«, fragte Leana ungläubig.

»Geht am schnellsten, und wir wollten Kripo und LKA Hannover vor Ort direkt auf den aktuellen Stand bringen, damit nichts an die Presse geht, und sie auch nicht so lange warten lassen. Keiner hat es gern, wenn eine andere Einheit kommt und die Führung übernimmt.«

»Hannover«, murmelte Leana, »warum jetzt Hannover? Das schmeißt wieder alles über den Haufen.«

»Wie meinst du das?«, ertönte Angelas heisere Stimme vom Rücksitz.

»Erstens ist Amelie Bauer damit als Verdächtige raus. Dass Düsseldorf oder Köln die Heimatstadt der Täterin ist oder zumindest die Stadt, in der sie schon lange lebt, und dass sie deshalb hier mordet, fällt damit auch weg. Sie hat diese Morde lange geplant.«

»Und wird noch Jahre weitermorden«, sagte JJ düster.

»Nein, das glaube ich nicht. Denn im Gegensatz zu den Serienmördern, die wir kennen, hat sie ihre Opfer nicht nach dem Zufallsprinzip gewählt. So grausam es klingt – mit jedem weiteren Mord erfahren wir mehr. Jeder Tote auf ihrem Konto rückt den gemeinsamen Nenner mehr in greifbare Nähe.«

Leanas Smartphone meldete die Ankunft einer Mitteilung. Ihre Tochter Georgia schrieb: »Du bist so scheiße! Es interessiert dich nicht einmal, ob ich den Cheerleader-Wettbewerb gewonnen habe. Du denkst nur an dich. Hätte ich doch eine Mutter wie Marlo!«

Leana schloss einen Moment die Augen. Tränen, die sie nicht zulassen wollte, brannten hinter ihren Lidern. Sie öffnete ihre Augen, tat so, als müsste sie niesen, und nahm ein Taschentuch aus ihrer Tasche. Dann las sie die SMS noch einmal. Sie wollte schon auf »Löschen« drücken, denn der Psychologe in der Familienberatung hatte sie gewarnt, dass sie erst die Wut ihrer Töchter zu spüren bekäme. Danach würde irgendwann die Besinnung darauf folgen, dass sie ihre Mutter sei und auch gute Seiten habe. Sie leitete die Nachricht kommentarlos an Gregor weiter und löschte sie dann.

»Alles okay?«, fragte JJ von der Seite.

Leana nickte nur und trank in kleinen Schlucken den starken schwarzen Kaffee.

Der Helikopter schwankte bedenklich, als sie auf dem Messegelände in Hannover landeten, denn Gewitter kesselten die Stadt von drei Seiten ein. Sie setzten direkt neben dem Wahrzeichen der Hannover Messe auf, dem größten freitragenden Holzdach der Welt. Leana sah noch aus dem Hubschrauber heraus, dass die örtliche Polizei über dem Tatort ein Zelt errichtet hatte, um zu vermeiden, dass Spuren durch Sturm und Regen davongetragen oder verfälscht wurden.

»Es ist gut«, rief JJ neben ihr, »dass wir alle Dienststellen informiert haben. Sonst sähe es hier jetzt anders aus.« Er öffnete die Tür, und sie wurde ihm durch einen Windstoß aus der Hand gerissen. Er sprang raus und half Leana. Angela wartete, bis die kleine Treppe ausgefahren war. Wind und Hagel peitschten ihnen ins Gesicht. Sie rannten unter das Dach und schüttelten sich.

»Jetzt bin ich wach.« Leana lachte. In dem weißen Zelt erkannte sie Natalia, Tanni, Zorro und Theo in weißen Anzügen. Tanni knipste ein Foto nach dem anderen. Als Tanni ein paar

Schritte zur Seite ging, sah Leana die Leiche. Hatte sie noch einen Moment gehofft, es mit einem zufällig ähnlichen Tatort zu tun zu haben, wusste sie jetzt, was sie schon seit Dienstag fürchtete: dass die Täterin ein Tempo vorlegte, dem sie nicht zu folgen vermochte. Mit kleinen Schritten ging sie auf das Opfer zu. Der Mann saß auf einer Bank mitten unter dem Holzdach mit um Verzeihung bittenden Händen, entblößtem und mit Urin benetztem Geschlecht.

Natalia trat neben Leana. »Oliver Schmitt. Ledig. Messe-Elektriker. Wir haben seine Tasche zwanzig Meter weiter gefunden. Die Messeleitung sagt, dass im Moment in Tag- und Nachtschichten gearbeitet wird, damit im September, wenn die Messe wieder öffnet, alles überholt ist. Schmitt hat allein gearbeitet. Galt als zuverlässig und sehr eigenbrötlerisch. Fünfundvierzig Jahre alt. Keine Kinder, keine Freundin, keine Verwandten.«

»Verdammt, das alles klingt nach einem zufälligen Opfer, vielleicht disponiert, weil ledig und ohne Verwandte. Aber ich weiß, dieser Tote ist kein zufälliges Opfer.«

»Und wenn doch?« Natalia runzelte die Stirn.

»Nein. Dann wäre sie in der Nähe in NRW geblieben.«

Leana ging weiter auf die Leiche zu.

»Todeszeitpunkt«, sagte der kleine, dicke Gerichtsmediziner, »ganz bestimmt vor Mitternacht. Vielleicht sogar vor dreiundzwanzig Uhr.«

Leana nickte ihm zu, notierte es. Dann sah sie unter dem linken Fuß der Leiche etwas herausgucken.

»Zorro, was ist das unter seinem Fuß?« Sie wollte nicht näher herangehen, da sie keinen Anzug trug.

Zorro bückte sich und zog einen Bleistift hervor. »Kann sein, dass der aus seinem Overall gefallen ist«, nuschelte er und verstaute ihn in einer Tüte fürs Labor.

Leana machte sich eine Notiz, noch zu prüfen, ob es ein Bleistift der Messe oder aus dem Besitz des Opfers war. Plötzlich wurde ihr übel. Ihr Magen krampfte, und sie krümmte sich zusammen.

»Alles in Ordnung?«, sagte JJ neben ihr und strich ihr über den Rücken.

»Ich kann sie sehen, nein, *wahrnehmen*, JJ«, flüsterte Leana. »Sie steht außerhalb der Gesellschaft. Ihre eigenen Regeln gelten. Sie ist frei. Mit ihrem Handeln stellt sie sich über das Gesetz. Sie sieht jetzt nicht mehr nur zu, wie sie sterben, sie sieht ihnen ins Gesicht, wenn sie sticht. Ihr werdet die Einstichstellen nicht mehr hinten am Rücken finden.« Leana lief aus dem Zelt und übergab sich.

»Was war das denn bitte?« Natalia blickte Dr. Köhler mit gerunzelter Stirn an. »›Ich kann sie wahrnehmen‹? Wen?«

»Sie ...«, hob er an. »Sie kann sich in die Opfer einfühlen.«

»Was für ein Hokuspokus!« Natalia schnippte mit den Fingern und ging zu Zorro, um mit ihm und dem örtlichen Spurensicherer zu beraten, wie sie vorgehen wollten.

Leana trank gierig aus einer kleinen Flasche Wasser, die Angela ihr gereicht hatte.

»Ich hoffe, es waren nicht Victors Austern?«

»Keine Sorge, ist gleich vorbei, ich kenne das. Lass mich einen Moment, ja?« Leana ging ein paar Schritte in den Regen hinaus und wandte ihr Gesicht dem Himmel zu. *Deshalb habe ich Afrika verlassen*, dachte sie, *und jetzt geht es hier weiter?*

Natalia stand ein wenig abseits von Leana und missbilligte ganz offenbar, was gerade geschehen war. Angela kam zu JJ zurück, und er deutete auf die beiden Frauen. »Und deshalb, Angela, werden Natalia und Leana keine Freundinnen.«

»Wie soll ich es sagen ...« Angela schlürfte ihren Kaffee. »Ich bin dieses Mal eher Natalias Meinung. Wie soll sie die Täterin denn bitte fühlen?«

JJ grinste. »Es gibt Profiler, die sagen anhand einer Tat, wo jemand lebt, wie er aussieht, als was er arbeitet, wie alt er ist. Das ist auch ein Gefühl, nur ein bisschen anders als bei Leana.«

»Und das von einem Mann!« Angela schüttelte den Kopf, ließ JJ stehen und ging ins Zelt, um sich selbst aus angemessener Distanz ein Bild vom Tatort zu machen.

Natalia kam zu ihr. »Tanni vernetzt gerade unsere Datenbank einseitig mit der des LKA Hannover, damit sofort jedes Ergebnis auch bei uns erscheint. Bisher keine Hunde- oder Katzenhaare. Zorro räumt aber ein, dass die vermutlich verweht wurden. Die bisherigen Befragungen haben nichts ergeben. Niemand hat jemanden gesehen, niemand hat etwas gehört. Die Überwachungskameras auf dem Gelände waren aus, denn auch die sind in der Wartung. Unsere Unbekannte bleibt unerkannt. Was Tanni schon rausgefunden hat: Oliver Schmitt kam vor achtzehn Jahren hierher, direkt nach seiner Meisterprüfung, und blieb bis jetzt. Kein Facebook, kein anderes soziales Netzwerk. Wieder so ein Saubermann.«

»Die Unauffälligen«, sagte Leana, die zu ihnen kam.

Hinter ihnen knarzte das Funkgerät des Gerichtsmediziners, und noch bevor Leana sicher war, was sie da gehört hatte, überzog eine Gänsehaut ihren ganzen Körper. Dann wurde die Nachricht wiederholt und dieses Mal deutlicher: Es gab einen weiteren meditierenden Toten, und zwar in der Ausstellungshalle seines Autohauses in Wolfsburg.

Natalia pfiff auf zwei Fingern; das gesamte Team im Zelt wandte sich ihr zu. »Bleib du bitte hier, Theo. Dafür nehmen wir den Gerichtsmediziner im Heli mit. Kommen Sie! Tanni, Zorro!«

Natalias Ton ließ keinen Widerspruch zu. Ihr Helikopter hob zuerst ab. Angela, JJ und Leana nahmen noch einen LKA-Beamten aus Hannover mit.

Auf dem kurzen Flug von Hannover nach Wolfsburg bekamen sie erste Informationen über Funk: Udo Schüller, zweiundsechzig Jahre alt, drei Kinder, zwölf, elf und sieben. Bis zur Geburt des ersten Kindes war er Schließer in der Justizvollzugsanstalt in Lübeck gewesen. Mit der Heirat trat er in das Autohaus seines Schwiegervaters ein und hatte es seit zehn Jahren in eigener Regie geführt.

Um siebzehn Uhr an diesem Samstag fanden sich alle mit müden Gesichtern im Konferenzraum ein. Nur Theo fehlte, der mit dem Auto aus Hannover zurückfuhr und im Stau stand.

Rundherum an den Wänden waren die Fotos aller vier Tatorte verteilt. Die Toten starrten auf die Lebendigen hinunter, die einander ratlos ansahen.

Maxim fasste die Daten, die er aus Hannover und Wolfsburg erhalten hatte, zusammen: »Das gleiche Gift, ähnliche Einstiche. Aber …« Maxim machte eine Pause und blickte Leana an, denn er hatte von ihrer Vision am Tatort gehört. »Sie sieht ihre Opfer jetzt an, wenn sie ihnen die Spritze setzt. Sie hat eindeutig an Selbstvertrauen gewonnen.«

Leana wusste nun, dass ihre Wahrnehmung richtig gewesen war, und die graue Maus veränderte sich in ihrer Vorstellung zu einer Frau, die ganz klar wusste, was sie wollte und wie sie es erreichte.

»Wieder andere Urine und weiterhin weibliche«, berichtete Maxim weiter. »Tierhaare wurden an den neuen Tatorten nicht sichergestellt. Das war's, mehr habe ich nicht zu bieten.« Er zuckte mit den Schultern und suchte Natalias Blick.

»Okay«, sagte sie, »das war sehr viel heute. Ich schlage vor, wir machen hier Schluss.«

»Nein!« Leana stand auf. »Was ist, wenn sie weitermacht in diesem Tempo?«

»Das kann sie nicht durchhalten«, sagte JJ bestimmt. »Und selbst wenn, werden wir es, wenn sie heute Nacht morden will, nicht verhindern. Im Übrigen arbeiten mittlerweile vier Städte mit viel Personal an der Aufklärung. Schluss für heute. Wir sehen uns hier morgen früh um acht Uhr.«

Leana sank frustriert auf ihren Stuhl. Sie konnte jetzt einfach nicht aufhören. Nicht nach dem, was sie an beiden Tatorten gespürt hatte. Sie war dieser Frau nah, ahnte deren unglaubliche Wut, deren Hass, verstand deren Entwicklung zu einer professionellen Mörderin, ihren Weg der Vergeltung.

In Südafrika hatte Leana lernen müssen, wie Vergeltung funktionierte. Sie hatte mehr als eine geschändete Frau verhaften müssen, weil die ihren Peiniger ermordet hatte. Diese Morde empfanden die Frauen als reinigend, als Katharsis, gepaart mit der Gewissheit, dass dieser Mann weder ihnen noch einer anderen Frau je wieder etwas antun würde. Sie gewannen ein völlig neues Selbstvertrauen, fühlten sich wie Heldinnen und wurden von den Frauenvereinigungen als solche gefeiert. In den Gefängnissen waren sie die Königinnen.

Leana spürte die tiefe Gewissheit, dass diese von ihnen gesuchte Täterin auf ihrem ganz persönlichen Trip war, um sich von den Geistern ihrer Vergangenheit zu reinigen.

Sie blickte auf und sah Maxim an. Er nickte unmerklich. Tanni fing diesen Blickwechsel auf und packte daraufhin betont langsam ihre Sachen zusammen. JJ und Angela standen, auf Leana wartend, im Türrahmen.

»Ich muss mir von Maxim noch neuen Tee besorgen. Fahr Angela schon mal nach Hause, ich nehme später ein Taxi.«

JJ nickte, aber Angela protestierte: »Du weißt, dass du heute Abend eine Verabredung hast?«

»Ja.« Leana zwang sich zu einem Lächeln. »Sag Chris, es wird etwas später.«

Als Maxim an ihr vorbeiging, flüsterte sie: »Danke.«

Tanni folgte Maxim, was nicht ungewöhnlich war, da die zwei oft zusammenhockten oder nach getaner Arbeit noch gemeinsam ausgingen.

In ihrem Büro wartete Leana, dass endlich auch Natalia verschwand. Als sie deren Auto vom Parkplatz auf die Straße abbiegen sah, lief sie zu Maxim, dessen Tür offen stand. Er saß mit Tanni hinter einem riesigen Flachbildschirm.

»Wir vergleichen gerade die Einstichstellen«, murmelte Maxim. »Die sind zwar jetzt vorn, aber so exakt auf gleicher Höhe, mit gleichem Eintrittswinkel, dass es ganz sicher dieselbe Täterin ist.« Er stand auf und strahlte Leana an. »Wir sind in zwanzig Minuten im Konferenzraum. Wir bestellen Pizza und sagen dem Pförtner Bescheid. Okay?«

»Tanni?«, fragte Leana.

»Bin mit dabei. Ich kann jetzt auch nicht aufhören. Ich träume schon von dieser Frau.«

»Das ist gut«, sagte Leana, und Tanni tauchte überraschend ebenfalls hinter dem Bildschirm auf. Sie trug eine knallgelbe Baseballkappe und ein grünes T-Shirt mit lila Schafen, dazu Ohrringe aus violetten Federn.

»Hat sie ein Gesicht in diesen Träumen?«

»Äh, ja, schon.«

»Dann werden wir unser Phantombild anpassen.«

»Ich glaub nicht an so einen Kram«, sagte Tanni zerknirscht.

»Das macht nichts, es funktioniert trotzdem. Bis gleich also.«

Dr. Janosch Jacob Köhler parkte, stieg aus, öffnete für Angela die Beifahrertür und half ihr aus dem Auto.

Sie fuhr sich mit der Hand durch die kurzen schwarzen Haare und blinzelte JJ an. »Du weißt so gut wie ich, dass Leana nicht hier auftauchen wird?«

JJ grinste.

Hinter ihnen trat Chris aus der Tür. »Was höre ich da?«

»Ihr Date ist geplatzt«, sagte JJ schroff.

»Wir haben zwei neue Leichen, Chris.« Angela legte ihm versöhnlich ihre Hand auf den Unterarm.

»Dann bitte ich Victor, für sie was einzupacken, und bringe es ihr zum LKA.« Chris drehte sich um und wollte ins Haus zurück.

»Keine Sorge, darum kümmere ich mich«, sagte JJ in einem Ton, so scharf wie ein frisch geschliffenes Messer. »Angela, gehst du mit mir hoch? Ich will ein paar frische Sachen für Leana zusammenpacken!«

Angela fühlte sich offensichtlich unwohl zwischen den beiden Männern und verschwand eilig im Haus. JJ folgte ihr. Als sie Leanas Apartment betraten, sagte Angela aufgebracht: »Warum tust du das?«

»Tue ich was?«

»Du hetzt Natalia und Leana gegeneinander auf!«

»Hätte ich dieses Ziel, hätte ich es heute zum Streit kommen lassen, was ein Leichtes gewesen wäre.«

»Du wusstest, dass Natalia samstags abends nicht anders kann. Genauso, wie du wusstest, dass Leana nicht aufgeben würde für heute!«

JJ öffnete den Schrank, aber Angela schob ihn zur Seite. »Lass mich das machen!« Sie nahm eine Jeans, eine Bluse, Unterwäsche und packte alles in eine Plastiktüte, die sie am Boden des Schranks fand. »Hier!«

»Du weißt, dass ich aus gutem Grund am liebsten Ermittler ohne Familie in die oberste Führungsriege hole.«

»Leana hat Familie. Sie hat zwei Töchter und einen Ehemann, auch wenn du das lieber ignorieren möchtest.«

»Die sind weit weg. Ich wollte Natalia heute nicht vor versammelter Mannschaft in den Rücken fallen. Aber es kotzt mich an, wenn ich an einem Tag wie diesem höre: ›Wir machen morgen weiter.‹«

»Sie brauchen eine Pause!«

»Frau Staatsanwältin, die hatten sie gestern! Es kann doch wohl nicht wahr sein, dass wir alles frisch im Kopf haben, zwei Tatorte zu bewerten, und das gesamte Team steht still, weil Natalia sich samstagabends um bosnische Waisen kümmert?«

Angela seufzte. »Es passt mir nicht, dass du recht hast. Ruf Natalia wenigstens an und sag ihr, dass ihr weitermacht.«

»Nein, Angela, das werde ich nicht tun. Sie wird morgen früh sehr viel besser spüren, dass es besser gewesen wäre, dabei zu sein.« Er nahm Angela die Tüte ab und ging, ohne Auf Wiedersehen zu sagen.

An seinem Auto erwartete ihn Chris. »Könnten Sie bitte …«

»Nein, kann ich nicht. Am besten vergessen Sie Leana ganz schnell. Sie ist nicht Ihre Kragenweite!« JJ stieg ein, warf die Tüte auf den Rücksitz und fuhr mit quietschenden Reifen los.

Leana ging wieder und wieder um den Konferenztisch herum und blickte jedem der Toten an den Wänden in die Augen. Der Geruch von warmem, geschmolzenem Käse und Oregano verteilte sich im Raum. Kauend verfolgten Tanni und Maxim von ihren Plätzen aus ihre Wanderung.

Nach ein paar weiteren Minuten blieb Leana vor dem Bildschirmtisch stehen und schob die Fotos nebeneinander.

Theo erschien in der Tür. »Wo sind die anderen?« Er schaute überrascht von einem zum anderen. Seine braunen Locken waren kraus durch den vielen Regen an diesem Tag, unter seinen Augen lagen dunkle Schatten.

»Du kommst gerade aus Hannover zurück?« Maxim schob den Pizzakarton in Theos Richtung.

Theo ließ die Schultern kreisen und richtete sich zu seiner vollen Größe auf. »Was tut ihr hier?«

Tanni gestand, dass Natalia die Anweisung erteilt hatte, eine Pause einzulegen.

»Ihr wisst, wie sauer sie wird, wenn wir das nicht einhalten?«

»Theo, geh oder mach mit«, sagte Leana unwirsch. »Bei allem Respekt Natalia gegenüber und ihren sicher meist guten Anweisungen, bin am Ende doch ich ihre Chefin, oder?«

»Dr. Köhler hat es allerdings auch angeordnet«, sagte Tanni kleinlaut.

Plötzlich fing Leana laut an zu lachen. »Wir benehmen uns, als säßen wir im Keller einer Jugendherberge, würden heimlich kiffen und hätten Angst, dass Herbergsvater oder -mutter uns erwischt. Das ist albern. Gestern habe ich Natalias Rat gern angenommen, heute nicht. Ich kann nur so arbeiten, wie ich arbeite.«

Theo legte die Stirn in Falten, strich sich seine krausen braunen Locken aus dem Gesicht und fragte Leana: »Und was versuchen Sie da gerade?«

Leana erklärte ihm, dass sie die Koordinaten zu den Fotos brauchte, also zu jedem Toten die Himmelrichtungen. Theo war mit wenigen Schritten neben ihr, rief die Tastatur auf, markierte die Fotos, gruppierte sie, legte ein Netz darüber und auf das Netz einen Kompass. Sprachlos starrten sie alle einen Moment auf den großen Bildschirm.

Leana schnippte mit den Fingern. »Bingo!«

»Wow«, konstatierte Maxim mit vollem Mund.

»Alle vier Opfer blicken nach Norden«, sagte Theo, zog dabei seine Jacke aus, hängte sie über den Stuhl und nahm sich ein Stück Pizza.

»Musst du nicht nach Hause?«, fragte Maxim und wischte sich den Mund ab.

Theo schüttelte den Kopf. »Meine Frau ist heute Morgen stinksauer mit den Kids zu unseren Verwandten nach Amsterdam gefahren und erst morgen Abend zurück. Ich mach mit, das ist spannend«, schloss er anerkennend.

Leana ging mit dem Laserpointer über den großen Hauptbildschirm und referierte: »Es gibt im Rosengarten Bänke in jede Himmelsrichtung. Das Boot in der Kölner Marina hatte eine Bank rund um die Kabine. Unter dem Holzdach in Hannover gab es verschiedene Bänke. Im Autohaus saß er auf einem Stuhl. Sie blicken alle nach Norden, und das ist kein Zufall, sondern sie hat es mit berücksichtigt.«

Leana nahm sich jetzt auch ein Stück Pizza und sagte: »Theo, könnten Sie bitte prüfen, wo, also in welcher Stadt, der genaue Schnittpunkt liegt? Wo ihre Blicke sich kreuzen würden, wenn wir sie mit einem Strich verlängern? Vielleicht verrät uns das etwas. Tanni, prüfen Sie die Telefondaten. Ich will wissen, ob die beiden letzten Opfer auch mehrfach aus öffentlichen Telefonzellen angerufen wurden und ob sie ebenfalls kurz miteinander telefoniert haben. Außerdem nimm Einsicht in ihre Bankdaten. Kläre bitte, ob auch diese beiden Summen abgehoben haben, die ungewöhnlich waren und die sie sich doch leisten konnten. Ich suche nach Geschichten, in denen ein Buch, ein Bleistift und ein Radiergummi vorkommen, denn der Radiergummi lag neben dem Opfer in Wolfsburg. Ich bin sicher, der Bleistift in Hannover war auch kein Zufall. Sie fängt an, mit uns zu sprechen, oder vielmehr … wir können sie langsam verstehen. Maxim, versuche herauszufinden, ob irgendeine Gerichtsmedizin in Deutschland Proben hat, die zu unseren Urinspuren passen. Wir sehen uns hier in zwei Stunden wieder?«

»Yepp.« Tanni stand auf, nahm noch ein Stück Pizza auf die Hand, klemmte sich eine Flasche Cola unter den Arm und verschwand.

»Danke, dass du geblieben bist.« Leana lächelte Maxim an.

Er winkte ab, sagte: »Bis gleich!«, und verschwand mit der gleichen Bewaffnung wie Tanni.

Als sie allein waren, sagte Theo: »Machen Sie es Natalia nicht so schwer. Sie kann einfach samstagabends nicht.«

Leana blickte ihn überrascht an.

Theo erklärte, was Natalia mit Svens Unterstützung an Samstagabenden, oft bis tief in die Nacht, tat: Sie füllte Asylanträge für Kinder aus, die ohne ihre Eltern von Schleppern nach Deutschland gebracht worden waren, um sicherzustellen, dass diese Kinder in deutschen Waisenhäusern unterkamen, so wie sie selbst damals, anstatt in ihre Heimatländer zurückgeschickt zu werden oder in kriminellen Straßenbanden zu verschwinden.

Theo stand auf. »Das führt immer wieder zu Diskussionen mit Dr. Köhler. Er unterstützt ihr Engagement, allerdings nicht an Tagen wie heute.«

»Sie kann doch nicht ein ganzes Team deshalb bremsen.«

Theo strich sich noch einmal die Haare aus der Stirn. »Sie müssen das mit ihr klären. Ich wollte nur gern, dass Sie den Hintergrund kennen. Ich geh jetzt mal rechnen. Bis später.«

Leana schaute ihm nach und dachte, dass der Physiker des Teams ein sehr angenehmer Mensch war, den offenbar nichts aus der Ruhe brachte. Sie seufzte, schloss einen Moment die Augen und setzte dann, Pizza essend, ihren Weg um den Konferenztisch herum fort. Immer mal wieder hielt sie an und gab etwas in die internen und externen Suchmaschinen ein. Sie fand ein Märchen über Bleistift, Radiergummi und Anspitzer, das Kinder zum Schreibenlernen animieren sollte. Sie las etwas über die Geschichte des Bleistiftes, die Zusammensetzung eines Radiergummis.

Leana wanderte immer weiter und bemerkte gar nicht, dass JJ im Türrahmen stand und sie beobachtete. »Störe ich?«, fragte er schließlich leise.

Leana zuckte nur kurz zusammen. Dann ging sie, als hätte sie ihn erwartet, an den Bildschirmtisch und rief die Tatortbilder auf. »Hier, auf dem ersten Foto, sehen wir nur Bauer mit seinem ordentlich gefalteten Jackett neben sich. Hier«, sie zeigte auf das Foto des toten Zahnarztes, Thomas Müller, »liegt das aufgeschlagene Buch. Vielleicht hat es eine Bedeutung, dass es ein leeres Tagebuch ist, vielleicht nicht. Das vernachlässige ich im Moment. Dritter Toter: der Bleistift unter dem Schuh, vierter Toter: der Radiergummi. Wenn man ein Buch schreiben will, was braucht man dann?«

»Ausdauer«, antwortete JJ amüsiert.

»Was noch?«

»Einen Verlag.«

»Und dann?«

»Weiß nicht.«

»Einen Leser. Eine Geschichte, so heißt es, ist erst vollständig, wenn sie ihren Adressaten gefunden hat.« Leana drehte sich wieder zu dem großen Bildschirm um. »Kinder sollen mit Märchen und Büchern, aber auch mit Bleistiften zum Schreiben animiert werden. Sie will uns eine Geschichte erzählen, JJ! Und warum taucht der Bleistift auf und kein Kuli oder Füller? Weil nur der Bleistift zum Radiergummi passt. Ich zitiere Wikipedia: ›Seine Vorteile liegen … in der Möglichkeit, das Gezeichnete oder Geschriebene mit einem Radiergummi wieder zu entfernen.‹ Eine Geschichte wurde unsichtbar gemacht, ausradiert, und zwar die ihre. Und jetzt mordet sie, um die Geschichte wieder sichtbar zu machen.«

»Dann ist es gut, dass wir ihr keine Öffentlichkeit geben?«

Leana hielt inne, legte den Kopf schräg. »Nein«, sagte sie mit Blick auf die Fotos, »ich glaube, wir sollten ihr Öffentlichkeit geben. Vielleicht kann sie dann aufhören. Sie mordet nicht nur aus Rache und dem Wunsch nach Bereinigung, sie will sich Gehör verschaffen. Sie will, dass ihre Geschichte erzählt wird. Wir haben es hier mit einer Täterin zu tun, der Gewalt widerfahren ist, und zwar durch diese Männer. Und wir werden dazu sehr wahrscheinlich kein Gerichtsverfahren finden.«

Maxim, Tanni und Theo waren während Leanas Monolog hereingekommen, hatten einen kurzen zweifelnden Blick auf ihren obersten Boss geworfen und sich dann gesetzt.

»Warum kein Gerichtsverfahren?«, fragte Tanni.

»Wäre ihr vor Gericht Gerechtigkeit widerfahren, würde sie sehr wahrscheinlich jetzt nicht morden.«

»Also doch kein Missbrauch durch Vater und Bruder, keine Morde an deren Stellvertretern?«, hakte Tanni nach.

»Nein«, Leana schüttelte den Kopf, »ganz bestimmt nicht.« Sie wiederholte für das Team, was sie über die am Tatort zurückgelassenen Utensilien dachte und wie sie dadurch zu dem Schluss gekommen war, dass es sich um eine verborgene Geschichte handelte. »Finden wir die Geschichte, finden wir unsere Täterin. Und jetzt ihr. Tanni, was haben Sie?«

Tanni ging nach vorn, rief ihre Daten auf und sagte mit Stolz in der Stimme: »Oliver Schmitt hat tatsächlich gestern früh, also am Freitagmorgen, fünftausend Euro abgehoben. Er hatte insgesamt zwölftausend Flöckchen auf der hohen Kante. Der Autohausbesitzer musste etwas mehr lockermachen, nämlich dreißigtausend, hatte aber hunderttausend rumliegen. Mit den Telefonlisten bin ich noch nicht durch. Aber mit den Handylisten schon, und jetzt passt auf: Thomas Müller hat am Dienstagabend das dritte Opfer, Oliver Schmitt, kurz angerufen, drei Minuten und vierzehn Sekunden, und Oliver Schmitt das vierte – zwei Minuten und zwölf Sekunden hat das Gespräch gedauert. Was ich bisher vergessen hatte: die Anrufzeiten mit den Angaben der Gerichtsmedizin zu vergleichen. Dabei kommt raus: Sie haben jeweils knapp eine Stunde vor ihrem Exitus das nächste Opfer angerufen.« Tanni strahlte in die Runde, ihre Federohrringe wippten.

»Sie lässt sie anrufen. Sie hat von allen die Telefonnummern, obwohl sie geheim sind!« Leana sprang auf. »Wen, Tanni, hat Udo Schüller eine Stunde vor seinem Tod angerufen?«

Tanni zeigte ihre Handflächen und zuckte mit den Schultern. »So leicht macht sie es uns nicht. Sie löscht die Anrufe in den Listen für ausgehende Anrufe. Ich weiß nur, dass Opfer Nummer eins, unser Lehrer Joachim Bauer, Opfer Nummer zwei, den Zahnarzt Thomas Müller, angerufen hat, weil Bauer in Müllers Liste der angenommenen Anrufe erschien. Dass der Zahnarzt Opfer Nummer drei, also Oliver Müller, angerufen hat, konnte ich auch nur in Müllers Liste der angenommenen Anrufe finden. Denn als wir das Handy des Zahnarztes überprüft haben, war der letzte dort verzeichnete Anruf der bei seiner Frau. Zwischen Opfer Nummer drei und vier hat die Täterin sich die Mühe nicht gemacht. Ich schätze aber, wenn es ein fünftes Opfer gibt, dann finden wir die Nummer erst, wenn es schon zu spät ist.«

»Gibt es keine Möglichkeit, die mutmaßlich gelöschte Nummer in der Liste von Opfer Nummer vier, also der von Udo Schüller, wiederherzustellen?«, fragte JJ und sah Tanni fest in die Augen.

»Wir müssten einen offiziellen Antrag stellen, und das dauert selbst im Schnellverfahren ein paar Wochen. Wir sind hier nicht in Amerika. Hier greift der Datenschutz, auch über den Tod hinaus. Denn wir können keine gelöschte Nummer als solche wiederherstellen, sondern nur den Datensatz aus dem Abrechnungsabschnitt, und wir müssen es den Angehörigen mitteilen.«

»Wir reden gleich noch einmal unter vier Augen.«

»JJ«, mischte Leana sich ein, »wir müssen es an die Presse geben, denn nur so haben die anderen eine Chance zu überleben.«

»Du denkst wirklich, diese so total verschiedenen Männer haben einer Frau gemeinsam Gewalt angetan?«

»Ich weiß noch nicht, wie. Ich weiß noch nicht, wann und warum. Aber dass es so ist, weiß ich ganz sicher.«

»Das ist sehr dünn für die Presse.« JJ machte ein gequältes Gesicht.

»Frauen, denen Gewalt widerfahren ist, sind wie alle Menschen schwer traumatisiert. Gefühle beugen sich keiner Ratio. Die Angst, das aus evolutionstechnischer Sicht wichtigste und damit stärkste Gefühl, kann Menschen lähmen bis zur Bewegungslosigkeit.« Leana stand auf und ging hin und her, während sie weitersprach: »Und diese Angst, dass es wieder geschieht, dieses Misstrauen jedem neuen Menschen gegenüber, der in dein Leben tritt, frisst dich auf und isoliert dich von der Gemeinschaft. Und dann, manchmal, implodiert diese Angst, und die Opfer begehen Jahre nach der Tat Selbstmord, wenn alle Welt denkt, es sei schon wieder alles in Ordnung. Unsere Täterin aber ist, bildlich gesprochen, explodiert. Sie will diese an ihr schuldig gewordenen Männer leiden sehen. Deshalb lähmt sie sie mit dem Gift, bevor sie sich an ihnen rächt. Sie will ihre Angst und ihre Ohnmacht sehen, während sie ihnen beim Sterben zuschaut. Das Leid, das wir hier vorfinden«, Leana stellte sich vor die Fotos der Männer, »ist ein Spiegel des Leids, das ihr widerfahren ist. Nur ist dieser Spiegel für uns noch blind. Wenn es weitere Männer gibt, die auf ihrer Liste stehen, dann helfen wir ihr, indem wir nicht an die Öffentlichkeit gehen, weil die Männer auf die Weise nicht voneinander erfahren. Andernfalls würden diese Männer einander wiedererkennen, und wir dürften eventuell hoffen, dass einer sich auf unsere Pressemitteilung hin meldet, weil seine Angst vor ihr groß genug ist. Das ist vielleicht gewagt, aber unsere einzige Chance, weitere potenzielle Opfer zu finden, bevor sie sie aufspürt. Und wir wissen alle, sie ist schnell, sie ist bestens organisiert, und sie zögert nicht, denn sie hat nichts zu verlieren. Ich bin mir sicher, sobald sie fertig ist, werden wir sie finden. Sie spielt nur deshalb mit uns, weil sie es noch zu Ende bringen muss. Solange sie sich nicht zeigt, müssen wir davon ausgehen, dass es weitere Opfer geben wird. Es muss an die Presse. Tun wir es nicht, sind wir mitschuldig am nächsten Todesfall.« Leana sah JJ atemlos und bittend an.

»Lass uns das morgen früh und gemeinsam im Team entscheiden. Dies ist dafür nicht der richtige Zeitpunkt.«

Leana nickte erschöpft. Sie wusste, dass sie jetzt keine Pressekonferenz auf die Beine stellen würden. Sie wechselte das Thema. »Okay, machen wir erst einmal weiter. Theo, was haben deine, sorry, Ihre Berechnungen ergeben?«

Theo trat an den Tisch, rief die Tastatur auf, dann Dokumente und schickte sie mit einem Fingerstrich über den Touchscreen auf den großen Bildschirm. Die Zeichnung eines menschlichen Auges tauchte auf. »Regenbogenhaut, Linse, Hornhaut, Netzhaut, Brennpunkt.« Theo schob den Brennpunkt sichtbar als gelben Fleck über das Auge. »Ankommende Lichtstrahlen werden vom optischen System des Auges so gebrochen, dass sie sich bei normalsichtigen Augen in einem Brennpunkt genau auf der Netzhaut bündeln. Das ist in der Regel der Punkt des schärfsten Sehens. Man berechnet die Brechung aus den verschiedenen Anteilen des optischen Systems des Auges. Hieraus ergibt sich die Gesamtbrechkraft des Auges. Um Bilder, die wir sehen, scharf auf der Netzhaut abzubilden, muss diese Brechkraft stimmen.« Er drehte sich zu den Zuhörenden um. »Deshalb gibt es für uns nicht einen Schnittpunkt, was sicher schön gewesen wäre, sondern eine Streuung von möglichen Schnittpunkten, je nachdem, was unsere Täterin berücksichtigt hat. Der Zahnarzt und der Autohausbesitzer hatten eine Hornhautverkrümmung. Hat sie das gewusst und bedacht, oder ist sie von gesunden Augen ausgegangen? Nun …« Er strich sich mit beiden Händen die Locken aus dem Gesicht. »Bei maximaler Streuung ergibt sich ein Gebiet oberhalb von Lübeck auf der einen und Itzehoe auf der anderen Seite, das dann bis zur dänischen Grenze geht. Was zumindest mir dabei schon aufgefallen ist: dass wir Lübeck bei unserem letzten Opfer als Stadt im Lebenslauf zu bieten haben und Hövelburg bei unserem ersten. Schnittpunkt könnte Hövelburg sein. Nur haben die Namen der Opfer dort weder einzeln noch in Kombination etwas ausgespuckt. Zudem landet man, sobald man auch nur einen Millimeter abweicht, ganz woanders mit dem Schnittpunkt.«

Leana stand auf, räumte die Pizzakartons zusammen und warf sie in den Müll. »Gut. Ich werde gleich morgen früh noch einmal zu Irene Kohlmeyer fahren mit Fotos von den Opfern. Sie kannte Joachim Bauer aus Hövelburg, vielleicht kennt sie auch die anderen. Tanni, haben wir alte Fotos der Opfer?«

»Nein«, Tanni zog die Schultern hoch, »aber ich kann morgen bei den Angehörigen nachfragen, oder«, sie ließ die Schultern wieder fallen und gähnte, »ich mache Ihnen das mit der Software. Die ist ganz gut.«

Leana blickte von Tanni zu Theo, der sich die Augen rieb, registrierte die dunklen Ringe. Die große Uhr an der Wand gegenüber vom Hauptbildschirm zeigte zwanzig nach zwei.

»Jetzt ist es wohl an mir zu sagen: ›Schluss für heute.‹ Wir sehen uns morgen früh um acht Uhr, wie mit Natalia vereinbart. Eine Frage noch, Tanni. Können Sie mit einer Gesichtserkennungssoftware auch die digitalen Zeitungsarchive Ostholsteins durchforsten?«

»Jetzt?«

»Nein, morgen. Oder vielmehr gleich, wenn wir alle ein paar Stunden geschlafen haben. Und wenn Sie, Tanni, früher wach sind, möchte ich, dass Sie, noch bevor Sie die Opfer per Software verjüngen, direkt nach dem Wachwerden an dem Phantombild der Frau Ihrer Träume arbeiten. Keine Widerrede!«

Leana ging zu dem Bildschirmtisch, sicherte alle Dateien und fuhr den Computer herunter. Tanni und Theo verabschiedeten sich. JJ verließ den Raum und sagte, er werde gleich zurück sein.

»Brauchst du Einschlaftee?«, fragte Maxim.

»Ja, wenn du welchen dahast, wäre das jetzt genau richtig. Ich denke, ich werde hier schlafen, auch wenn ich dann morgen keine frischen Sachen habe.«

Maxim legte ein kleines Tütchen auf den Tisch. »Die Urinabfrage bei den Gerichtsmedizinern habe ich abgesandt. Würde mich allerdings wundern, wenn wir vor Montag überhaupt eine Reaktion bekämen. Schlaf gut!«

Leana streckte sich, räumte zu Ende auf und stellte den Mülleimer auf den Flur, damit der Konferenzraum am nächsten Morgen nicht nach Pizza roch. Nur in ihrem Büro war noch Licht. JJ machte sich gerade einen Kaffee mit der neuen Kaffeemaschine.

»Kocht die auch Teewasser?«

»Sicher«, sagte JJ, das Gesicht von ihr abgewandt.

»Dann hier.« Sie reichte ihm eine Tasse, in die sie einen Teelöffel von Maxims Teemischung gegeben hatte.

»Ich habe dir aus Kaiserswerth frische Sachen mitgebracht. Die Tüte steht hinter deinem Sofa.« Er stellte seine gefüllte Tasse an die Seite und drückte auf den Knopf für Teewasser.

»Du wusstest es also?«

»Was?« Er reichte ihr die Tasse, nahm seine und trank einen Schluck.

»Dass ich nicht würde aufhören können.«

»Du warst damit nicht allein.«

»Spielst du Natalia und mich gegeneinander aus?«

»Die Frage musste ich heute schon einmal beantworten! Die Antwort lautet Nein. Eure Unterschiedlichkeit ist perfekt und wird deshalb immer mal wieder zu Konflikten führen, aber dafür kann ich nichts.«

Leana seufzte, setzte sich auf ihr Sofa und sah JJ von unten an.

»Das«, fuhr er fort, »was ihr jetzt erarbeitet habt, ist eine gute Basis für die Weiterarbeit morgen früh. So können wir gleich um acht Uhr weitermachen und die Aufgaben verteilen. Alles andere wäre Zeitverschwendung gewesen. Und so erwarte nicht nur ich das, sondern auch unsere Landesregierung. Dieses Kompetenzcenter ist sehr kostspielig und muss sich immer wieder beweisen mit schnellsten und besten Ergebnissen.« Er stellte seine Tasse ins Spülbecken. »Du musst doch selbst begreifen, dass das, was hier in fünf Tagen an Ergebnissen aufgelaufen ist, eine Sensation ist!«

Leana blies in ihren Tee. »Ja, das stimmt.«

»Und so schließt sich der Kreis stets aufs Neue. Gute Ermittlungsergebnisse, viel Geld, viel Geld, gute Ermittlungen und damit gute Ergebnisse. Dieser Kreis öffnet sich, wenn, aus welchen Gründen auch immer, eine Ermittlung für zwölf Stunden stillsteht. Kapierst du das?«

»Auf wen bist du wütend?«

»Auf niemanden. Ich stehe wie dieses Center unter Beobachtung, und das dürfen wir alle keine Sekunde vergessen.«

Leana stand wieder auf, ging ans Fenster, öffnete es und lehnte sich hinaus. Die würzige Sommerluft nach dem Regen, vermischt mit den Autoabgasen der sechsspurigen Straße, ließ sie einen Moment an Kapstadt denken. Dann nahm sie wahr, dass Maxim, der mit Tanni wegging, ihr zuwinkte. Leana blickte ihnen nach, bis sie verschwunden waren, und richtete sich wieder auf.

JJ trat dicht hinter sie. Leana fühlte die Wärme seines Körpers, spürte, wie sie vom Hals bis zu den Haarwurzeln eine Gänsehaut bekam und wie ihr Gesicht ganz heiß wurde. Sie atmete flach. Ihre Haut brannte, sehnte sich nach Berührung. Ihre Brustwarzen richteten sich auf, und ihre Hände wurden feucht. Es war so viele Jahre her, dass sie Derartiges gefühlt hatte. Ganz langsam stellte sie ihre Teetasse auf der Fensterbank ab.

»Nicht bewegen«, flüsterte JJ, dann spürte sie, wie seine Hand unter ihr T-Shirt glitt, über ihre Hüfte, sie umfasste, ihren Bauchnabel umkreiste. Wie die andere Hand ihre Haare zur Seite schob und seine Lippen ihren Nacken berührten.

7. Sonntag

Leana lag mit ihrem Kopf auf JJs Brust. Sie wurde wach, weil er sanft versuchte, sie ein wenig zur Seite zu schieben.

»Wie spät ist es?«, fragte sie schlaftrunken.

»Zehn Minuten nach fünf. Schlaf weiter.«

»Wo willst du hin?«

»Eben zu mir nach Hause und frische Sachen anziehen. Dann fahre ich bei Natalia vorbei, um sie und Sven zu briefen und dafür zu sorgen, dass bis acht Uhr alles geklärt ist.«

»Warum?«

»Weil mir lieber ist, sie streitet mit mir als gleich mit dem ganzen Team.«

»Wie vorausschauend«, antwortete Leana mit einem sarkastischen Unterton in der Stimme, während sie zusah, wie JJ sich eilig anzog. »Ist es wirklich nur das? Oder willst du nicht vielmehr schnell hier weg, damit niemand Schlüsse zieht?«

JJ machte seinen Gürtel zu, nahm sein Jackett und zog es an. Er ging an die Kaffeemaschine, nahm etwas von dem heißen Wasser und wärmte zwei Tassen damit vor.

»Bereust du, was geschehen ist?« Leana setzte sich auf, zog die Decke um ihre Schultern und betrachtete seinen Rücken.

»Ich kann jetzt nicht darüber reden, geht das?« JJ schüttete das Wasser aus, stellte die Tassen an den richtigen Platz und drückte auf den Zweitassenknopf. Das Mahlwerk schrillte laut. Dann erfüllte der Duft des frischen Kaffees den Raum.

Leana zuckte innerlich zusammen. »Du willst immer alles

bereden und meinst, du schaffst damit Ordnung«, klang ihr Gregors Stimme im Ohr, »wieso kannst du nicht *einmal* fühlen, wie es mir geht, statt es zu besprechen!«

JJ drehte sich mit den zwei Tassen um, trat ans Sofa und reichte ihr eine. »Geht das?«, wiederholte er leise seine Frage.

»Danke für den Kaffee und ja, ist okay. Es ist nur, ach egal. Denkst du wirklich, Natalia ist sauer?«

JJ trank seinen Kaffee in kleinen Schlucken und sah auf Leana hinunter. »Mach dir darum keine Gedanken.« Er beugte sich zu ihr, küsste sie auf den Scheitel, stellte seine Tasse ins Spülbecken und ging.

Leana fixierte die Tür ihres Büros. Ihr Blackberry vibrierte. Sie angelte mit ihrem Fuß nach dem Telefon, hob es vom Boden auf. Enttäuscht sah sie, dass es nur eine Nachricht von Gregor war: »Ich habe mit unserer Tochter geredet, ihr tut es leid.«

Leana unterdrückte den Impuls, das Gerät gegen die Wand zu schleudern. Sie sah es genau vor sich, denn Louisa und Georgia himmelten ihren Vater an. Er konnte alles von ihnen verlangen. Die Freundinnen ihrer Töchter beneideten die beiden um diesen gut aussehenden und charmanten Vater, der obendrein noch ein erfolgreicher Herzchirurg war.

Sie lehnte sich zurück, schlürfte ihren Kaffee und dachte: *Ja, Gregor ist der attraktivste und klügste Mann, den ich kenne.* Sie strich mit der linken Hand über das noch warme Kopfkissen, auf dem JJs Kopf gelegen hatte, und fühlte unerwartet ein Kribbeln im Bauch. »Oh Gott, Leana, endlich«, hatte JJ letzte Nacht in ihr Haar gemurmelt, als er sie auszog und zum Sofa trug.

Durch das offene Fenster hörte sie, wie ein Auto auf den Parkplatz fuhr. Sie hatte keine Ahnung, wer es sein könnte, aber sie wusste sicher, sie wollte niemandem so begegnen, wie sie jetzt aussah. Ihre Haare glichen einer wilden Mähne, ihre Lippen fühlten sich wund an, und sie roch nach Sex.

Leana stand auf, schüttelte das Bettzeug auf, spülte die verräterischen Tassen und stellte sie weg. Nahm sich ein frisches Handtuch und ging duschen. Als sie anschließend mit nassen Haaren vor den beschlagenen Spiegel trat, mit der Hand die Feuchtigkeit wegwischte und ihre strahlenden Augen sah, wusste sie, dass in ihrem Innern ein Schalter umgelegt worden war.

Sie zuckte mit den Schultern, zog sich an und ging in den Konferenzraum, um alles vorzubereiten.

Zu ihrem Erstaunen war dort alles erledigt. Die Fotos der Opfer auf den Seitenbildschirmen, die Ergebnisse der letzten Nacht auf dem Hauptbildschirm. Kaffeekannen standen bereit, Brötchen, Brot, Wurst, Butter und Marmelade waren auf den Tischen verteilt.

»Hi!« Tanni erschien in der Tür. »Gut geschlafen?« Sie brachte ein paar Flaschen Orangensaft und verteilte auch die.

»Ja, und du? ’tschuldigung, Sie, oder können wir Du sagen?«

»Klar!«

»Stellst du eigentlich deine bunten Outfits jeden Tag neu zusammen?«

Tanni trug ein grün kariertes Kopftuch, das im Nacken zusammengebunden war, dazu ein schwarzes T-Shirt, auf dem in Pink stand: »I am black.« Ihre Jeans wies diverse Löcher und Risse auf, teils mit bunten Flicken bedeckt.

»Das ist meine Art, der dunklen Seite des Menschen zu begegnen. Hier, willst du sehen?«

Tanni trat an den Bildschirmtisch, rief ein paar JPGs auf und schob sie mit einen Fingerwisch neben die Tatortfotos. »Hier sind alle unsere Kandidaten zehn, fünfzehn und zwanzig Jahre jünger, hier noch einmal alle ein bisschen schlanker oder, hopp, ein bisschen fetter.«

Leana ging an den Bildern vorbei, blieb stehen, ging zurück. »Bist du schon mit der Gesichtserkennungssoftware die Zeitungsarchive durchgegangen?«

»Ma'am, eines nach dem anderen. Erst musste ich die Fotos machen.«

»Klar, sorry, Tanni. Dieser Joachim Bauer, kannst du den noch ein bisschen dünner und mit langen Haaren machen?«

Tanni gab ein paar Befehle ein, Leana trat neben sie. Tannis Smartphone gab ein Gackern von sich. »Textmitteilung, ich steh einfach auf Hühner.« Während sie mit der rechten Hand weitere Befehle eingab, rief sie mit der linken die Nachricht ab und las. Aus dem Augenwinkel sah Leana, dass der Absender Dr. Janosch Jacob Köhler war. Schneller, als sie lesen konnte, hatte Tanni die Nachricht wieder gelöscht und das Smartphone auf den Tisch zurückgelegt. »Lange dünne oder lange dicke Haare?«

Leana überlegte. »Ungepflegt. *Müsliman*, wenn dir das was sagt.«

»Braucht er 'ne Latzhose?«

Leana lachte. »Nein, es geht auch so.«

Sie ging ganz nah an das Bild heran, trat erst einen, dann noch einen Schritt zurück.

»Ich bin mir sicher, kurz bevor ich Deutschland verlassen habe, hat so ein Mann, oder tatsächlich genau er, in der Zeitung gestanden.«

»Ich hörte schon von deinem fotografischen Gedächtnis. Wann hast du good old Germany den Rücken gekehrt?«

»Im kommenden Oktober vor genau achtzehn Jahren.«

»Ist gebongt, ich suche da als Erstes. Noch 'ne Idee, worum es da ging?«

»Um irgendwas mit seinen Eltern. Was wissen wir über die Eltern?«

Tanni tippte eilig, hob den Kopf und sagte: »Guten Morgen, Maxim! Ich war schneller!« Denn auch Maxim hatte Brötchen und alles, was man zum Frühstück sonst noch brauchte, dabei.

»Dann ist das unser Mittagessen. Hallo, Leana, hast du gut geschlafen?«

Zu ihrer Unbill errötete Leana und wandte sich zügig wieder den Fotos zu. »Tanni?«

»Bauers Eltern starben vor achtzehn Jahren im Oktober. Ich werde sie finden, Ma'am.«

»Was ist mit deinem Traumbild?«

Tanni wich verlegen Leanas Blick aus. Dann warf sie das alte Phantombild an die Wand, eine Sekunde später das, das sie an diesem Morgen angefertigt hatte.

Leana stellte sich dicht vor die Bilder. »In deiner Vision hat sie etwas von einem Todesengel, ihr Mund ist weich, ihr Blick sehr klar. Wir sollten das übernehmen. Gut gemacht, Tanni.«

Leana blickte auf die Uhr, halb acht. Im selben Moment erschienen Theo, Sven, Natalia und hinter ihnen JJ. Leana warf Natalia einen prüfenden Blick zu, aber ihr war nichts anzumerken.

Die Brötchentüten raschelten, Teller klapperten, Tassen wurden gefüllt.

»Ich fasse kurz die aktuellen Ergebnisse zusammen …«, setzte Leana an, aber Natalia fiel ihr scharf ins Wort: »Geschenkt. Wir sind im Bilde. Gute Arbeit. Lasst uns jetzt als Erstes besprechen, ob wir die Presse informieren oder ob nicht. Und wenn ja, wann die Pressekonferenz stattfinden soll und mit wem. Dann die Aufgaben für den Tag heute.«

Sie diskutierten und stritten fast zwei Stunden über die Presse. Natalia und Theo sprachen sich dagegen aus, fürchteten Nachahmer, eine Flut von Anrufen mit falschen Hinweisen. Tanni und Maxim konnten sich nicht entscheiden. Leana war dafür und blieb bei ihrer festen Überzeugung, dass dies im Moment der einzige Weg sei, mögliche weitere Opfer rechtzeitig zu warnen. Zudem könnten sie die Presse bitten, die Toten nebeneinander zu zeigen und zu fragen, wer sie zusammen gesehen hatte.

Schließlich klatschte JJ in die Hände, stand auf und sagte: »Dann entscheide ich jetzt als Chef des LKA. Wir machen die Pressekonferenz, nutzen sie zudem, um Leana Meister der Presse zu präsentieren, können damit direkt unsere enormen Kosten erklären. Ich werde teilnehmen, Maxim und Leana. Können Sie damit leben?«

Natalia zuckte mit den Schultern, die anderen nickten.

»Gut, dann verteilen wir jetzt die Aufgaben so, dass wir alle um sechzehn Uhr heute Nachmittag was Neues zu bieten haben.«

Tanni sollte mit ihrem Team weiter die Vergangenheit der Opfer durchleuchten, Sven und Maxim bekamen zur Aufgabe, die biologischen und medizinischen Ergebnisse der vier Tatorte zu vergleichen. Zorro sollte Entsprechendes mit den Spuren tun und gemeinsam mit Theo und seinem Team klären, wie sich die Täterin zur Messe in Hannover und zu dem Autohaus Zugang verschafft hatte. Leana und Natalia sollten Irene Kohlmeyer erneut befragen und sowohl das angepasste Phantombild der Täterin als auch die Fotos der vier Opfer auch den Kindern zeigen. Desgleichen Amelie Bauer in der Psychiatrie.

Um halb elf stiegen Leana und Natalia ins Auto. Die Temperatur war angenehm zurückgegangen auf vierundzwanzig Grad, am strahlend blauen Himmel kreisten Schwalben.

»Bieg rechts ab, wir fahren über die Fährstraße nach Hamm, die Gladbacher ist komplett gesperrt wegen des Marathons.«

Leana folgte Natalias Anweisung. Als sie in die Fährstraße einbog, sagte Natalia: »Hier ist abends der sogenannte Lkw-Strich, reizend, nicht wahr? So direkt um die Ecke vom LKA.«

Leana ließ das unbeantwortet. Sie grübelte, ob sie Natalia offen ansprechen oder einfach über die Missstimmung hinweggehen sollte. Außerdem wusste sie weder, was JJ heute Morgen zu Sven und Natalia gesagt hatte, noch konnte sie jetzt danach fragen.

Wenige Minuten später parkten sie genau vor dem Haus von Irene Kohlmeyer. Leana zog den Schlüssel ab und hatte schon den Griff der Autotür in der Hand, als Natalia unvermittelt sagte: »Es wird immer wieder vorkommen.«

»Äh, was meinst du?«

»Dass irgendwas los ist – ein Mord, eine neue Spur, die Entdeckung eines neuen Beweises – und ich samstagabends nicht da sein werde!«

»Damit habe ich kein Problem«, Leana zögerte, »solange nicht das Team stillsteht.«

»Ich bin ein Kontrolljunkie«, stieß Natalia hervor, öffnete ihre Tür, stieg aus und knallte sie mit Schwung zu.

Leana verließ ebenfalls das Auto und sagte über das Dach hinweg: »Auch damit habe ich kein Problem. Wann immer es passieren sollte, und so oft wird das nicht sein, erhältst du von mir eine Zusammenfassung, was gelaufen ist. Kommst du damit klar?«

Natalia strich sich eine Haarsträhne aus dem Gesicht. »Du drehst mir daraus keinen Strick?«

»Sollte ich denn?«

»Ich würde es umgekehrt machen«, gab sie unumwunden zu.

Leana lachte. »Dann ist es ja gut, dass ich nicht du bin und in diesem Fall ich die Vorgesetzte.« Im selben Moment wurde ihr klar, dass JJ die Wahrheit gesagt hatte: Indem er sie Natalia vor die Nase gesetzt hatte, schützte er Natalia. *Und von mir*, dachte sie, *weiß er genau, dass ich alles andere hintanstelle, wenn es einen Fall zu lösen gilt.*

»Woran denkst du gerade?« Natalia kam um das Auto herum und sah Leana an.

»An die Gründe, warum meine Ehe gescheitert ist. Gehen wir?«

Auf der obersten Stufe des Eingangs angekommen, vernahmen sie Kinderlachen und Geschirrgeklapper von der Terrasse her, die links ans Haus grenzte. Sie klingelten, und wie schon beim letzten Mal hörten sie hohe Schuhe über den Steinfußboden gehen.

»Ah, die Damen vom LKA noch einmal. Kommen Sie, wir frühstücken gerade draußen.« Irene Kohlmeyer machte auf dem Absatz kehrt und stolzierte davon.

»Einen Moment bitte«, rief Leana ihr hinterher.

Irene Kohlmeyer blieb abrupt stehen. »Was denn?«

»Wenn ich gerade richtig gehört habe, sind Sie mit den Mädchen da draußen?«

»Genau.«

»Ist Ihr Partner auch da?«

»Nein, der arbeitet. Warum?«

»Ich möchte gern gleich wie nebenbei die Fotos der vier Opfer auf den Tisch legen, keine Tatortfotos. Und dann einfach sehen, ob die Mädchen jemanden wiedererkennen. Sind Sie damit einverstanden?«

»Klar, von mir aus gern. Kommen Sie.«

Leana und Natalia folgten ihr auf die Terrasse und begrüßten Amelie-Rose und Johanne, die ihre Puppen neben ihren Tellern sitzen hatten und sie mit Müsli fütterten. Leana setzte sich neben die Jüngere der beiden, Johanne. »Hi, Jo, mag deine Puppe wirklich Müsli?«

Sie nickte ernst. »Es ist sehr gesund, deshalb ist es gut, das zu mögen. Das sagt Mama auch immer.«

»Darf ich?« Leana griff nach der Puppe. »Sie hat ein wenig gekleckert.«

Aus dem Augenwinkel nahm sie wahr, wie Natalia Irene Kohlmeyer das Phantombild und die Fotos der Toten zeigte. Leana nahm eine Papierserviette und ließ dabei ihre Fotos fallen. Wie erwartet, kletterte das Mädchen vom Stuhl und hob sie auf. Dann legte Jo sie wie ein Kartenspiel nebeneinander aus, wobei Leana registrierte, dass ihr Blick an dem Phantombild der Täterin hängen blieb.

Leana setzte die Puppe zurück neben den Teller und wandte sich Irene Kohlmeyer zu. »Sie kennen wirklich niemanden auf den Fotos?«

»Nein, sollte ich denn?«, gab Irene Kohlmeyer kühl zurück und kräuselte ihre rot geschminkten Lippen.

»Nein, es ist nur so schade. Es wäre toll gewesen, wenn Sie uns hätten helfen können.«

»Ich erinnere mich an eine«, sagte Johanne stolz. »Die da!« Sie zeigte auf das Foto der Frau.

»Das ist ja toll, Jo. Woher kennst du die? War die mal bei euch zu Hause?« Leana beugte sich leicht zu dem Mädchen hinunter, um sie vor Irene Kohlmeyers Blick abzuschirmen.

»Nein. Sie war auf der Brücke.«

»Das Mädchen fantasiert gern. Vorsicht!«, sagte Irene Kohlmeyer freundlich.

»Sie war aber auf der Brücke!« Johanne fegte das Foto vom Tisch. »Sie war böse, weil wir auf der falschen Brücke fuhren.«

»Böse auf wen?«

»Auf Papa und Mama. Wir fuhren zu einem Fest auf der anderen Rheinseite.«

»Nach Oberkassel?«, half Leana aus.

»Ja«, mischte sich jetzt auch die ältere Tochter ein. »Das war im Januar, und da war ein Dreikönigsfest. Sie sagte, wir hätten besser die andere Brücke nehmen sollen und die Radwege.«

»Also war die Frau nicht böse, sondern um euch besorgt?«

Johanne nahm ihre Puppe vom Tisch und auf ihren Schoß. »Nein, aber irgendwie unheimlich. Ich habe mich noch ganz oft umgesehen, und sie hat immer noch geguckt.«

»Und dann?«

Johanne zuckte mit den Schultern. »Dann war sie weg.«

»Und von den Männern kennst du wirklich niemanden?«

»Nein. Die habe ich noch nie gesehen. Du, Käthe?«, sprach Johanne ihre Puppe an und ließ diese den Kopf schütteln.

»Sehr gut. Vielen Dank, Jo und Rose! Ihr seid sehr tapfer.«

»Geht doch mal runter in den Garten und guckt, ob das Planschbecken schon voll ist, ja?« Irene Kohlmeyer hob eine Augenbraue, und die Kinder rutschten eilig von ihren Stühlen und verschwanden über die kleine Treppe, die die Terrasse mit dem Garten verband. »Ich würde an Ihrer Stelle nicht zu viel darauf geben«, wiederholte sie dann.

Leana beobachtete, wie sie überflüssigerweise in ihrer Tasse rührte.

»Kinder sind gute Beobachter und haben in der Regel das wesentlich bessere Gedächtnis. Zudem können sie spüren, wenn etwas nicht stimmt mit einer Person. So, wie Johanne es auch getan hat, sonst hätte sie sich nicht immer wieder nach ihr umgedreht.« Leana schob ihre Kaffeetasse zur Seite, stützte die Ellenbogen auf den Tisch und blickte Irene Kohlmeyer fest in die Augen. »Wo waren Sie in der Nacht von Freitag auf Samstag?«

Irene Kohlmeyer ließ den Silberlöffel auf die Untertasse fallen. »Bin ich jetzt verdächtig?«

»Ich möchte nur sehen, wie weit es mit Ihrem Gedächtnis her ist. Also?« Leana lächelte.

»Ich war die ganze Nacht im ›House of Joy‹.«

»Die ganze Nacht? Das ist nicht sehr detailliert«, warf Natalia ein.

»Wenn Sie es detailliert haben wollen, kaufen Sie sich einen Porno«, schnappte Irene Kohlmeyer.

»Sie waren die ganze Nacht dort?«

»Ja, mit meinem Partner, er ist gefahren. Und jetzt möchte ich, dass Sie gehen, damit Sie mir nicht den ganzen Sonntag versauen!«

»Sicher.« Leana erhob sich, nahm die Fotos an sich und blätterte sie noch einmal durch. »Hätten Sie vielleicht ein Foto für uns von Joachim Bauer in jungen Jahren?«

»Nee, damals gab es noch keine Handys oder Facebook. Und wie ich Ihnen bereits sagte, er war zwei Klassen über mir, also ist er nicht einmal auf meinen Klassenfotos.«

Leana ging um den Tisch herum und blieb neben Irene Kohlmeyer stehen. »Was war mit seinen Eltern?«

»Woher soll ich das wissen? Ich hatte mit ihm nichts zu tun, kapieren Sie das nicht?« Irene Kohlmeyer stand ebenfalls auf, und durch ihre hohen Schuhe sah sie leicht auf Leana hinunter.

»Doch, schon. Ich hoffte nur, Sie könnten uns helfen. Ich bilde mir ein, dass Joachim Bauer vor achtzehn Jahren mal in der Presse aufgetaucht ist.«

»Dort geht es zur Haustür.« Irene Kohlmeyer wies mit ihrem rechten Arm und der beringten Hand in Richtung Küche.

Natalia stand schon draußen, Leana hatte die Türklinke noch in der Hand, als sie fragte: »Haben Sie vor, in nächster Zeit zu verreisen?«

Die Tür schlug zu.

Zurück im Auto, sagte Natalia: »Das war gut, nur verstanden habe ich es nicht. Klärst du mich auf?«

Leana legte den Kopf schräg, ihre Arme auf das Lenkrad und blickte zum Haus hoch. »Ich denke, wir sollten Irene Kohlmeyer genauer überprüfen und sie überwachen lassen.«

»Auch ohne hohe Hacken ist sie zu groß für die Einstichstelle.«

»Ist dir nicht aufgefallen, dass sie überhaupt nicht reagiert hat, als wir reinkamen und ich von *vier* Opfern sprach? Dass sie nicht einmal mit der Wimper gezuckt hat?«

»Verdammt«, sagte Natalia anerkennend, »das ist nicht einmal mir aufgefallen!« Sie wählte Tanni an und bat um Überwachung und Durchleuchtung Irene Kohlmeyers. »Und jetzt zu meinem Lieblingspsychiater?«

»Gern.« Leana startete den Wagen, blickte noch einmal zum Haus hinüber und fuhr los.

Leana hatte gerade vor der Psychiatrie am Volksgarten geparkt, da klingelte ihr Blackberry.

Es war Tanni. »Bitte auf laut stellen«, sagte sie atemlos und ohne Begrüßung, »wir haben sie!« Leana hörte Maxim und JJ im Hintergrund. »Dr. Köhler fährt jetzt mit einem kleinen Sondereinsatzkommando zu ihrer Wohnung. Sie heißt Monika Hübner, stammt aus Bayern. Sie hat bis Anfang dieses Jahres direkt vor unserer Tür gearbeitet, in der Gerichtsmedizin.«

»Bei Maxim?«, rief Natalia aus.

»Nein, eben nicht. In der Dokumentationsabteilung für häusliche Gewalt, Missbrauch und Vergewaltigung. Dort können Opfer die Spuren anonym sichern lassen, falls sie nicht sofort Anklage erheben wollen. In dieser Abteilung arbeiten nur Frauen. Die Chefin, Dr. Melina Küsters, hat das Phantombild erkannt. Denn Maxim hat bei seinem Rundbrief an die Gerichtsmediziner das Bild mit angehängt. Dr. Köhler will, dass ihr dort hinfahrt und mit der Chefin sprecht. Maxim kann sie nicht ausstehen. Ich schaue weiter, was ich zu Monika Hübner finden kann. Ihr seid auf laut, noch Fragen?«

»Welches Gebäude auf dem Gelände der Uniklinik?«, fragte Natalia.

»Schon auf Leanas Smartphone geschickt. Deines liegt nämlich hier neben mir.«

»Gut, dann bis später!«

»Blaulicht?«, fragte Natalia.

»Nein.« Leana schüttelte den Kopf. »So eilig ist das nicht. Ich habe gesehen, dass Dr. Kratkas uns beobachtet hat. Ich fahre jetzt genau bis vor den Eingang, du steigst bitte kurz aus und sagst deiner Freundin am Empfang, dass wir in einer Stunde wiederkommen und ihn sprechen müssen.«

»In einer Stunde? Das schaffen wir nie!«

»Genau.« Leana startete, fuhr an und lächelte süffisant. »Wir rufen dann an und verschieben es, und zwar so lange, bis wir für ihn Zeit haben. Ich will, dass er in Habtachtstellung bleibt.«

»Wir haben unsere Täterin.«

»Das denken wir jetzt.«

Natalia sprang aus dem Auto, wirbelte durch die Drehtür und stand vor der Empfangsassistentin, die so schnell die Arme hob, dass Leana lächeln musste.

Zwanzig Minuten später zeigten sie dem Pförtner am Haupteingang der Uniklinik ihren Ausweis und parkten kurz darauf vor dem Zentrum für Gewaltverbrechen.

»Es ist schon verrückt«, sagte Natalia, »dass sie im Schutze unseres eigenen Stalls lebte.«

»Wie oft werden die Leute hier überprüft?« Leana drückte

auf den Schlüssel, und das Auto blinkte einmal, um zu signalisieren, dass abgeschlossen worden war.

»Wir sind hier nicht in Amerika. Also frag lieber nicht.«

»Also einmal bei der Einstellung und dann nie wieder?«

»So in etwa«, antwortete Natalia düster.

Dr. Melina Küsters kam ihnen die Treppe hinunter mit wehendem Arztkittel entgegen. Sie hatte einen dicken blonden Zopf rund um den Kopf geflochten und trug eine Brille mit runden Gläsern und rosafarbenem Gestell, die ihre Augen absurd verkleinerte, sodass die Pupillen wie Stecknadelköpfe aussahen. Sie schaukelte auf den dicken Sohlen ihrer Turnschuhe vor und zurück. »Frau Meister, Frau Dr. Rac, ich wurde informiert, dass Sie kommen, und angewiesen, alles stehen und liegen zu lassen, um mit Ihnen zu sprechen. Kommen Sie bitte mit in mein Büro!« Sie wandte sich zum Gehen, drehte sich noch einmal kurz zu ihnen um und fügte an: »Das Auto können Sie hier stehen lassen. Für eine halbe Stunde geht das. Mehr Zeit habe ich ohnehin nicht, dann ist meine nächste OP.«

Das kleine Gebäude aus rotem Backstein wirkte wie bedrängt von den modernen Hochhäusern der Uniklinik. Innen war es angenehm kühl und ruhig. Auf dem Weg zu ihrem Büro zeigte Dr. Küsters auf verschiedene Türen und erklärte, was sich dahinter verbarg. »Hier ist ein reiner Untersuchungsraum, der hier ist für gynäkologische Untersuchungen, das hier ein reines Gesprächszimmer, hier das Labor. Außer dem Labor sind alle Räume mit Fotokameras, Decken, bequemen Stühlen und allem Notwendigen in Form von Vordrucken und Utensilien zur Probenentnahme ausgestattet, damit wir, hat ein Gespräch einmal begonnen, den Raum nicht mehr verlassen müssen. So bleibt die intime Atmosphäre ungestört. Das ist sehr wichtig. Und hier ist mein Büro!« Sie hielt Leana und Natalia die Tür auf und ließ sie eintreten. In ihrem Büro duftete es nach Lavendel. Eine gläserne Teekanne, in der Minzblätter schwerelos schwebten, stand auf ihrem Schreibtisch.

»Möchten Sie Tee oder etwas anderes?«

»Gern Tee für mich«, erwiderte Leana, und Natalia schloss sich mit einem Nicken an.

Als sie den Tee eingoss, wusste Leana augenblicklich, warum Maxim sie nicht mochte. Frau Dr. Küsters verschüttete die Flüssigkeit beim Ausgießen. Diverse Papiere mit entsprechenden Flecken verrieten, dass es häufiger geschah, und beim Abwischen der Tropfen stieß sie ihre eigene, zum Glück leere Tasse um. Sichtlich von sich selbst genervt, ließ sie sich auf ihren Stuhl fallen. »Sie suchen Monika Hübner, richtig?«

Leana bedeutete Natalia mit einer Geste, dass sie anfangen sollte.

»›Suchen‹ ist vielleicht nicht ganz das richtige Wort. Sie wird des Mordes in vier Fällen verdächtigt.«

»Aber Sie haben sie nicht«, korrigierte Frau Dr. Küsters, »also suchen Sie Frau Hübner. Richtig?«

»Wann haben Sie Monika Hübner zuletzt gesehen?« Natalia warf einen warnenden Blick in Leanas Richtung, die mit den Augen zwinkerte.

»Genau am Freitag vor vier Wochen. Mir fiel auf, dass ihr Büro aufgeräumter war als sonst. Was fast nicht möglich war. Monika ist extrem ordentlich. Sonst war nichts verdächtig.«

»Vielleicht überlassen Sie uns, was wir als verdächtig bewerten und was nicht, Frau Dr. Küsters. Ich stelle Ihnen jetzt ein paar Fragen«, sagte Leana ruhig und schlug ihren Block auf.

Zurück im LKA, pünktlich zur Besprechung um sechzehn Uhr, berichteten Natalia und Leana als Erstes, was sie über Monika Hübner erfahren hatten, nämlich dass sie seit vier

Jahren als Probenarchivarin in der Gerichtsmedizin tätig war. Dazu musste sie sich sowohl mit Computern sehr gut auskennen als auch labortechnisch ausgebildet sein. Sie galt als sehr exakt und pingelig bei der Sicherung der Spuren, der Archivierung der Fotos, der Digitalisierung der Untersuchungsergebnisse und der Abspeicherung der gesamten Akten. Gerade bei Gewaltopfern, die sich nicht sofort zu einer Anzeige gegen die Täter entscheiden konnten, wusste man von Monika Hübner, dass sie Kollegen auch mal anging, wenn die ihrer Meinung nach zu schlampig arbeiteten.

In den letzten zwei Jahren hatte sie auch immer öfter das Fotografieren übernommen, da sie sehr einfühlsam und ruhig war und sich seltsamerweise vor ihr niemand genierte. Auch betreute sie das Netzwerk der Abteilung, reparierte Computer, sorgte für bessere Virenscanner und eine bessere Firewall für die Daten, als sie die Uni selbst zur Verfügung stellte.

Monika Hübner lebte zurückgezogen, keiner hatte privat zu ihr Kontakt, in der Kantine aß sie Mittag für Mittag allein, mit den Kollegen sprach sie nur, wenn sie etwas von ihnen brauchte oder, zweimal im Jahr, wenn sie Spenden sammelte für das Tierheim Düsseldorf. Es gab in ihrer digitalen Akte kein Foto von ihr. Frau Dr. Küsters erinnerte sich, dass schon im Lebenslauf damals ein Foto von ihr fehlte. Monika Hübner hatte mehrfach versprochen, es nachzureichen. Selbst ihr Zugangsausweis war ohne Foto geblieben. Aufgefallen war es niemandem mehr. Sie wurde als Mensch nicht vermisst, indes extrem als gut organisierte Fachkraft.

Sie hatte Zugang zum Labor. Deswegen hatte man einen Abgleich der Urine durchgeführt und war fündig geworden: Zwei der an den Tatorten gefundenen Urine stammten von Frauen, die sich für die anonyme Speicherung der an ihnen sichergestellten Beweismittel sowie der Fotos von ihren Verletzungen entschieden hatten und vorerst gegen eine Anklage ihrer Peiniger.

»Man könnte also meinen, sie nimmt Rache für die Frauen, aber dann wären es deren Peiniger. Zudem ist wirklich absurd, wie sie es schafft, trotz offenbar hervorragender Arbeit so unsichtbar zu bleiben«, endete Leana, »sie hat dort vier Jahre gearbeitet, und wir wissen immer noch nicht, wie sie aussieht. Selbst diese Frau Dr. Küsters konnte unser Phantombild nicht wirklich ergänzen. Von ihr kam nur ein vages ›Ja, so in etwa sieht Monika Hübner aus. Vielleicht lagen die Augen tiefer, und das Haar war länger‹. Habt ihr mehr in der Wohnung gefunden?«, wandte sie sich an JJ.

»Nein, leider nicht. Die Wohnung ist leer und besenrein. Sie hat gekündigt und ist fortgezogen, sagte uns der Vermieter. Wohin, wissen wir nicht. Tanni?«

»Null.« Tanni zuckte unwillig mit den Schultern. »Es ist, als gäbe es keine Monika Hübner. Zumindest unsere nicht. Mein Team ist alle Facebookeinträge, Xing, Linkedin durchgegangen. Ich erwarte auch nicht, sie dort zu finden. Sie hat es geschafft, einer der seltenen Menschen ohne digitale Spuren zu sein. Sie hat in dem der Uni präsentierten Lebenslauf angegeben, vorher in Hamburg in einem Labor gearbeitet zu haben. Da dieses Labor einen Sieben-Tage-Service bietet, haben wir dort angerufen und … nichts! Keine Monika Hübner, keine unter einem anderen Namen, auf die in etwa das Profil, also Labor und digitale Datensicherung, passt. Auf dem gefaxten Phantombild hat sie niemand erkannt.«

»Was ist mit der Gesichtserkennung und der Presse aus dem prädigitalen Zeitalter?«, fragte Leana.

»Wir sind dran. Aber das dauert. Du musst jede einzelne Zeitung aufrufen und dann den Vergleich starten. Wir fahren Nachtschichten.«

Zorro, der Spurensicherer, und Theo, der Physiker, beschrieben, wie die Täterin sich Zugang verschafft hatte, und zwar mit dem ältesten Trick der Welt: Sie bat darum, die Toilette benutzen zu dürfen, und um ein Glas Wasser und wurde dann von dem, der sie eingelassen hatte, vergessen. Zwar hatten sie so gezielt an bestimmten Stellen die Fingerabdrücke überprüfen können, aber anschließend keinen Match in den Datenbanken gefunden.

»Verdammt!« Leana stand auf und ging hin und her. »Wir sind ihr ganz nah und doch so weit weg, weil sie im Netz unsichtbar ist und als Mensch ebenfalls. Sie könnte eine Spitzenagentin sein, so wie sie ihre Unsichtbarkeit perfektioniert hat, und alle Opfer haben diese mistigen Allerweltsnamen. Nicht einer verfügt über einen seltenen Vornamen oder wenigstens Zweitnamen!«

»Als wären es Decknamen«, sagte Maxim leichthin.

Leana hielt inne, drehte sich zu ihm um und sagte: »Das ist es! Du hast recht. Wenn ich in der Masse untertauchen will, brauche ich einen Müller, Bauer, Meier … Müller, Schüller, Schmitt … Tanni, wie weit seid ihr mit der Überprüfung der Vergangenheit der Männer?«

Tanni hob die Hände. »Wir arbeiten Tag und Nacht, alle machen mit, aber wir brauchen noch wenigstens zwei Tage, bevor ich mit irgendeinem Ergebnis rechne.«

Leana blickte sie an, nickte, sah sich die anderen müden Gesichter an, erinnerte sich, dass Sonntagabend war, und sagte: »Gut, Schluss für heute, oder hat noch jemand was?«

»Ein Schmankerl noch.« Tanni stand auf. »Irene Kohlmeyer war tatsächlich mit ihrem Partner die ganze Nacht im ›House of Joy‹. Aber in der Nacht von Freitag auf Samstag war der gesamte Komplex, mit Ausnahme der Bar, ein einziger Darkroom. Sie hätte also weggekonnt, wenn sie gewollt hätte.«

Die anderen folgten Tannis Vorbild, standen ebenfalls auf und packten ihre Sachen zusammen. Maxim fuhr den Computer herunter, nachdem er alle Daten gesichert hatte.

»Wir machen morgen um neun Uhr die nächste Besprechung«, sagte JJ laut, »es genügt, wenn Zorro, Sven, Theo, Tanni, Natalia, Leana und Maxim anwesend sind. Die anderen machen mit ihren Aufgaben weiter, um möglichst wenig Zeit zu verlieren. Um zehn haben wir eine Konferenzschaltung mit Hannover, Köln und Wolfsburg organisiert, um unsere Ergebnisse abzugleichen und auf den neuesten Stand zu bringen. Die Pressekonferenz ist auf elf Uhr angesetzt. Wir werden auch das Fernsehen dahaben. Leana, Maxim, bitte im Businessoutfit erscheinen. Danke für die gute Arbeit heute.« Er tippte sich an den Kopf und verließ als einer der Ersten den Besprechungsraum.

Leana sah ihm irritiert nach, bemerkte, dass Maxim sie beobachtete, und bemühte sich, zu lächeln und die Sache für sich abzuhaken.

»Danke für den Tag«, sagte Leana. Sie stand in der Tür zu Natalias Büro. »Und bis morgen dann!«

»Auch so. Ich habe gerade noch einmal in der Psychiatrie angerufen und uns für morgen elf Uhr angemeldet. Irgendwie gefällt mir dieses Spiel.« Sie grinste böse. »Fährst du nach Hause?«

»Ja. Jetzt ist ja das erste Wochenende schon rum, und ganz anders als gedacht. Ich werde versuchen, mir was zu kochen.«

»Kannst du kochen?« Natalia löschte das Licht ihrer Schreibtischlampe, nahm ihre Aktentasche und kam auf Leana zu.

»Ehrlich gesagt, weiß ich das gar nicht mehr. Es ist so lange her.«

»Das ist wie Schwimmen.« Natalia zog die Tür zu und begleitete Leana bis zu deren Auto. »Bis morgen also!«

»Bis morgen!« Leana stieg ein, und augenblicklich überkam sie die ganze Müdigkeit der letzten Tage. Einen Moment erwog sie, wieder auszusteigen, in ihr Büro zurückzukehren und dort einfach auf dem Sofa zu schlafen.

Sie schüttelte den Impuls ab, startete und fuhr in Richtung Kaiserswerth. Auf halber Strecke dann bog sie ab und gab ins Navigationssystem die Adresse des Tierheims ein. Denn ihrer Erfahrung nach waren Menschen im Umgang mit Tieren oft anders als sonst. Sie konnte sich gut vorstellen, dass es im Tierheim ein Foto von Monika Hübner gab, und wenn es nur ein Schnappschuss mit einem Tier war, den die Fotografierte gar nicht mitbekommen hatte.

Um kurz vor acht Uhr parkte Leana ganz vorn am Anfang der Gasse, die zu ihrer Wohnung über dem Restaurant führte, da erkennbar war, dass alles in der Nähe zugeparkt war. Sie stieg aus, nahm ihre Tasche und lief die Gasse in Richtung Rhein hinunter. Durch den alten Torbogen konnte sie den Fluss in der tief stehenden Sonne glitzern sehen.

Leana hielt einen Moment inne, wurde sich bewusst, wo sie war: in Düsseldorf, Deutschland, auf dem Weg in ihr neues Zuhause. Es war Hochsommer, die Luft angenehm frisch, und ihr fiel auf, dass sie den ganzen Tag nicht ein Mal an Kapstadt und ihre Töchter gedacht hatte.

Sie hörte Schritte hinter sich und drehte sich instinktiv um. »Chris! Ich dachte, du läufst morgens?«

Sein Gesicht war rot, die Haare mit einem Stirnband nach hinten gebunden, das T-Shirt mit den Stones darauf klebte an seinem muskulösen Oberkörper.

»Hi!« Er schnaufte. »Ja, normal schon, aber heute Morgen

hatte ich zu arbeiten. Ein Projekt in New York musste fertig werden.« Chris beugte sich vor, stützte seine Hände auf den Knien ab und holte ein paarmal tief Luft.

»Es tut mir sehr leid wegen gestern, und ich dachte, ich mache es wieder gut, indem ich heute für dich koche. Also, traust du dich?«

Er blickte sie von unten an und lächelte charmant. »Kochst du afrikanisch?«

»Keine Sorge, Antilope und Zebra waren aus im Supermarkt. Es gibt Chilihuhn mit Mango und sauer-scharfe Kartoffeln. Also, wie sieht es aus?«

»Ich geh duschen und komm dann rauf!« Chris sprintete los, und Leana blickte ihm hinterher. *Ein gut aussehender, athletischer Mann*, dachte sie, *kein Wunder, dass sich so viele Frauen in ihn verlieben.*

Leana sagte in der Bar kurz Hallo. Im Restaurant hatten sie alle Hände voll zu tun, drinnen wie draußen waren alle Tische besetzt.

In ihrem Apartment angekommen, öffnete Leana alle Fenster, würzte schnell das Huhn und schob es in den Backofen. Sie brauchte einen Moment, um sich mit Ober- und Unterhitze oder Heißluft zurechtzufinden, die Temperatur und die Garzeit einzustellen. Dann zog sie sich noch in der Küche aus, stopfte alles direkt in die Waschmaschine, statt es in den Wäschekorb im Bad zu werfen, nahm ein frisches Kleid aus dem Schrank und ging duschen.

Kaum kehrte sie mit nassem Haar und dezent geschminkt in ihre Küche zurück, da klopfte es schon.

Chris' Gesicht war immer noch gerötet, auch seine Haare tropften noch. Er trug eine helle Leinenhose, dazu ein weißes Leinenhemd, das locker über die Hose fiel, und war barfuß. »Also, was kann ich tun, außer erst den kühlen Cidre und dann den Rotwein zu öffnen?« Er hielt in jeder Hand eine Flasche.

Leana nahm sie ihm ab. »Den Tisch decken und dann die Kartoffeln schälen. Ich mache die Mango und die Soße.«

Zu Leanas Erstaunen fand Chris unten im Regal neben dem Esstisch eine kleine Stereoanlage, die sie selbst noch gar nicht entdeckt hatte, und schob eine CD ein, den Boléro von Ravel. Der magische Rhythmus erfüllte sanft den Raum und schaffte eine Ruhe, die jedes Gespräch überflüssig machte. Durch die geöffneten Fenster klangen die Stimmen der Terrassengäste herauf, eine Amsel sang in dem Kastanienbaum, der direkt vor ihrem Fenster stand, als würde sie von der Musik Ravels angeregt. Leana und Chris standen nebeneinander an der Küchenanrichte, schälten und zerkleinerten Zwiebeln, Knoblauch, Kartoffeln, Mango und Chilis.

Durch die Klänge der Klarinette drang plötzlich ein so vehementes Klopfen, dass Leana sofort wusste, dass wer immer auch vor der Tür stand, schon länger klopfte und ungehalten war.

»Herein!«, rief sie laut, um die Musik zu übertönen. Chris drehte sich synchron mit ihr zur Tür um.

Janosch Jacob Köhler füllte mit seinem großen, kompakten Körper den gesamten Türrahmen aus. An seinem versteinerten Gesicht konnte Leana ablesen, was er sah: Chris, sie selbst, beide mit nassen Haaren, beide barfuß, beide lässig gekleidet, Chris mit rotem Gesicht, einträchtig nebeneinanderstehend, Sektgläser vor sich. Der Boléro hatte die zehnte Variation erreicht und damit die Oboen, Klarinetten, das Tenorsaxofon und das Englischhorn. Keiner sagte ein Wort. Leana holte Luft.

»Ich störe wohl«, blaffte JJ. »Na dann, einen schönen Abend noch!« Die Tür schlug zu.

Chris wandte sich wieder den Kartoffeln zu und sagte: »Ich staune immer wieder, wie der Orchester-Schlagzeuger in der Lage ist, das Ostinato die gesamten achtzehn Minuten durchzuhalten.«

Leana blickte auf die zerkleinerte Mango vor sich, zögerte einen Moment und fing schallend an zu lachen.

Sie aßen, tranken und redeten bis Mitternacht. Über das Zurückkommen und Abreisen, über das Entwurzeltsein und die Freiheit, die daraus entstehen kann. Ob Freunde die bessere Familie sind oder doch auf Blutsverwandte mehr Verlass ist.

Leana erfuhr von Chris, dass er sich überall wie ein Schauspieler vorkam, ein Wanderer zwischen den Welten. War er für einige Monate in New York, hatte er das sichere Gefühl, es gäbe kein Düsseldorf, kein Paris. Umgekehrt genauso. Manche Freunde grollten ihm, weil er sie hin und wieder, wenn sie zu der Stadt gehörten, in der er sich gerade nicht aufhielt, einfach vergaß. Er hatte keine Angst vor Bindungen, aber doch davor, nicht mehr einfach gehen zu können, und beharrte darauf, dass es zwei verschiedene Paar Schuhe seien.

Leana erzählte von ihrer gescheiterten Ehe, der so still und heimlich bröckelnden Liebe, deren Verlust, wenn man ihn endlich wahrnahm, einem so plötzlich vorkam, wie in Kästners Gedicht »Sachliche Romanze« so treffend beschrieben. Sie schwärmte von dem unendlich weiten Himmel Südafrikas, den archaischen Strukturen, der Sinnlichkeit, erzählte von der Wut, dem Hass, der Angst und den unglaublich starken Frauen.

Leana ließ es zu, dass Chris irgendwann ihre Füße auf seinen Schoß zog und sie gekonnt massierte. Innerhalb weniger Stunden hatte er es geschafft, dass er ihr wie ein guter Freund vorkam. Vertraut, aufmerksam, charmant, freundlich und sehr ehrlich. Sie konnte sich nicht daran erinnern, wann ihr zuletzt jemand so aufmerksam zugehört hatte. Er war ein Mann, der die richtigen Fragen stellte, sie ausreden ließ und eher davon getrieben war, genau zu verstehen, was sie sagte, statt mit einer eigenen Meinung anzurücken und diese durchzusetzen.

Leana dachte, dass sie jede Frau gut verstehen konnte, die sich in Chris verliebte. Er war kein Halbgott wie Gregor, kein dominantes Alphamännchen wie JJ, und doch hatte er von beidem ein wenig. Sie fühlte sich beschützt in seiner Nähe, sie konnte sein Wissen über Länder, deren Kulturen und Vorlieben in der Architektur bewundern, und seine Leichtigkeit war wie ein Virus, höchst ansteckend. Mehr als einmal hatte sie Tränen lachen müssen.

Kurz nach Mitternacht setzte er ihre Füße wieder auf den Boden, wünschte ihr eine gute Nacht und verabschiedete sich mit einem dezenten Kuss auf ihre Wange.

Leana konnte danach nicht sofort einschlafen. Sie setzte sich mit einem letzten Glas Wein auf die tiefe, breite Fensterbank ihres Wohnzimmers und lauschte in die Sommernacht. Irgendwo in der Nähe musste ein Teich oder Tümpel sein, denn das Quaken der Frösche drang zu ihr herüber. Dann vernahm sie eine leise Musik, die sich in ihr Ohr einschlich und ein Ziehen in ihr Herz trug. Leana kannte diese Melodie und suchte in ihrem Gedächtnis nach dem Titel.

Jetzt erinnerte sie sich. Es war der »Underground Tango« aus dem Film »Underground«, die Musik von Goran Bregović.

Aus der oberen Etage kam eine Kordel mit einem Zettel daran. Leana fischte danach und riss das Papier ab. »Schlaf gut!«, stand darauf. Die Kordel verschwand, die Musik wurde lauter. Leana lehnte sich an den Fensterrahmen, schloss die Augen und überließ sich der Melodie.

8. Montag

Leana erwachte vom enthusiastischen Vogelgezwitscher, das durch die offenen Fenster kam. Irgendwo in der Nähe kämpften zwei Katzen, deren Schreie leiser und lauter wurden. Ein Blick auf die Uhr neben ihrem Bett sagte ihr, dass es Viertel nach vier war. Sie schob die dünne Decke zur Seite, wickelte sich, wie in Südafrika immer, in einen großen Sarong aus Wildseide. Im Wohnraum, wo sie am Abend Brot und Gebäck hatten stehen lassen, umkreisten in der Morgendämmerung einige Wespen den Tisch. An zahlreiche Insekten in allen Größen gewöhnt, nahm Leana ruhig das Brot vom Tisch, ließ sich nicht davon irritieren, dass die Tiere ihr summend zum Abfalleimer folgten, und warf die Reste weg. Sie goss sich einen Kaffee auf, setzte sich damit auf die Fensterbank und blickte in das dichte Grün der Kastanie. Sie dachte an Monika Hübner und wusste, dass es nicht mehr nötig war, nach Auslösern zu suchen. Monika Hübner war, ganz wie Leana zu Anfang vermutet oder vielmehr gefühlt hatte, selbst einmal Opfer von sexueller Gewalt geworden. Sie hatte ganz sicher, das wusste Leana aus ihrer Arbeit mit vergewaltigten Frauen in Afrika, viele Möglichkeiten der Kompensation ausprobiert. Nach einem langen Weg und zahlreichen Versuchen hatte sie im Tierheim Hilfe für ihre geschundene Seele gefunden. Sie hatte sich bemüht, das Leid der Tiere dort und damit ihr eigenes vergessen zu machen, doch das war irgendwann gescheitert. Gescheitert, weil jeder, der solch eine Arbeit verrichtete, früher oder später begreifen musste, dass immer wieder neue Tiere kamen: ausgesetzt, geprügelt oder in leeren Wohnungen zum Sterben zurückgelassen, hilflos der menschlichen Gewalt ausgeliefert.

Monika Hübner hatte versucht, das Leid der Frauen zu mildern, indem sie behutsam mit ihnen umging. Angesichts ihrer Durchsichtigkeit hatten die Frauen sich in ihrer Gegenwart wahrscheinlich sicher und unbeobachtet gefühlt. Aber auch da hatte Monika Hübner begreifen und lernen müssen, dass immer wieder neue Frauen kamen, zerstört an Körper und Geist, in ihrem Vertrauen, in ihrer Seele.

Leana zuckte zusammen, weil genau unter ihrem Fenster die Katzen fauchten und schrien. Sie trank ihren Kaffee, lehnte ihren Kopf an den Fensterrahmen und schloss noch einmal die Augen. Die bisherigen Ermittlungsergebnisse rauschten durch ihre Gedanken. Sie rief sich die Bilder der Tatorte, die Fotos der Opfer in Erinnerung, mischte sie, legte sie übereinander. *Und jetzt,* dachte Leana, *nachdem nichts und niemand und auch sie sich selbst nicht helfen konnte, geht Monika Hübner den letzten für sie logischen Weg: Sie eliminiert die Verursacher ihres persönlichen Leids.*

Leana bekam eine Gänsehaut, als ihr klar wurde, dass es Monika Hübner um weit mehr ging als persönliche Reinigung und Heilung. Diese Frau hatte ihre eigene Version von Gerechtigkeit etabliert und ihren Geist auf die Weise befreit von den gesellschaftlich gesetzten Grenzen, die gesunde Menschen davon abhielten, außerhalb der Normen zu handeln. Nichts und niemand würde sie zurückhalten können.

Leana sprang auf, zog sich an und hoffte, dass Maxim so schlaflos wie sie und schon im LKA wäre.

Um Viertel nach fünf parkte Leana vor dem Gebäude in der Völklinger Straße. Sie sah Tannis Fahrrad und oben Licht in ihrem eigenen Büro. Der Pförtner war schon da und öffnete Leana, die immer noch keine Zugangsberechtigung außerhalb der offiziellen Bürozeiten hatte, die Tür.

»Wer ist denn schon da? Entschuldigung, guten Morgen!«

»Kein Problem, Frau Meister. Professor Winter und Frau Marencovic mit ihrem gesamten Team. Die haben die Nacht zum Arbeiten genutzt und nur im Wechsel geschlafen.«

Leana nickte, lief die Treppe hinauf und sah zu ihrer Überraschung, dass Tanni ungeschminkt, nass und nur mit einem Handtuch um die Hüften aus ihrem Badezimmer kam und dass ihre Schlafcouch offenbar benutzt worden war.

»Guten Morgen, Leana! Wir machen das immer so, wenn wir Nachtschichten fahren. Alle Schlafplätze in allen Büros werden genutzt. Ich hoffe, das macht dir nichts?«

»Nein.« Leana schüttelte verwirrt den Kopf. Verwirrt auch deshalb, weil Tanni so ungeniert halb nackt vor ihr stand. »Eh, möchtest du einen frischen Kaffee?«

»Nee, danke, ich habe gerade ein paar Guaranápillen eingeworfen. Das ist effektiver.«

»Vergiss nicht, genug Wasser zu trinken«, sagte Leana.

»Ja, Mama!« Tanni lachte, verschwand wieder im Bad und kam wenig später bunt gekleidet – sie trug eine Jeans mit gelbblauem Leopardenmuster, ein pinkfarbenes T-Shirt mit orangefarbenen Punkten und dazu ein ähnlich buntes Make-up – ins Zimmer zurück. »Ich geh wieder zu meinen Leuten. Der Putzdienst macht gleich sauber, wenn dir das recht ist?«

»Klar, kein Problem. Wo ist Maxim?«

»Im Konferenzraum. Glaube, der hat gar nicht gepennt. Bis gleich!«

Tanni verschwand, hinterließ den Dampf aus dem Badezimmer, ein paar Handtücher auf dem Boden und ein durchwühltes Bett.

Leana beschloss, das zu ignorieren, und lief zum Konferenzraum. Dort lag Maxim, wie ein Toter auf dem Rücken ausgestreckt und ohne Schuhe, auf einem der Tische. Auf dem Hauptbildschirm war Monika Hübners Profil zu sehen. Maxim hatte den von der Uni zur Verfügung gestellten Lebenslauf mit eingearbeitet sowie eine Auswertung aller gestellten Fragen vorgenommen, die ganz offenbar, seit sie das Profil am Dienstag eingestellt hatten, aus dem gesamten Team gekommen waren.

Maxim hatte stets mehrere mögliche Antworten berücksichtigt und mit einfacher Kombinatorik verschiedene, aber letztlich nur marginal voneinander abweichende Profile von Monika Hübners Psyche erstellt.

Leana trat ganz dicht an den Bildschirm und fixierte das Phantombild.

»Tannis Team hat immer noch keinen Treffer«, erklang Maxims verschlafene Stimme hinter ihr.

»Vielleicht ist ihr Foto nie in der Presse gewesen«, gab Leana zu bedenken. »Wenn es zu einer Zeit passiert ist, als es noch keine Smartphones gab, die alles erbarmungslos mitgefilmt haben, und die Journalisten noch wirksam von der Polizei dazu angehalten werden konnten, im Falle von Gewaltverbrechen auf eine Veröffentlichung der Opferfotos zu verzichten, dann können wir nichts finden!«

Sie lehnte sich an die Tischkante und starrte das Phantombild von Monika Hübner weiterhin an. »Wahrscheinlich ist das noch nicht einmal ihr richtiger Name. Vielleicht ist sie irgendwann ihrem alten Leben entflohen, wurde von ihren Eltern oder Freunden als vermisst gemeldet, und wir finden sie in der Datei derer, die nie wieder aufgetaucht sind.« Wieder überzog eine Gänsehaut ihren ganzen Körper. »Maxim, wir müssen jedes Wagnis eingehen, um sie zu finden. Denn mir ist klar geworden, dass diese Frau hier nichts mehr zu verlieren hat.«

Sie wiederholte ihm, immer noch das Phantombild fixierend, ihre Gedanken nach dem Aufwachen. Die Annahme, dass Monika Hübner bei allen Versuchen, mit dem, was ihr widerfahren war, zurechtzukommen, gescheitert war. »Und weil sie nichts mehr zu verlieren hat, wird sie weitermorden, vielleicht sogar auch dann noch, wenn sie mit ihren Peinigern fertig ist. Sie ist für uns ein Albtraum, denn sie ist keine Serientäterin, wie wir sie kennen, die aufgrund einer Überforderung tötet, aus Lust an der Macht oder aus sexuellen Motiven. Sie ist über alle ihre mühsamen und erfolglosen Versuche, sich selbst zu retten, gefühlskalt, aber auch sehr klar und strategisch in ihrem Handeln geworden. Und mitleidlos, auch sich selbst gegenüber.« Leana atmete tief ein und aus. »Sie ist zu einem Monster geworden! Zumindest für uns.«

Als sie sich nach diesen Worten umdrehte, blickte sie erstaunt in JJs müdes Gesicht.

»Guten Morgen«, sagte er mit rauer Stimme.

Maxim erhob sich, zog seine Schuhe an, rutschte vom Tisch auf einen Stuhl und gähnte.

Leana wandte sich erneut dem Bild und Lebenslauf von Monika Hübner zu. »Als sie Familie Bauer auf der Rheinkniebrücke begegnet ist, und Gott weiß, warum sie dort gestanden hat, hat sie sich noch Sorgen um die Sicherheit der Kinder gemacht. Doch irgendwann zwischen dem sechsten Januar und letztem Dienstag ist ihr dieses letzte Restchen Mitgefühl abhandengekommen.«

Leana sah wieder JJ und Maxim an. »Ich war gestern Abend noch im Tierheim. Mit ein wenig Glück bekommen wir heute ein echtes Foto von ihr. Sie erhielt Ende Januar Tierheimverbot, nachdem sie dort vier Jahre unentgeltlich gearbeitet hatte. Mindestens drei Abende unter der Woche und oft auch das gesamte Wochenende. Sie half in der Tierarztpraxis aus, reinigte

Käfige, führte Hunde spazieren, bespielte und beschmuste Katzen. Die Tiere mochten sie und vertrauten ihr schnell. Ihr gelang es oft, verstörte Katzen, die sonst sehr lange im Tierheim bleiben, weil sie sich kaum freiwillig zeigen und dann nicht anfassen lassen, wieder Vertrauen in den Menschen einzuflößen und sie anschließend auch zu vermitteln. Allerdings hat sie mehrfach Menschen beschimpft, wenn die ein Tier nach ein oder zwei Wochen zurückbrachten. Im Januar dann hatte sie eine elfjährige Katze wieder handzahm gemacht, die offenbar geschlagen worden war. Sie erklärte dem neuen Besitzer mit viel Geduld, dass dieses Tier Zeit brauchen würde, mindestens ein paar Monate, um in der neuen Umgebung und mit dem neuen Menschen warm zu werden und ihm zu vertrauen. Sie bat den Mann eindringlich, wirklich zu verstehen, wie wichtig es war, dem Tier eine reelle Chance einzuräumen. Nach zwei Wochen brachte er die neuerlich total verstörte Katze zurück, weil die sich nicht streicheln ließ. Da ist Monika völlig ausgerastet, und zwar so massiv und auch handgreiflich, dass das Tierheim sich schweren Herzens von ihr trennte.«

»Damit brach möglicherweise ihre letzte emotionale Stütze weg«, sagte Maxim.

»Genau. Und die Energie, die sie vorher den Tieren schenkte, wurde frei und mischte sich mit ihrer Wut und ihrem Zorn, um das zu planen und auszuführen, was sie jetzt macht. Morden.« Leana stand auf, ging zu JJ und fragte: »Trinken wir einen Kaffee in meinem Büro?«

»Keine Zeit, ich habe noch ein paar Sachen zu erledigen vor neun Uhr«, sagte er barsch.

Pünktlich um neun fanden sich alle zur Konferenz ein. Tanni war immer noch nicht fündig geworden, Theo, Sven und Zorro konnten nicht mit Neuem aufwarten. JJ berichtete, wie er mit Tanni versucht hatte, die Anrufliste des letzten Opfers zu bekommen, und an den Behörden gescheitert war. Alle waren vorbereitet auf die Videokonferenz mit den Kollegen der anderen Städte, die für zehn Uhr vorgesehen war. Noch einmal wurde das Pro und Kontra der Pressekonferenz diskutiert, und man kam überein, dass man es wagen musste, denn es war zurzeit die einzige Chance, weitere Morde zu vermeiden. Die Presse sollte gebeten werden, die Fotos bundesweit zu veröffentlichen. Dr. Köhler hatte eine Hotline einrichten lassen, die bis zu hundert Anrufe in der Stunde annehmen konnte, wenn es nötig sein sollte. Die nächste Teambesprechung wurde für siebzehn Uhr vereinbart und die laufende von Dr. Köhler für beendet erklärt.

Leana eilte in ihr Büro an ihren PC und rief immer wieder E-Mails ab. Sie telefonierte noch zweimal mit dem Tierheim und erklärte verschiedenen Leuten die Dringlichkeit ihrer Fotoanfrage.

Die Videokonferenz mit Hannover, Wolfsburg und Köln brachte weitere neue Erkenntnisse: Weder im Leben des Elektrikers noch in dem des Autohausbesitzers fanden sich sexuelle Extravaganzen in den letzten Monaten, und damit schloss das Team Maxims These aus, dass die Täterin Zerstörer der »Rama-Familie« zur Rechenschaft zog. Auch beim Urin hatte sich etwas geändert: Es handelte sich zweimal um identischen, was nahelegte, dass sie jetzt ihren eigenen verwendete. *Sie will Zeit sparen*, dachte Leana und warnte, dass sie schon in den nächsten Tagen mit einem neuen Opfer rechnen sollten.

Um kurz vor zehn lief Leana in ihr Büro, zog ihren gebügelten Hosenanzug an und eine frische Bluse, band ihre Haare im Nacken zu einem losen Knoten, legte Make-up auf und drückte noch einmal auf den Aktualisierungsbutton ihres Mailprogramms. Und da waren sie: drei Schnappschüsse von Monika Hübner. Auf einem hielt sie drei Katzenbabys auf ihrem Schoß, die sie mit der Flasche fütterte, auf einem anderen verband sie die Pfote eines Dobermanns, der sie ergeben anblickte, auf dem letzten animierte sie eine scheu und verschreckt dreinblickende Katze zum Spielen.

Wenn man genau hinsah, konnte man die Traurigkeit in ihren Augen erkennen, die von einem durchscheinenden Grau waren. Ihre strohigen dunkelbraunen Haare färbte sie offenbar selbst, denn sie waren leicht scheckig. Ihr Gesicht war bemerkenswert symmetrisch und hatte dadurch gewiss zu ihrer Durchsichtigkeit beigetragen. Es war auf den Fotos blass, und man konnte bei genauer Betrachtung ein paar Sommersprossen auf der Nase entdecken, die sicher irgendwann einmal sehr süß ausgesehen hatten. Sie trug ein beiges Herrenflanellhemd und eine grobe Stoffhose in der gleichen Farbe. Sie war wirklich unsichtbar, auch jetzt, auf den Fotos. Man sah zuerst die Tiere und deren Emotionen, und selbst wenn man zu ihr zurückkehrte, löste sie nichts in einem aus. Nur wer genau hinsah, würde Sympathie für diese graue Frau mit den kalten, traurigen Augen entwickeln.

»Mist«, murmelte Leana vor sich hin.

»Bist du so weit?« JJ erschien in der Tür.

»Ich habe die Fotos.«

»Das ist doch gut, wieso fluchst du dann?«

»Hier, sieh selbst, sie sind alle viel zu positiv. Auch wenn Monika Hübner selbst nicht so wirkt, tun es die Tiere, denen sie hilft, umso mehr!«

»Zur Bearbeitung haben wir keine Zeit mehr, und wir können der Presse nicht nur mit dem Phantombild kommen.«

Maxim erschien geschniegelt und im Anzug.

Leana presste die Lippen zusammen und schüttelte den Kopf. »Wir wissen immer noch nicht, warum sie mordet.«

»Und?« JJ wurde zunehmend aggressiver.

»Sie ist nicht mehr diese graue Frau. Sie ist selbstbewusst, sie mordet nicht im Affekt, sondern eiskalt. Sie ist gefährlich. All das zeigen diese Fotos nicht. Bei diesen liebevollen Fotos von ihr zusammen mit den hilfsbedürftigen Tieren kann es passieren, dass sie zur Volksheldin wird. In Afrika …«

»Wir sind hier nicht in Afrika«, blaffte JJ, »sag Tanni, dass sie die Fotos für die Presse zum Download vorbereitet. Basta! Kommt jetzt. Wir müssen!«

Der Presseraum war bis auf den letzten Platz besetzt. Die Mitarbeiter von fünf Fernsehsendern mit ihren Kameras traten sich gegenseitig auf die Füße, hinter den zwölf Stuhlreihen und an den Seiten drängten sich weitere Journalisten, mit Schreibblöcken und Aufnahmegeräten bewaffnet. Der Tisch für das LKA-Team stand etwas erhöht. Zu ihrer Überraschung tauchte auch Dr. Köhlers Chef auf, der Innenminister von Nordrhein-Westfalen, Alexander von Riedel. Der untersetzte Mann mit den kurzen grauen Haaren und einer dicken Hornbrille führte zunächst eine Art Wahlkampfrede. Er lege großen Wert auf die Zusammenarbeit des in den Medien immer wieder aufgrund der immensen Kosten angeprangerten Kompetenzcenters des LKA von Nordrhein-Westfalen mit der lokalen und überregionalen Presse. Er zählte die Erfolge der vergangenen Monate auf – das Kompetenzcenter konnte mit einer Aufklärungsrate von über fünfundneunzig Prozent aufwarten. Das in Nordrhein-Westfalen gestartete Pilotprojekt wurde mittlerweile deutschlandweit mit Aufträgen überschüttet und hatte, vier Jahre nach dem Start, den *Return on Investment* erreicht.

Leana musste zugeben, dass sie beeindruckt war. Sie blickte in die hungrigen Gesichter der Journalisten und sah ihnen an, dass diese Erfolge allerdings niemanden von ihnen interessierten. Die Serienmörderin hatte sie hierhergelockt.

Vor Leana auf dem Tisch lag die offizielle Einladung zur Pressekonferenz, und die hatte das Wort »Serienmörderin« gleich dreimal zu bieten. Leana hatte darüber mit der Presseabteilung gestritten, aber die hatten sich nicht umstimmen lassen. Dieses Wort, hatte man ihr erklärt, würde dazu führen, dass die Journaille andere, bereits geplante Termine verschieben würde, um hier anzutanzen.

Die Presseabteilung hatte recht behalten, da war Leana ganz sicher. Sie bemerkte rechts außen einen dunkelhaarigen Fotografen, der sie immer wieder ablichtete. Sie schaute ihn fragend an, und er lächelte zurück. Leana beugte sich nach rechts zu Maxim und schrieb auf den vor ihm liegenden Notizblock: *Kennst du den Fotografen rechts außen?*

Maxim nickte, ohne sich dem Mann zuzuwenden, und flüsterte: »Später.«

Das Mikrofon schnarrte und piepte, als es an Dr. Janosch Jacob Köhler weitergereicht wurde. Alle Augen hefteten sich auf ihn. Niemanden interessierte, dass Innenminister von Riedel den Raum verließ.

Während JJ sprach, erschienen auf der Leinwand hinter ihnen die Fotos der ermordeten Männer nebeneinander und darüber zunächst das Phantombild der Verdächtigen Monika Hübner. JJ stellte Leana Meister als neue Chefin des Kompetenzcenters vor, fasste kurz ihren Lebenslauf und ihre Erfahrungen zusammen. Dann lobte JJ sein Ermittlungsteam, ohne zu deutlich zu werden, was ihre bisherigen Ergebnisse betraf, und gab zu bedenken, dass sie zum gegenwärtigen Zeitpunkt, um die Ermittlungen nicht zu gefährden, nicht allzu viele Informationen bereitstellen könnten. Vielmehr sei man heute hier, um in dieser Mordserie die Presse um Hilfe zu bitten. Die Fotos aus dem Tierheim erschienen hinter Leana, und sie sah, dass beinahe alle Journalisten augenblicklich ihre Tablets,

Laptops und Smartphones bedienten, um die Dateien runterzuladen.

»Und deshalb, werte Presse«, schloss JJ, »bitten wir Sie, in Ihren Datenbanken zu suchen, ob Sie dort Artikel zu diesen Männern oder unserer Verdächtigen finden. Gehen Sie in Ihre Archive, denn es ist möglich, dass es sich um Reportagen aus dem … nennen wir es mal … prädigitalen Zeitalter handelt. Fragen Sie Ihre Leser, ob sie diese Menschen von früher kennen oder jetzt irgendwo gesehen haben. Unsere Callcenter sind bereit, also veröffentlichen Sie bitte auch die Telefonnummer der geschalteten Hotline. Sie können unseren beiden Experten jetzt Ihrerseits gern ein paar Fragen stellen, aber ich bitte Sie auch hier um Verständnis, wenn die Antworten nicht so detailliert ausfallen, wie Sie es sich zum derzeitigen Zeitpunkt wünschen. Vielen Dank!«

JJ setzte sich wieder hin, und gleich schnellten zahlreiche Arme in die Höhe. Andere Journalisten rannten sofort raus. Leana wusste, dass diese die Ersten sein wollten.

Die meisten Fragen zielten auf die Tatorte ab und die Art der Ermordung. Leana und Maxim blieben vage, wie die LKA-Führung es von ihnen gewünscht hatte. Als der dunkelhaarige Fotograf an der Reihe war, fragte er: »Frau Meister, Sie waren achtzehn Jahre in Südafrika und haben dort in der Abteilung für Sexualdelikte beratend mitgearbeitet. Befähigt Sie das besonders zur Aufspürung von Täterinnen?«

Leana wusste einen Moment nicht, was sie darauf sagen sollte, und der Fotograf legte gleich nach: »Da Sie heute hier sitzen, ist doch davon auszugehen, dass es sich um ein altes Sexualdelikt handelt, denn Sie sind erst seit einer Woche an Bord, und normalerweise säße hier Frau Dr. Natalia Rac.«

JJ übernahm das Mikrofon: »Es geht hier nicht darum, wer warum hier sitzt. Bitte stellen Sie fallbezogene Fragen.«

»Nun, Herr Dr. Köhler, fallbezogen bekommen wir schließlich keine Antworten, und von daher langweilen mich schon die Fragen der Kollegen. Frau Meister, oder ist es Ihrem Vater, dem bekannten Botschafter der Vereinten Nationen, zu verdanken, dass Sie nach Jahren im Ausland und ohne die üblichen Wege im Polizeidienst mit einem Sprung in der Chefetage gelandet sind?«

Leana spürte genau, dass dieser Typ noch mehr von ihr wusste und sich langsam ihrem wunden Punkt näherte. Sie stand energisch auf. »Tut mir leid, Herr … Wie heißen Sie eigentlich?«

»Korbinian Baumgartner. Ich arbeite freiberuflich, heute für die dpa.«

»Also, Herr Baumgartner. Da offenbar keine weiteren fallbezogenen Fragen an mich vorliegen, widme ich mich jetzt wieder dem, was ich am besten kann: der Aufklärung eines Verbrechens.« Leana blickte in die große Runde. »Danke, dass Sie da waren. Danke, dass Sie uns helfen.«

Ohne JJ oder Maxim anzusehen, verließ sie das Podium. Hinter sich vernahm sie weitere Fragen zum Fall und zwang sich, nicht fluchtartig zur Tür zu laufen.

Leana wischte die Tränen, die ihr übers Gesicht liefen, wütend weg. Damit hatte sie überhaupt nicht gerechnet und begriff zugleich, wie naiv das gewesen war. Wusste JJ von ihren letzten zwei Jahren? Hatte er Maxim gebeten, ihr mit Tee auszuhelfen, weil ihm bekannt war, dass sie ohne Schlafmittel selten mehr als zwei Stunden schlief und irgendwann so übermüdet war, dass es ohne Aufputschmittel nicht ging?

»Du bist paranoid«, klang ihr Gregors wütende Stimme im Ohr. »Als würde sich alle Welt so sehr für dich interessieren.« Sie stürmte an Natalias Büro vorbei in ihres, knallte die Badezimmertür hinter sich zu und wusch sich das Gesicht mit kaltem Wasser. Als sie sich ein wenig beruhigt hatte, erneuerte sie ihr Make-up, zog ihr Jackett aus und warf es im Büro über ihren Stuhl. Dann atmete sie ein paarmal tief durch, nahm ihren Block, stopfte ihn in ihre Tasche, schloss ihre Waffe im dafür vorgesehenen Safe ein, ging zu Natalias Büro, klopfte und trat ein.

»Pressekonferenz schon vorbei?«, fragte Natalia mit einem Stirnrunzeln.

»Ich will Irene Kohlmeyer noch einmal vernehmen. Dieses Mal im Frauenhaus in der Innenstadt. Kommst du mit?«

»Jetzt sofort?«

»Wenn es geht.«

»Muss das sein? Ich habe hier noch ein paar Anfragen …«

»Es muss sein!« Leana sah Natalia bittend an.

Die stand auf, sicherte ihren PC und kam zu ihr. »Na dann, fahren wir.«

Leana fuhr gerade vom Parkplatz, als Dr. Köhler und Maxim den Presseraum verließen.

»Wo will sie denn jetzt hin?«, knurrte Köhler.

»Ich glaube, es war durchaus schlau, die Pressekonferenz einfach zu verlassen und sich so aus der Schusslinie zu nehmen«, sagte Maxim vorsichtig.

»Kümmern Sie sich um Ihren Kram, Professor. Sie müssen Leana nicht verteidigen.« Köhler kramte eilig sein Smartphone aus der Innentasche seines Jacketts, entfernte sich von Maxim, wählte Leana an und landete auf der Mailbox. »Sobald du zurück bist, kommst du in mein Büro! Das ist keine Bitte, sondern eine Anweisung! Mein Büro ist im Hochhaus im neunten Stock.«

Nachdem sie schweigend eine Weile gefahren waren, fragte Natalia: »Willst du drüber reden?«

Leana hielt an der nächsten Ampel, weil die auf Rot stand, legte den Kopf aufs Lenkrad und ließ die Frage unbeantwortet. Hinter ihr wurde gehupt. Sie fuhr wieder an und ließ sich Zeit, bis sie schon in die Straße einbog, in der sich das Frauenhaus befand. »Später vielleicht.« Sie fuhr weiter, bis sie eine Parklücke fand, und stieg aus.

»Warum parken wir erst hier? Das Frauenhaus ist weiter unten, und es gab Einfahrten genug!«, sagte Natalia über das Autodach hinweg.

Leana verschwand im Inneren des Wagens, holte eine Straßenkarte hervor und breitete sie auf der Motorhaube aus.

»Verzeih mir die altmodische Art – manchmal brauche ich es in Groß und zum Anfassen. Sieh hier.« Leana zeigte auf die Bilker Straße, wo das Hinterhaus der Familie Bauer eingezeichnet war. »Dann hier.« Sie zog mit einem roten Filzstift eine gerade Linie zum Schwanenmarkt, Ecke Hohe Straße. »Dort liegt das Frauenhaus in der Carlstadt, wo Irene Kohlmeyer zeitweise arbeitet. Und dann hier.« Leana verlängerte die Linie bis zur Haroldstraße. »Die Wohnung unserer Verdächtigen, Monika Hübner.«

Alle drei Orte ließen sich über eine Diagonale verbinden.

»Für wie wahrscheinlich hältst du es, dass diese drei Personen, so dicht beieinander, nichts miteinander zu tun hatten?«

Natalia runzelte die Stirn. »Ja, das ist nah, und doch darfst du nicht vergessen, dass nicht einmal ihre Chefin, unter der Monika jeden Tag arbeitete, sie beschreiben konnte. Also selbst wenn sie Irene Kohlmeyer mehrfach auf der Straße begegnet sein sollte, spricht viel dafür, dass Irene Kohlmeyer sie nicht wahrgenommen hat. Also, was willst du damit sagen?«

»Wir sind die ganze Woche davon ausgegangen, dass es sich um eine Einzeltäterin handelt …«

»Ist nicht dein Ernst, oder? Du bist ein bisschen verrückt.«

»Manchmal hilft das. Also, ein wenig verrückt zu sein, weil man sich dann traut, auch das Undenkbare zu denken. Lass es einfach mal in dir arbeiten. Okay?«

Natalia nickte.

»Also, pass auf.« Leana wechselte das Thema. »Folgender Plan: Während ich mit Irene Kohlmeyer rede, legst du die Fotos aus dem Tierheim auf den Tisch. Dann kann ich sie gut beobachten, ihre Körpersprache, ob sie zuckt. Im Lauf der Befragung stehst du auf und zeigst die Fotos den anderen Frauen, die dort arbeiten. Wollen doch mal sehen, ob wir unsere Sadomaso-Frau nicht ein wenig aus der Fassung bringen können.«

Leana faltete den Stadtplan wieder zusammen, schob ihn in ihre Tasche und ging mit Natalia in Richtung Schwanenmarkt. Auf den Bürgersteigen vor den Cafés standen Tische und Stühle, sodass sie oft auf die Straße ausweichen oder hintereinanderhergehen mussten. Nach der tagelangen drückenden Hitze und den stürmischen Gewittern genossen die Menschen den Hochsommer.

Der Zugang zum Frauenhaus war durch ein schmiedeeisernes Gittertor gesichert. Sie klingelten, hielten ihre Ausweise vor die Kamera, und ihnen wurde geöffnet. Durch einen Torbogen traten sie in einen malerischen Hinterhof mit Sitzbänken und locker verteilten großen Tontöpfen mit bunt blühenden Pflanzen, dessen Mitte ein Springbrunnen zierte.

»Sehr lieblich«, sagte Natalia düster.

»Scht! Es ist ein Frauenhaus. Dafür ist es genau richtig.«

Rechts vom Torbogen befand sich die Anmeldung. Eine Punkerin, die sie an Tanni erinnerte, fragte Kaugummi kauend, zu wem sie wollten oder »wegen welchem Schwein« sie hier waren.

»Irene Kohlmeyer, bitte.«

»Is' im Gespräch.«

Leana sah, wie Natalia Luft holte, und legte ihr schnell die Hand auf den Unterarm. »Hier nicht!«, flüsterte sie, ehe sie sich wieder der Punkerin zuwandte: »Wie lange dauert das?«

»Kann man nie wissen.«

»Ungefähr? Bitte, es ist wichtig!«

»Okay, ich sag ihr Bescheid, dass Sie da sind. Aber so 'n Viertelstündchen kann's schon noch werden. Wenn Sie eine Tür weitergehen, da ist das Wartezimmer, da gibt's auch Kaffee und so 'n Zeug.«

»Danke, wir warten im Hof«, sagte Leana und zog Natalia mit sich.

Kaum waren sie draußen, klingelte Natalias Smartphone. Es war Dr. Köhler. Sie hielt das Display Leana vor die Nase. »Soll ich drangehen?«

Leana zuckte mit den Schultern.

»Rac!«

»Natalia, wo ist Leana?«

»Im Gespräch. Wir sind im Frauenhaus, um Irene Kohlmeyer noch einmal zu befragen.«

»Und wieso können Sie drangehen und Leana nicht?«

»Wir haben uns aufgeteilt. Sie ist im Gespräch, ich sehe mich um.«

»Sagen Sie ihr, sie soll sich sofort melden.«

»Mach ich.« Natalia legte auf, schob das Smartphone in eine der vorderen Taschen ihrer Jeans und schaute Leana fragend an.

»Okay, setzen wir uns. Irgendwann erfährst du es ja doch. Warum nicht von mir.«

Mit Blick auf die Punkerin an der Anmeldung erzählte Leana so undramatisch wie möglich von ihrem Stress in den vergangenen zwei Jahren in Südafrika und dass sie zweimal zusammengebrochen war. Dass sie zwar nicht täglich, aber doch immer häufiger Tabletten zum Einschlafen und dann wieder Aufputschmittel geschluckt hatte. Und dieser Journalist habe offenbar sehr genau recherchiert, das mit ihrem Vater und auch, warum sie jetzt schon, obwohl sie dem deutschen Polizeiapparat achtzehn Jahre den Rücken gekehrt hatte, auf dieser Stelle saß. Sie sei sich sicher, dass dieser Baumgartner noch mehr wusste, als er gefragt hatte.

»Und jetzt?«, fragte Natalia.

»Schon die letzten vier Wochen in Südafrika – da habe ich ja nur noch meinen Job abgewickelt – war Schluss. Aber du weißt ja selbst, wer was finden will, findet in der Regel auch was.«

»Korbinian ist bekannt für sehr gute Recherchen.«

»Du kennst ihn?«

»Ja, ich war mit ihm gemeinsam im letzten Jugoslawienkrieg. Wir wurden für Ermittlungen ausgeliehen, und er berichtete darüber.«

»Kennst du ihn sehr gut?«

»Nein, nur über die Arbeit.«

»Wird er weitermachen?«

Natalia zuckte mit den Achseln. »Kann ich dir nicht sagen.«

Die Punkerin winkte ihnen zu. Sie gingen hinein und fanden eine völlig veränderte Irene Kohlmeyer vor. Rosa Bluse, schwarze Jeans und Sandalen, keine Ringe und kein Halsband.

»Job ist Job, und Schnaps ist Schnaps«, sagte sie leichthin. »Setzen Sie sich. Was wollen Sie dieses Mal?«

Leana und Natalia nahmen nebeneinander in der Sofaecke Platz und Irene Kohlmeyer ihnen gegenüber.

»Ich möchte gern von Ihnen wissen, ob Sie Ihre Aussage, dass Sie die ganze Nacht von Freitag auf Samstag im ›House of Joy‹ waren, auch unter Eid bestätigen würden.«

Leana ließ Irene Kohlmeyer keine Sekunde aus den Augen.

»Was soll das?«

Leana wusste, dass sie sich Zeit verschaffen wollte, und beharrte: »Bitte beantworten Sie einfach meine Frage!«

»Ich wüsste nicht, warum ich …«

Natalia schlug mit der flachen Hand auf den niedrigen Tisch vor ihnen, und selbst Leana zuckte zusammen, weil es so plötzlich kam. »Schluss jetzt mit den Spielchen. Waren Sie die ganze Nacht dort oder nicht?«

»Ohne meinen Anwalt sage ich gar nichts mehr!« Irene Kohlmeyer verschränkte die Arme vor der Brust.

Hinter Leana und Natalia ging die Tür auf, die Punkerin erschien. »Alles in Butter, Irene?«

»Die Damen möchten gehen!«

»Nein, das möchten wir nicht«, sagte Natalia sehr bestimmt, »es sei denn, Frau Kohlmeyer, Sie möchten uns lieber begleiten und ein paar Stunden in einer Zelle verbringen, bis wir Ihr Alibi anders überprüft haben.«

Irene Kohlmeyer schwieg.

»Gut. Im ›House of Joy‹ …«

Natalia wurde von Irene Kohlmeyer unterbrochen: »Du kannst wieder an den Empfang gehen, Sarah«, sagte diese, an die Punkerin gewandt.

»Das ›House of Joy‹ war in jener Nacht, wie wir erfahren haben, ein einziger Darkroom.«

»Ja und?«

»Sie hätten leicht anderswohin fahren können. Auch hätten wir gern ein Alibi für die Nacht von letztem Montag auf Dienstag und Dienstag auf Mittwoch.«

»Für alle Abende ist mein Partner mein Alibi. Peer Holmann.«

»Gut«, übernahm Leana, »dann sagen Sie ihm bitte, er möchte zum LKA kommen heute Nachmittag, damit wir seine detaillierte Aussage aufnehmen können.«

»Bitte, sonst noch was?«

Leana sah Irene Kohlmeyer fest an. Sie spürte deren Unsicherheit, aber sie konnte nicht festmachen, ob es an den Alibis lag oder ob sie noch andere Gründe hatte zu lügen.

»Wir haben jetzt Fotos von Monika Hübner«, sagte Leana ruhig, bemerkte, dass Irene Kohlmeyer auch dieses Mal auf die neue Information überhaupt nicht reagierte, und stieß Natalia leicht mit dem Ellenbogen an.

Natalia legte die Fotos nebeneinander auf den Tisch vor ihnen.

»Erkennen Sie die Frau?« Leana beugte sich leicht vor, um Irene Kohlmeyer von unten anzusehen.

»Nein. Nie gesehen. Ich schwöre es Ihnen.«

»Warum fällt es Ihnen dann so schwer, meinem Blick standzuhalten?«

Natalia stand auf und nahm die Fotos vom Tisch. »Gut, dann gehe ich mal zu den anderen und frage zur Sicherheit da noch einmal nach.«

Irene Kohlmeyers Blick flackerte. Ihre Hände zuckten.

Natalia war schon an der Tür, da sagte Leana: »Es hat Sie gestern nicht überrascht, dass ich plötzlich von vier Ermordeten sprach. Heute haben Sie nicht reagiert, als ich Ihnen wie beiläufig den Namen unserer Verdächtigen nannte. Findet meine Kollegin hinter dieser Tür dort auch nur eine Mitarbeiterin, die bestätigt, dass Monika Hübner hier bekannt war, nehme ich Sie in Gewahrsam, und zwar für mehr als nur ein paar Stunden. Mit oder ohne Anwalt.«

Irene Kohlmeyer sprang auf. »Hören Sie auf!«, rief sie und rang die Hände. »Ich kann nicht reden, ich bin an die Schweigepflicht gebunden.«

Natalia kam zu der Sitzgruppe zurück. »Das können nur Sie ganz allein entscheiden, ob Sie a) aufgrund ihrer vermeintlichen Schweigepflicht als Mitwisserin an weiteren Morden mitschuldig werden wollen oder b) uns vertrauen, dass niemand davon erfährt, dass Sie geredet haben. Also, wie sieht es aus?«

Als sie das schmiedeeiserne Gittertor hinter sich zuzogen, sagte Natalia: »Ich muss jetzt erst einmal was essen, was ist mit dir?«

Leana blickte auf ihre Uhr. Es war nach eins. »Und JJ?«

»Lass ihm ruhig noch ein bisschen Zeit, sich abzureagieren, und dein Smartphone einfach aus. Komm, hier um die Ecke ist ein guter Jugoslawe. Und danach fahren wir zu unserem Psychiater. An deiner gewagten These scheint tatsächlich was dran zu sein, denn ich bin mir nicht sicher, ob die Kohlmeyer schon alles ausgepackt hat.«

Zwei Straßen weiter erfuhr Leana, dass die gesamte Carlstadt aus Vordergebäuden mit teils prächtigen Fassaden, ruhigen Hinterhöfen und verschachtelten Rückgebäuden bestand. Auch das kleine Restaurant mit Namen Djuvec befand sich in einem solchen Hinterhof und bot nur vier Tische. Natalia bestellte für beide das Gericht, das dem Restaurant seinen Namen gegeben hatte: Djuvec, einen jugoslawischen Eintopf mit Lamm, Bohnen, Auberginen, Tomaten und Reis. Das Essen wurde in tiefen Tellern serviert, und dazu gab es warmes Brot. Leana staunte nicht schlecht, was die relativ kleine Natalia, an der kein Gramm Fett zu finden war, in kurzer Zeit verdrücken konnte.

Erst kurz vor der geplanten Besprechung um siebzehn Uhr kamen Natalia und Leana wieder am LKA an. Sie hatten nach dem Essen noch zwei Stunden in der Psychiatrie am Volksgarten verbracht und Dr. Kratkas nahegelegt, Amelie Bauer auf eine Befragung zu ihrem Privatleben vorzubereiten. Ein Psychologe des LKA, so hatte man sich geeinigt, sollte die Befragung vornehmen, da Amelie Bauer offenbar mit Männern besser zurechtkam.

»Bin neugierig, ob schon verwertbare Anrufe eingegangen sind oder andere Infos«, sagte Natalia, gähnte und schnallte sich ab. »Gewappnet für Köhler?«

Leana zuckte mit den Achseln. »Er hat mich auf diesen Platz gesetzt und niemand sonst. Wenn er falsch informiert wurde, ist das erst einmal sein Problem.«

Als sie die Tür zu ihrem Büro öffnete, fand sie JJ lesend auf ihrem Schlafsofa.

Er legte augenblicklich seine Lektüre zur Seite. »Wir haben die ersten Rückmeldungen. Noch sind sie spärlich. Heute Abend, wenn die Nachrichten die Fotos bringen und morgen die Tageszeitungen, wird es rundgehen. Bis jetzt ist es nur online.« Er stand auf. »Mach bitte die Tür zu.«

Leana schloss die Tür hinter sich und lehnte sich dagegen. Dann zog sie das Band aus dem Knoten und schüttelte ihr Haupt, fuhr sich zweimal mit den Händen durchs Haar, um die Kopfhaut zu entspannen.

»Weiß dieser Journalist etwas, was ich nicht weiß?«

»Kann ich hellsehen?«

»Verdammt, Leana, das ist kein Spaß«, donnerte JJ.

Leana sagte ihm mit ruhiger Stimme, was sie auch Natalia erzählt hatte. Dann löste sie sich von der Tür, ging an JJ vorbei zu ihrem Schreibtisch, setzte sich an ihren PC und gab ihr Passwort ein.

»Von den Tabletten und den Zusammenbrüchen hatte ich keine Ahnung«, sagte JJ hinter ihr.

»Es steht nicht in meinem Lebenslauf. Es steht nicht in den Akten. Ich habe keine Ahnung, woher dieser Journalist es weiß. Vielleicht hat er jemanden wie Tanni. Ist das für dich ein Problem?«

JJ zögerte. Kam zu ihr, stellte sich auf die andere Seite des Schreibtisches. »Wenn es in der Presse landet, wird es eines. Egal, wie ich darüber denke.«

Leana blickte auf ihren PC: Gleich war es siebzehn Uhr. »Die Besprechung beginnt.« Sie ging in Richtung Tür.

JJ hielt sie am Arm fest. »Leana, das ist nicht witzig.«

»Hast du mich lachen sehen?« Sie wich seinem Blick nicht aus.

»Leana, das mit uns, die Nacht, das war ein Fehler!«

Leana lachte ihn an. »Klar, es würde nicht gut zu deiner makellosen Karriere passen.«

»So ist es nicht!«

Leana machte sich frei, öffnete die Tür und rannte geradewegs in Theo hinein, der sie auffing. »So stürmisch um diese Uhrzeit?« Mit einem Stirnrunzeln nahm er Dr. Köhler hinter Leana wahr.

Über dreißig Leute befanden sich im Konferenzraum. Der Leiter des Callcenters, Wolf Neugebauer, fasste die bisher angenommenen Anrufe und E-Mails zusammen. Wie nicht anders zu erwarten, wollte man Monika Hübner in nahezu jeder Großstadt und einigen Dörfern, und das oft zur mehr oder weniger gleichen Zeit, gesehen haben. Ein Team würde den Abend über arbeiten, ein anderes von zweiundzwanzig Uhr bis sechs Uhr früh im Einsatz sein. Über ein System würde das gesamte Ermittlungsteam halbstündlich Updates auf seinen Smartphones finden.

Maxim und sein Team hatten die Urinproben von den Tatorten Hannover und Wolfsburg noch einmal analysiert und bestätigt, dass es sich um identischen Urin handelte. Allerdings hatte Maxim, anders als seine Kollegen in Hannover und Wolfsburg, auch auf Schwangerschaft getestet und das schwangerschaftserhaltende Hormon hCG nachweisen können.

»Oh Gott, sie ist schwanger?«, fragte Leana.

»Möglich, kann aber auch sein, dass sie Chorionzellkarzinome, das sind infiltrativ wachsende Tumore aus anaplastischen Trophoblastenzellen, oder andere Keimzelltumore hat. Auch in dem Fall kann man hCG im Urin nachweisen.«

»Beides wäre ein Desaster!« Leana schüttelte unwillig den Kopf.

Maxim nickte ihr zu. »Ja, und beides würde ihr Motiv unterstützen. Sie will ihr Kind erst auf die Welt bringen, wenn ihre Peiniger tot sind. Oder sie hat schlicht und einfach nichts mehr zu verlieren.«

»Oder vielleicht weiß sie von beidem auch gar nichts«, gab Natalia zu bedenken.

»Nun«, sagte Maxim, »wir haben in Münster angefragt, ob es eine Möglichkeit gibt, einen der beiden Fälle auszuschließen. Ich kenne im Moment keine, insbesondere bei dieser geringen Menge von Urin. Wir haben einfach nicht viel Spielmasse.«

Da weder Theo noch Sven, noch Tanni neue Erfolge auf ihrem Gebiet zu vermelden hatten, berichteten Natalia und Leana – erst, was sie bei Dr. Kratkas erreicht, und dann, was sie von Irene Kohlmeyer erfahren hatten:

Monika Hübner hatte vor dreieinhalb Jahren im Frauenhaus eine Therapie angefangen, und zwar bei Irene Kohlmeyer. Sie hatte immer wieder Frauen, die bei ihr in der Gerichtsmedizin landeten, ins Frauenhaus geschickt, sie manchmal auch begleitet. So hatte sie Irene Kohlmeyer kennengelernt. Diese erkannte aufgrund ihrer Erfahrung mit misshandelten Frauen Monika Hübner schnell als eine solche. Irene Kohlmeyer hatte Monika Hübner, die offenbar schon zahllose Therapien hinter sich hatte, dazu überreden müssen, bei ihr eine Therapie zu beginnen. Sie hatte, weil sie damit schon große Erfolge hatte erzielen können, Monika Hübner geraten, ihre Geschichte aufzuschreiben, und zwar aus der Perspektive einer Beobachterin. Und sie so weiterzuerzählen, dass sie einen für sie guten Ausgang nahm. Auf diesem Wege fanden vergewaltigte Frauen, laut Irene Kohlmeyer, oft aus der lähmenden Opferrolle heraus. Sie ließen ihr Alter Ego handeln, wie sie es sich selbst nicht zutrauten. Sie folgten dann oft dem Handeln ihres Alter Ego auch in der Realität. Es einmal so aufzuschreiben, wie man gern handeln würde, war wie ein Trockenlauf, ein Training.

Monika Hübner hatte das mit großem Eifer getan und in der wöchentlichen Sitzung erzählt, wie gut ihr das tat, allerdings nie, doch auch das war nicht ungewöhnlich, die Texte vorgelegt. Zuletzt war Monika Hübner Anfang Februar in einer Sitzung gewesen und hatte dann keine weiteren Termine vereinbart. Was nicht ungewöhnlich war, weil die Patientinnen oft ihre Therapie für gewisse Zeiträume unterbrachen.

In dieser letzten Sitzung hatte Monika Hübner strahlend erzählt, sie habe, was sie bisher geschrieben hatte, an einen Verlag geschickt und einen Buchvertrag bekommen. Die hätten ihr dreißigtausend Euro Vorschuss gezahlt. Wörtlich hatte sie, laut Irene Kohlmeyer, gesagt: »Es ist ein Krimi mit einer Serientäterin! Sie zieht ihre einstigen Peiniger auf ihre Weise zur Rechenschaft. Alle sieben!«

Irene Kohlmeyer hatte das nicht bedenklich gefunden. Sie sah im Schreiben den Vorteil, dass die traumatisierten Frauen damit quasi ihr Unterbewusstsein umprogrammieren konnten. Denn sehr oft, und das traf in Monika Hübners Fall auch zu, hatten sie damit zu kämpfen, dass sie sich ihrem eigenen Gefühl nach zu wenig gewehrt hatten. Irene Kohlmeyer hatte geglaubt, dass dieses »sich wehren« in einem Roman gut aufgehoben wäre. Als Joachim Bauer ermordet aufgefunden wurde, hatte sie sich noch nichts dabei gedacht. Erst bei Opfer Nummer vier hatte sie geahnt, dass Monika Hübner die Täterin sein könnte.

Als Natalia und Leana geendet hatten, sagte keiner im Raum ein Wort. Offenbar wollte niemand aussprechen, was das zu bedeuten hatte: Das Team musste mit mindestens drei weiteren Opfern rechnen, wenn es ihnen nicht gelang, Monika Hübner vorher dingfest zu machen.

»Tanni ist schon dabei«, durchbrach Natalia schließlich das Schweigen, »den Verlag ausfindig zu machen. Aber diese Monika Hübner beschäftigt unsere Abteilungen wie sonst fünf Verbrechen gleichzeitig. Sie legt uns lahm. Kann ja sein, dass dem Verlag das gesamte Manuskript vorliegt und darin steht, wie es weitergeht. Kann aber auch sein, dass nicht. Deshalb sollten wir die Priorität besser klar darauf legen, herauszufinden, wo Monika Hübner jetzt ist und warum sie es tut, statt mit allen Mitteln diesen Verlag finden zu wollen.«

»Einverstanden«, sagte JJ, der die ganze Zeit aufmerksam zugehört und sich Notizen gemacht hatte. »Dann ist hier für heute Schluss, außer für Tannis Team. Der Rest sorgt dafür, erreichbar zu sein.« Sein Blick wanderte zu Leana, und er lächelte, was sie nicht erwiderte. »Wir treffen uns morgen früh um fünf Uhr hier wieder. Erfahrungsgemäß sollten ab Mitternacht die ersten Meldungen über Twitter und Facebook reinkommen. Wir brauchen dann morgen alle für die Auswertung.« JJ stand auf, klopfte auf den Tisch vor sich und verschwand.

Leana reckte sich. »Tanni, kannst du mich brauchen?«

»Nein, wir können jetzt niemanden anlernen, das frisst zu viel Zeit.«

»Kaffee und Pizza besorgen?«

»Macht der Pförtner.«

»Gut organisiert, wie in allem«, sagte Leana mit einem Seitenblick auf Natalia. Dann verabschiedete auch sie sich und ging.

Leana wollte sich gerade am Restaurant vorbeischleichen, da hörte sie Angelas dunkle Stimme: »Hierher, Frau Kommissarin, ich brauche ein Briefing.«

Leana seufzte innerlich. Sie sehnte sich nach Schlaf. Danach, ein wenig allein zu sein. Andererseits war sie es Angela schuldig.

»Hier«, Angela schob ihr ein gefülltes Rotweinglas zu, »du siehst aus, als würdest du es brauchen. Victor?«

»Oui?«, kam es aus der Küche.

»Bitte zwei Portionen Fischsoufflé, Leana ist auch da!«

»Bien sûr, ma reine.«

»Na dann.« Leana ließ sich auf der Bank nieder und sah Angela an. »Ich weiß gar nicht, wo ich anfangen soll.«

»Vielleicht damit, warum dein wertvolles Smartphone den ganzen Tag ausgeschaltet war? Und komm mir nicht mit dem Akku, Ihr habt alle Superakkus und Ersatzakkus, das habe ich damals durchgesetzt.«

»Oje!« Leana nahm ihr Handy aus der Tasche, schaltete es schuldbewusst ein und sah augenblicklich, dass sie achtundzwanzig Anrufe in Abwesenheit hatte. Ein paar waren vom Team, acht von JJ, fünf von Angela und neun von Gregor. Direkt dahinter kam eine Textmitteilung. *Georgia ist beim Cheerleader-Training gestürzt und im Krankenhaus. Melde dich!*

»Ich muss mal eben meinen Mann anrufen, Angela, bin gleich wieder da.«

Leana ging raus auf die kleine Gasse und ein paar Schritte in

Richtung Rhein. Sie wählte die Nummer ihres Ehemannes und konnte hören, wie Gregor seine Wut, sie nicht sofort erreicht zu haben, unterdrückte. Es hatte zunächst viel schlimmer ausgesehen, man hatte gedacht, ein Rückenwirbel sei verletzt. Aber jetzt habe der Orthopäde starke Schäden der Wirbel und Bänder, die die Gefahr bargen, die Wirbelsäule so instabil zu machen, dass es zu einer Rückenmarksschädigung kommen konnte, ausgeschlossen. Georgia könne zwar im Moment ihre Beine nicht bewegen, aber das läge an den eingeklemmten Nerven.

»Soll ich sie anrufen?«, frage Leana, erleichtert, dass nicht mehr passiert war, und verkniff sich ihrerseits die alte Tirade, wie idiotisch es war, für einen ihrer Meinung nach so blödsinnigen Sport seine Gesundheit zu riskieren.

»Ich habe sie gefragt, sie möchte das nicht«, drang Gregors Stimme schnarrend aus dem Hörer, und Leana war sich sicher, dass ihre Tochter es ganz anders formuliert hatte.

»Sei nicht gekränkt«, sagte Gregor beschwichtigend.

»Leck mich!«, erwiderte Leana zu ihrer eigenen Überraschung und legte auf. Sie ging die paar Meter zum Fluss und setzte sich dort auf eine Bank. Die Sonne schien vom milchig blauen Sommerhimmel, unweit der Anlegestelle der Fähre spielten Kinder, deren Mütter in der Nähe auf einer Decke saßen und sich unterhielten. Das Linienschiff hielt am Anleger, spuckte ein paar Touristen aus und nahm ein paar wieder mit. Leana schloss die Augen und lauschte dem Fluss, dem Plätschern des Wassers am Uferrand, dem Stampfen eines Containerschiffes, das gegen die Strömung arbeitete.

Noch vor einer Woche, dachte sie, *saß ich in Kapstadt am Flughafen und bangte meinem neuen Leben entgegen. Jetzt habe ich vier Morde, eine Serienmörderin, habe Gregor betrogen, einen Liebhaber, der mich abserviert hat, einen Journalisten am Hals, der meinen wunderbaren neuen Job ernsthaft gefährden könnte, und meine*

Tochter ist schwer verletzt, weil sie aus irgendwelchen Cheerleader-Wettbewerben als Gewinnerin hervorgehen wollte.

»So schlimm?«, hörte sie plötzlich Chris' Stimme neben sich.

Leana öffnete die Augen und wischte verstohlen die Tränen weg, die über ihre Wangen gelaufen waren.

Chris setzte sich und reichte ihr ein makellos gebügeltes weißes Taschentuch. »Victor sagt, wenn du nicht in drei Minuten am Tisch sitzt, zerfällt sein Soufflé, und dann würde er zum Mörder!«

»Die Gründe zu morden können doch sehr unterschiedlich sein«, sagte Leana lakonisch und stand auf. »Kommst du mit?«

»Wenn ich euch nicht im Weg bin? Angela sagt, sie wartet noch auf ein Briefing von dir.«

»Stimmt. Dann komm doch später hinzu. Wir müssen eh gemeinsam die Nachrichten ansehen, denn wir sind heute Morgen an die Presse gegangen.«

»Danach darf ich dir Fragen stellen zum Mordfall?« Seine Augen blitzten.

»Mal sehen. Hast du einen Fernseher bei dir? In meinem Apartment habe ich keinen gesehen.«

»Aber klar doch. Ich erwarte euch kurz vor acht.« Chris erhob sich, reichte Leana galant den Arm und begleitete sie zum Restaurant.

Während des gemeinsamen Essens versuchte Leana, Angela so chronologisch wie möglich auf den aktuellen Stand der Ermittlungen zu bringen.

Als sie damit fertig war, sie die Teller geleert hatten und Victor unaufgefordert zwei Espressi brachte, sagte Angela: »Ich kenn mich mit diesem ganzen digitalen Kram nicht aus und will es eigentlich auch gar nicht. Deshalb kann ich nicht beurteilen, ob dieses ganze Online-Zeug wirklich was bringt.«

Leana rührte ein wenig Zucker in ihre Tasse. »Es bringt vielleicht mehr, als wir uns wünschen. In diesen sogenannten sozialen Netzwerken verbreitet sich alles rasend schnell. Wir müssen warten. Wir sollen in den Zwanzig-Uhr-Nachrichten sein. Chris stellt seinen Fernseher zur Verfügung. Kommst du mit?«

»Klar, gern.« Angela kippte ihren Espresso mit einem Schluck. »Und wie geht es dir sonst?«

Leana winkte ab. »Davon erzähle ich dir in Ruhe, wenn wir unsere Täterin haben. Übrigens ist Chris wirklich total nett. Ich kann gut verstehen, dass die Frauen sich in ihn verlieben. Er hat ein großes Talent, selbst in prekären Momenten genau die richtigen Worte zu finden. Das ist für einen Mann bemerkenswert.«

»Muss ich mir Sorgen machen?« Angela forschte in Leanas Gesicht. »Nicht, dass du hier wieder ausziehst, weil du eine von seinen Unglücklichen geworden bist.«

»Alles gut. Zurzeit gibt es mehr Männer in meinem Leben, als ich möchte. Komm, gehen wir rauf.«

Leana staunte über Chris' riesiges Apartment. Es war ein einziger Raum von über zweihundert Quadratmetern. Die Küche und eine wunderschöne lichtdurchflutete Ecke zum Schlafen wurden optisch durch weiß lasierte Balken getrennt. Der Raum war zum Dach hin offen, und die vier Meter Raumhöhe gaben einem das Gefühl, in einer Kathedrale zu stehen. Das Licht, das durch die Dachflächenfenster hereinfiel, fing sich in verschiedenen Glaskugeln, die bunte Strahlen in dem großen Raum tanzen ließen. Der Boden bestand aus alten Eisenbahnbohlen, abgeschliffen und geölt. Zwei überdimensional große Sofas in Dunkelblau und Weinrot standen in einem stumpfen Winkel zueinander der Fernsehlandschaft gegenüber. Ein drei mal vier Meter großer Flachbildschirm, versteckt hinter einer Holzjalousie, und zwei Meter hohe Boxen teilten diesen Bereich vom Gesamtraum ab.

Leana drehte sich mehrfach im Kreis und blickte durch die rechteckigen Dachflächenfenster in den Himmel. »Man merkt, dass du Architekt bist. Ich habe noch nie gesehen, wie man einen so großen Raum mit derart wenigen Mitteln in so viele wunderbare Inseln aufteilen kann. Es ist zauberhaft.«

Leana versank in dem blauen Sofa und kam sich vor wie in einem Märchenland, weil die Möbel so groß waren, dass sie sich als Mensch sehr klein fühlte. Zugleich war die Couch unglaublich bequem.

Chris verteilte Champagner und kleine Schälchen mit Oliven und Chips. Schließlich ließ er mit einer Fernbedienung die Holzjalousie hochfahren und schaltete den Fernseher ein. In der ARD lief noch eine Werbung für die GEZ, dem folgte die bundesweit ausgestrahlte Tagesschau. Zunächst berichtete der Nachrichtensprecher aus Afghanistan: neue Kämpfe mit den Taliban. Amerika: Der Präsident hatte sich ungeschickt über den deutschen Holocaust geäußert und weltweit für Empörung gesorgt. Schließlich kam der Satz »Das Landeskriminalamt Düsseldorf bittet zur Aufklärung einer Mordserie um Ihre Mithilfe«. Hinter dem Nachrichtensprecher erschienen nebeneinander die Fotos der vier Männer. »Diese Männer wurden ermordet. Das LKA benötigt dringend Informationen, ob diese Männer sich früher einmal gekannt haben.« Es folgten die von Tanni geänderten Fotos, die zeigten, wie die Opfer sehr wahrscheinlich vor zehn und vor zwanzig Jahren ausgesehen hatten. »Des Weiteren wird im Zusammenhang mit den Morden nach dieser Frau gefahndet.« Über den Fotos der Männer erschien Monika Hübner mit dem Dobermann, dem sie den Fuß verband. Auch von ihr hatte Tanni zwei jüngere Versionen entworfen. »Wenn Sie etwas wissen, schreiben Sie bitte eine E-Mail oder rufen Sie die nachfolgend eingeblendete Hotline an.« Es folgten Nachrichten über einen Flugzeugabsturz im Südchinesischen Meer.

Leana war erleichtert darüber, wie neutral die Nachrichtensendung die Informationen an die Zuschauer gebracht hatte.

Chris' Handy klingelte. Er nahm es von dem Tisch vor den Sofas und ging raus auf seine Dachterrasse. Leana beobachtete seine Körperhaltung. Er wirkte sehr angespannt auf sie.

Angela schnappte sich die Fernbedienung und zappte durch die anderen Programme. Bei RTL-West wurde sie fündig, dort liefen die nahezu identischen Informationen am unteren Bildrand.

Chris kam wieder herein. »Es gibt schon wieder Probleme mit einem Komplex, den wir in New York bauen. Ich muss eiligst dorthin.«

»Herrje«, sagte Angela mitfühlend. »Dieses Projekt hat ja von Anfang an nur Ärger gemacht. Wolltest du dein Büro in New York nicht schließen?«

»Ja.« Chris fuhr sich durchs Haar. »Gleich danach. Bleibt ruhig sitzen, ich telefoniere mal eben wegen eines Flugs.«

»Nein.« Leana stand auf. »Wir haben morgen früh um fünf die nächste Teambesprechung. Ich muss unbedingt schlafen. Deine Fragen zu dem Fall müssen dann eben noch mal ein wenig warten.«

Sie blickte Angela fragend an, die sich ebenfalls erhob.

»Viel Glück für den Flug und dein Projekt«, sagte Leana und strich Chris sanft über den Arm, »und danke fürs Fernsehen.«

»Tut mir wirklich leid, aber Pflicht ist Pflicht. Ihr findet hinaus?«

Als Leana sich in der Wohnungstür noch einmal umsah, hatte Chris das Handy schon wieder am Ohr und winkte ihr kurz zu.

Am Ende der ersten Treppe nach unten bog Leana zu ihrer Wohnung ab. »Irgendwie schien Chris sehr gestresst«, sagte sie nachdenklich. »Er war so hektisch, sein Blick unruhig, seine Haut ungewöhnlich heiß und schwitzig, als ich ihn berührt habe.«

Angela lächelte breit. »Ja, das kann ich mir gut vorstellen. Ich schätze, da war eine aktuelle Exfreundin dran, die ihn festnageln will. Dann fliegt er immer sofort nach New York. Dieses ›Projekt‹, von dem er sprach, gibt es gar nicht. Es ist nur ein geflügeltes Wort.«

»Und was genau bedeutet ›Wolltest du das Büro in New York nicht schließen?‹«

»Nun, das soll ihn daran erinnern, dass er jedes Mal schwört, bei der nächsten Frau wird es anders.«

Leana schüttelte den Kopf und wechselte das Thema: »Kommst du morgen früh mit?«

»Puh, das ist nicht wirklich meine Zeit. Aber ja, lass uns gemeinsam hinfahren. Treffen wir uns um halb fünf vor dem Haus.« Angela nickte ihr zu und ging die Treppe weiter hinunter.

Leana duschte ausgiebig, stand unter dem heißen Wasser und versuchte die Fülle des Tages hinter sich zu lassen. Sie wickelte ihre nassen Haare in ein Handtuch, ihren Körper in den Sarong. An die Küchentheke gelehnt, wo sie darauf wartete, dass das Wasser für Maxims Tee kochte, fragte sie sich, was in JJ gefahren war, dass er sie so eiskalt abserviert hatte. Es passte so gar nicht zu den Worten, die er ihr vorletzte Nacht ins Ohr geflüstert hatte. *Andererseits*, dachte Leana, *habe ich keine Ahnung mehr, was Männer so sagen, wenn sie was wollen, und welche Gültigkeit das dann hat.* Sie zuckte mit den Schultern.

Der Geruch der Kräuter verbreitete sich in der Küche, als

sie den Tee aufgoss. Leana kontrollierte noch einmal, ob ihr Smartphone auch wirklich eingeschaltet war. Sie prüfte den Akku und sah, dass die erste Statusmeldung vorlag. Hundertzwei Anrufer in der letzten Stunde, neunundfünfzig E-Mails. »Das ist noch nicht so viel«, murmelte sie vor sich hin und trug die Teetasse zum Bett. Sie trank den heißen Tee in kleinen Schlucken, löschte das Licht und schlief augenblicklich ein.

9. Dienstag

»Die letzte Statusmeldung ist von vier Uhr dreißig«, erklärte Leana Angela, als sie gerade vor dem LKA das Auto verließen, »viertausend Anrufe, neunhundert E-Mails, Facebook und Twitter nicht mehr nachvollziehbar.«

»Bedeutet?«, fragte Angela gähnend.

»Ich schätze, dass ganz Deutschland am Netz hängt und sich dazu äußert. Wenn die jede Statusmeldung und jeden Like- und Don't-like-Button zählen, wird es wahrscheinlich irgendwann zu viel. Komm, es scheint, wir sind die Letzten.« Sie warf einen Blick auf ihre Uhr: zehn vor fünf.

Im Konferenzraum wimmelte es nur so von Menschen. Über fünfzig Leute aus den verschiedenen Teams waren da, alle mit müden und verschlafenen Gesichtern. Theo zeigte auf die Stühle direkt neben der Tür, auf denen *»Reserviert – Teamleitung Kompetenzcenter«*-Zettel lagen, und nickte ihr zu. Leana blickte sich in dem überfüllten Raum um und sah Tanni, weil sie bunt wie immer herausstach und ihr zuwinkte und dann auf den Hauptbildschirm zeigte.

Und da war sie, ihre Täterin als junge Studentin. Sie hatte lange blonde Haare, die sich leicht wellten. Sie war gertenschlank. Sie lachte in die Kamera und zeigte dabei gerade, strahlend weiße Zähne. Sie trug eine hautenge Jeans, an den Knien zerrissen. Darüber ein enges T-Shirt, unter dem sich ein Spitzen-BH abzeichnete. Ihr Bauchnabel war zu sehen. *Gott,* dachte Leana bitter, *was hast du dir dabei gedacht?* In ihrer Vorstellung legte sich das Bild der grauen Monika Hübner über diese junge, lachende Frau, die offenbar nur mit dem Besten gerechnet und das Schlechteste abbekommen hatte.

»Bitte alle setzen, die Stühle haben, der Rest bitte an den Wänden verteilen«, donnerte Dr. Köhlers Stimme durch den Raum.

Unmittelbar darauf war alles still. Leana nahm neben Angela Platz. JJ kam, setzte sich zu ihrer Linken und grüßte sie mit einem zurückhaltenden Kopfnicken. Vor sich hatte er einen achtzehn Jahre alten Polizeibericht. Genaues Datum war ein Donnerstag im Februar. Er war von der Polizeistation Hövelburg. Darunter erkannte Leana den Bericht eines Krankenhauses.

»Guten Morgen«, sagte JJ mit fester Stimme. »Danke, dass Sie alle so früh hierhergefunden haben. Sie kennen den Status der Anrufe und E-Mails dank Ihrer Smartphones. Das Callcenter arbeitet rund um die Uhr weiter. Die E-Mails werden durch ein ursprünglich von der NSA entwickeltes Mind-Mapping-Programm geschickt, um sie bestmöglich zu priorisieren. Keine Sorge, nichts wird verworfen. Wir müssen nur im Moment der Flut Herr werden. Das Wichtigste zuerst: Wir haben die Identität unserer Verdächtigen. Dort vorn sehen Sie Monika Stammer, wie sie vor vielen Jahren aussah. Ich habe hier den Polizeibericht betreffs ihrer Vergewaltigung und den des Krankenhauses, in dem die Erstversorgung des Opfers stattfand. Ich möchte, dass wir uns das alle einmal sehr genau anhören, und bitte um absolute Ruhe. Angela, du hast die angenehmste Stimme. Würdest du?« Er lehnte sich zu ihr hinüber und reichte die Papiere weiter.

Angela nahm sie, räusperte sich und las: »Bericht der Polizei Hövelburg, Donnerstag, 6.2.1997. Opfer: Monika Stammer,

Spitzname: Mo, Alter: dreiundzwanzig Jahre, geboren in Bad Tölz, seit dem 1.2.1997 zu Gast in Hövelburg, Zimmer gemietet in der Gaststätte Marktwirtschaft, Marktplatz 2. Grund ihres Aufenthaltes: Recherche über das Brauchtum in Hövelburg und die seit zwanzig Jahren stattfindende ›Freinacht der Masken‹ am Karnevalsdonnerstag, die Bestandteil ihrer Doktorarbeit über ›Archaische Karnevalriten in der deutschen Provinz‹ werden sollte.

Um sechzehn Uhr dreiundvierzig ging bei der Ortsfeuerwehr Hövelburg ein Notruf ein. Der Anrufer nutzte einen öffentlichen Fernsprecher. Der Anrufer verweigerte die Nennung seines Namens. Er sagte nur: ›Im Wald hinter den aufgestellten Toilettenhäuschen liegt eine verletzte Frau, kommen Sie schnell!‹, und legte auf. Die Feuerwehr fand Monika Stammer bewusstlos in Brombeersträuchern zwanzig Meter vom Waldrand entfernt und barg die bewusstlose Frau. Im Krankenwagen erlangte Monika Stammer kurzzeitig das Bewusstsein wieder und beschuldigte die Männer der Gruppe ›Old and Young Hövels‹, sie gemeinsam vergewaltigt zu haben. Sie alle trugen Harlekinkostüme. Weil vor den Toiletten am Dorfrand eine lange Schlange war, ging Monika Stammer zu dem zehn Meter entfernten Waldrand, um sich dort zu erleichtern. Die Männer in den Harlekinkostümen seien ihr gefolgt, ohne dass sie es bemerkt hatte. Zunächst hätten sie sie aus einiger Entfernung angepinkelt. Sie sei aufgesprungen, um dem Urinstrahl zu entgehen, weiter in den Wald gerannt und hingefallen, und dann sei alles sehr schnell gegangen. Sie hatte sieben Männer gezählt. Sie kannte sie namentlich, weil sie auch in diesem Verein eine Befragung durchgeführt hatte. Monika Stammer wies einen Alkoholgehalt von 1,2 Promille auf. Die umgehend zur Befragung vorgeladenen Mitglieder der ›Old and Young Hövels‹ verweigerten geschlossen die Aussage. Alle sieben waren stark alkoholisiert. Ihre Alkoholtests waren für das Gericht nicht relevant, weil sie ohne vorherige Belehrung erfolgten.«

Angela räusperte sich, nahm einen Schluck Wasser aus dem vor ihr stehenden Glas, blätterte weiter und las den Krankenhausbericht vor: »Monika Stammer wurde heute, Donnerstag, 6. Februar 1997, um siebzehn Uhr fünfzehn in der Notaufnahme eingeliefert durch den Rettungsdienst der Feuerwehr Hövelburg. Monika Stammer weist multiple Schnittverletzungen am Rücken auf, die zum Teil von den Dornen der Brombeersträucher, zum Teil von einer Scherbe stammen. Beide Arme weisen multiple Frakturen auf, an Elle, Oberarmen, linkem Handgelenk. Daumengelenk der rechten Hand gesplittert. Frakturen der Rippen, die linksseitig zum Lungenkollaps führten. Ihre Kleidung war blutig, mit Sperma und Urin durchtränkt. Multiple Verletzungen der Vagina und des Anus. Eine zerbrochene Schnapsflasche und ein Holzstück wurden entfernt. Starke Blutungen aus Vagina und Anus. Linke Brust tiefe Schnittverletzungen. Wirbelsäulenstauchung, taube Beine. Eine Verletzung des Rückenmarks kann nicht ausgeschlossen werden.

Monika Stammer behauptet, sieben Mitglieder der Männervereinigung ›Old and Young Hövels‹ hätten sie gemeinsam vergewaltigt. Dann hätten sie sie in die Brombeerhecke geworfen.«

Angela machte eine kurze Pause, weil sie zu Atem kommen musste. Leana löste ihre Augen von der Tischplatte und fing einen Blick von Maxim auf, der nickte. Sie wusste, er dachte das Gleiche wie sie: Hier haben wir den Grund, warum sie die entblößten Geschlechter mit Urin übergießt, warum sie »drauf pisst«.

Angela räusperte sich und las weiter: »Donnerstag, 6. Februar 1997, zwanzig Uhr zehn. Bei Monika Stammer wurde eine

Notoperation eingeleitet, um die Blutungen aus Vagina und Anus zu stoppen.

Donnerstag, 6. Februar 1997, dreiundzwanzig Uhr drei. Der Patientin Monika Stammer wurde die stark verletzte Gebärmutter entfernt und Teile des unteren Darms. Die Patientin ins künstliche Koma versetzt.«

Leana liefen Tränen über die Wangen, sie konnte nichts dagegen tun. Sie schlug die Hände vors Gesicht und unterdrückte ein Schluchzen. Sie spürte, wie JJ versuchte, ihr eine Hand auf den Arm zu legen, aber sie schob ihn weg. »Es geht gleich wieder«, murmelte sie.

Niemand im Raum sagte etwas. Manche blickten vor sich hin, andere starrten das Foto der hübschen jungen Studentin auf dem Hauptbildschirm an.

»Tanni«, sagte Dr. Köhler leise, »würden Sie bitte …?«

Tanni löste sich aus ihrer Erstarrung und ließ gescannte Fotos, die die Eltern geschickt hatten, auf dem Hauptbildschirm erscheinen. An Schläuche und Apparate angeschlossen, lag Monika Stammer in einem Krankenhausbett. Ihr Gesicht war völlig verformt durch die multiplen Blutergüsse und die Schnittwunden. Keiner mochte wirklich hinsehen, das Ausmaß der zerstörerischen Gewalt klagte den Betrachter an.

Leana wischte ihre Tränen weg, atmete tief durch und sagte in die Stille hinein: »Wenn ihr also die Gebärmutter entfernt wurde, kann das schwangerschaftserhaltende Hormon hCG, das Maxim in ihrem Urin gefunden hat, nur auf ein Chorionzellkarzinom hinweisen, weil sie ja nicht schwanger sein kann. Das bedeutet, sie hat Krebs im Anfangsstadium.« Sie blickte in stumme Gesichter. »Nun können wir auch verstehen, warum sie Urin über die entblößten Geschlechtsteile gießt. Sie tut, was diese Männer vor achtzehn Jahren mit ihr getan haben. Auf sie pissen. Du hattest völlig recht, Maxim, es ist eine Geste der Dominanz. Sie holt sich ihre Macht zurück.« Da niemand etwas sagte, fragte Leana in den Raum: »Was haben wir noch?«

Dr. Köhler stand auf, ging nach vorn und stellte sich vor den Hauptbildschirm. »Wir haben hier, rechtlich gesehen, ein Desaster. Das Krankenhaus, nennen wir es ländlich, um nicht sagen zu müssen, provinziell, hat die Stillung der Blutung in den Vordergrund gestellt. Was man gut verstehen kann, wenn man sich die junge Frau hier ansieht.« Er ging einen Schritt zur Seite. »Der Krankenhausmüll war schon lange entsorgt, bevor es der Polizei auffiel. Lediglich aus ihrer Vagina hatte man Spermaproben gesichert, die den sieben Tätern zugeordnet werden konnten, aber …«

»Man hatte keine Spuren gesichert, die erlaubt hätten, den Tathergang zu rekonstruieren oder zu beweisen, dass das Opfer sich gewehrt hat«, fiel Maxim JJ ins Wort.

»Genau so, leider.« Dr. Köhler schüttelte resigniert den Kopf. »Und da die Männer gemeinsam behaupteten, sie hätten mit Monika einvernehmlichen Sex gehabt und wüssten nicht, was danach passiert sei, stand eine Aussage gegen sieben.«

»Sie gingen straffrei aus?«, fragte Leana atemlos. Sie hatte das Gefühl, würgen zu müssen. »Bitte sag mir, dass die nicht davongekommen sind!«

»Doch, leider ist es so. Alle sieben Männer blieben bei ihrer Aussage des einvernehmlichen Geschlechtsverkehrs. Trotzdem klagte die Staatsanwaltschaft sie an. Der Prozess fand unter Ausschluss der Öffentlichkeit statt. Der Richter fand die Zeugin glaubwürdig, auch wenn es schwierig war, aus dem traumatisierten Opfer klare Aussagen herauszubekommen. Die Verteidigung der sieben Männer gab ein Gutachten in Auftrag, weil sie die Glaubwürdigkeit der Zeugin anzweifelte.«

»Diese elenden Schweine«, stieß Sven hervor.

»Der Richter nannte das Verfahren verkorkst, weil es mit den normalen Mitteln, die einem Gericht zur Verfügung stehen, nicht mehr zu klären war.« JJ hob die Hände.

»Sie hatten doch die Spermanachweise!« Leana geriet immer mehr außer sich. JJ blickte sie einen Moment an. »Das in Auftrag gegebene Gutachten kam zu dem Schluss, dass die einzige Zeugin, nämlich Monika Stammer, völlig traumatisiert und während des Geschehens zudem alkoholisiert gewesen sei und somit begründete Zweifel an der Glaubwürdigkeit ihrer Aussage bestünden. Leider, leider, schickte das Amtsgericht dieses Gutachten nicht nur der Verteidigung zu, sondern auch der Nebenklage, also der Anwältin von Monika Stammer, die die Zeugin vertrat. Die Nebenklage hätte das Gutachten niemals bekommen dürfen. Der Richter musste einräumen, dass die einzige Zeugin der Anklage, Monika Stammer, nun in Kenntnis des Gutachtens, ihre Aussage an das Sachverständigengutachten anpassen könne. Monika Stammer war als Zeugin unbrauchbar geworden. Noch schlimmer, ihr wurde sogar gedroht, dass sie selbst – sollte sie bei ihrer Aussage bleiben – mit einer Anklage wegen Verleumdung zu rechnen habe. Monika musste von ihrem Aussageverweigerungsrecht Gebrauch machen. Weil die Angeklagten bei ihrer Aussage blieben, hatte das Gericht keine Möglichkeit, zu klären, was an diesem Donnerstag im Februar im Wald von Hövelburg wirklich vorgefallen war. Die Männer wurden freigesprochen!«

Sven strich sich über seine Glatze. »Das ist doch gemauschelt, da hat doch einer absichtlich mit der Zusendung des Gutachtens an die Verteidigung das Verfahren ausgehebelt. Ich hasse den Filz solcher Dörfer! Eier ab, allen sieben die Eier ab. Was sind das für feige Schweine!«

»Sind sie nicht«, gab Maxim zu bedenken.

»Unser Primus Maximus mal wieder«, donnerte Sven. »Du willst doch wohl so einen Scheiß nicht rechtfertigen. Die Tat an sich nicht. Und dann die Verantwortung nicht zu übernehmen, das doch wohl erst recht nicht!«

»Sven, ich will nichts rechtfertigen …«

»Rechtfertigen oder erklären ist doch der gleiche Scheiß! Für ein Opfer macht das keinen Unterschied.«

»Ruhig, Sven«, sagte Dr. Köhler. »Es hilft niemandem, wenn wir einander jetzt an die Kehle gehen. Lassen Sie uns teilhaben, Maxim. Für die im Raum, die es nicht wissen: Professor Maxim Winter schreibt gerade seine vierte Doktorarbeit, und zwar über Rudelverhalten beim Menschen.«

Maxim ging nach vorn, gab am Bildschirmtisch ein paar Befehle ein und erklärte dabei, worauf er hinauswollte: »Das Hauptthema, also der Schlüssel zum Rudelverhalten – sei es bei einer Gruppenvergewaltigung, seien es Hooligans, seien es Leute, die gemeinsam foltern –, der Schlüssel heißt ›Deindividuation‹. Dieses Phänomen bedeutet, dass sich ein Individuum, wenn es sich in einer Gruppe befindet, viel weniger gesellschaftlichen Verhaltenseinschränkungen beugt, als wenn es allein ist. Kurzum, das Individuum, in der Gruppe geborgen, ist deutlich mutiger, risikobereiter, brutaler, weil es die Handlung weniger auf sich selbst bezieht, von der Eigenverantwortung frei ist. Das gilt für Raubüberfälle, Schlägereien, überall, wo der Mensch als Gruppe auftreten kann. Bei Gruppenvergewaltigungen bedeutet das für das Opfer nicht nur den erzwungenen Geschlechtsakt, sondern es wird erniedrigt, beschimpft, gedemütigt. Oft führt die Gruppe Objekte in Vagina oder Anus ein, was bei Monika Stammer zu diesen Verletzungen führte. Auch das gemeinsame Urinieren auf das Opfer ist dem zuzuordnen. Gemeinsame Angreifer agieren oft besonders erbarmungslos.«

Maxim machte eine kurze Pause und schob mit dem Finger Statistiken auf die Seitenbildschirme. »Wie Sie sehen, sollten wir in Deutschland nicht mit dem Finger auf andere Länder wie zum Beispiel Indien zeigen. Allein 2012, nach Info des Bundeskriminalamts, wurden rund sechs Prozent aller Vergewaltigungen und sexuellen Nötigungen von Gruppen begangen – wir sprechen also von fünfhundertneunzehn Fällen. Monika Stammer ist kein Einzelfall. Nun …« Er blickte hoch und dann wieder auf den Bildschirm vor sich. »Natürlich hinterlässt jeder sexuelle Übergriff tiefe Wunden. Opfer von mehreren Tätern sind jedoch …« Maxim unterbrach sich, sah zu Leana, setzte neu an: »Diese Opfer weisen stets schwerere körperliche Verletzungen auf. Das Opfer schwebt während des Übergriffs in größerer Gefahr und wehrt sich weniger, weil es – zu Recht – fürchtet, dadurch noch mehr Gewalt oder sogar sein Leben zu riskieren. Dieser lebenserhaltende Verzicht auf Gegenwehr führt später fast immer zu psychischen Problemen in Form von Selbstvorwürfen. Hinzu kommt, dass die Menschen in unserer Gesellschaft weniger Anteil nehmen. Warum das so ist, kann ich nicht sagen. Aber es gibt so eine Art Konsens in der Gesellschaft, dass ein Vergewaltigungsopfer für seine Lage selbst verantwortlich gemacht wird. Bei Gruppenvergewaltigungen ist diese Vorstellung sogar noch stärker ausgeprägt. Wir wissen von Monika Stammers Eltern, dass Monika Monate danach noch anonyme Briefe aus Hövelburg bekam.«

Maxim transferierte die Briefe auf die Bildschirme. »Schlampe«, »Hure« und »Nutte« war dort zu lesen. Sie sei zu sexy herumgelaufen, habe hemmungslos geflirtet während ihrer angeblichen Recherche zu altem und neuem Brauchtum des altehrwürdigen Vereins ›Old and Young Hövels‹, dazu ihr durchsichtiges Kostüm an dem Tag, obwohl es so kalt war. »Bayrische Schlampe.«

»Wir nennen das *sekundäre Viktimisierung*, wenn das Opfer für seine Lage selbst verantwortlich gemacht und von der Bevölkerung angeklagt wird.«

Leana bemerkte, dass Maxim zunehmend unruhig wurde. Sein Blick wanderte durch den Raum, als suchte er etwas. Er verschränkte die Hände, löste sie wieder und legte sie auf den Bildschirm.

»Jetzt zu den Tätern.« Auf den Bildschirmen zur Linken tauchten die Fotos der Ermordeten auf. »Darf ich also vorstellen: Joachim Bauer, unser erster Toter, seines Zeichens Lehrer, hieß in seinem früheren Leben Matthias Hähnel, eher bekannt als Mattes.« Maxim wischte über den Bildschirm, und genau gegenüber auf der rechten Seite erschien auf den Bildschirmen ein Foto des damals achtundzwanzig Jahre alten Referendars, daneben ein paar Schnappschüsse der »Old and Young Hövels«, wie sie in den »Freinächten der Masken« herumliefen.

Nacheinander schob Maxim das Foto des Zahnarztes Thomas Müller, ursprünglich Tobias von Papenburg, damals achtundvierzig Jahre alt, eine Aufnahme von Oliver Schmitt, dem Elektriker aus Hannover, der eigentlich Herward Reiker hieß, damals siebenundzwanzig Jahre jung, und schließlich eine von Udo Schüller aus dem Autohaus in Wolfsburg, mit richtigem Namen Dirk Zeretzki, damals vierundvierzig Jahre alt, auf die Bildschirme.

»Wann habt ihr das alles bekommen?«, fragte Leana ebenso erstaunt wie beeindruckt.

»Ma'am …« Tanni stand auf und ging zu Maxim. »Das kam irgendwann gegen zwei Uhr nachts über Facebook rein. Also dieses Gruppenfoto der ›Old and Young Hövels‹. Um vier Uhr erreichte uns die E-Mail der Eltern mit Fotos von Monika und den Berichten der Polizei und des Krankenhauses. Um vier Uhr zweiundzwanzig hat Monikas jüngere Schwester Anna-Esther Stammer, Rufname Bell, dreißig Jahre alt, auf ihrem Facebook-Account zur Hatz aufgerufen. Noch bevor wir ihren Account aus dem Netz nehmen konnten, wurde ihr Aufruf mit den Fotos neunhunderttausendmal geteilt. So schnell kommen wir nicht hinterher. ›Mo‹, heißt es da, ›wenn du da draußen bist und Hilfe brauchst, melde dich, wir sind für dich da!‹ Drei Blogs berichten live und in Farbe, wer wen wann und wo gesehen hat. Ständig kommen neue Accounts hinzu, nicht alle werden gleichermaßen gelesen, aber wir sind dagegen machtlos.«

Tanni blieb neben Maxim stehen, und Leana fiel auf, dass beide mehrfach verstohlen zu ihr und Angela blickten.

»Machen wir also weiter mit den nächsten Opfern, die Monika Stammer ganz sicher auf ihrer Liste hat, weil deren Sperma in ihr gefunden wurde. Der Männerverein der ›Old and Young Hövels‹ bestand aus fünfzig Mitgliedern, und diese sieben waren gemeinsam im Dorf unterwegs: Es gibt einen Apotheker in Frankfurt, Frank Peter, einst Pit Vogt, heute vierundvierzig, damals sechsundzwanzig.« Tanni wischte über den Bildschirm, und weitere Fotos erschienen an der Wand, sie zeigten eine glückliche Familie: Frank Peter, ein mittelgroßer, schlanker Mann mit einem freundlichen Silberblick vor seiner Apotheke, an der linken Hand den vier Jahre alten Sohn, rechts die neun Jahre alte Tochter. Beide Kinder lächelten mit demselben Silberblick in die Kamera. Ein anderes Bild zeigte ihn am Hochzeitstag mit seiner Frau, wie er ihr einen kleinen Hund schenkte.

»Dr. Peter Schulz, Internist, geboren als Sven Clausen, achtundfünfzig, damals vierzig Jahre alt. Lebt im Hunsrück.« Weitere Fotos prangten an den Wänden: Dr. Dorothea Schulz und Dr. Peter Schulz vor ihrer Landarztpraxis in Bad Schwalbach im Hunsrück. Rechts und links neben ihnen zwei stolze Schäferhunde, vor ihnen ihre Tochter, elf Jahre alt, ihr Sohn, vierzehn Jahre alt, mit einer Ratte auf der Schulter. Ein Zeitungsausschnitt über Peter Schulz, ohne Foto, mit der Meldung, er habe einer jungen Frau, die im Wald einen Erstickungsanfall erlitt, mit einem Luftröhrenschnitt das Leben gerettet.

Alle Fotos zeigten sympathische Menschen, die man gern zu Nachbarn gehabt hätte.

Tanni und Maxim zögerten. »Also dann ... Es hilft ja nichts. Die Nummer sieben der ›Old and Young Hövels‹ ist uns kein Unbekannter«, sagte Maxim, und Tanni schob die Fotos auf die Wand. »Es ist Christian Meier, Architekt in Düsseldorf, Paris und New York, eigentlich Michael Rupert Senner, zweiundfünfzig Jahre alt, damals vierunddreißig.«

Leana blickte verblüfft erst zu Angela, die vor Schreck die Hände vors Gesicht schlug, dann zu JJ, der ungläubig den Kopf schüttelte.

»Damals wurde in die Akten nichts eingetragen, denn es gab ja keinen Schuldspruch, und die Polizei ist verpflichtet, in solch einem Fall alle Unterlagen zu vernichten. Alle Täter machten von dem Recht Gebrauch, einmal ihren Namen zu ändern«, erklärte Natalia, darum bemüht, über die unangenehme Situation hinwegzukommen. »Da keiner je ein Knöllchen erhielt oder je ein Kavaliersdelikt beging, konnten wir sie nicht finden. Christian Meier – Maxim hat es anhand der Fotos erkannt – hat sich vor sechzehn Jahren einer Gesichtskorrektur unterzogen. Er ließ sich die Nase verkleinern und sich offenbar immer wieder Haare implantieren, um die frühzeitig entstandene hohe Stirn zu kaschieren, die wir hier auf den Bildern des jungen Mannes noch sehen.«

Alle verrenkten die Köpfe, um mal die einen, mal die anderen Fotos zu betrachten, bis Tanni sie sämtlich auf den Hauptbildschirm schob.

»Ich möchte noch ein Wort an Sie alle richten«, sagte Maxim. »Wir wollen gern glauben, dass Vergewaltigung und Rudelverhalten etwas ist, was man in sozial schwachen Schichten findet. An diesem Fall hier sehen wir sehr deutlich, dass jeder Opfer und auch jeder Täter werden kann. Architekt, Zahnarzt,

Lehrer … Ich will niemanden entschuldigen, aber glauben Sie mir, diese Männer sind aus ihrem Rausch erwacht und konnten es nicht mehr ungeschehen machen. Sie hatten etwas getan, was ganz sicher keiner von ihnen je für möglich gehalten hätte. Wir könnten alle diese Männer sein!«

Sven holte Luft und atmete dann doch langsam wieder aus. Maxims Worte standen im Raum, und fast alle verschränkten die Arme fest vor der Brust, als könnten sie so vermeiden, dass es sie traf.

»Diese drei Männer«, Maxim zeigte auf die noch Lebenden, »sind jetzt auf der Flucht. Wir wollten sie in Schutzhaft nehmen. Zu spät. Ihre Familien«, Maxim schob weitere Fotos der zwei Familien auf den Hauptbildschirm, von Geburtstagen, Weihnachtsfeiern, Schulveranstaltungen und Spaziergängen, »wurden unter Polizeischutz gestellt und haben sich verbarrikadiert. Ihre Kinder, die für nichts etwas können, werden …« Maxims Stimme zitterte. »Ach, lassen wir das für heute.«

»Und hier noch«, sagte Tanni vorsichtig, »die ersten Live-Bilder vom Waldrand in Hövelburg, wo damals die Toilettenwagen gestanden haben.« Zahllose Kerzen brannten in der Morgendämmerung, Blumen waren niedergelegt worden, aber auch Puppen mit verrenkten Gliedmaßen, die Schilder um den Hals trugen mit Texten wie »Zeig's ihnen, Mo, wir sind bei dir!«, »Kastrier die Schweine bei lebendigem Leib!«, »Du hilfst Tieren, jetzt helfen wir dir! Zähl auf uns!«.

Der Waldrand war überfüllt mit Menschen. Sie umarmten sich und weinten miteinander. *Das Phänomen der geklauten Emotionen*, dachte Leana bitter. Sie drehte sich zu JJ um: »Hier haben wir unsere Heldin! Auch wenn es nicht Afrika ist!«

Er blickte sie starr an aus seinen hellblauen Augen und erwiderte nichts.

Hinter Leana stand Angela auf und verließ, ohne ein Wort zu sagen, den Konferenzraum.

»Bitte«, ertönte Natalias Stimme, »alle raus, die nicht zum Kernteam gehören. Bitte nur die Teamleitungen hierbleiben, sonst kommen wir nicht durch. Sie arbeiten weiter, wie besprochen, und bekommen eventuell nachher neue Anweisungen. Bitte, raus! Teamleiter: Auch wenn Spurensicherung, Biologie, Physik, Forensik und Gerichtsmedizin keine neuen Tatorte zu besuchen haben, brauchen wir eure wachen Köpfe!« Ein lautes Gemurmel entstand, Papiere wurden zusammengerafft, segelten zu Boden und wurden wieder eingesammelt. Eine Kaffeetasse wurde umgestoßen, kullerte über den Tisch und fiel sanft auf den Teppichboden. Jemand fluchte leise, ein anderer lachte verhalten.

Natalia scheuchte die Mitarbeiter wie Hühner vor sich her und zu den Türen. Als endlich alle weg und nur noch Zorro, Sven, Theo, Maxim, Tanni, Natalia, Leana und Dr. Köhler da waren, schloss Natalia die Türen wieder. Eine unwirkliche Stille trat ein.

»Wir können alles vergessen«, sagte Leana mit rauer Stimme. »Natalia braucht zu keinem Xing-Event mehr, um Weiteres über Bauer zu erfahren. Wir müssen Amelie Bauer nicht mehr verhören. Wir brauchen keine Auswertung des Urins. Jeden Faden, denn wir aufgenommen haben, müssen wir sofort fallen lassen. Jetzt müssen wir sie, Monika Stammer, jagen. Besser und vor allem schneller, als sie selbst ihre nächsten Opfer jagen wird. Denn«, Leana stand auf, ging an die Bildschirmwand am Kopfende, »das Nächste, was hier auf Facebook und Twitter und StayFriends zu sehen sein wird, sind weitere Namen.«

»Was meinst du damit?«, fragte Natalia, goss sich Kaffee ein und ging mit der Tasse nach vorn.

»Andere Frauen, die Opfer waren, werden die Namen ihrer Peiniger posten und zur Jagd aufrufen.«

»Das finde ich gar nicht so schlecht«, kam Svens Stimme aus der Ecke. »Sollen die Typen doch mal richtig Schiss kriegen.«

Leana schüttelte den Kopf: »Wir sind ein Rechtsstaat und kein Land der Selbstjustiz. Und davon mal abgesehen werden garantiert irgendwelche Mädchen auch die Namen von Jungen oder Männern oder sogar ihren Vätern posten, weil sie ihnen aus ganz anderen Gründen die Pest an den Hals wünschen. Leute …« Leana blickte jeden einmal an. »Wenn wir nicht sehr schnell sind, haben wir mehr Tote, als wir uns ausmalen können.«

Dr. Köhler stand auf, nahm sich auch frischen Kaffee und sagte: »Wir müssen die Netzwerke lahmlegen.«

»Vergessen Sie das«, sagte Natalia düster. »Das haben wir schon einmal versucht und sind schneller verklagt worden, als wir alles wieder freigeben konnten. Außerdem … schalten wir Facebook runter, gehen die Kids auf StayFriends. Ist das auch zu, nehmen sie google+, und gegen Google geht gar nichts. Wir müssen Monika Stammer finden.«

»Okay, was haben wir noch?« Leana versuchte das Gefühl der Ohnmacht loszuwerden. »Was ist mit den Eltern, was mit dem Feuerwehrmann, der sie damals gefunden hat?«

»Das hilft uns doch nicht, wenn es darum geht, sie zu jagen«, blaffte Dr. Köhler.

»Doch, und es wird uns besonders helfen, wenn wir sie finden. Wir müssen uns in sie hineindenken, genau wissen, wie sie tickt. Lasst ihn herbringen. Also, was ist mit den Eltern?«

Natalia zuckte mit den Schultern, Tanni ebenfalls, Maxim zeigte die leeren Hände.

»Was muss ich tun, um an den Heli zu kommen?«

»Buchen«, sagte Tanni. »Mach ich schnell für dich.«

»Ich komme auf jeden Fall mit.« Dr. Köhler fuhr sich mit der Hand durchs Haar.

»Nein«, sagte Leana bestimmt, und Natalia und Tanni runzelten besorgt die Stirn.

»Das entscheide immer noch ich«, warnte ihr Chef.

»Das mag sein.« Leana wich keinen Millimeter zurück. »Nur bin ich die Geeignetste, um die Eltern eingehend zu befragen. Du und Natalia, ihr müsst euch aufteilen und die Familien von Frank Peter in Frankfurt und Peter Schulz im Hunsrück aufsuchen. Die könnten uns wertvolle Hinweise geben, wohin die Männer geflohen sein könnten. Diese Art der Befragung ist zu wichtig, um sie einfachen Kripobeamten zu überlassen. Du und Natalia, ihr wisst, wie ihr zu fragen habt.« Leana holte Luft, drehte sich zu Maxim und Tanni um. »Ihr zwei beschäftigt euch mit den Facebook-Seiten, die die meisten Klicks haben, postet dort gegenteilige Meinungen. Das, was du vorhin gesagt hast, Maxim, dass wir alle Täter werden können und alle Opfer. Verwickelt sie in Diskussionen. Solange sie diskutieren müssen, jagen sie niemanden.«

»Ich werde mein ganzes Team dransetzen, die sind schnell«, sagte Tanni. »Die Idee ist gut.«

»Also, was ist, JJ?« Leana wandte sich ihm zu. »Kannst du damit zurechtkommen, oder willst du es anders aufteilen?«

Er nickte ihr zu, und einen kurzen Moment glaubte Leana, ihn schmunzeln zu sehen.

»Dein Heli steht in zehn Minuten auf dem Dach bereit.« Tanni hielt die Daumen hoch.

»Was ist mit diesem Architekten?«, fragte Theo unvermittelt.

Leana und JJ wechselten einen Blick.

»Chris ist heute Morgen in die USA geflogen. Das hatte er zumindest vor. Angela ist sicher auf dem Weg nach Hause und wird sich melden. Wenn er abgeflogen ist, ist er zumindest in Sicherheit, und wir müssen uns um ihn nicht sorgen.«

»Wieso sollte ich mich um so einen Wichser sorgen?« Sven ließ seine Fingergelenke knacken.

Leana blickte ihn ruhig an und überging die Bemerkung. »Sonst noch Fragen?«

Als keine Antwort kam, packte sie ihre Papiere zusammen und schob sie in ihre Tasche. »Und ich will, dass das Callcenter seine Vorgehensweise anpasst. Im Moment hat oberste Priorität, die potenziellen Opfer zu finden. Okay? Gut, ich versuche, mittags wieder hier zu sein. Tanni?«

»Ich melde dich bei den Eltern an. Der Heli hat die Adresse, ihr könnt in der Nähe des Hauses landen.«

»Sehr gut. Was ist mit der Schwester?«

»Sie lebt ebenfalls in Bad Tölz.«

»Noch besser. Sag den Tölzer Kollegen, sie sollen sie sofort in Schutzgewahrsam nehmen – und bitte ohne Laptop, Tablet oder Smartphone. Wenn sie einwilligt, bringe ich sie mit hierher. Der Feuerwehrmann aus Hövelburg, mach ihn ausfindig und sorg dafür, dass er nach Düsseldorf kommt.«

Leana schaute sich noch einmal um und lief dann raus, die Treppe hinunter, über den Parkplatz, ins Haupthaus, und fuhr dort mit dem Aufzug bis aufs Dach. Sie kletterte gerade die steile Treppe zum Helikopter hoch, da hörte sie Natalia hinter sich.

»Was ist?«, brüllte Leana gegen den Lärm des abflugbereiten Hubschraubers an.

»Dein Smartphone!« Natalia hielt es ihr lächelnd hin. »Du findest darauf auch Informationen zu den Eltern, Lebenslauf der Schwester und so was. Tanni hat es dir draufgespielt.«

»Danke!«

»Und noch was«, rief Natalia. »Wenn Monika Stammer das

alles geplant hat, also auch die Jagd, die sie jetzt ausgelöst hat, hat sie ihren Opferstatus mehr als hinter sich gelassen.«

»Ja, sie hat den Spieß umgedreht.«

»Hat sie das wirklich alles allein auf die Beine gestellt? Oder hatte sie, wie du schon vermutet hast, vielleicht doch Helfer?«

»Wir müssen das in Betracht ziehen.«

Der Pilot machte Zeichen, dass er losfliegen wollte. Aber Natalia hatte noch etwas zu sagen.

»Leana?«

»Ja?« Die Rotorblätter des Helikopters drehten sich zunehmend schneller, der Lärm war ohrenbetäubend.

»Es war gut, dass du geweint hast.« Natalia drückte kurz Leanas Hand und lief geduckt weg.

Leana nahm verwirrt Platz, schnallte sich an und setzte den Kopfhörer auf.

»Kann ich die Tür jetzt schließen und losfliegen, oder kommt noch jemand?«

Leana zeigte ihm den erhobenen Daumen und nickte.

»Gut, wir brauchen circa zwei Stunden bis Bad Tölz.«

Leana blickte auf ihre Uhr. Es war kurz nach sechs, sie würde die Eltern also beim Frühstück erwischen.

Sie landeten kurz nach acht auf einem Acker, der sich unweit des Hauses der Familie Stammer befand. Wegen starker Gewitter über der Mitte Deutschlands hatten sie eine längere Flugroute nehmen müssen. Leana hatte die Zeit genutzt, um sich einen Plan zurechtzulegen, wie sie die Eltern befragen wollte.

Sie wollte ihnen erzählen, dass ihre Tochter an den Tatorten in Folge Buch, Stift und Radiergummi hinterlegt hatte und dass sie selbst es so interpretiert hatte, dass jetzt die ganze Welt von der ausradierten Geschichte erfahren würde, und niemand würde sie mehr löschen können. Leana hoffte, dass ihnen das in all dem Kummer ein kleiner Trost sein würde.

Josef und Martha Stammer waren schon ewig zusammen. Er arbeitete als Bäcker in einer der letzten unabhängigen Backstuben. Martha Stammer war Erzieherin, und zwar in dem Kindergarten, in dem sie als kleines Mädchen ihren späteren Mann getroffen hatte. Sie waren gemeinsam auf die Volksschule gegangen, dem folgte die Lehre, und mit neunzehn heirateten sie einander. Mit zwanzig bekamen sie Monika, mit sechsundzwanzig Bell. Monika war eine Überfliegerin. Sie übersprang die neunte und die elfte Klasse, gab Nachhilfe in Mathematik, sie verfasste bereits mit fünfzehn Quelltexte, lernte HTML und liebte Sprachen, die sie mühelos lernte, und Bücher, die sie nur so verschlang. Mit achtzehn ging sie an die Uni in München, studierte Mathematik, Kunst und Geschichte. Machte ihren Magister mit einundzwanzig, lieferte ihre erste Doktorarbeit in Kunst mit zweiundzwanzig ab und plante eine zweite in Geschichte. Über das Brauchtum in Deutschland. Weshalb sie quer durch Deutschland reiste.

So viel Potenzial, dachte Leana, *geboren in einer heilen Welt – fernab der Weltstädte, die so viel Kriminalität bergen, dass es unwahrscheinlich ist, ihr nicht zu begegnen.*

Leana schloss die Augen und dachte an Kapstadt und daran, wie ihre Töchter aufwuchsen. In einem Wohngetto der Wohlhabenden, gesichert wie eine militärische Festung. Sie fuhren in gepanzerten Limousinen zu ihrer Privatschule, die wiederum vom Militär gesichert wurde.

Leana schüttelte die Gedanken an ihr Zuhause in Südafrika ab und wandte sich Natalias Ansatz zu. Hatte Monika Stammer das wirklich alles geplant? Konnte sie vorhersehen, wann die Polizei sich entscheiden würde, an die Öffentlichkeit zu gehen? Oder hatte sie es dem Zufall überlassen wollen, wer von ihren Vergewaltigern der Öffentlichkeit tot oder eben noch lebendig präsentiert wurde? Ihre minutiöse Planung der Morde, das Ausspähen der Männer und ihrer Gewohnheiten, die Bargeldübergabe nach mutmaßlicher Erpressung, die Vorbereitung der Giftspritzen – all das war sorgfältig durchdacht, was die Schlussfolgerung nahelegte, dass Monika Stammer genau das hatte erreichen wollen: dass die einstigen Täter nun von Menschen, unter denen die von Maxim erklärte Deindividuation wie ein Virus um sich griff, erbarmungslos gejagt wurden. Von einer Meute, die niemand aufhalten konnte und die niemand zur Rechenschaft ziehen würde, genauso wie bei ihr damals.

Leana dachte an die Bilder von den Tatorten, die Fotos von der jungen Monika, an ihren übel geschundenen Körper, an die unscheinbare graue Frau im Tierheim. Konnte diese Person das alles wirklich allein geplant und umgesetzt haben?

»Frau Meister?« Die Stimme des Piloten holte sie aus ihren Gedanken. »Die Tür ist entriegelt, die Treppe fährt dann automatisch runter. Wie lange brauchen Sie?«

»Maximal zwei Stunden.«

Am Rand des Ackers winkte ein Polizist. Leana schnallte sich ab, wartete auf die Treppe, spürte die deutlich kühlere Luft und lief über den Acker. Sie hatte keinen Sinn für den Blick auf die Tiroler Kalkalpen, die sich malerisch hinter der Reihenhaussiedlung erhoben, in der die Stammers wohnten.

»Grüß Gott, Frau Meister!« Er streckte ihre seine große, fleischige Hand hin. »Ich bin Wachtmeister Toni Heimbacher. Ich bringe Sie zum Haus. Also zum Hintereingang, denn wir mussten alles absperren. Die Journalisten belagern die Familie. Es ist nicht weit, vielleicht fünf Minuten.«

Leana versuchte mit den Riesenschritten des Polizeibeamten mitzuhalten. Schon von Weitem sah sie in der Münchner

Straße die Journalisten, die vor dem Haus Nummer neunzehn die Fahrbahn blockierten. Beim zweiten Haus nach dem Acker bog Heimbacher links ab, grüßte einen muffeligen alten Mann im kurzärmeligen karierten Hemd, der in seinem Garten ein Beet umgrub, und führte Leana an den nach hinten gelegenen Gärten vorbei zum Haus der Stammers. Dort angekommen, klopfte er laut an die Kellertür. Sie mussten einen Moment warten, dann vernahmen sie schlurfende Schritte. Mit einem Schleifen öffnete sich die Tür, und als Erstes entwischte ihr ein stattlicher Kater.

»Momo, hierher!«

Aber Momo hatte offenbar vor, dem Trubel zu entfliehen, und verschwand in der Hecke, die den Garten umgab. Die Tür öffnete sich ganz. Josef Stammer war ein kräftiger Mann mit blauen Augen und eisgrauem Haar, das wirr vom Kopf abstand. Er wirkte übernächtigt und ungewaschen. Sein Jogginganzug wies Flecken auf, seine Pantoffeln waren ausgelatscht, sein Blick leer.

»Herr Stammer, ich bin …«

»Ich weiß, wer Sie sind. Kommen Sie bitte rein, und entschuldigen Sie, dass wir Sie nicht durch die Vordertür hereinlassen konnten. Meine Frau wartet oben«, sagte er mit starkem bayrischem Akzent.

»Soll ich Sie wieder abholen?«, fragte Heimbacher.

»Nein.« Leana schob ihn ein wenig zur Seite, von der Kellertür weg, und flüsterte: »Sorgen Sie dafür, dass die andere Tochter in zwei Stunden im Helikopter sitzt, und nehmen Sie ihr alles weg, womit sie kommunizieren könnte.«

Leana folgte Josef Stammer durch die Waschküche über eine Betontreppe nach oben.

»Wir können nicht ins Wohnzimmer, dort würden uns die Journalisten sehen«, sagte er, ohne sich nach ihr umzudrehen.

In der kleinen Küche stand vor dem Fenster mit der Häkelgardine ein viereckiger weißer Tisch mit einem geblümten Wachstuch. Es roch nach frisch gemahlenem Kaffee und warmer Hefe. Martha Stammer blickte Leana an und hielt ihr müde die Hand hin.

Leana bemerkte die abgekauten Fingernägel, die rissigen Lippen, das strohige, ungewaschene Haar, musterte den langen Morgenmantel aus violettem Nickistoff.

»Setzen Sie sich bitte«, sagte Josef Stammer. »Ich bleibe hier stehen.«

Leana nahm Martha Stammer gegenüber Platz. »Momo ist ein hübscher Name für einen Kater«, sagte sie, um das Gespräch zu eröffnen.

»Mo brachte ihn uns. Damals, vor achtzehn Jahren, als sie endgültig fortging. Er sollte uns an sie erinnern. Mo und Momo ...« Tränen rannen über das graue Gesicht.

Josef Stammer starrte seine Ehefrau an, ohne zu reagieren.

Leana holte ein frisches Papiertaschentuch hervor und reichte es Martha Stammer, die den Kopf schüttelte. Leana legte das Taschentuch auf den Tisch.

»Sie war von Anfang an so ein kluges Kind«, begann Monikas Mutter und blickte durch die Häkelgardine ins Leere. »Josef und ich sind beide nicht klug. Wir haben versucht, ihr gerecht zu werden, und es ging. Sie war so lieb. Sie fand es gar nicht schlimm, dass wir nicht so schnell denken konnten wie sie und schon ab dem dritten Schuljahr bei den Hausaufgaben nicht mehr helfen konnten. Mo lernte schnell, aber sie ließ ihre Freunde nie hinter sich. Sie machte mit ihnen Hausaufgaben, erklärte den anderen Kindern alles immer wieder, bis die auch konnten, was sie konnte ...«

Leana erfuhr, dass Monika Stammer bei allen beliebt war, weil sie nicht arrogant wurde, auch nicht, als aus dem pummeligen Mädchen eine schlanke Frau wurde. Ihre kleine Schwester, ebenso hübsch und normal intelligent, hatte Mo angebetet. Nach dem Abitur, das Monika schon mit sechzehn absolvierte, hatte sie in einem Heim für behinderte Kinder gearbeitet, bis die Uni im Oktober anfing. Sie verlangsamte auch in der Uni ihr Tempo nicht. Die Doktorarbeit über »Archaische Bräuche im Karneval« schrieb sich wie von selbst. Es machte ihr Spaß, kreuz und quer durch Deutschland zu reisen, und sie fühlte sich in den kleinen Orten wie eine Detektivin. Sie schrieb ihren Eltern jede Woche eine lustige Postkarte und berichtete über besonders lustige oder besonders merkwürdige Fundstücke. Die Eltern waren froh und lachten mit der reisenden Tochter. Auch froh, sich noch keine Sorgen machen zu müssen, denn das würde bestimmt anders, wenn sie erst im fernen Amerika wäre. Sie hatte nämlich geplant, dort zu arbeiten, und sich schon an Universitäten beworben.

Es war ein unglaublich kalter Winter in Deutschland. Schon ab Dezember Temperaturen unter null, ab Januar über zwanzig Grad minus, und das immer und immer wieder.

Dann kam die Karnevalswoche, der Donnerstag. Monika hatte sich darauf besonders gefreut, weil sie von den Fotos schon bezaubert war, es versprach unheimlich und skurril zu werden.

Dann der Anruf eines Krankenhauses. Die Stammers verstanden erst nicht, warum man immer wieder wissen wollte, ob sie die Eltern von Monika Stammer seien. Man wiederholte und wiederholte, dass sie sofort kommen sollten, und niemand sagte ihnen, warum, sondern nur, dass es ernst sei. Sie konnten sich einen Flug nicht leisten, und weil sie nicht wussten, wohin mit der jungen Bell, und auch nicht wussten, was sie erwartete, nahmen sie Bell mit auf die längste Zugreise ihres Lebens. Siebenmal mussten sie umsteigen, zum Schluss ein Taxi nehmen, das sie zum Krankenhaus fuhr. Man ließ sie zwei Stunden in der Aufnahme warten, weil man glaubte, sie seien Patienten. Irgendwann kam ein Arzt und entschuldigte sich wortreich. Man brachte sie alle drei zur Intensivstation, ließ sie Overalls anziehen. Bell war so klein, dass alles gekrempelt werden musste. Sie kamen gar nicht auf die Idee, Bell draußen zu lassen. Wem hätten sie das Mädchen auch anvertrauen sollen? Der Arzt führte sie an ein Bett. Am Fußende stand der Name ihrer Tochter, Monika Stammer, aber sie konnten sie nicht erkennen. Jemand hatte ihr die Haare abgeschnitten. Weil, wie sie später erfuhren, niemand wollte, dass Monika in dem Knäuel aus Dreck, Blut, Urin und Sperma aufwachte. Weil sie im Koma lag, konnte man ihr die Haare nicht waschen. Ihre Augen waren zugeschwollen, die Hände zerschnitten, sie war überall verbunden. Als sie sich plötzlich bewegte, fing Bell panikartig an zu schreien. Der Arzt führte sie alle drei hinaus, übergab das Mädchen einer Krankenschwester und nahm Josef und Martha Stammer mit in sein Zimmer. Als er ihnen den Bericht der Notaufnahme und die folgenden OP-Berichte vorlas, weinte er die ganze Zeit.

Als Monikas Mutter zu Ende erzählt hatte und ihr Blick aus dem Nichts in die Küche zurückkehrte, benutzte sie das Taschentuch, das Leana ihr hingelegt hatte, und trocknete ihr Gesicht. »Sie schickte alle ihre Freunde fort. Wir durften nichts sagen. Wir nahmen unser Kind mit nach Hause, und wir konnten ihr nicht helfen. Mein Mann fuhr mit ihr zur Verhandlung. Was daraus geworden ist, wissen Sie ja. Monate blieb sie danach in ihrem Zimmer, hörte laute Musik, sprach nicht, aß kaum, und wenn, nicht mit uns am Tisch. Dann ging sie aus und kehrte oft erst nach Tagen zurück, mit zerrissenen Klamotten, nach Alkohol stinkend. Immer wieder badeten wir Mo, brachten sie ins Bett, gaben ihr Tabletten, damit sie schlafen konnte. Mo begann vier Lehren und schaffte nie mehr als ein halbes Jahr. Labortechnikerin, Krankenschwester, Elektrikerin und Apothekenhelferin. Sie ging wieder nach München, aber nicht mehr, um zu studieren. Sie kam nach wenigen Wochen zurück. Sie ging nach Hamburg und kam nach ein paar Monaten zurück. Fünf Jahre nach der Sache in Hövelburg ging sie nach Frankfurt und kehrte nicht mehr zurück. Wir meldeten sie nach einem Jahr als vermisst. Das war vor zwölf Jahren. Sie wurde nie gefunden. Zweimal jedes Jahr gehen wir zur Polizei und fragen, ob es etwas Neues über unsere Mo gibt. Und jetzt sagen Sie mir, meine Tochter lebt und ermordet Menschen?«

Leana holte ein wenig aus, erklärte die Tatorte, erklärte Buch, Bleistift, Radiergummi und sagte auch – weil sie annehmen musste, dass es Monikas Eltern guttun würde –, dass Monika nur ihre Peiniger von damals zur Rechenschaft zog.

Leana warf einen prüfenden Blick auf ihre Uhr. Sie hatte nur noch wenig Zeit. »Ich nehme an, es gibt Monikas Zimmer noch?«

Martha Stammer nickte: »Wir haben es nie verändert. Auch Bell wollte nicht dort einziehen, obwohl es doppelt so groß wie ihres ist.«

»Darf ich es sehen?«

Wortlos setzte sich Josef Stammer in Bewegung. Leana stand auf. Monikas Mutter blickte wieder durch die Häkelgardine aus dem Fenster. Leana folgte Josef Stammer eine massive Holztreppe hinauf. Ihre Hand glitt über das glatte Holz des mit aufwendigen Schnitzereien verzierten Geländers. An den Wänden nach oben hingen zahlreiche Schnappschüsse von der glücklichen Familie, beim Wandern, beim Angeln, beim lokalen Wettschießen, auf der Kegelbahn. Am Ende der Treppe ging direkt rechts eine Tür ab. »Hier wohnt Mo«, stand darauf.

Josef Stammer trat zur Seite, wartete, dass Leana an ihm vorbeiging und die Tür zu Monikas Zimmer öffnete, und stieg selbst die Treppe wieder hinunter.

Leanas Smartphone vibrierte. Es war eine SMS von Natalia: *Peter Schulz hat sich im Wald erhängt, noch bevor wir ihn befragen konnten. Abschiedsbrief liegt vor. Brief in der Anlage. Auf Twitter und Facebook folgen Monikas Schwester mittlerweile knapp drei Millionen Follower. Sie hat der Polizei in Bad Tölz zwar Smartphone, Tablet und eine Smartuhr ausgehändigt, aber kurz darauf kam ein Foto von ihr im Verhörraum der Polizei. Filz die Frau, bevor du sie mitnimmst. Köhler und ich sind gerade in Frankfurt, um den Apotheker in Schutzhaft zu nehmen, wenn wir ihn finden, und seine Familie wegzubringen. Tanni hat sich in den Account von Monikas Schwester eingehackt, in Hauptblog und Facebook-Account, und hofft, dass Monika sich vielleicht wenigstens die Sachen anguckt. Und bei dir?*«

Meine Güte, dachte Leana und antwortete nur kurz, dass sie in zwanzig Minuten den Rückflug antreten würde.

Monikas Zimmer zeigte deutlich den Wechsel von heiler Welt zu zerbrochener Seele. Harmlose Jugendposter waren überklebt mit Gothic- und Punkmotiven, sämtlichen alten Puppen fehlten die Augen, die Fensterrahmen hatte sie schwarz gestrichen, und neben das Fenster hatte sie kreuz und quer zahlreiche Fotos von ihrem Krankenhausaufenthalt geklebt.

Leana wusste, dass manchen Frauen das guttat. Wenn die äußeren Wunden endlich verheilt waren, aber die innere Heilung noch längst nicht angefangen hatte, halfen die Bilder des zerstörten Äußeren, um zu begreifen, wie es im Inneren aussah.

Versteckt darunter Luftaufnahmen von Silicon Valley, ein nicht eingelöstes Flugticket, eine E-Mail, die einen Vorstellungstermin an einer Uni bestätigte. Die gesamte Collage sagte Leana, dass Monika damals genau das Richtige getan hatte: Sie hatte ihren Schmerz und ihre Wut zugelassen, ihre Trauer ausgelebt und immer wieder heraufbeschworen.

Leana ging zurück zur Tür, lehnte sich an den Rahmen und ließ noch einmal das Zimmer auf sich wirken. Wieder kamen ihr die Tränen, denn dieses mächtige, allzu deutliche Gefühl, überhaupt keine Chance zu haben, drohte sie schier zu überwältigen.

Leana wusste genau, dass die junge Frau in jeder neuen Lehre einen neuen Anfang gesehen hatte, voller Hoffnung, dass ihr Leben nun wieder in erträgliche Bahnen fand. Dann genügte in der Regel ein Arbeitskollege, der anzügliche Bemerkungen machte, ein Chef, der ihr zu lange in den Ausschnitt blickte. Selbst der Versuch, möglichst unattraktiv zu werden, scheiterte. Die Methode wurde verfeinert, scheiterte wieder, und irgendwann wurden Opfer wie Monika Stammer unsichtbar.

Leanas Smartphone vibrierte, der Hubschrauberpilot mahnte zum Aufbruch. Sie schloss leise die Tür.

Als sie die Küche betrat, fand sie Monikas Eltern dort so vor, als hätten sie sich nicht bewegt. Die Mutter starrte aus dem Fenster, der Vater stand an der Küchenanrichte und folgte dem Blick seiner Frau ins Leere.

Leana räusperte sich. »Ich muss jetzt los. Wir nehmen Ihre Tochter Bell mit. Es kann sein, dass sie uns helfen kann, Monika zu finden. Ist das in Ordnung für Sie?«

»Bell ist schon lange nicht mehr unsere Tochter«, sagte die Mutter, ohne sich zu Leana umzudrehen. »Sie hat uns nie verziehen, dass wir Mo nicht retten konnten.«

Das Schweigen in der kleinen Küche wurde so dicht, dass Leana das Gefühl hatte, es wäre wie ein Sog, der sie festhielt. Sie schüttelte sich, um sich davon zu lösen. »Ich finde allein wieder hinaus. Vielen Dank!«

Eilig lief sie durch den dunklen Flur, die Kellertreppe hinunter, und als sie die Tür unten öffnete, sauste Momo an ihr vorbei ins Hausinnere. Dann traf sie das Blitzlicht einer Kamera. Instinktiv hielt Leana die Hand hoch und rief: »Kein Kommentar, verschwinden Sie!«

»Frau Meister, wenn Sie nicht mit uns reden, müssen wir glauben, was auf Facebook steht.«

Ein Schauer überlief sie. Sie blieb stehen, blickte sich um und sah den Journalisten Korbinian Baumgartner.

»Was tun Sie hier?«, fuhr sie ihn an.

»Ich mache meine Arbeit, genau wie Sie.«

»Sie verfolgen mich!«

»Warum auch nicht!«, gab er flapsig zurück. »Ich schätze, es lohnt sich.«

»Fahren Sie zur Hölle!« Leana rannte los, vorbei an den Gärten, und da sie gut im Training war, brauchte sie sich nicht einmal zu Baumgartner umzudrehen, um zu wissen, dass er nicht mit ihr Schritt halten konnte.

Sie erreichte den Helikopter, kletterte die Treppe hoch und machte dem Piloten Zeichen, dass er die Treppe hochziehen und die Tür schließen sollte. Erst als sie sich umdrehte, bemerkte sie die junge Frau auf dem Nebensitz. Leana wusste nicht, was sie mehr beeindruckte, der knallrote Irokesenschnitt oder die unzähligen Piercings und Tattoos überall.

»Hi, ich bin Bell. So nennen mich zumindest meine Freunde. Nur der Priester sagt noch Anna-Esther.«

Mit der linken Hand setzte Leana die Kopfhörer auf, mit der rechten wollte sie Bell die Hand schütteln, schreckte aber zurück, da auch Bells Daumen von einem Piercing durchzogen war.

»Tut nicht weh, keine Angst!«

Der Helikopter hob ab, und so mussten beide sich einen Moment festhalten, weil sie noch nicht fertig angeschnallt waren.

»Sorry«, rief der Pilot über die Kopfhörer, »aber mein nächster Einsatz ist eigentlich in zwei Stunden. Wir müssen ein bisschen Gas geben.«

Als das Pendeln aufhörte, bat Leana Bell um deren Tasche und Jacke. Im Futter des Lederbeutels fand sie zwei kleine Tablets, in einer versteckten Innentasche der Lederjacke ein weiteres Smartphone.

»Wie viele haben Sie davon?«

Bell grinste, und die Piercings in ihren Mundwinkeln verschwanden für einen Moment. »Frag nicht. Ich weiß nicht. Ich häng irgendwie an den Teilen.«

»Waren das jetzt alle?«

»Kann sein.« Sie zuckte lässig mit den Schultern.

»Sie müssen mit dieser Hatz aufhören.«

»Einen Scheiß muss ich! Ihr«, sie stieß mit ihrer Hand in Leanas Richtung, »habt meine Schwester im Stich gelassen! Und wenn jetzt ein paar derReckstypen draufgehen, ist mir das ein Fest, verstehst du?«

Leana sah den Hass in Bells Augen und fragte sich, ob sie wirklich so wütend war wegen der Sache mit ihrer Schwester oder ob sie das Schicksal ihrer Schwester primär benutzte, um ihre Wut auf die Gesellschaft zu kanalisieren.

Leana nahm sich vor, das später im Verhör zu fragen und nicht jetzt auf dem Flug. »Erzählen Sie mir von Ihrer Schwester«, sagte sie in der Hoffnung, die junge Frau so zu besänftigen.

Nachdem sie sich noch einmal die gleiche Geschichte aus der Perspektive einer damals Fünfzehnjährigen angehört hatte, dachte Leana an den Täter von einst, der sich nun erhängt hatte. Sie rief auf ihrem Smartphone die Datei auf, die Natalia geschickt hatte, und las den Abschiedsbrief. Der Internist Peter Schulz, eigentlich Sven Clausen, hatte Selbstmord begangen, um seine Familie zu schützen. Leana wusste, so beklemmend es war, so recht hatte er damit. Der Mob würde diese Familie in Ruhe lassen. Man würde die Frau und die Kinder nun nicht fragen, wie sie mit solch einem Ehemann leben, solch einen Vater akzeptieren könnten. Diese Fragen kamen üblicherweise unweigerlich und am liebsten von den Nachbarn, die noch am letzten Wochenende mit ihm gegrillt und bis tief in die Nacht gezecht und gelacht hatten. Aus Entsetzen über sich selbst griff man lieber die Familie an. Jetzt musste niemand mehr entsetzt sein, denn das zu sezierende Objekt, der Freund, Arzt und Nachbar, war ja weg. Vielleicht würden die Kinder in der Schule ein paar harte Sprüche zu hören bekommen, aber selbst das ebbte normalerweise nach wenigen Tagen ab.

Nun, dachte Leana, *der Arzt ist tot, aber wo ist dieser Apotheker, Frank Peter? Wohin würde ich abtauchen, in einer Großstadt wie Frankfurt am Main? Warum begibt er sich nicht in Polizeigewahrsam?*

Ihr Smartphone klingelte. Sie nahm Sichtkontakt mit dem Piloten auf, und der nickte. Es war Angelas Nummer. Leana nahm das Gespräch an, meldete sich mit Namen. Hörte nichts. Fragte ein paarmal nach, ob die Staatsanwältin dran sei. Dann hörte sie Angela Rotenburg weinen.

»Angela, ich kann jetzt nicht reden. Ich rufe dich an, sobald wir gelandet sind. Hörst du mich?«

»Ja, Leana. Chris hatte einen Flug nach New York gebucht. Heute Morgen um fünf Uhr zehn ab Frankfurt. Ihn aber nicht genommen. Er ist nicht zum Abflug erschienen.«

»Bitte Tanni, alle seine Handys zu orten. Komm zum LKA!« Die Verbindung wurde unterbrochen.

»Verdammt!«, murmelte Leana.

»Hat Mo wieder einen drangekriegt?« Bell Stammer lachte laut auf. »Sehr gut!«

Leana holte Luft, um etwas zu sagen, entschied sich dann anders und schloss einfach die Augen, um weiter nachzudenken. Wieder vibrierte ihr Smartphone. Tanni hatte ihr einen Link geschickt: https://www.facebook.com/brainfuck-actors. Dieser Facebook-Account habe sich als der führende in den letzten Stunden erwiesen, schrieb Tanni. Sie nahmen ihn nicht aus dem Netz, weil sie hofften, dass Monika Stammer sich dort auch einfinden würde. Tanni und ihr Team verfolgten jede IP-Adresse, aber Tanni gab auch zu bedenken, dass Monika Stammer, die schon früh selbst programmiert hatte, nie aufgehört hatte, sich für IT zu begeistern. Sie würde sich also im Netz gut verstecken können und, wenn überhaupt, nur über viele Proxyserver gehen, und das war unverfolgbar.

Leana seufzte, tippte auf den mitgeschickten Link und wurde direkt auf die Seite geleitet. Die Kommentare sprachen für sich:

Krieg die schweine am sack!!!!

Mach sie kalt! Wir sind bei dir!

Sie sollen wissen wie das ist fick sie in den Arsch bis sie Bluten …

Jedem Vergewaltiger sollte von jetzt ab klar sein, dass ihn die HETZJAGD erwartet und das gleiche Schicksal wie seine Opfer. Keine Frau bleibt mehr ungesühnt!

Los gehen wir sie quälen bis sie um hilfe winseln!! Wer mahct mit?!!

Scheiß auf den Rechtsstaat, Mo! Wir sind das Netz, und das Netz wird dir helfen. Hier der Link, wie du unerkannt meinem Blog folgen kannst: www.roundtheworldtrace.com

Auf zur Hetzjagd! Ich habe den Apotheker in der U-Bahn gesehen vom Hbf. zur Messe. Hier das Foto. Live-Blog unter …

Jedes dieser Statements hatte Millionen Likes und nur ein paar Daumen runter.

Das Foto war unscharf und verwackelt, dennoch konnte man

den Apotheker erkennen. Sein Blick war unruhig. Schließlich musste er in jedem Menschen, der ein Smartphone oder Tablet zückte, einen Feind vermuten, der ihn vielleicht nur fotografieren, vielleicht aber auch angreifen würde.

Wieder überlegte Leana, warum er sich nicht in Polizeigewahrsam begab. Sie schnippte mit den Fingern, dachte: *Verdammt!*, und fragte den Piloten, wie lange sie noch brauchen würden.

»Wir landen in zehn Minuten. Legen Sie bitte auch wieder die Schultergurte an.«

Leana tat wie geheißen, dann wandte sie sich wieder ihrem Smartphone zu, las auf Facebook zahlreiche Diffamierungen irgendwelcher Leute, die auch nur ansatzweise mit den Tätern von damals in Verbindung gebracht wurden. Patienten des Arztes wurden genauso beschimpft wie die Kinder des Apothekers, die auf Facebook waren. Als Leana Aufrufe fand, Victors Restaurant abzufackeln, weil er einen Vergewaltiger jahrelang beherbergt und zudem Freund genannt hatte, reichte es ihr. Sie konnte es kaum noch erwarten, Bell Stammer bis zur späteren Befragung in Verwahrung zu geben, um selbst zusammen mit den Spitzenkräften des LKA-Kompetenzcenters über das weitere Vorgehen im Fall Monika Stammer zu beraten.

Alle waren im Konferenzraum und erwarteten Leana bereits. Die Luft war stickig und verbraucht. Die Gesichter gezeichnet von der schon viel zu lange anhaltenden Konzentration. Der Kaffee roch bitter in den Tassen. Die Wasserflaschen waren leer. Stühle zusammengerückt. Mittendrin saß Maxim, mit dem Kopf auf dem Tisch, und schlief. JJ schrieb ein Memo für den Innenminister. Tanni lief zwischen mehreren Laptops hin und her und gab neue Antworten und Dislikes ein. Ihr buntes Make-up war verwischt, und trotzdem wirkte sie gut gelaunt.

Angela saß mit verweinten Augen neben JJ. Zorro, Theo und Sven bedienten ebenfalls verschiedene Facebook- und Twitter-Accounts. Auf dem Hauptbildschirm waren alle sieben Männer zu sehen, die damals mutmaßlich beziehungsweise tatsächlich an der Vergewaltigung beteiligt gewesen waren. Fünf waren in Schwarz-Weiß dargestellt, das waren die Toten. Der Apotheker und Chris in Farbe.

Eine andere Art von Schnitzeljagd dachte Leana bitter. Sie ging zu Angela, drückte kurz deren Schulter und glitt auf den Stuhl neben ihr.

»Von vierzig Tischen heute Abend haben achtunddreißig abgesagt. Alle Tische bis Samstag sind storniert. Samstag sollte eine Firmenfeier sein, gecancelt. Victor steht vor dem Aus und versteht es nicht«, flüsterte die Staatsanwältin. »Tanni hat zum Glück seine Website aus dem Netz genommen und den Facebook-Account des Restaurants inaktiv gesetzt, damit Victor wenigstens nicht mehr beschimpft wird. Wie geht das alles so schnell?«, fragte sie hilflos.

»In den Augen der Leute gelten immer alle als schuldig. Ob er bei dir gewohnt hat, zur Miete oder in derselben Wohnung, macht keinen Unterschied. Ob er nur dein Hausnachbar war und ihr bloß hin und wieder über den Gartenzaun miteinander gesprochen habt, das alles wird ausgeblendet. Das Volk will auf jemanden seinen Hass ausschütten, und dank der sozialen Medien geht das rasend schnell. Einer schreibt: ›Ich geh nicht essen, wo ein Vergewaltiger über mir wohnt!‹ Dann schreibt der Nächste: ›Genau, ich auch nicht. Wer weiß, was gerade in der Wohnung passiert.‹ Und so wird jeder Kommentar, jedes ›Daumen hoch‹ und ›Daumen runter‹ noch dümmer und noch unreflektierter nachgemacht. Der Schock, dass es normale Männer waren, ist groß, und sie wollen jemanden anklagen, der den Täter hätte erkennen können«, erklärte Leana.

»Gestern saßen wir noch zusammen auf Chris' Sofa. Victors Restaurant war voll. Und heute?«

»Je schneller wir Monika Stammer stellen, desto eher ist es vorbei«, erwiderte Leana beschwichtigend, glaubte allerdings selbst nicht so recht daran.

Sollten sie Monika Stammer finden, würde es Presse und Interviews geben, Hintergrundberichte zu den Tätern und zu denen, die diesen Tätern die Türen geöffnet hatten, ohne von deren Vergangenheit zu wissen. Immer wieder würde über die Fernsehbildschirme eine Reporterin oder ein Reporter flimmern, die oder der einem Nachbarn, einer Arbeitskollegin oder eben einem Vermieter wie Victor das Mikro unter die Nase hielt und fragte: »Ist Ihnen denn gar nichts aufgefallen? Wie lange kannten Sie sich schon? Wussten Sie von der Namensänderung?«

Leana stöhnte innerlich. Sie gab sich einen Ruck, stand auf, füllte zwei Kaffeetassen, brachte eine davon Maxim, weckte ihn vorsichtig, bat um Ruhe im Raum, und Natalia resümierte für alle, was sie hatten:

Fünf der sieben Täter von damals waren tot. Zwei auf der Flucht. Sie hatten die Familienangehörigen aller Männer an sichere Orte gebracht, um sie im übertragenen wie im wörtlichen Sinne aus der Schusslinie zu nehmen. Tanni hatte sich in die diversen Blogs dazu eingehackt, sodass sie sofort die neuen Fotos samt aktuellem Standort des Apothekers ins eigene Netz einspeisen und somit jeder im Team die Spur des Gejagten kreuz und quer durch Frankfurt verfolgen konnte. Er war schnell, wechselte ständig das Transportmittel und die Richtung. Die Frankfurter Polizei kam nicht einmal in seine Nähe.

»Obwohl er mehrfach die Richtung gewechselt hat, bewegt er sich insgesamt in den Süden Frankfurts«, sagte Leana und betrachtete den Stadtplan, auf dem seine Route rot eingezeichnet war. »Wo ist er jetzt?«

»Weiß nicht. Seit über einer Stunde ist er nicht mehr gesehen worden«, gab Tanni düster zurück.

»Warum kommt der nicht zu uns?«, donnerte JJ.

»Genau das«, Leana trat vor den Hauptbildschirm, »habe ich mich auch gefragt. Der Punkt ist doch, dass Monika Stammer uns gezeigt hat, dass sie in der Lage ist, ihr groß angelegtes Vorhaben ebenso konsequent wie erfolgreich durchzuziehen. Folglich gibt es garantiert einen sehr guten Grund, warum er nicht zur Polizei geht. Sei es, dass sie ihm gedroht hat, seiner Familie etwas anzutun, sei es – was ich für sehr wahrscheinlich halte –, dass sie ihn zu einem Spiel gedrängt hat, das er nun zu gewinnen versucht, um sein Leben und das seiner Familie zu retten.«

»Ein Spiel?«, fragte JJ leise. »Ein Spiel auf Leben und Tod?«

»Ja.« Leana blickte ihn an. »Sie spielt um sein und um ihr Leben, und wie er gewinnen kann, wissen nur er und sie.«

»Diese Frau ist beängstigend«, murmelte JJ.

»Wir müssen uns noch eine Frage stellen, die wichtig ist«, sagte Natalia. »Sie hat es geschafft, die Namen der ehemaligen Täter zu finden, obwohl die geändert worden waren, die Telefonnummern, die Arbeitsplätze. Sie hat sie erpresst und an die von ihr anvisierten Tatorte gelotst oder sie dort erwischt und vielleicht überrascht. Sie hat die Öffentlichkeit erreicht und damit eine Jagd auf die Täter von damals entfesselt, die viel schneller ausgeufert ist, als wir voraussehen konnten. Wir waren so damit beschäftigt, herauszufinden, wer hier mordet, dass wir diese Frage bislang vernachlässigt haben: Kann Monika Stammer das alles allein gemacht haben?«

Sven, Theo und Zorro hielten verblüfft im Tippen inne, JJ sah von seinem Bericht hoch, aber keiner hatte ad hoc eine Antwort.

»Tanni«, wandte Leana sich an die junge Frau, »könntest du das?«

Tanni ließ den Kopf kreisen und streckte sich. »Ich glaube schon, wenn ich genug Zeit hätte.«

»Wie viel ist genug Zeit?«

»Einige Monate!«

»Du bist auf Recherchen dieser Art spezialisiert. Aber jemand, der nur gut ist und deine Möglichkeiten nicht hat?«

»Einerseits würde ich annehmen, sie braucht länger, auf jeden Fall ein oder zwei Jahre. Ich meine, die Typen waren ja nicht auf Facebook, Xing, LinkedIn etc. Ihre Namen waren geändert. Keine elektronischen Spuren. Daran bin ja selbst ich gescheitert und wäre immer noch nicht klüger, wenn wir nicht an die Presse gegangen wären. Andererseits hat sie, im Gegensatz zu mir, von Anfang an gewusst, wonach sie suchen muss. Das war ein massiver Vorteil. Sobald sie Bauer begegnet war, konnte sie beginnen.«

»Aber bundesweit?« Leana schüttelte den Kopf.

»Wieso nicht? Vielleicht hat sie bei Bauer auf dem PC ein Adressbuch gefunden, und schon war die Suche zu Ende, und sie konnte ihre ganze Zeit in die Planung stecken.«

»Warum haben wir dieses Adressbuch dann nicht?«

»Weil sie so gut ist wie ich«, sagte Tanni ohne einen Hauch von Bescheidenheit.

JJ schloss sein Laptop. »Wir gehen davon aus, dass alles angefangen hat, als Monika Stammer am sechsten Januar dieses Jahres plötzlich der glücklichen kleinen Familie gegenüberstand, einer Familie, die sie nicht hatte haben können, und einen ihrer Peiniger wiedererkannte. Sieben Monate später sind fünf dieser untergetauchten Männer tot. Wie hat sie das gemacht?« JJ blickte jeden im Raum an, erst Zorro, der mit den Schultern zuckte, dann Sven und Theo, Natalia, Leana und schließlich Tanni. »Tanni, wie würden Sie das bewerkstelligen?«

»Wenn ich weiß, wo sie sind, schalte ich als Erstes die Kameras ihrer PCs an. Darüber erfahre ich wahrscheinlich schon genug über ihren Tagesablauf. Mehr als ein oder zwei Wochen, um ganz sicherzugehen, brauche ich nicht. Ich knacke ihre Accounts bei Amazon und anderen Bestellplattformen, da finde ich weitere Informationen. Ich reise hin. Verunsichere sie mit Anrufen. Damit zeige ich, dass ich gut bin, weil ich ja ihre Geheimnummern habe. Ich könnte mir sogar vorstellen, dass, wären wir nicht an die Öffentlichkeit gegangen, Monika Stammer selbst irgendwann der Presse etwas zugespielt hätte, um uns dazu zu bringen zu handeln.«

Leana schloss die Augen und versuchte sich in Monika Stammer hineinzuversetzen, ihre neu erwachte Entschlossenheit zu verstehen, die Dämonen ihres Lebens endgültig auszulöschen. Die Morde waren es, die Monika Stammer guttaten. Dass sie Rachefantasien entwickelt und in Form eines Roman niedergeschrieben hatte, hatte ihr vielleicht geholfen, in der Theorie alles einmal durchzuspielen. Doch viel wichtiger für sie war, dass sie handelte und nach achtzehn Jahren endlich ein Ziel hatte, das sie wirklich ausfüllte. Ein Ziel, das – anders als alle anderen Versuche, die sie in den letzten Jahren gestartet hatte – ihr Inneres berührte. Endlich hatte sie das Gefühl, lebendig zu sein, etwas zu tun, das wirklich Sinn hatte, für ihr eigenes Leben Sinn hatte. Etwas zu tun, wovon sie erwartete, dass es sie retten, ihren Schmerz beenden, ihrer Wut den Stachel nehmen würde. Gerechtigkeit für ihre Seele, innere Reinigung. Monika Stammer brauchte den Erfolg ihres Plans, nicht nur, weil endlich einmal etwas in ihrem Leben gelingen sollte, sondern weil sie danach endlich frei sein würde. Und um dieses Gelingen zu garantieren, hatte sie ganz sicher fremde Hilfe in Anspruch genommen, denn ein Scheitern konnte sie sich nicht leisten.

Leana schlug die Augen wieder auf. »Ich glaube, dass sie

Hilfe hatte. Wir laden für morgen alle Ehefrauen vor und unsere gute Irene Kohlmeyer!«, sagte sie bestimmt. »Wenigstens eine von ihnen hilft ihr oder hat ihr geholfen, vielleicht, ohne es zu wissen!«

Sie blickte Natalia direkt in die Augen, die sie anerkennend anlächelte, und übernahm: »Tanni, du bleibst dran bei dem Blog. Die Frankfurter Kollegen sind auf der gleichen Spur. Theo, Sven, postet mit euren Teams, dass ihr gehört habt, die Familien seien in Sicherheit. Falls sie den Apotheker durch die Drohung in Schach hält, seiner Familie etwas anzutun, könnte das helfen. Zorro, warte eine halbe Stunde, und bestätige das mit deinen Leuten. Vielleicht taucht er auf, wenn er das weiß. Ich hoffe, wir kriegen den Apotheker vor ihr. Was ist mit dem Architekten?«

Alle blickten unvermittelt in Angelas Richtung. »Ich habe keine Ahnung. Sein Handy lässt sich nicht orten. Kreditkarten hat er außer für den Flug nach New York nicht eingesetzt. Er hat immer große Mengen Bargeld im Haus. Kann also sein, er hat ein Bahnticket, ein Auto, irgendwas bar bezahlt und ist jetzt Gott weiß wo unterwegs. Er könnte allerdings ebenso gut bei Victor im Keller sein.«

Leana setzte sich wieder neben Angela. »Monika Stammer kann nicht zwei Männer gleichzeitig jagen. Im Moment jagt sie diesen hier!« Leana zeigte auf den Stadtplan von Frankfurt. »Deshalb ist unsere größte Sorge im Moment der Apotheker. Es kann auch sein«, Leana hielt einen Moment inne, »dass sie jetzt wütend ist, denn der Selbstmord des Internisten hat sie vielleicht aus dem Konzept gebracht. Wenn wir diesen Frank Peter nicht in den nächsten Stunden finden, ist er ein toter Mann, da bin ich ganz sicher.«

Natalia stand auf. »Okay. Alle wissen, was zu tun ist. Ich kümmere mich um die Ehefrauen, die Vorladung von Irene

Kohlmeyer sowie von Amelie Bauer plus Doc – darauf freue ich mich schon besonders. Leana, würdest du die Befragung des Feuerwehrmanns Martin Peltzer aus Hövelburg übernehmen? Er ist übrigens nach diesem Fall zur Polizei gegangen. Und dann wäre da noch diese gepiercte Schwester?«

Leana nickte. JJ erhob sich ebenfalls. »Ich telefoniere mit Frankfurt, die sollen die Aufnahmen ihrer Überwachungskameras rausrücken. Kann sein, wir sehen einfach mehr als die. Irgendwo muss der Typ doch zu finden sein. Wann sehen wir uns wieder? Jetzt ist es halb zwei. Um fünf? Macht das Sinn?«

»Ja«, antwortete Natalia knapp und verließ den Konferenzraum.

JJ beugte sich zu Angela hinunter und bat sie, nach Hause zu fahren und bei Victor zu bleiben. Er würde alles für sie übernehmen und er dulde keine Widerrede. Leana sah ihn dankbar an. Sven, Theo und Zorro verzogen sich mit ihren Laptops zurück zu ihren Teams, Maxim legte einfach wieder den Kopf auf den Tisch und schlief sofort ein, während Tanni auf der Straßenkarte von Frankfurt nachvollzog, wohin der Apotheker sich zuletzt bewegt hatte und welche eventuell für einen Mord interessanten Stellen sich in der Nähe befanden. Leana ließ ihre Augen über die Fotos an den Wänden gleiten. Jedem der Männer war es gelungen, die damalige Tat hinter sich zu lassen. Bis auf den Elektriker aus Hannover und Chris hatten sich alle Täter neu verliebt, gebunden, Familien gegründet. Ihre Kinder und Frauen lachten in die Kamera. Es gab bunte Gärten mit Schaukeln, Haustieren und Grill. Der Zahnarzt, der Autohausbesitzer, der Internist und der Apotheker hatten in ihrem Leben vor Monikas Vergewaltigung schon Familien gehabt und diese verlassen, vielleicht auch verlassen müssen. Nach einigen Jahren und ihren Scheidungen hatten sie neu angefangen. Ein Neuanfang, der Monika Stammer so nie möglich gewesen war.

Natalia klopfte an den Türrahmen. »Vielleicht kümmerst du dich jetzt um die Schwester?« Sie tippte auf ihre Uhr. »Denn der Polizist ist auch gleich da. Ich habe beim Pförtner für dich und das Piercingwunder ein paar Brötchen bestellt.«

Wie erwartet, beschwerte sich Bell Stammer erst einmal lautstark, dass sie so lange hatte warten müssen. Leana war müde und hörte sich geduldig alles an, bis die junge Frau mit ihren Kraftausdrücken durch war.

»Möchten Sie etwas essen?«

»Das ist ja wohl das Mindeste, und ich will sofort meine Telefone und Tablets zurück.«

»Kommen Sie erst einmal mit.«

Leana führte die junge Frau mit dem Irokesenschnitt in ihr Büro, wo sie gleichzeitig mit dem Portier eintrafen, der Brötchen, Saft und frischen Kaffee auf den kleinen Tisch vor dem Schlafsofa stellte. Leana bedankte sich, schloss die Tür hinter ihm und bedeutete der jungen Frau, Platz zu nehmen und sich zu bedienen.

Da die Luft im Zimmer sehr stickig war, öffnete Leana zwei Fenster ganz und ignorierte den Lärm, der von der sechsspurigen Straße heraufdrang. Sie gönnte sich einen langen Blick in den dunkelblauen Himmel, nahm wahr, dass von Norden her neue Gewitter im Anzug waren, und atmete ein paarmal tief durch. Dann kramte sie ihr Smartphone aus der Hosentasche und wählte Gregors Festnetznummer. Sie wusste, dass er um diese Uhrzeit in seinem Arztzimmer Pause machte.

»Gut, dass du anrufst«, sagte er ohne Begrüßung, und Leana bekam augenblicklich ein flaues Gefühl im Magen.

»Warum, was ist los?«

»Georgia hat immer noch Probleme, ihre Beine zu bewegen.« Gregors Stimme klang unsicher, und er sprach sehr leise.

Leana kannte diese Angewohnheit von ihm. Das tat er immer, wenn er große Sorgen hatte.

»Kann sie die Beine gar nicht bewegen?«

Schweigen war die Antwort.

»Verdammt, Gregor, rede mit mir!« Leana brach der kalte Schweiß aus.

»Nein, im Moment nicht. Mein Kollege sagt, wir sollen uns noch keine Sorgen machen.«

»Uns«, dachte Leana bitter, *»uns« gibt es nicht mehr*, und es lag ihr auf der Zunge, ihren Mann daran zu erinnern, dass er die Scheidung angekündigt hatte. Doch dann schluckte sie die Vorwürfe hinunter. »Ab wann sollten wir uns denn um Georgia und ihre Beine Sorgen machen?«

Leana schloss beide Fenster wieder, wandte sich zu der gierig kauenden Bell Stammer um und fragte sich, ob die Piercings ihr nicht im Weg waren beim Essen.

»Er sagt, es kann bis zu zwei Wochen dauern, so ein Trauma. Wir haben sie zweimal in den Kernspintomografen und einmal in den CT-Scanner geschickt, um ganz sicher zu sein, dass wir nichts übersehen haben.«

»Wie gut sind die Geräte?«

»So gut, wie sie hier sein können.« Gregor verfiel wieder in Schweigen, Leana hörte sein Atmen.

»Könnte also sein, dass es irgendwo einen kleinen Splitter gibt, der auf den Bildern nicht zu sehen ist?«

Schweigen.

»Gregor!«

»Ja, das könnte sein.«

»Dann müsst ihr herkommen.«

»Das zahlt die Versicherung nicht. Wir brauchen einen Krankentransport. Georgia kann nur liegend reisen. Außerdem birgt jede Erschütterung ein hohes Risiko.«

»Inwiefern Risiko?« Leanas Stimme wurde zunehmend schriller.

Gregor seufzte hörbar. »Sollte da ein Splitter sein, der vielleicht im Moment den Nerv nur stört, könnte eine Erschütterung den Nerv endgültig durchtrennen.«

Leana wischte sich den Schweiß von der Stirn. »Ruf meinen Vater an. Wenn einer Georgia auf einer Wolke nach Deutschland transportieren kann, dann er. Tust du das?«

»Ja.« Gregor klang erleichtert. Wie immer, wenn sie ihm eine Entscheidung abgenommen hatte, für die er sie später, sollte es nötig sein, verantwortlich machen konnte.

»Gut, dann ruf mich wieder an. Umarm Georgia von mir.« Leana drückte auf den roten Knopf, lehnte sich gegen das Fenster und bemühte sich umzuschalten.

»Scheiße, wenn man nicht helfen kann!« Bell Stammer sah sie mitfühlend an. »Ich kenn kein Gefühl so gut wie das.«

»Bell, wir müssen Ihre Schwester finden, bevor sie weitermordet, und dafür brauche ich Ihre Hilfe.«

»Zur Hölle mit den alten Wichsern! Ob sie nun fünf oder sieben von denen erledigt – sie geht so oder so für immer in den Bau. Dann soll sie jetzt wenigstens ihren Spaß haben!«

Leana unterdrückte das Bedürfnis, die junge Frau zu ohrfeigen. »Was machen Sie eigentlich beruflich?«

Bell Stammer lachte. Ein paar Mohnkörnchen von dem letzten Brötchen klebten noch an ihren Schneidezähnen. »Ist das wichtig?«

Leana holte ihr Smartphone heraus, ging in ihre E-Mails und fand Bell Stammers Lebenslauf. »Hier steht, Sie waren Krankenschwester in München im Rechts der Isar. Sie haben einen Arzt der sexuellen Belästigung bezichtigt. Er hat es abgestritten, ihre Kollegen und Kolleginnen auch.«

»Alles feige Wichser. Da macht keiner das Maul auf.« Bell

Stammer nahm sich noch ein Brötchen, und Leana fragte sich, wann sie wohl zuletzt etwas gegessen hatte.

»Manchmal entspricht das aber auch der Wahrheit.«

»Genauso haben die Leute damals behauptet, Mo hätte die Typen angemacht. Alles Quatsch. Scheiß Bullerei, scheiß Leute, scheiß Staat. So sieht es aus.«

Leana bemerkte, wie sich die Muskulatur in ihrem Nacken verspannte und sich unleugbar eine Migräne ankündigte. »Ich glaube eher, dass Sie, Bell, das Leid Ihrer Schwester ausnutzen, um Ihr eigenes Scheitern zu erklären. Sie sind ein egomanisches kleines Monster.«

Bell Stammer starrte Leana ein paar Sekunden sprachlos an. Dann fegte sie das Tablett und den Saft vom Tisch. Die Flasche zersprang.

Die Bürotür flog auf, und Natalia stand im Rahmen. »Alles okay?«

Leana war eine Sekunde baff angesichts Natalias blitzschneller Reaktion, dann fing sie sich. »Ich denke, du kannst Frau Stammer den Kollegen zur Verwahrung übergeben, bevor sie hier ganz ausrastet. Das dürfte genug sein für heute.«

»Fuck! Das lass ich mir nicht gefallen!« Bell Stammer sprang auf, ging zwei Schritte auf Natalia zu und blieb unentschlossen stehen.

»Im Bad, hinter dir die Tür rechts, sind Sachen zum Aufwischen.« Natalia verschränkte ihre Arme vor der Brust.

Bell Stammer entschied sich für den geordneten Rückzug und verschwand im Bad.

»Der Polizist ist da«, erinnerte Natalia Leana an ihre nächste Aufgabe.

Leana zögerte einen Moment. »Bring ihn in fünf Minuten hierher. Ich will, dass Bell Stammer sich anhört, was er zu sagen hat.«

Natalia hob die Hände, sagte: »Du wirst wissen, was du tust«, und verschwand.

Nachdem Bell Stammer alles aufgewischt, die Brötchen vom Boden in den Mülleimer befördert und Leana gegenüber auf dem Sofa Platz genommen hatte, sagte Leana kühl: »Sehen Sie, Sie wischen lieber einen Boden, als ein wenig zu kämpfen, Widerstand zu wagen und die Gefahr in Kauf zu nehmen, dass Sie scheitern.«

Das Piercing in Bell Stammers linkem Mundwinkel zitterte verdächtig. Schließlich rollten die ersten Tränen. Leana ließ sie weinen. Zwischen Schluchzern und Naseputzen hörte Leana jetzt die Geschichte eines weiteren Opfers von damals. Einem Kind, das sein Idol, seine große Schwester, hatte scheitern sehen. Einer Heranwachsenden, die hatte erleben müssen, dass niemand Mo helfen und dass sie selbst den Eltern die ältere Tochter einfach nicht ersetzen konnte. Niemand hatte bemerkt, wie Bell eine diffuse Angst vor Männern entwickelt hatte, wie das junge Mädchen die letzten Jahre der Kindheit vergebens gekämpft hatte, um nicht an der neuen Einsamkeit in der Familie lautlos zu zerbrechen.

Als es an der Tür klopfte, reichte Leana Bell Stammer eine Packung Taschentücher und sagte: »Jetzt kommt der Polizist, der Ihrer Schwester damals das Leben gerettet hat. Ich möchte, dass Sie ihm einfach nur zuhören. Bekommen Sie das hin?«

Bell Stammer blickte aus verweinten Augen zu Leana hoch und nickte.

Leana ging zur Tür und öffnete. Vor ihr stand der vierunddreißigjährige Martin Peltzer. Seine grün-blauen Augen waren von Lachfalten umrahmt, die von zu viel Sonne erzählten. Er reichte ihr die Hand. »Peltzer, guten Tag, Frau Meister! Ihre Kollegen haben mich quasi vom Surfbrett geholt und mir doch nicht gesagt, was genau los ist, nur, dass ich sofort hierherkommen solle.«

Leana bat ihn herein, stellte ihm Bell Stammer vor und beobachtete dabei den sympathisch wirkenden Polizeibeamten mit der typisch braunen Haut eines Menschen, der sich viel in Salzwasser und Sonne aufhielt. Als sie den Nachnamen der jungen Frau nannte, zuckte Peltzer sichtlich zusammen. Das gab Leana die Gewissheit, dass er sich sehr gut an jenen Tag im Februar vor achtzehn Jahren erinnern konnte. Natürlich nahm sie an, dass er wie alle über Facebook und die Medien von Monika erfahren hatte. Nur der Name Stammer, der war nirgendwo aufgetaucht.

»Sie waren damals noch so jung«, sagte Peltzer mit ruhiger Stimme zu der auf dem Sofa sitzenden Bell, »und es tat mir wahnsinnig leid, Sie nicht trösten zu können.«

»Wieso kennen Sie mich?«, fragte Bell Stammer unsicher.

»Ich war jeden Tag bei Ihrer Schwester im Krankenhaus. Auch als Sie mit Ihren Eltern kamen.« Martin Peltzer drehte sich zu Leana um. »Warum bin ich also hier?«

»Setzen Sie sich. Möchten Sie einen Kaffee?«

»Danke, gern.« Ohne jede Hemmung, als wäre es das Natürlichste der Welt, setzte er sich neben Bell Stammer auf das Sofa und nahm dann dankend von Leana die Kaffeetasse entgegen.

Leana setzte sich den beiden gegenüber und umriss, so kurz es ging, den Stand ihrer Ermittlungen und dass sie hoffte, mit seinen Erzählungen von damals das Bild der Täterin Monika Stammer so zu vervollständigen, dass sie sie finden konnten.

Peltzer trank einen Schluck aus seiner Tasse, stellte diese zurück auf den Tisch und stützte die Hände auf seine Oberschenkel. »Es war dieser mörderisch kalte Winter. Minus sechsundzwanzig Grad, Eisregen und deutschlandweit über dreißig Tote noch vor Silvester. Irgendwo war ein neunzehnjähriges Mädchen gestorben, einfach nur, weil sie in einen Graben gefallen war. Autokühler platzten. Bis Sizilien gab es Schnee. In dieser Nacht herrschten auch in Hövelburg minus zweiundzwanzig Grad. Aber das störte die Umherziehenden nicht, wofür gibt es unsere harten Schnäpse? Um sich warm zu halten und wenn es so kalt ist, verträgt man mehr, denkt man. Es war eine brisante Mischung aus Kälte und Suff. Trotzdem tobten alle Karnevalisten durchs Dorf, wurden Fackeln und Scheiterhaufen angezündet. Die ›Freinacht der Masken‹ ist ein unheimliches Spektakel, obwohl längst nicht alle Masken tragen, also die … Männer der ›Old and Young Hövels‹ zum Beispiel nicht, die hatten ihre eigenen Kostüme, ohne Masken.«

Leana bemerkte, dass Peltzer sich nur langsam dem kritischen Moment nähern konnte, und je näher er ihm kam, desto mehr senkte er den Blick, verlor sein Gesicht die freundliche Offenheit.

»Ich machte nach der Schule erst ein soziales Jahr, das war bei der Feuerwehr von Hövelburg, die an diesem Abend auch die Sanis, also die Sanitäter stellte, wir hatten alle eine Erste-Hilfe-Ausbildung durchlaufen. Immer mal wieder kam einer zu uns, ein Schnitt in der Hand, ein aufgeschlagenes Knie. Bei uns passierte nie etwas Schlimmeres. Ich hatte an dem Tag Dienst ab sechzehn Uhr. Es gab in Hövelburg nicht viel Kriminalität. Mal ein geklautes Fahrrad, eine entlaufene Kuh, Alkohol am Steuer. Wir sind ein Dorf, knapp zweitausend Einwohner. Man kennt sich, passt aufeinander auf. Eigentlich. Ich hatte eine Runde durchs Dorf gedreht, es wurde gerade so langsam dunkel, und die ersten Feuer und Fackeln wurden entzündet. Ich ließ mich von Kindern erschrecken, die hinter Ecken und in Hauseingängen lauerten, redete mit den Kollegen von der Feuerwehr, die patrouillierten, grässlich froren. Wir im Haus mussten immer wieder kontrollieren, ob die Wasserleitungen noch frei waren.

Ich traf auch Mo mit ihrem Fotoapparat, sie hatte sich als Fee verkleidet und trug einen Schleier, um nicht aufzufallen unter den anderen Maskierten. Der Fotoapparat wurde übrigens nie gefunden, nicht im Dorf, nicht bei ihren Sachen, nicht im Krankenhaus. Ich lief zur Wache. Drei ältere Kollegen, Max, Klaus und Matthias, waren schon da. Sie spielten Skat. Ich räumte ein paar Unterlagen hin und her, machte sauber, während ich ihren Skatansagen lauschte und für mich wettete, wer wohl gewinnen würde. Sie hatten auch ein wenig gegen die Kälte getrunken. Gut, nicht ganz so viel, wir hatten ja schließlich Dienst, und einer musste immer noch fahrtauglich sein.«

Mittlerweile war Peltzers Kinn fast bis auf die Brust gesunken, seine Augen halb geschlossen, seine Hände verkrampft. »Dann klingelte das Telefon. Die Skatspieler grölten, machten Witze. Riefen nach mir, ich solle drangehen.« Er hob den Kopf, sein Blick traf Leanas, die den Schmerz darin wahrnahm. »Bis heute höre ich dieses Klingeln ... Ich träume davon. Nicht mehr so oft, aber immer noch, und dann wache ich nass geschwitzt auf. Können Sie sich das vorstellen?«

Leana nickte und wartete ab, ob er von allein weitersprechen würde. Bell Stammer hing wie gebannt an seinen Lippen und drehte ununterbrochen die Ringe an ihren Händen.

»Und dann?«, fragte Leana leise.

Peltzer senkte seinen Kopf wieder. »Dann ging ich dran. Ein Mann flüsterte ins Telefon: ›Im Wald hinter den Toiletten stirbt eine Frau!‹ Ich war perplex. Max grölte, weil er das Spiel gewonnen hatte, die anderen lachten. Da wurde der Mann im Hörer lauter: ›Lachen Sie nicht, kommen Sie, sonst stirbt die Frau!‹ Dann klickte es in der Leitung. Es dauerte einen Moment, einen Moment, der mir bis heute endlos lang vorkommt, bis ich mir Gehör verschaffen konnte. Max, der Schichtleiter, winkte ab, meinte, das sei Quatsch, ein blöder Witz.« Martin

Peltzer schüttelte den Kopf. »Irgendwie hatte er recht, es war so unvorstellbar. Überall im Dorf waren Menschen, und jetzt sollte im Wald plötzlich eine Frau sterben? Aber irgendwas machte mir Gänsehaut. Ich nahm mir ein Funkgerät und rannte los.« Noch einmal machte Peltzer eine Pause. »Als ich die Toiletten erreichte, fragte ich die Frauen in der Schlange, ob sie was gesehen oder gehört hätten? Sie lachten mich aus. Also dachte ich: ›Stimmt, war alles Unsinn.‹ Überall waren bunt gekleidete Menschen, ich meine, was sollte jemand im dunklen und kalten Wald wollen?« Peltzer legte seine Hände ineinander. »Aber ich dachte, wenn ich schon einmal hier bin, kann ich auch einen Blick in den Wald werfen. Aus den Boxen, die überall im Dorf hingen, dröhnte Karnevalsmusik. Kaum hatte ich den Lärm der Musik hinter mir gelassen, wurde es seltsam still. Ich rief ein paarmal in den Wald hinein: ›Hallo, ist da jemand?‹, und bekam keine Antwort. Ich leuchtete mit der Taschenlampe hinein und wollte schon gehen, da sah ich einen weißen Stofffetzen an einem Ast hin und her schaukeln, ich fror nicht nur an der Haut wegen der Kälte, ich fror innen …«

Martin Peltzer vergrub sein Gesicht in den Händen, und einen Moment glaubte Leana, er würde weinen, aber dann sagte er nur mit fester Stimme: »Den Rest kennen Sie.«

Leana wartete, bis er seinen Kopf wieder hob und sie ansah. Das Schweigen dauerte so lange, dass Bell Stammer unruhig wurde. Sie hatte aufgehört, an ihren Ringen zu drehen, und zupfte jetzt an den Piercings, während sie ihre Beine mal so und mal so übereinanderschlug.

Peltzer straffte sich. »Den Rest kennen Sie«, wiederholte er.

»Sie haben noch nie jemandem von dem Tag erzählt, nicht wahr? Und Sie schämen sich bis heute für das, was passiert ist.«

Peltzer starrte Leana an, als hätte sie ihn geohrfeigt. Er schüttelte sich. »Das ist nichts, was man in der Kneipe mal beim Bier erzählt. Freunde wollen es gar nicht hören. Weil es dazu nichts zu sagen gibt. Man kann nicht sagen, es wird alles wieder gut. Keiner hat Monika Stammer so gesehen wie ich!«

»Diesen Rest kennen wir nicht«, sagte Leana sanft.

»Sie … sie lag da, eingesunken und völlig zerkratzt in der Brombeerhecke, verrenkt, ihre Oberarme abgeknickt, die Elle des linken Arms lag frei. Ihre Augen waren noch nicht zugeschwollen. Sie sah mich einfach nur an, blickte in das weiße Licht der Taschenlampe. In diesen Augen war ein Schrei, so laut, wie meine Ohren ihn nie vernommen hatten. Ich übergab mich, noch bevor ich nahe bei ihr war. Ich kletterte durch das Gestrüpp, riss mir die Finger auf, während ich über Funk den Krankenwagen und meine Kollegen rief. Ich zog meinen Mantel aus. Ich breitete ihn über ihren Körper. Heute denke ich manchmal, ich tat es, weil ich einfach nicht hinsehen konnte. Ihre Beine waren blau und grün an den Innenseiten, sie blutete stark. Und das Schlimmste war, sie stank nach Urin. Ich war wie gelähmt, ich konnte sie nicht in den Arm nehmen, ich konnte nicht einmal ihre Hand halten, weil ich dachte, jede Berührung muss ihr noch mehr wehtun.« Er drehte seinen Kopf und sah Bell Stammer an. »Es tut mir so leid. Ich kann es nicht besser in Worte fassen.«

»Es war doch nicht deine Schuld«, antwortete sie und legte unwillkürlich ihre Hand auf seine. »Sprich bitte weiter.«

»Im Krankenwagen kam Monika zu sich. Sie beschuldigte sofort die Harlekine. Sieben Männer, sie nannte uns ihre Namen. Die Polizei nahm sie noch in der Nacht und in ihren Kostümen fest. Es hieß, sie hätten einen Promillegehalt über zwei gehabt, was wahrscheinlich auf das ganze Dorf zutraf. Wie gesagt, eine brisante Mischung aus Kälte und Suff. Da die Alkoholproben ohne Anwalt und ohne Belehrung erfolgt waren, existierten sie für das Gericht nicht.«

Peltzer stand auf, lief hin und her. »Von dem Tag an war in Hövelburg nichts mehr, wie es sein sollte.« Er trat ans Fenster und sprach weiter, während er nach draußen sah: »Sieben Männer. Sie waren bereit gewesen, Monika dort in diesem Brombeergestrüpp sterben zu lassen. Nur einer von ihnen hatte einen klaren Moment und rief an, damit wir sie da rausholen. Aber wer weiß das schon, vielleicht war es auch ein Zeuge, der alles gesehen hat ... und der sich dann nicht mehr meldete. So ein Dorf ist eine verschworene Bande ... Wir haben diesen Zeugen gesucht, als die sieben behaupteten, es wäre einvernehmlicher Sex gewesen. Einvernehmlicher Sex, so ein Unsinn, wenn man Monika gesehen hatte. Die sieben behaupteten, als sie mit dem Sex fertig waren, wäre Monika frisch und munter gewesen, was danach passiert wäre, wüssten sie nicht. Wir haben diesen Zeugen nicht finden können«, Peltzer stöhnte, »der Anrufer war offenbar nicht willens oder in der Lage, seine Freunde oder Dorfbekannten der Justiz auszuliefern. Ich habe sie alle gehasst. Bis ich eines Tages begreifen musste, lange nach dem missratenen Prozess, dass sie am Ende auch Opfer ihrer eigenen Tat geworden waren.«

»So ein Scheiß!«, rief Bell Stammer. »Wie kannst du so eine Kacke erzählen?« Sie rang die Hände.

Martin Peltzer wandte sich ihr zu. »Sven Clausen, der Arzt, hatte damals zwei Töchter zu Hause, eine sechzehn, eine achtzehn, also in Monikas Alter. Niemand ging mehr in seine Praxis. Eines Tages, Weihnachten desselben Jahres, fischte ich ihn aus dem Weiher im Park. Wir hatten minus zehn Grad, er war betrunken, hatte Schlaftabletten genommen, geplant, einzuschlafen und dann zu erfrieren. Er wollte in kein Krankenhaus. Ich brachte ihn trotzdem hin. Die Schwestern und Pfleger erkannten ihn. Sie behandelten ihn wie Dreck. Als ich gehen wollte, hielt er meine Hand fest. Er weinte und weinte. Wiederholte unablässig, er wisse nicht, wie das geschehen konnte. Er habe niemals auch nur so eine Fantasie gehabt. Er konnte seine Töchter nicht mehr ansehen und sie ihn auch nicht.«

»Diesen Freitod hat er jetzt durchgezogen«, sagte Leana und berichtete von dem Arzt, der sich am Morgen im Hunsrück in einem Wald erhängt hatte.

»Mein Gott«, sagte Peltzer und schüttelte sich. »Von dieser Weihnachtsnacht an sah ich die anderen Männer mit einem neuen Blick. Dirk Zeretzki, damals Schließer im Gefängnis von Lübeck, verschwand kurz nach Weihnachten. Auch er hinterließ in Hövelburg Kinder. Ich glaube, drei Jungs. Herward Reiker, der Elektriker, war schon einen Monat nach dem Gerichtsverfahren aus Hövelburg abgehauen und wurde nie mehr gesehen. Seine Eltern zogen auch weg. Mattes Hähnel, damals achtundzwanzig, auf dem Weg, ein beliebter Lehrer zu werden, beendete vorzeitig sein Referendariat, nachdem seine Eltern sich zwei Tage nach der Urteilsverkündung gemeinsam das Leben genommen hatten.« Peltzer hielt einen Moment inne, so, als versuchte er sich an damals zu erinnern.

Jetzt fiel es Leana wieder ein. »Das war damals in den Medien, richtig?«

»Ja.« Peltzer schüttelte den Kopf. »Das waren grundehrliche, tiefgläubige Menschen. Ihr Laden war praktisch pleite. Denn im Ort hatte sich der Vorfall schnell herumgesprochen, und kaum einer kaufte noch bei ihnen im Gemüseladen ein. Und dass ihr Mattes sich mit seiner Schuld hinter diesem Schweigen versteckte, das war ihnen einfach zu viel.« Er nahm die Kaffeetasse vom Tisch und stellte sie gleich wieder hin. »Es war zwar so, dass die Männer freigesprochen wurden, aber in Hövelburg interessierte das niemanden. In den Augen der Hövelburger waren sie alle sieben schuldig. Und in der Presse … waren wir das Dorf der Vergewaltiger. Der Tourismus ging deutlich zurück, und selbst die Marktwirtschaft am Rathausplatz musste drei Jahre später aufgeben, nicht zuletzt, weil sie die Vereinskneipe der ›Young and Old Hövels‹ gewesen war. Tobias von Papenburg schloss seine Zahnarztpraxis und verschwand, Pit Vogt überschrieb seiner Frau die Apotheke und nahm den gleichen Weg, Michael Senner studierte zwar in Hamburg Architektur zu Ende, kam aber ebenfalls nie nach Hövelburg zurück. Nach knapp zwei Jahren waren alle Täter aus unserem Dorf verschwunden. Vier Jahre danach waren auch die von ihnen hinterlassenen Familien weg. Ich denke bis heute oft, dass die Täter für ihre Tat wirklich einen hohen Preis zahlen mussten. Sicher, keiner so wie Monika, aber eine Verurteilung hätte sie nicht härter bestrafen können als ihre eigene Tat.«

»So ein Quatsch!« Bell sprang auf. »Und was ist mit den ganzen beschissenen Briefen aus eurem Scheißdorf? Mo hätte die Männer provoziert und diese ganze Kacke.«

Martin Peltzer hob beschwichtigend die Hände. »Ja, die gab es auch. Es waren die Familien der Täter. Die Ehefrauen gaben deiner Schwester die Schuld, weil, das habe ich erst viel später begriffen, die Schuld ihrer Männer so schrecklich war, dass sie sich die einfach nicht eingestehen konnten. Sie suchten verzweifelt nach einer anderen Erklärung, und zwar einer, die es ihnen erlauben würde, weiter an ihre Ehemänner zu glauben!«

Martin Peltzer ging zwei Schritte auf Bell Stammer zu und legte ihr seine Hände auf die Schultern. »Ich will niemanden entschuldigen, nichts erklären. Aber mich hat Monikas Geschichte gelehrt, dass in jedem Menschen ein Monster steckt. Auch in mir, in Frau Meister, in deinem Vater, in deiner Mutter und in dir!«

Leana gestand sich ein, dass dieser Martin Peltzer sehr viel klüger war, als sie es einem Dorfpolizisten und ehemaligen Feuerwehrjungen je zugetraut hätte.

»Stell dir vor, jahrelang hast du deinen Vater bewundert, er hat dein Fahrrad repariert, dir bei den Hausaufgaben geholfen, dir Schwimmen beigebracht, ist mit dir zum Angeln gegangen, hat deiner Mutter immer Blumen mitgebracht und sie an Hochzeitstagen groß ausgeführt. Er ist angesehen im Dorf, weil er Arzt ist oder Apotheker oder Lehrer. Und dann? Bumm! Einen Nachmittag, eine halbe Stunde, erfasst ihn dieser tierische Trieb, der uns allen noch innewohnt. Bell, wenn man für eine Schuld zahlen kann, dann haben diese Männer das getan!«

Er ließ sie los, aber sie blieb einfach stehen.

»Und allen ging es irgendwann wieder gut, nur Mo nicht!«

Martin Peltzer nickte. »Ja, aber glaube mir, keinem ging es für immer wieder gut. Selbst ich träume noch von Monika. Ich habe bis heute keine Freundin, weil ich fürchte, ich würde zerbrechen, wenn ihr das passieren würde. Ich habe in den ersten Monaten jedes Mal gekotzt, wenn ich einen Ständer bekam.« Martin Peltzer brach ab, drehte sich zu Leana um und sagte: »Jetzt kennen Sie den Rest.«

»Noch nicht ganz. Setzen Sie sich bitte wieder.« Leana goss ihm und Bell Stammer Kaffee nach. »Ich möchte Sie bitten, noch einmal in Ihren Erinnerungen dorthin zurückzukehren. Wie benahmen die sieben Männer sich untereinander?«

Martin Peltzer schloss die Augen, wiegte den Kopf hin und her. »Sie gingen einander zunächst aus dem Weg. Dann aber, nach einiger Zeit, vielleicht ein paar Monaten, trafen sich die, die noch im Dorf geblieben waren.« Er schlug die Augen wieder auf. »Sie halfen einander. Ich meine, sie waren ja Freunde. Diese Männer waren Teil eines eingeschworenen Vereins, der wie eine Bruderschaft funktionierte. Sie hatten strenge Statuten. Wer einmal beitrat, blieb für immer drin, egal was passierte. Zu ihrem Ehrenkodex gehörte auch, für die anderen immer erreichbar zu sein. So 'ne Robin-Hood-Scheiße auf Hövelburgisch. Wissen Sie, was ich meine?«

»Ja«, sagte Leana, der Vereine und Bruderschaften immer suspekt geblieben waren. »Das bedeutet, Sie denken, dass die sieben Männer zwar aus dem Dorf verschwanden, ihre Namen änderten, aber untereinander Kontakt hielten?«

»Genau. Im Vereinslokal, also in der Marktwirtschaft, da hatten die einen eigenen Raum. Dort gab es eine Steinwand, in die alle Namen der Mitglieder gemeißelt waren. Vor den Namen gab es so kleine, schräge Ritzen, darin steckten Zettel, mit Adresse und Telefonnummer der Mitglieder. Bei den Toten steckte in dieser Ritze eine schwarze Schleife. Die Wand lag hinter einer dicken Glasscheibe, die man nur zur Seite schieben konnte, wenn man den Schlüssel dazu hatte. Jedes Vereinsmitglied hatte so einen Schlüssel. Es gab die Vereinspflicht, dort immer seine Kontaktdaten auf dem neuesten Stand zu halten. Zog jemand um, fuhr er in Urlaub, musste er dort einen Zettel mit seinen aktuellen Daten in den Schlitz stecken.«

Leana kribbelte es in den Fingern. »Gibt es die Wand noch?«

Martin Peltzer schüttelte den Kopf und hob entschuldigend die Hände. »Nein, der Wirt hat sie damals mit einem Schmiedehammer zerschlagen, als sie pleitegingen.«

»Kannte Monika diese Wand?«, fragte Leana aufgeregt weiter.

»Ja, bestimmt. Sie wohnte ja dort in der Pension für die Zeit ihrer Recherche.«

»Und der Verein, existiert der noch? Wenn ich Sie richtig verstanden habe, konnte ja niemand die sieben Täter ausschließen, richtig?«

»Der Verein wurde aufgelöst. Genau aus diesem Grund. Sie konnten nach den Statuten niemanden rausschmeißen. Es hieß, es gebe sogar ein paar Mörder an dieser Wand, aber die waren wohl nicht so schändlich wie die Vergewaltiger. Also … dort finden Sie ganz sicher keine Informationen mehr über die Mitglieder der ›Young and Old Hövels‹.«

Ja, dachte Leana, *das mag wohl sein. Aber die Angewohnheit, für die anderen erreichbar zu sein, die haben die Männer vielleicht beibehalten, die Täter von damals.* Denn mit dieser Tat waren sie zu Verbündeten geworden. Erst recht, als niemand anders sie mehr haben wollte.

Leana stand auf. »Danke sehr, Herr Peltzer, für Ihre sehr ehrlichen und hilfreichen Ausführungen. Wollen Sie jetzt Ihren Urlaub wieder antreten?«

Martin Peltzer erhob sich ebenfalls. »Wenn ich ehrlich sein darf, ich würde gern in Ihrem Team mitarbeiten. Ich habe die ganze Woche noch frei. Ein Kumpel von mir wohnt hier in Düsseldorf.« Er grinste verlegen. »Ich koste also nichts, und wer weiß, vielleicht fallen mir noch ein paar Sachen ein.«

Leana legte den Kopf schräg. »Gut. Aber Sie müssen es trotzdem Ihrer Dienststelle melden. Für den Fall, dass Ihnen etwas zustößt. Bitten Sie Ihre Dienststelle am besten, mir die Genehmigung auf meinen Mail-Account zu schicken. Dann können Sie gern mithelfen.«

Leana wandte sich Bell Stammer zu. »Für Sie hätten wir hier im Haus ein Zimmer. Ich kann Sie nicht festhalten, aber es wäre gut, wenn Sie bleiben.« Sie bemerkte, dass die junge Frau verstohlen zu Martin Peltzer sah, und ahnte, dass er ihr Interesse geweckt hatte.

»Klar bleibe ich. Aber erwartet von mir keine Scheiße, also von wegen, dass ich euch helfe, dass ihr meine Schwester am Arsch kriegt.«

Leana seufzte innerlich. »Einigen wir uns auf einen Waffenstillstand. Sie machen Schluss mit Facebook und anderen Posts, und ich versuche, Sie nicht in Verlegenheit zu bringen.

Nur wenn wir Monika finden, möchte ich, dass Sie uns begleiten. In Ordnung?«

»Okay. Krieg ich auch was zu essen?«

»Noch mehr?«, fragte Leana ungläubig, ohne eine Antwort zu erwarten.

Sie rief den Pförtner an und bestellte Pizza für ihre beiden Gäste. Dann sicherte sie ihren PC, nahm ihre Waffe, ihr Smartphone und sagte: »Ich lasse Sie jetzt in Ruhe essen und bin gleich wieder da. Und Herr Peltzer, falls Sie ein Smartphone, ein Tablet oder eine Smartuhr haben, bitte, geben Sie die nicht Frau Stammer! Sie sind jetzt für sie verantwortlich.«

Da alles so weit geregelt war, begab sich Leana eilig über den Flur zu Natalias Büro und berichtete ihr von der Kneipenwand mit den Adresszetteln und ihrer Idee, dass irgendein Schließfach irgendwo diese Wand ersetzt hatte.

Natalia rief sofort Tanni an und fragte, ob bei den Hausdurchsuchungen der Opfer Schlüssel sichergestellt worden waren, die vielleicht zu einem Schließfach, zu einer Wohnung, zu irgendetwas gehörten, solange nur der gleiche Schlüssel bei allen Opfern zu finden war. Und Leana rief Angela an und bat sie, ihre Möglichkeiten als Hausbesitzerin zu nutzen und in Chris' Wohnung nach einem Schlüssel zu suchen, der nicht zu einem Schlüsselbund gehörte.

»Und dann«, sagte Natalia mit einem strengen Blick auf Leana, »hat mich gerade einer von Maxims Mitarbeitern angerufen. Eine Frau Meister habe vor einer Woche bei ihm eine Kaffeetasse abgegeben, ohne auch nur andeutungsweise den offiziellen Weg zu gehen, also ganz ohne einen Durchsuchungsbeschluss oder Ähnliches vorzulegen. Sie habe nur darauf hingewiesen, dass sie die neue Chefin des Kompetenzcenters sei. Diese Frau habe ihn gebeten, die DNS zu bestimmen und die dann mit der gefundenen und nicht zugeordneten DNS der Tatorte zu vergleichen. Das war an deinem zweiten Tag bei uns! Du bist also nicht nur einfach allein und eigenmächtig zu Amelie Bauer gefahren an dem Tag, du hast gleich noch was bei ihr geklaut! Was hast du dir dabei gedacht? Wir sind hier nicht in Afrika! Das könnte im Fall eines Gerichtsverfahrens alles kippen! Du hast an Monika gesehen, wohin das führen kann, oder nicht?«

Leana lief rot an. Sie hatte den Typen gebeten, nur sie anzurufen. »Tut mir echt leid. Das war so ein Instinkt. Und offensichtlich falsch. Denn Amelie saß ja fest während der anderen Morde.«

»Ja, das ist korrekt. Dennoch fanden wir in Düsseldorf und Köln DNS von ihr. Von unserer Täterin angeschleppt. Und was sagt uns das?« Natalia grinste.

»Dass die zwei wesentlich engeren Kontakt hatten, weit über diesen einen Besuch hinaus, als Monika fürs Tierheim Spenden gesammelt hat.«

»Bingo! Trotzdem bekommst du dafür eine Abmahnung.«

»Natalia, das ist ein Durchbruch. Wir hatten recht, sie macht es nicht allein!«

»Nein, du hattest recht. Und ich muss zugeben, ich bin sehr beeindruckt. Umso lieber drücke ich dir die Abmahnung rein.« Sie grinste breit. »Und jetzt machen wir uns sofort auf den Weg zu Amelie Bauer und warten nicht bis morgen. Komm!«

Um kurz nach drei Uhr saßen sie wieder bei Dr. Kratkas im siebten Stock in dem Büro mit Blick auf den Volksgarten. Die Fenster standen offen, und von unten erscholl hin und wieder Kinderlachen, Hundegebell oder der durchdringende Ruf einer Mutter, die ihr Kind kurzzeitig aus den Augen verloren hatte.

Kratkas wirkte geistesabwesend und unwirsch. »Was wollen Sie denn schon wieder?« Seine Stirn lag in Falten, seine Augen waren zusammengekniffen.

»Sie stehen offenbar sehr unter Stress«, sagte Leana ruhig.

»Das geht Sie überhaupt nichts an, außer dass Sie dazu beitragen. Haben Sie nicht schon genug Unheil angerichtet mit Ihrer Pressehetze? Amelie war außer sich, als sie im Fernsehen das Gesicht ihres Ehemannes sah, dazu dessen früheren Namen, und von der Tat hörte, derer er beschuldigt wurde.«

»Tatsächlich?«, fragte Leana lakonisch. »Und Sie, Dr. Kratkas, waren Sie auch außer sich?«

»Wie denn nicht!« Er schlug mit der flachen Hand auf den Tisch. »Ich habe diesem Mann vertraut, habe Amelie gut zugeredet, damals, als sie ihn kennengelernt hat, und sie dadurch quasi in die Arme eines Vergewaltigers getrieben. Nicht auszudenken …«

»… wenn das in die Presse kommt?«, vervollständigte Natalia seinen Satz. »Nun, je besser Sie mit uns kooperieren, desto sicherer können Sie sein, dass das nicht passiert. Wäre ja wirklich schade um Ihren akademischen Ruf, nicht wahr?«

»Sie sind … unerhört!«, stieß er hervor. »Als ob es mir darum ginge! Zum ersten Mal in meiner Laufbahn zweifle ich an meiner Menschenkenntnis.«

»Na, das wurde aber auch Zeit«, Natalie lächelte ungerührt weiter, »und ist im Wesentlichen nicht mein Problem. Wir wollen jetzt mit Amelie Bauer sprechen, und zwar ohne dieses ganze Affentheater von wegen ›die Frauen sollen wieder gehen, sie bringen das Böse mit‹ … Sie werden Amelie schön mit uns allein reden lassen. Und morgen bringen Sie sie um Punkt zehn Uhr ins LKA.«

»Das kann ich nicht verantworten!« Kratkas sprang auf, lief aufgeregt vor den Fenstern hin und her. Schließlich blieb er hinter seinem Schreibtischstuhl stehen, stützte beide Hände auf dessen Rückenlehne und starrte die beiden Frauen auf der anderen Seite des Schreibtisches an.

Natalia nahm langsam ihr Smartphone aus ihrer Umhängetasche und murmelte: »Wo habe ich Korbinian Baumgartner noch mal abgespeichert, unter K oder unter B? Sie kennen Baumgartner, Dr. Kratkas?«

»Das können Sie nicht machen!«, kreischte der Arzt, und Leana erwartete fast, dass er sich jeden Augenblick auf Natalia stürzen würde. Diese hielt ungerührt ihr Smartphone hoch, hatte auf Lautsprecher gestellt. Das Freizeichen durchbrach die eisige Stille im Zimmer.

»Baumgartner, hallo?«, ertönte die ruhige, dunkle Stimme des Journalisten.

Kratkas fuchtelte mit den Armen. »Legen Sie auf!«, zischte er.

Natalia drückte auf den roten Knopf. »Also, wo ist Amelie, und wo ist das Zimmer, in dem wir allein mit ihr sprechen können?«

Kratkas schwitzte zunehmend. »Das könnte mich meinen Job kosten«, flüsterte er heiser.

Natalia hielt ihr Smartphone noch einmal hoch. »Das hier auch. Rufe ich an, haben Sie auf jeden Fall verloren, wenn der Journalist die Story bringt. Lassen Sie uns zu Amelie, gibt es eine Chance, dass Sie auf Ihrem Posten bleiben. Glauben Sie mir, Kratkas, ich kriege Sie bei den Eiern, und das wird so schmerzhaft sein, wie Sie es sich nie haben träumen lassen.«

Kratkas wischte sich den Schweiß von der Stirn, nahm den Hörer seines Telefons hoch und bat eine Schwester, Amelie Bauer in sein Büro zu bringen.

Als Leana und Natalia um halb fünf zum LKA zurückfuhren, waren sie nicht sehr viel weitergekommen. Amelie Bauer hatte zunächst begonnen zu schreien. Dem hatte Natalia ein Ende gesetzt, indem sie beherzt zurückgeschrien hatte. Aber dann gab Amelie Bauer kaum noch Antworten. Sie strich sich immerfort die Haare aus dem Gesicht, als wollte sie sich selbst streicheln, und erklärte, dass es stimme, dass diese Frau ein paarmal bei ihr gewesen sei, aber sie habe es eben niemandem erzählt, denn Joachim habe ihr untersagt, Fremde in die Wohnung zu lassen, wenn er selbst nicht da war. Aber diese Frau sei einfach sehr nett gewesen. Sie habe sich um Tiere gekümmert. Sie sei immer nur vorbeigekommen, wenn die Kinder in der Schule waren. So bestand ja keine Gefahr, dass die sie an Joachim verraten würden. Sie hätten dann einen Tee getrunken, manchmal einen Keks dazu gegessen und ein bisschen erzählt. Ein- oder zweimal habe die Frau auch Fotos von den Tieren mitgebracht. Ob sie die Frau mal in der Wohnung allein gelassen habe? Ja, mehr als einmal. Sie habe ihr vertraut. Wenn sie was einkaufen wollte und die Frau ihren Tee noch nicht ausgetrunken hatte, dann habe sie sie einfach in der Küche sitzen lassen. Irgendwann sei die Frau nicht mehr gekommen. Sie habe sich deswegen Sorgen gemacht, aber sie wusste ja nicht, wo die wohnte.

Bevor sie gegangen waren, hatten sie Dr. Kratkas noch einmal an den Termin am kommenden Tag erinnert und ihm eingeschärft, Amelie Bauer bis dahin nichts davon zu sagen. Auf der kurzen Fahrt zurück zum LKA diskutierten sie die Glaubwürdigkeit von Amelie Bauers Psychose. Leana konnte sich nicht entscheiden, ob sie spielte oder nicht, Natalia war zu einhundert Prozent sicher, dass Amelie spielte. Wer so lange in psychiatrischer Behandlung gewesen war, wusste ihrer Meinung nach genau, wie man sich benehmen musste und wie man die Sache durchhielt.

Leana bog in die Völklinger Straße ein und fing plötzlich laut an zu lachen.

»Was ist?«, fragte Natalia und knuffte sie in die Seite.

»Du bist einfach unglaublich! Diese ganze Telefonaktion, die Drohungen gegen Kratkas. ›Ich krieg Sie bei den Eiern‹«, machte Leana Natalia nach, »›und glauben Sie mir, das wird schmerzhafter, als Sie es sich vorstellen können.‹« Leana prustete wieder los. »Woher kannst du das so gut?«

»Ich bin ein Straßenkind«, antwortete Natalia, »da lernst du ohne jede Romantik, einfach schneller zuzuschlagen als andere, sonst geht es eben nicht gut für dich aus.«

»'tschuldigung.« Leana bog auf den Parkplatz ab. »Ich wollte dir bloß ein Kompliment machen.«

Natalia schnallte sich bereits ab, und als Leana den Motor ausschaltete, sah Natalia sie von der Seite an und sagte: »Ich gebe zu, was damals harte Schule war, macht heute richtig Spaß! ›Ich krieg Sie bei den Eiern‹ ist einer meiner Lieblingssätze.«

Kichernd stiegen sie aus.

»Leana?«

»Ja?«

»Ich muss dir was gestehen, und es tut mir wahnsinnig leid. Aber ich will, dass du es weißt.«

»Was denn?«, fragte Leana misstrauisch.

Aus der zweiten Etage ertönte ein Pfiff, der trotz des Verkehrs auf der sechsspurigen Straße zu hören war. Tanni stand am offenen Fenster von Natalias Büro und pfiff auf zwei Fingern. Als Leana und Natalia emporsahen, machte Tanni eine Bewegung mit der Hand, die besagte, sie sollten schnell hochkommen.

»Warte kurz!« Natalia holte Luft. »Der Journalist Korbinian Baumgartner …«

»Was?«

»Ich habe ihm die Infos gesteckt. Ich hatte Tanni drauf angesetzt, und wie du mittlerweile weißt, findet sie einfach alles, und seien es südafrikanische Rezepte für Schlaf- oder Aufputschmittel.« Natalia starrte auf den Boden. Die Sonne brannte auf die beiden Frauen hinunter.

»Warum? Warst du so versessen auf den Job?«, zischte Leana.

»Ja! Ich war geil auf diesen Job. Und als er auch noch ankam und Fragen stellte zu der interessanten neuen Chefin, da habe ich mich einfach nicht zurückhalten können.«

»Mein Gott, Natalia, du bist entwaffnend ehrlich. Am liebsten würde ich dir jetzt eine reinhauen, aber so richtig.«

Tanni pfiff erneut und winkte.

Schweigend liefen Leana und Natalia nebeneinanderher nach oben.

Sven und Tanni warteten im Konferenzraum. Kaum saßen Natalia und Leana, tippte Tanni ein paar Befehle ein. Ein Flimmern lief über den Hauptbildschirm. Der Lautsprecher im Raum fiepte unangenehm, dann waren verschiedene Ansagen zu hören. Vier Standbilder von Überwachungskameras zitterten auf dem Bildschirm.

»Wir haben die Bänder erst vor einer Stunde bekommen, hängen also mit der Zeit hinterher. Das, was ihr dort seht, passierte um dreizehn Uhr dreiunddreißig«, informierte Tanni Leana und Natalia.

»Oben links«, sagte Sven, »seht ihr, wie unser Apotheker ein Paket in der S-Bahn-Station Messe stehen lässt. Oben rechts eine Frau, die es abholt, genau dreißig Sekunden danach. Der Apotheker ist mit der S-Bahn weitergefahren, mit der die Frau dort – wir nehmen an, es ist Monika Stammer – in die S-Bahn-Station einfuhr.«

»Was war in dem Paket?«, fragte Natalia.

Hinter Leana und Natalia auf dem Bildschirm erschien ein Kontoauszug. »Das!«, sagte Sven und zeigte auf die Wand hinter den Köpfen der Ermittlerinnen. Der Apotheker hatte einhunderttausend Euro in bar abgehoben.

»Die Bank«, Tanni klickte ein paar neue Dokumente an, »sagte uns, das sei nicht selten gewesen. Ihr Kunde habe öfter Bargeld in großen Mengen abgehoben, da er auf den Märkten von Paris, Brüssel und Antwerpen sehr teuer Kräuter kaufte. Diese Aktionen fanden nur mit Bargeld statt. Deshalb habe er nur einen Teil seines Vermögens in festen Anlagen und stets 'ne halbe Mille flüssig für Kräuter.«

»Kräuter?«, fragte Natalia und sah dabei Sven an.

»Ich bin Biologe, kein Apotheker oder Botaniker.« Er lachte. »Nichtsdestotrotz gibt es dafür natürlich eine Erklärung: Unser Apotheker stellt nach eigenen Rezepten für seine Kundinnen vielerlei Cremes her. Insbesondere eine nach patentiertem und geheim gehaltenem Rezept. Hauptbestandteil der Wundercreme gegen Hautalterung, beziehungsweise zur Verlangsamung des Alterungsprozesses: Safran! Tun wir kurz etwas für unsere Allgemeinbildung.« Sven zwinkerte Natalia zu, und wieder einmal dachte Leana, dass die beiden womöglich was miteinander hatten. »Ein Kilo Gold kostete heute tagesaktuell an der Frankfurter Börse eintausendvierhundert Euro. Safran, das Kilo, je nach Qualität, bekommst du ab dreitausend Euro. Den guten für fünfzehntausend Euro. Pro Kilo, versteht sich.«

»Wow, und was kostet die Creme?«, fragte Natalia.

»Der Tiegel mit fünfzig Gramm ging für dreihundert Euro über die Ladentheke. Unser Apotheker scheint dafür immer schon ein Händchen gehabt zu haben. Bereits damals in Hövelburg hat er eigene Cremes und Salben hergestellt, und das so erfolgreich, dass Menschen aus der ganzen Welt bei ihm bestellten. Das hat er in Frankfurt, verborgen im Dschungel der Stadt und unter neuem Namen, völlig neu aufgebaut. Es scheint, er verfügt über ein großes Talent.«

Die Tür ging auf, und Martin Peltzer blickte Leana fragend an. »Die Genehmigung ist da. Darf ich also?«

Hinter ihm stand Dr. Köhler, der den Polizisten in Zivil locker überragte und eifrig nickte. Leana stellte Martin Peltzer kurz vor und erklärte dem Team, dass Martin gern mitarbeiten würde, während Dr. Köhler, Zorro, Maxim und Theo hereinkamen und sich im Raum verteilten. Es war siebzehn Uhr, Zeit für die Besprechung.

Tanni fasste kurz für alle zusammen, was sie in der letzten halben Stunde erarbeitet hatten und wo sie gerade waren.

»Wir nehmen also an, dass die Frau auf dem Bild rechts oben mit der Kapuze Monika Stammer ist.«

»Äh, einen Moment bitte. Martin, wo ist Bell?« Leana hatte die Schwester völlig vergessen.

»Die liegt auf Ihrem Sofa und schläft tief und fest.«

»Keine Smartphones in der Nähe?«

Martin lächelte und schüttelte den Kopf.

»Weiter, Tanni!«, drängte JJ und setzte sich neben Leana.

»Unten links sehen wir, wie Monika Stammer mit dem Paket unter dem Arm wieder einsteigt. Sie nimmt eine S-Bahn zum Hauptbahnhof. Die Kamera unten rechts zeigt uns Monika Stammer drei Stunden später, um 16:28, am Frankfurter Hauptbahnhof. Sie steigt in den ICE nach Köln.«

»Was?« JJ straffte sich abrupt. »Sie kommt nach Köln zurück?«

Tanni zuckte mit den Schultern. »Das nehmen wir an. Wir haben an jedem Halt – Limburg, Siegburg, Montabaur – Fahnder postiert, die Überwachungskameras haben ihre Statur und Größe im Alarmspeicher, und der meldet im Moment öfter Verdächtige, als uns lieb ist. Ich wusste gar nicht, wie viele Frauen mit Kapuzenpullovern rumlaufen. Nur …«

»Nur was?«, fragte JJ lauernd.

»Wir waren nicht schnell genug, um auch am Frankfurter Flughafen – dort hält der ICE zehn Minuten nach Frankfurt Hauptbahnhof – Leute zu haben, die die Aussteigenden kontrollieren, und wir hatten sie dort auch noch nicht im Überwachungsspeicher. Wir wissen also nicht, ob sie weitergefahren ist nach Köln oder ob sie am Flughafen ausgestiegen ist.«

»Habt ihr die Polizei am Flughafen alarmiert?«, fragte JJ.

»Klar, Chef. Aber du weißt, wie groß Frankfurt Main Flughafen ist.«

Das Schweigen im Raum dauerte an. Nur das Surren des Computers durchbrach die Stille.

»Haben wir eine neue Spur des Apothekers?«, fragte Leana.

Tanni tippte, und an der Wand hinter Sven und Theo erschien der Stadtplan von Frankfurt mit einer roten Linie, die mal gerade, mal im Zickzack, zuweilen hin und wieder zurück führte.

»Er bewegt sich, trotz der Zickzacktour, mit klarer Tendenz nach Süden. Was ist da? Also im Süden von Frankfurt?«, fragte Leana.

»Das Waldstadion. Könnte es sein, dass er dorthin will?«, überlegte Tanni laut.

»Es ist nicht zu fassen, dass unsere Kollegen den nicht kriegen!«, donnerte Köhler.

»Pit Vogt«, meldete sich überraschend Martin Peltzer zu Wort, »war lange bei der Bundeswehr. Er wurde dort als Einzelkämpfer für Sonderaufträge ausgebildet. Man machte im Dorf oft Witze über ihn, weil es hieß, er könnte sich unsichtbar machen.«

JJ lehnte sich leicht vor, um Martin ansehen zu können. »Was wissen Sie noch über ihn?«

»Er lief sehr erfolgreich Marathon, gewann gleich dreimal in

Folge den Ironman auf Hawaii. Solche Menschen trainieren in der Regel immer weiter. Weil es ihnen einen Kick gibt. Daher kennt er sich auch mit Safran so gut aus. Er hat das Zeug vorm Laufen geschluckt, weil es, richtig dosiert, schmerzunempfindlich macht.«

»Also schön«, sagte Dr. Köhler. »Er hat also Kondition. Warum aber bewegt er sich so umher und gefährdet auf die Weise sein Leben?«

»Es kann doch sein«, sagte Tanni und zog die Schultern hoch, »dass er da draußen ohne Zugriff auf Facebook oder sonst was ist. Ohne Telefon. Sobald er stehen bleibt, läuft er Gefahr, erkannt zu werden.«

»Ich schätze«, übernahm Natalia, »dass Monika Stammer ihn dorthin beordert hat, weil es dort etwas für ihn gibt. Vielleicht glaubt er, seine Familie ist im Stadion? Oder nur durch das Hin-und-her-Fahren kann er sie am Leben halten?«

»Warum fährt unsere Täterin dann zum Flughafen? Oder nach Düsseldorf?« Dr. Köhler schlug mit der Faust auf den Tisch.

Ein Frösteln überlief Leana. »Tanni, was sagen die Blogs? Facebook?«

Mit zwei Griffen auf der Tastatur schaltete Tanni um. »Es ist etwas ruhiger geworden über den Nachmittag. Allerdings werden die Fans des Blogs, die Follower auf Twitter und die Freunde auf Facebook nicht müde, zu tweeten oder zu posten, wo sie ihren persönlichen Feind gesehen haben oder meinen, ihn gesehen zu haben.«

»Es muss für ihn der Horror sein«, warf Leana ein.

»Der Blog schweigt seit heute Mittag schon. Auf Facebook das letzte Posting vor einer Stunde und neun Minuten. Ein Aufruf zum Flashmob am Stadion. Keine Ahnung, was das soll. Dort ist heute ein Spiel, und es wäre deshalb sicher schwierig, genug Leute gezielt an einen Punkt zu bringen, damit ein Flashmob entsteht.«

Genau in dem Moment erschien auf Tannis Bildschirm ein neuer Tweet. *Sehen uns auf dem Bahnsteig, Gleis eins!*

»Was wollen die auf dem Bahnsteig?«

Dann explodierte es auf ihrem Bildschirm. Zahllose Tweets antworteten darauf mit *Yippie, wir sind schon da, kommen runter, wechseln jetzt den Bahnsteig …*

Leana sprang auf, lief von einem zum anderen Bildschirm, wieder zum Stadtplan, bat Tanni, die S-Bahn-Trassen und -Haltestellen auf den Schirm zu holen, das Aktuellste, was es zum Waldstadion gab.

Keiner im Raum konnte ihr folgen.

»Da, ein neuer Tweet! Ein Foto aus der S-Bahn, der S 6. Der Apotheker. Tanni, wie weit ist die S 6 noch von der Station Waldstadion entfernt?«

Tanni tippte hektisch. »Zwei Minuten. Danach läuft sofort die S 7 ein. Um sechs Uhr ist Einlass für ein Heimspiel von Eintracht Frankfurt. Die S-Bahnen fahren in einer hohen Taktung.«

»Hol die S-Bahn-Haltestelle am Stadion auf den Schirm.«

Die Überwachungskamera zeigte einen mit Fußballfans überfüllten Bahnsteig. Die Menschen drängten wie ein Strom aus flüssigem Blei den Ausgängen zu. Die S 6 fuhr ein und entließ weitere Menschen auf den Bahnsteig, die sich vorwärtsschoben. Leana suchte in der Masse nach dem Gesicht des Apothekers. Die S 6 schloss ihre Türen und fuhr weiter. Plötzlich geriet die Menschenmenge ins Stocken.

»Oh mein Gott«, murmelte Leana und drehte sich zum Team um. »Sie hetzt die Meute auf ihn.«

»Wie bitte?« Natalia stand auf. »Was redest du da?«

Leana wandte sich wieder den verschiedenen Bildschirmen

zu und lief daran entlang. »Tanni, leg sie alle nebeneinander auf den Hauptbildschirm!«

»Was suchst du?«, fragte JJ.

»JJ! Ruf unsere Leute in Frankfurt an, die Rettung oder, noch besser, stoppt die folgende S-Bahn, die S 7. Die sollen von mir aus den Strom abstellen!« Leana zitterte am ganzen Körper.

Köhler telefonierte, bellte seine Befehle in den Hörer. Auf den nebeneinander laufenden Kamerabildern sah man jetzt auch einen Hubschrauber. Offenbar hatte die Polizei gemerkt, dass etwas nicht stimmte. Nicht sicht-, aber hörbar brüllte jemand etwas über ein Megafon. Über die Lautsprecher am Bahnsteig kam immer wieder der Befehl: »Treten Sie zurück von der Bahnsteigkante!« Bahnpersonal versuchte sich von den Ausgängen her nach vorn durchzudrängen. Plötzlich setzten sich die Menschen auf dem Bahnsteig in die entgegengesetzte Richtung in Bewegung.

»Da, seht!« Leanas Stimme überschlug sich fast.

»Was zur Hölle tun die da?« Sven stand ebenfalls auf, Zorro und Maxim folgten, dann stand das gesamte Team nebeneinander vor dem großen Bildschirm.

Tanni nahm die anderen Kameras wieder raus, sodass jetzt der gesamte Bildschirm nur den Bahnsteig für die aus Frankfurt kommenden S-Bahnen zeigte.

»Der Flashmob war eine Falle«, flüsterte Tanni, »und wir haben es nicht gemerkt.«

Am Ende des Bahnsteigs, nur wenige Meter von den Schienen entfernt, stand Pit Vogt. Sein Gesicht war angstverzerrt. Die Menschenmasse schob sich auf ihn zu. Manche zückten ihre Handys und Smartphones und blickten darauf, als wollten sie noch einmal sein Gesicht checken, ob er auch der Richtige war, andere filmten, betrachteten das Geschehen durch die Linse ihrer Kameras. Hinter Pit Vogt fuhr die S 7 auf den Bahnhof zu. Offenbar hatte inzwischen jemand die Polizei vor Ort verständigt, denn der Hubschrauber kreiste jetzt direkt über dem Bahnhof, und immer wieder hörte man aus dem Lautsprecher jemanden brüllen, sie sollten zurücktreten. Aber das taten sie nicht. Sie hätten es auch gar nicht gekonnt, selbst wenn sie gewollt hätten. Die Menschen an der vordersten Front, Auge in Auge mit Pit Vogt, wurden von hinten weiter und weiter auf das Opfer zugeschoben. Die Menschentraube umschloss den Apotheker, bis hinter ihm nur noch das Gleis war.

»Verdammt«, brüllte JJ, »es muss doch einer diese S-Bahn anhalten können. Der hat doch Funk. Oder ein Handy dabei!«

»Oder der Fahrer ist einer von ihnen«, sagte Natalia nüchtern.

Dann geschah vor ihrer aller Augen das Unfassbare. Es schien, dass niemand ihn berührte. Pit Vogt wich weiter zurück.

»Bleib stehen!«, flüsterte JJ.

Wie in Zeitlupe verlor Vogt das Gleichgewicht, kippte nach hinten und fiel genau vor die einfahrende S-Bahn. Das Kreischen der Bremsen übertönte alles. Die Lücke, die Pit Vogt hinterlassen hatte, schloss sich.

Und wenn ihn jemand gestoßen hat, dachte Leana bitter, *wird niemand mehr nachvollziehen können, wer es war.* Keine Zeugen, obwohl sie alle da waren, das galt auch für diese Tat, für diesen Mord. Monika Stammer war noch viel grausamer, als Leana es für möglich gehalten hatte.

Der Menschenstrom auf dem Bahnsteig stand für ein paar zähe Sekunden still. Dann bewegten sich die Menschen wieder in die andere, die richtige Richtung, nämlich zum Ausgang.

Leana schlug die Hände vors Gesicht, alle anderen starrten auf den großen Bildschirm. Keiner sagte etwas.

Tanni rief den Facebook-Account und den Blog auf. »Verdammt!« Sie stampfte mit dem Fuß auf.

»Was ist?«, fragte Maxim mit heiserer Stimme, ohne seinen Blick von dem Bahnsteig abzuwenden, wo jetzt Sanitäter herumwimmelten.

Dr. Köhler erhielt eine SMS seines Pendants aus Frankfurt: Der Apotheker Pit Vogt hatte den Unfall nicht überlebt.

»Verdammt, verdammt, verdammt! Chef, wenn ich Sie wäre, würde ich mich jetzt feuern.«

Köhler drehte sich zu Tanni um. »Warum?«

»Ich und mein ganzes Team sind bei solchen Aktionen darauf trainiert, zahllose Spuren im Netz zu verfolgen. Hier haben wir uns auf alle eingeschossen, die sich mit diesem führenden, also in Sachen Infos führenden, Account verlinkt haben, in der Hoffnung, Monika Stammer unter ihnen zu finden und ihren Standort zu lokalisieren. Und zwar weil eines der ersten Postings sich an Monika Stammer richtete und ihr verriet, wie sie einer Verfolgung durch uns entgehen könnte. Der Link war www.roundtheworldtrace.com, und wir haben uns ganz und gar darauf fixiert. Und keiner kam auf die Idee, dass Monika Stammer selbst den Facebook-Account und den Blog aufgemacht haben könnte. Wir hatten sie die ganze Zeit direkt vor der Nase, und sie hat uns glauben machen, wir müssten sie anderswo suchen.«

»Komm auf den Punkt, Tanni!« Dr. Köhler sah sie angespannt an.

»Wie gesagt, Sie können mich jetzt feuern. Monika Stammer gehörte dieser Facebook-Account und der Blog. Sie hat ihn gerade aus dem Netz genommen und vollständig gelöscht.«

Wie in Zeitlupe drehten sich alle langsam zu Tanni um.

Leana nahm die Hände vom Gesicht. »Wir haben sie schon Monster genannt«, sagte sie, »aber sie ist um so vieles versierter und klüger, als wir dachten. Ich hätte darauf kommen müssen, als mir ihre Eltern erzählt haben, dass sie zwei Klassen übersprungen hat. Dass sie schon als Jugendliche programmierte.«

Dr. Köhler klopfte vernehmlich auf den Tisch. »Alle Bildschirme aus! Alle hinsetzen!«

Immer noch wie gelähmt, begab sich jeder an seinen Platz. Tanni verkroch sich neben ihrer direkten Vorgesetzen Natalia.

JJ Köhler verteilte Kaffee an alle und reichte Plätzchen rum, ehe er sagte: »So, jetzt alle ein paarmal tief durchatmen! Einen Schluck Kaffee, und dann will ich wissen, wie wir weitermachen!«

»Wir müssen uns jetzt auf Chris konzentrieren«, schlug Leana vor, »vielleicht sind wir wenigstens bei ihm schneller als Monika Stammer.«

Das Schweigen, das ihr entgegenschlug, stellte sehr deutlich die Frage, ob sie das allen Ernstes glaubte.

»Chris ist immerhin der Beweglichste von allen. Er könnte in New York sein oder in Paris, beides sind riesige Städte. Oder sonst irgendwo. Er versteht es, zu reisen, an Tickets zu kommen, seine Handys sind aus. Also dürfte er auch für Monika Stammer ein schwieriges Ziel sein.«

»Er muss sogar seine Akkus rausgenommen haben, denn normalerweise können wir sonst immer die Handys aus der Ferne wieder einschalten«, sagte Tanni kleinlaut.

Leanas Smartphone vibrierte. Es war ein Anruf ihres Mannes, Gregor. Sie bemerkte, dass auch JJ neben ihr erkannte, wer anrief. »Ich muss drangehen«, flüsterte sie, »meine Tochter ist im Krankenhaus.«

Leana nahm den Anruf entgegen, sagte leise: »Einen Moment«, und verließ den Konferenzraum. Kaum hatte sie die Tür hinter sich zugezogen, sprach sie lauter. »Was gib es Neues?«

»Gutes und nicht so Gutes. Dein Vater hat arrangiert, dass Georgia heute Nacht als Krankentransport mit einer Maschine der Vereinten Nationen mitfliegen kann. Sie landen in Düsseldorf um neun Uhr Ortszeit. Dein Vater hat mit einem Professor der dortigen Uniklinik was geregelt. Schon übermorgen kann Georgia in ein hochauflösendes MRT-Gerät, das neueste am Markt.«

»Das ist alles doch sehr gut. Was also ist nicht so gut?«

»Ich kann nicht mitfliegen. Ich habe morgen eine achtstündige Herz-OP. Du müsstest sie also in Düsseldorf in Empfang nehmen.«

»Gregor, das …« Sie schluckte herunter, was sie hatte sagen wollen. Dass sie mitten in einer Ermittlung steckte, in der es, genau wie bei seinem Patienten, um Leben und Tod ging. »Das werde ich einrichten. Ich hole Georgia am Flughafen ab.«

»Es gibt einen Krankenwagen eigens für sie. Du musst bei der Flugsicherung sein, so eine Stunde vorher, damit sie dich mit aufs Rollfeld lassen.«

»Ist mein Vater nicht mit an Bord?«

»Doch, aber er fliegt weiter nach Brüssel. Leana?«

»Ja?«

»Ich habe dich in den Nachrichten gesehen, die Pressekonferenz. Du sahst sehr attraktiv aus. So kannte ich dich gar nicht mehr.«

Sie blieb ihm eine Reaktion schuldig. »Sonst noch was, Gregor?«

»Ich … Ach, lassen wir das für ein anderes Mal. Viel Erfolg bei deiner Ermittlung. Und ruf morgen an, ja, morgen früh, wenn sie da ist?«

»Mach ich. Morgen früh um acht bei der Flugsicherung, um neun Landung und dann Uniklinik.« Leana legte auf, drehte sich um und rannte in JJ hinein.

»Was ist mit deiner Tochter?«

Leana informierte JJ, so knapp es ging.

»Kannst du noch ermitteln?«

Sie blickte in seine hellblauen, kalten Augen. Sie wollte etwas ganz anderes antworten, aber dann hörte sie sich selbst sagen: »Was glaubst du, woran meine Ehe gescheitert ist?« Dann schob sie ihn zur Seite und ging zurück in den Konferenzraum. Gefolgt von ihrem Chef.

Alle sahen JJ und Leana fragend an.

»Ich habe eine Idee. Tanni? Ich brauche dich am Bildschirmtisch«, sagte Leana. Mit einem kurzen Seitenblick auf Natalia stand Tanni auf und kam nach vorn.

»Ruf mir die Kontenbewegungen von Chris, also Christian Meier/Michael Rupert Senner auf. Alle Konten. New York, Paris, Düsseldorf.«

»Das dauert einen kleinen Moment.«

»Worauf willst du hinaus?«, fragte Natalia.

»Wenn ich sehe, ob und wie viel Geld er abgehoben hat, weiß ich, wo er zuletzt war, kann an der Höhe der Summe ablesen, ob er auf dem Weg zu einem Treffen mit Monika Stammer ist, und in etwa ausmachen, wo er vielleicht hinwill.«

Zahlenkolonnen liefen über den Bildschirm. Tanni achtete nicht darauf, sondern tippte immer weiter.

»Heureka!« Auf dem Hauptbildschirm erschienen mehrere Fenster neben- und untereinander. »Christian Meier hat vor einer Stunde in Paris, bei der Crédit Agricole schlanke Dreihunderttausend in bar abgehoben. Er hat das Konto aufgelöst.«

»Was ist mit seinen anderen Konten?«, fragte Leana aufgeregt.

»Da liegt nicht viel drauf, zumindest nix, was du mal so eben mir nichts, dir nichts abholen kannst. Unser Architekt ist ein Spießer und steht auf Bundesanleihen. Da hat er noch einmal so ein paar hundert Flöckchen rumliegen.«

»Wir wissen immer noch nicht, was sie mit dem Geld will«, meldete sich Maxim zu Wort. »Du hast am Anfang gemutmaßt, dass sie uns damit was sagen will, Leana. Hast du mittlerweile eine Idee, was?«

Leana schüttelte unwillig den Kopf. »Nein, leider nicht. Die Summe hat für Monika eine Bedeutung. Vielleicht sollen sie damit ihre Schuld bezahlen. Aber dann hätte sie ihnen alles Geld weggenommen. Also muss es eine andere Bedeutung haben.«

Leana rieb sich mit den Handballen die Schläfen und hoffte auf eine Eingebung. Sie konzentrierte sich auf Monika Stammer und was sie an deren Stelle als Nächstes tun würde.

»Okay, ich bin so weit. Haben wir ein Abkommen mit Frankreich, das uns erlaubt, dort zu ermitteln?«

»Mitnichten.« JJ schüttelte vehement den Kopf. »Da ist sehr viel Papierkram notwendig. Sie haben uns die Besetzung von Paris immer noch nicht verziehen.«

Leana blickte ihn verzweifelt an. »Wir müssen nach Paris, und zwar jetzt!«

»Erklärst du uns bitte, woran du denkst?« JJ wirkte besorgt, aber Leana wusste nicht, ob die Besorgnis ihr galt oder der Frage, was sie vorhatte.

Sie ging um den Tisch herum. »Folgendes, Tanni: Hacke irgendwie die Handys von Chris. Lass dir von Angela auch seine US- und seine französische Nummer geben. Denn«, sie holte kurz Atem, »Monika Stammer wird ihn anrufen müssen. Sie hat ihn auch gestern Abend angerufen, als wir zu dritt vor dem Fernseher saßen. Es war nicht irgendeine Exfreundin, die ihn anrief, wie Angela gemutmaßt hat, es war Monika Stammer. Sie hat nicht den Apotheker anrufen lassen, sondern es selbst getan. Es war ihr Anruf für Chris' Todesdate. Direkt danach sagte er uns, er müsse nach New York. Also finde heraus, von welcher Nummer Chris gestern angerufen wurde. Es war so zehn nach acht, als sein Handy klingelte. Diese Handynummer musst du orten, denn das ist Monika Stammers. Ich bin sicher, sie ist am Frankfurter Flughafen und will nach Paris. Tanni, Abflüge nach Paris auf den Schirm!«

Flink gab Tanni ein paar Befehle ein. »Hier, ein Flieger um siebzehn zwanzig und ein weiterer achtzehn dreißig und ein letzter zwanzig zehn.«

»Okay, gehen wir davon aus, sie hat alles perfekt vorbereitet, dann sitzt sie bereits im Flieger um siebzehn zwanzig. Können wir den noch stoppen?«

Tanni tippte. »Die Maschine befindet sich noch am Boden. Es toben wieder einige heftige Hitzegewitter über Deutschland.«

»Passagierliste?«

»Nada, niente, keine Monika Stammer. Keine Monika Hübner. Warte ...« Tanni tippte erneut. »Auch nicht auf den zwei Fliegern danach.«

»Sie ist klug. Sie weiß, dass wir ihr auf der Spur sind. Sie will es vollenden. Sie reist ganz sicher unter einem anderen Namen.«

»Oder mit dem Zug«, gab Maxim zu bedenken.

»Wie lange braucht der?«

»Knapp vier Stunden, und keine Kontrollen an den Grenzen.«

»Das ist gut, das ist sehr gut!« Leana setzte sich, stand wieder auf. »Können wir mit dem Heli in Paris landen?«

»Oh, Gott, bitte nicht.« JJ rang die Hände. »Das kann nicht dein Ernst sein.«

»Willst du Chris retten, oder willst du ihn opfern und die Mörderin ziehen lassen? Das ist hier die einzige Frage, die es zu beantworten gilt!«

Die anderen im Team zogen die Köpfe ein.

»Nochmals«, sagte JJ leise. »Sag mir erst, was du vorhast.«

»Sie wird Chris in Paris ermorden. Da bin ich mir sicher. Nur wenn wir vor ihr oder spätestens gleichzeitig mit ihr dort sind, gibt es eine Chance. Tannis Team soll die französische Polizei, das Flug- und das Zugpersonal mit dem Foto von Monika Stammer versorgen. Vielleicht halten wir sie so auf. Wenn nicht, müssen wir schon dort sein.«

»Paris ist riesig!«, protestierte Dr. Köhler.

»Tanni muss sie für uns finden. Aber die Zeit, die Tanni braucht, um das Handy zu orten, müssen wir schon nutzen, um Paris überhaupt noch rechtzeitig zu erreichen.«

»Und wenn Tanni sie anderswo ortet?«

Leana schlug die Augen nieder. »Dann haben wir es wenigstens versucht.«

Dr. Köhler zog die Schultern hoch, strich sich durchs Haar. »Wie sicher bist du dir?«

»So sicher, wie ich mir sein kann.«

»Tanni, ist der Heli auf dem Dach?«, fragte Köhler, ohne sich zu ihr umzudrehen.

Die Tastatur klackerte. »Yes, Sir. Und keine Buchung drin.«

»Dann buch ihn für uns. Wir setzen einfach ein Notsignal über Paris ab, dann müssen die uns landen lassen.«

»Oh, wenn ich das sagen darf: Das geht leichter. Ich arrangiere für euch eine Landung in Issy-les-Moulineaux, das ist im fünfzehnten Arrondissement, und so umgeht ihr auch eine offizielle Prüfung und könntet zum Beispiel eure Waffen mitnehmen …« Tanni grinste breit.

»Das habe ich nicht gehört«, sagte Köhler.

»Alle Daten schon an den Heli geschickt. Wer fliegt?«

»Natalia, Sie fliegen mit und sorgen dafür, dass Leana Meister keinen waghalsigen Unsinn macht. Tanni, alles andere zurückstellen! Finden Sie diese verdammte Frau und ihr Mobiltelefon! Wenn Monika Stammer den Zug nach Paris genommen hat, ist sie um neun Uhr da. Wenn ihr jetzt losfliegt, seid ihr schneller vor Ort als sie. Los, macht euch auf den Weg!«

Leana eilte aus dem Konferenzraum und in ihr Büro, wo Bell Stammer unverändert auf ihrem Sofa schnarchte. Ein paar Sekunden lang verlangsamte dieses friedliche Bild ihre gehetzten Gedanken, und als ein Blitz vor dem Fenster zuckte, bemerkte Leana, wie dunkel es draußen war. Der folgende Donner ließ die Fenster erzittern.

Bell Stammer schreckte hoch. »Was ist los?« Sie setzte sich aufrecht und blickte Leana verwirrt an.

Direkt hinter Leana erschien Natalia. »Abflug. Soll ich ein Kindermädchen schicken?«

»Nein, wir nehmen Bell Stammer mit!«

»Leana, ich will ja nichts sagen, aber wenigstens erwähnen, dass du Köhler fragen musst.«

»Wo ist er?«

»Im Konferenzraum bei den anderen.«

»Da ist er gut aufgehoben. Los, Bell!«

»Wohin denn?«

»Ihre Schwester finden. Sie ist in Paris.«

»Ich muss pinkeln.«

»Dann machen Sie voran, und kommen Sie!«

Leana holte ihre Jacke, sicherte ihre Waffe und legte ihr Schulterhalfter an.

»Leana …«

»Setz es mit auf die Abmahnung.«

Natalia rollte mit den Augen.

»Das macht fünf Euro!«

»Ist jetzt nicht dein Ernst, oder?«

»Doch, so lautet die Abmachung, also, her mit der Kohle.«

Bell Stammer kam aus dem Bad, die Augen von Schlaf verklebt, der Irokesenschnitt leicht schief. Leana packte sie am Handgelenk, zerrte sie zur Tür, warf schnell einen Blick über den Gang nach links, wo der Konferenzraum war, und eilte dann mit Bell Stammer im Schlepptau und Natalia hinter sich die Treppe hinunter, über den Parkplatz, ins Hauptgebäude, nahm den Aufzug in die oberste Etage und trat aufs Dach hinaus.

Der Motor lief. Es war derselbe Pilot wie am Morgen. Er grüßte die Frauen freundlich. »Mir wurden nur zwei Gäste angekündigt?«

»Hat sich kurzfristig geändert. Anna-Esther Stammer, nehmen Sie sie mit auf die Passagierliste«, sagte Leana, als wäre es das Selbstverständlichste der Welt.

»Da muss ich eben nachfragen.« Der Pilot wandte sich dem Funkgerät zu.

»Ist nicht nötig, alles geregelt. Bitte, wir haben es ein bisschen eilig.«

Der Pilot zuckte mit den Schultern, drückte ein paar Knöpfe, die Treppe wurde eingefahren, die Tür schloss sich, die Rotorblätter des Helikopters drehten sich erst langsam, dann immer schneller. Auf Englisch tauschte der Pilot ein paar Infos mit dem Tower aus. »Wir können nicht die direkte Strecke nehmen, sondern müssen um ein paar Gewitter herum, so wie heute Morgen. Anschnallen, der Start wird jetzt erst einmal ungemütlich. Wir starten nämlich direkt in diese schwarze Wand über uns.«

Während Tanni ihr gesamtes Team auf Kurs brachte, um die Anruflisten von Christian Meier zu knacken, gingen im Konferenzraum JJ, Zorro, Theo, Maxim und Sven noch einmal alles durch, was sie bisher ermittelt, an Spuren zusammengetragen und gefolgert hatten, um sicher zu sein, dass sie nichts übersehen hatten.

Leana und Natalia versuchten unterdessen, Bell Stammer während des Flugs auf das vorzubereiten, was möglicherweise gleich in Paris passieren würde. Bell hatte ihre trotzige Haltung ein wenig aufgegeben, und Leana führte das auf die zwei oder drei Stunden zurück, die sie mit Martin Peltzer geredet hatte. Natalia zeigte der jungen Frau auf ihrem Smartphone den Film, den sie aufgenommen hatten, als der Apotheker in den Tod getrieben wurde, und diesmal klopfte Bell Stammer keine Sprüche über alte Wichser, die das verdient hatten. Als schließlich Natalias Handy klingelte, stellte sie sofort auf laut. Tanni informierte sie, dass sie die Nummer gefunden hatten. Von dieser Nummer aus hatte jemand an diesem Tag schon mehrfach versucht, Chris' deutsches Handy anzurufen. Beim letzten Mal war sogar eine Nachricht hinterlassen worden. Ein Teil des Teams sei jetzt damit beschäftigt, die Mailbox zu knacken, die andere Hälfte habe mit der Ortung begonnen.

Sobald sie aufgelegt hatten, sagte Leana: »Tanni ist noch immer bedrückt, weil sie die Facebook-Seite nicht erkannt hat!«

»So ist das eben«, antwortete Natalia. »Wir sind ein Spitzenteam, handverlesen, mit der besten Aufklärungsrate, auch in Fällen, auf die wir zum Beispiel nur Zorro und Sven ansetzen, zur Spurenuntersuchung, oder Theo, weil die Kollegen eine Berechnung der Schusslinie oder sonst was brauchen. Wir machen im Zuge jeder Ermittlung viele Sachen gut, aber immer wieder auch neue Fehler, die dann der nächsten Ermittlung zugutekommen. Ich habe mich damit abgefunden. Anders hältst du es nicht aus.«

Leana lehnte sich zurück und ließ Natalias Worte auf sich wirken. Tatsächlich nahm sie jedes Scheitern und jeden Fehler, den sie während einer Ermittlung machte, sehr persönlich.

Weil sie sich für das Leid der Opfer verantwortlich fühlte. »Viel mehr als für deine Töchter«, hatte ihr Gregor in den letzten Jahren oft vorgeworfen. Leana dachte an Gregors Kompliment am Telefon und an ihre Tochter, die sicher noch nicht ganz begriffen hatte, wie ernst ihre Lage war, und sie konnte sie in Gedanken quengeln hören, dass sie doch bitte dieses und jenes Training nicht verpassen dürfe, weil sie sonst diesen und jenen Wettbewerb nicht gewinnen würde …

»Wir landen in fünfzehn Minuten«, schnarrte die Stimme des Piloten über die Kopfhörer, »und das wird schaukeliger als unser Start. Spucktüten liegen unter den Sitzen.«

Leana trat zweimal kräftig auf, um sich zu vergewissern, dass sie festen Boden unter den Füßen hatte. Bell Stammer war noch ganz blass um die Nase. Nur Natalia schien der Anflug auf Paris nichts ausgemacht zu haben. Sie war die gesamte Zeit über mit ihrem Smartphone beschäftigt gewesen und hatte Leana soeben erklärt: »In Deutschland tobt der Sturm inzwischen mit bis zu einhundertachtzig Stundenkilometern, und das absolut unvorhergesehenermaßen. Tanni schreibt, der Flughafen ist gesperrt, und zwischen Dortmund und Düsseldorf ist schon ein Zug entgleist.«

Sie liefen unter den Rotorblättern auf den kleinen Terminal zu.

»Und wie sieht es aus mit ihren Ergebnissen?«, erkundigte sich Leana, die Stimme über den Lärm erhoben.

»Leana, nerv nicht. Tanni meldet sich, sobald sie was haben. Keiner in Europa ist schneller als sie und ihr Team. Druck ist da nicht hilfreich, vertrau mir!«

Leana hob die Hände. Sie rannten durch den strömenden Regen zum Terminal, verließen ihn eilig, um jeglichen Fragen aus dem Weg zu gehen, und fanden eine Straße weiter ein kleines Bistro. Sie bestellten sich Tee und belegte Baguettes, denn keiner wusste, wie lang auch diese Nacht wieder werden würde. Leana prüfte immer wieder ihre Uhr und mit ihrem Smartphone die Ankunft des Zuges aus Frankfurt in Paris.

Dann rief sie Angela an, um zu erfahren, ob diese Chris' Lieblingsaufenthaltsorte in Paris kannte.

Angela nannte ihr verschiedene Museen, in die Chris regelmäßig ging, zwei Theater …

»Mach weiter, das sind alles noch keine Orte, wo sie die Ruhe hat, die sie für ihre Morde braucht.«

»Er joggt oft, auch in Paris. Da sein Büro offenbar unweit des Bois de Boulogne liegt, läuft er dort. Mehr fällt mir dazu nicht ein. Es tut mir leid, Leana, ich kenne Chris in Düsseldorf, aber in New York oder Paris kaum.«

»Danke, trotzdem. Bis dann.« Leana legte auf.

Diese Warterei machte sie verrückt. Der Regen peitschte gegen die großen Fensterscheiben des Bistros, die über der Straßen hängenden Laternen schwankten im böigen Wind. Jeder, der eintrat, brachte kalte, nasse Luft mit herein. Direkt am Eingang hatte sich eine Pfütze gebildet. Bell Stammer saß stumm am Tisch, blickte in den Regen hinaus und drehte an ihren Ringen. Natalia las E-Mails.

»Hier eine Nachricht aus Zorros Team: Es wurden tatsächlich in allen Wohnungen Schlüssel gefunden, die zu einem Bankschließfach in der Schweiz gehören. Was, meinst du, ist da wohl drin?«

»Die Kontaktdaten!« Leana ließ ihren Kopf kreisen. »Dann hat Amelie Bauer uns nicht angelogen. Monika Stammer ist mehrfach in Bauers Wohnung gewesen, um nach diesem Schlüssel zu suchen. Sie war sich ebenso sicher wie ich, dass die Männer untereinander Kontakt hielten über dieses alte Verfahren der Kommunikationsmauer, nur dass sie die durch ein

Bankschließfach ersetzt hatten. Tanni hatte recht gehabt – Monika Stammer war so schnell, weil sie wusste, wonach sie suchte. Es gab bloß kein Adressbuch. Das wäre für Bauer und seine Mittäter zu gefährlich gewesen. Das hätten auch andere finden können. Aber das Schließfach?«

»Glaubst du immer noch, dass Monika Stammer bei diesen Morden Hilfe von anderen bekam?«

»Ich kann nicht ausschließen, dass Amelie Bauer oder auch diese Irene Kohlmeyer doch mit in der Sache drinstecken. Ich kann auch nicht ausschließen, dass sie ihr halfen, ohne es zu wissen. Sie haben Alibis für Mord drei und vier. Irenes Partner hat ihr Alibi im Darkroom bestätigt, wobei ich nicht weiß, wie das im Dunkeln gehen soll. Wenn ich ehrlich bin, halte ich Monika Stammer allerdings für zu klug, um Mittäter zu sein. Sie hat sie meines Erachtens bestenfalls benutzt.«

Natalia schob ihr Smartphone in die Weste und holte es gleich wieder raus.

Die Kellnerin kam, um nach weiteren Bestellungen zu fragen. Leana bat um ein paar Brote zum Mitnehmen und die Rechnung und die Telefonnummer für ein Taxi.

Die Kellnerin zeigte zur Theke, wo eine stabile Frau stand, die Kaffee und Cognac trank. »Sie kann Sie fahren.«

»Ist sie Taxifahrerin?«

»So in etwa«, sagte die Kellnerin vage. »Keiner kennt sich besser in Paris aus als sie.«

»Was nimmt sie?«

»Fünfzig Euro die Stunde.«

Leana nickte der Mittfünfzigerin an der Theke zu, holte zwei Fünfzigeuroscheine aus der Tasche und gab sie der Kellnerin.

»Was machst du da?«, fragte Natalia, die von ihren E-Mails aufsah.

»Eine Fahrgelegenheit sichern.«

»Die Dicke da an der Theke? Was soll das?«

»Ich will, dass wir sofort loskönnen, wenn etwas von Tanni kommt. Und wir brauchen jemanden, der sich in Paris auskennt.«

»Die da? Woher willst du wissen, ob die überhaupt ein Auto hat?«

»Ich habe sie vorhin aussteigen sehen. Sie fährt einen frisierten Mini, der mindestens einhundert PS unter der Haube hat. Klein, schnell, wendig. Genau das, was wir brauchen.«

Leana schaute wieder auf ihre Uhr. Es war schon neun. Der Zug mit Monika Stammer musste inzwischen in Paris angekommen sein.

Sie zuckte zusammen, als sich gegenüber auf der anderen Straßenseite ein paar Dachziegel aus einem alten Dach lösten, herabrutschten und der Wind sie in ihre Richtung trug. »Was für ein Sturm«, murmelte sie.

»Meinst du, meine Schwester ist jetzt da draußen irgendwo?« Bell Stammer biss in ihr viertes halbes Baguette.

Leana hatte es aufgegeben, sich zu fragen, wie viel in diese schmale junge Frau hineinpasste. »Davon gehe ich aus.«

»Sie tut mir leid. Es ist schrecklich, was ihr geschehen ist, schrecklich, was aus ihrem Leben geworden ist, und schrecklich, dass sie das jetzt alles tun muss.«

Leana beschloss, die Zeit des Wartens damit zu füllen, Bell Stammer noch ein wenig deutlicher aufzuklären. »Bell, es kann gut sein, dass Ihre Schwester krank ist.«

»Hör endlich auf, mich zu siezen. Das macht mich wahnsinnig. Was meinst du mit ›krank‹? Dass sie verrückt ist?«

Leana seufzte innerlich. »Nein, das meine ich ganz und gar nicht.« Sie erklärte Bell, in welchem Zustand sie die Männer gefunden hatten, die Monika ermordet hatte, und endete mit dem Urin, der in den ersten beiden Fällen unterschiedlich war und von anderen Frauen stammte, während sie annahmen, dass die Opfer in Hannover und Wolfsburg mit Urin von Monika Stammer persönlich übergossen worden waren. »Und in diesem Urin gab es deutliche Hinweise auf einen beginnenden Keimzelltumor.«

»Ist das heilbar?«

»Wenn sie sich bald in Behandlung begibt. Genauso kann es aber auch sein, dass sie das gar nicht will, weil sie nicht am Leben hängt und weil sie nichts mehr zu verlieren hat.«

Bell stiegen Tränen in die Augen. »Ich weiß gar nicht, was ich zu ihr sagen soll, wenn ich sie sehe.«

»Vielleicht kommt es gar nicht dazu«, sagte Natalia, und im selben Moment klingelte ihr Smartphone. Es war Tanni. Natalia stellte auf laut.

»Wir haben Monika Stammer geortet. Sie bewegt sich sehr langsam vom Gare de l'Est in Richtung Bois de Boulogne. Wir dachten erst, sie geht zu Fuß, aber nein, Paris hat den gleichen Sturm wie wir, der Verkehr bewegt sich wirklich nur im Schritttempo. Die Nachricht, die sie Chris auf seiner deutschen Mailbox hinterlassen hat, lautet: Zweiundzwanzig Uhr, Bois de Boulogne, an der kleinen Kapelle unweit des Denkmals ›Les fusillés de la cascade‹. Die Koordinaten hab ich euch geschickt. Monika Stammer fährt über den Boulevard périphérique, der direkt am Wald entlangführt. Sie wird dort irgendwo aussteigen. Ihr seid zum Glück nah dran. Sie hat noch fünf, ihr nur zwei Kilometer. Chris' Handy ist und bleibt aus. Und noch etwas. Wir fanden auch eine ältere Nachricht. Da hat Monika Chris daran erinnert, dass sie schon einmal den Gashahn von Victors Restaurant manipuliert hat und es beim nächsten Mal gründlicher tun wird, sollte Chris es wagen, nicht am noch zu nennenden Treffpunkt aufzutauchen.«

»Sie hat ihm damit gedroht, das Restaurant in die Luft zu jagen?«, fragte Leana leise.

»Ja«, kam es von Tanni aus dem Hörer, »so ist das wohl zu verstehen. Also findet sie!«

Natalia sprang auf, die Kellnerin kam mit der Rechnung und den Broten. Natalia warf einen Zwanzigeuroschein auf den Tisch, machte der Fahrerin an der Theke ein Zeichen, drückte Bell die Tüte mit den Broten in die Hände und kommandierte: »Los!«

Sie mussten sich zu zweit gegen die Tür stemmen, weil der Wind so dagegendrückte, dass sie sie kaum aufbekamen. Die Fahrerin führte sie zu ihrem Auto. Natalia und Bell kletterten auf die Rückbank, Leana nahm auf dem Beifahrersitz Platz und hielt ihrer Chauffeurin das Display ihres Smartphones hin, auf dem Koordinaten und Adresse zu sehen waren.

»Das kenne ich«, sagte die Mittfünfzigerin in passablem Deutsch mit starkem französischem Akzent. »Das ist nicht so weit, nur schwer heute, hinzukommen. La Tempête.« Sie zeigte nach draußen.

»Fahren Sie!«, kommandierte Natalia vom Rücksitz. »So schnell es geht!«

Als der Motor startete, hörte Leana gleich, dass da ein Auspuff mehr unter ihnen röhrte. Die Fahrerin schaltete den Polizeifunk ein und hörte die aktuellen Meldungen ab. »Sie haben den Wald gesperrt wegen des Sturms. Keiner rein. Nur noch raus, wer drin ist.«

»Verdammt, wir müssen trotzdem hin!«

»Klar.« Die Französin grinste Natalia im Rückspiegel an und gab Gas.

Dank des winzigen Autos kamen sie durch die kleinen Seitenstraßen und Gassen von Paris schneller voran als erwartet. Allerdings schien Entsprechendes auch auf Monika Stammer zuzutreffen, denn die Ortung besagte, dass sie die Straße verlassen hatte und im Wald war. »Sie hat dasselbe Problem wie wir. Wenn sie den offiziellen Weg nimmt, kommt sie nicht mehr rein«, sagte Natalia. »Sie geht also zu Fuß. Das kostet Zeit, und hoffen wir, dass sie sich nicht so gut auskennt.«

Leana nahm ihr Telefon und wählte einfach noch einmal Chris' Nummer. Sie kreischte, als sie ein Freizeichen erhielt. »Ruf Tanni an, sie soll ihn neu orten!«

Während sie hinter sich Natalia hörte, die Tanni Anweisungen gab, lauschte Leana bang auf das Freizeichen. Die Mailbox schaltete sich ein. Sie legte auf und wählte neu. Geriet an die Mailbox. Wählte noch einmal. Hörte wieder nur die Mailbox.

»Verdammt, hat Tanni ihn?«

Natalia schüttelte den Kopf. »Nein, zu kurz. Er hat es sicher nur eben angemacht, um mit Monika Stammer zu telefonieren.«

Sie bogen auf einen Bürgersteig ab.

»Was wird das jetzt?«, fragte Natalia von hinten.

»Kleines Auto, kleine Wege. Ich fahre jetzt die Fußgängerwege, da keine Polizei, und wir kommen nah dran.«

Sie hoppelten zweimal so stark, dass Leana mit dem Kopf am Dach anstieß. »Wie heißen Sie eigentlich?«, fragte sie ihre Fahrerin.

»Marie.« Und Marie gab so dermaßen Gas, dass selbst Natalia sich mit den Händen festkrallte und ein paarmal bei sehr waghalsigen Manövern die Augen zusammenkniff.

Die Scheibenwischer kämpften gegen die Wassermassen. Sie fuhren durch Pfützen, die so groß und tief waren, dass die Fontänen bis zu den Seitenfenstern hochsprühten. Hin und wieder konnten sie durch die Baumreihen die großen Straßen sehen, auf denen der Verkehr komplett stillstand.

Plötzlich bremste Marie abrupt und fluchte: »Merde! Un flic!«

Ein uniformierter Polizist baute sich vor dem kleinen Auto auf und ruderte mit den Armen. Die Geste hieß: umdrehen und verschwinden.

Marie schnallte sich langsam ab. »Sie müssen dort rechts in den Wald laufen, am Denkmal vorbei, zum Wasser. Da ist links eine Chapelle, très klein. Ich lenke den Monsieur ein wenig ab, d'accord?«

Marie schaltete die Scheinwerfer aus, stieg aus und verwickelte den Polizisten in eine Diskussion, während Leana, Bell und Natalia rasch durch die Beifahrertür im Wald verschwanden.

Sie mussten sich keine Mühe geben, leise zu sein, denn der Wind war ohrenbetäubend. Natalia ging mit einer Taschenlampe voran und leuchtete immer wieder hinter sich, um Leana und Bell auf eine besonders große Wurzel oder einen Ast hinzuweisen, der dazu geeignet war, sie ins Stolpern zu bringen.

Leana fühlte ein Stechen in ihrer Lunge. Einige Male blieben sie alle angstvoll stehen, wenn sie das allzu nahe Bersten eines Astes vernahmen.

Natalias Telefon klingelte lange, weil sie es erst nicht hörte. »Tanni?«, brüllte sie in den Hörer. »Du musst laut sprechen, sonst verstehe ich dich nicht.«

»Das Signal ist weg. Entweder hat sie ihn erreicht, oder sie hat einfach nur ihr Telefon abgeschaltet und als IT-Frau auch den Akku entfernt. Ihr seid ab jetzt auf euch gestellt.«

»Wo habt ihr sie zuletzt geortet?«

»Am See hinter dem Denkmal.«

Natalia schob das Telefon zurück in ihre Weste und drehte sich zu Leana um. »Sie ist schon bei ihm!«, brüllte sie. »Jetzt haben wir nur noch Minuten. Also schnell!«

Leana kamen die Minuten wie Stunden vor. Sie spürte, wie ihre Füße Blasen bekamen, wie Äste die Haut an ihren Armen aufrissen, wie ihre langen Haare sich im Gestrüpp verfingen und es kurz schmerzte, wenn sie ausgerissen wurden. Sie hielt Bell hinter sich fest an der Hand, denn sie wollte sie auf keinen Fall verlieren.

Endlich erreichten sie die Lichtung des Denkmals für die Widerstandskämpfer. Natalia zeigte in das Waldstück hinter dem Denkmal: »Dort ist die Kapelle!«

Ein Zittern lief durch Leana, wie immer, wenn sie kurz davor war, auf einen Mörder zu treffen. Ihr Puls verlangsamte sich, ihr Gehirn schaltete um, denn für einen Mörder brauchte sie eine andere Wahrnehmung. Sie nahm wieder Bells Hand, sah, dass die junge Frau genauso Kratzer im Gesicht hatte wie sie selbst, versuchte ein kurzes Lächeln und zerrte sie, hinter Natalia herlaufend, mit sich.

Als sie sich der Kapelle näherten, konnten sie einen schwachen Lichtschein hinter den höher gelegenen Fenstern erkennen und auch, dass ein windschiefer, knorriger alter Baum auf das Dach drückte.

Natalia kämpfte ihnen den Weg zum Eingang frei. Die dicke Holztür stand ein paar Zentimeter offen. Hören konnten sie nichts.

»Wie gehen wir vor?«, fragte Natalia dicht an Leanas Ohr.

»Wir schicken Bell rein und folgen ihr!«

»Das ist gewagt«, warnte Natalia, gab sich dann jedoch selbst die Antwort: »Aber anders geht es nicht.«

Leana gab Bell die Taschenlampe und instruierte sie, langsam zu gehen und die ganze Zeit nach Monika zu rufen. Ihre Schwester musste sie schon an der Stimme erkennen. Sie beide, Leana und Natalia, würden im Dunkeln hinter ihr bleiben.

Bell nickte mit angsterfülltem Gesicht. Sie nahm die Taschenlampe und versuchte, sie ruhig zu halten, doch sie zitterte am ganzen Körper. »Mo?«, rief sie leise durch den Türspalt.

Natalia stupste sie an und machte ihr ein Zeichen, lauter zu sprechen.

»Mo?« Bell stieß die Tür weiter auf, die über den Steinfußboden schleifte.

Direkt hinter ihnen barst ein Baum im Sturm. Natalia schob sie alle reflexartig in die Kapelle, und schon krachte ein riesiger Ast genau vor dem Eingang nieder.

»Mo?«, schrie Bell.

Natalia schob sie erbarmungslos vorwärts, während Leana mit ihrer Waffe nach links und rechts sicherte. Die Kapelle erzitterte, weil der alte Baum mit jedem Windstoß stärker auf das Dach drückte, Mörtel rieselte auf sie herab. Kurz drauf brachen die ersten Backsteine aus dem Deckengewölbe und zerschellten am Boden.

Endlich erreichten sie den Innenraum. Hinter einem Gitter befand sich eine Statue der Jungfrau Maria, die kniend zu Gott betete. Und vor dem Gitter auf einem Sims saß Chris, die Hände mit Kabelbindern an die Eisenstäbe gefesselt. Seine Hose war geöffnet, sein Penis lag frei. Links von ihm lag eine Waffe. Hinter dem Gitter im Schatten neben der Statue stand Monika Stammer.

Bell trat beherzt vor und beleuchtete ihr Gesicht mit der Taschenlampe. »Mo, ich bin es, Bell, deine Schwester.«

Leana sah, dass Monika Stammer die Giftspritze aufgezogen hatte. Sie war bereit, Chris dem Tod zu übergeben. Sie waren im letzten Moment aufgetaucht. Nur wie lange dieser letzte Moment dauern würde, wusste niemand. Klar war lediglich: Bei dem Chaos da draußen würde es ihnen niemals gelingen, Chris rechtzeitig ins Krankenhaus zu bringen.

Leana nahm wahr, dass Monika Stammer aus dem Konzept gebracht war. Sie hatte bestimmt mit vielem gerechnet, aber sicher nicht mit ihrer Schwester.

Monika Stammers Gesichtszüge wurden augenblicklich weicher. Ihre linke Hand fasste nach dem Gitter. »Bell! Bell, wo kommst du denn her?«

Bell wollte einen Schritt auf ihre Schwester zugehen, aber Leana hielt sie zurück und stellte sich neben Bell. »Hallo, Monika!«

Leana sah, dass Chris sie überrascht anstarrte und Monika Stammer sofort nach ihrer Waffe griff. »Kommen Sie auch nur einen Schritt näher, oder heben Sie Ihre Waffe, injiziere ich das Gift. Und Sie werden seinen qualvollen Tod miterleben, denn dieses Mal habe ich auf das Scopolamin verzichtet.«

»Warum?«, fragte Leana und bewegte sich Zentimeter für Zentimeter nach vorn.

Monika Stammer hatte ihre Haare kurz geschnitten und blond gefärbt. Sie sah ein bisschen aus wie ein Junge. Ihre Augen waren viel größer und runder als auf den Fotos, die sie von ihr hatten, und leuchteten. Sie war ungeschminkt und trug ein schwarzes T-Shirt und eine schwarze Jeans. Ihr Körper verriet Anspannung, ihr Gesicht hingegen war völlig ruhig. Sie hatte nichts mehr mit der Frau gemein, die sie auf den Tierheimfotos gesehen hatten. Sie war schön mit ihrer schlanken Gestalt und ihrem symmetrischen Gesicht.

»Deine Schwester hat mich heute angemault, ich soll sie endlich duzen. Ich finde das auch besser. Ich heiße Leana, und ich suche dich schon die ganze Woche.«

»Das weiß ich. Du warst in den Nachrichten. Unter anderen Umständen hätte ich dich gern auf einen Kaffee eingeladen, aber im Moment geht das leider nicht.«

Leana irritierte der lockere, selbstbewusste Ton Monika

Stammers, und sie fragte sich, wann im Gehirn, in der Seele dieser Mörderin der Schalter umgelegt worden war. Beim ersten Mord? Oder bereits bei der Planung?

»Das bist du doch gar nicht, Mo. Du bist keine Frau, die eine andere einfach zum Kaffee einlädt. Du bist viel zu verschüchtert, ängstlich, bist lieber für dich.«

Monika lächelte, und es irritierte Leana wieder, wie schön sie war.

»Das, was du hier vor dir siehst, ist die Mo von vor achtzehn Jahren, nur nicht mehr so gutherzig und lieb. Die, die du gesucht hast in der letzten Woche, ist die Monika der letzten achtzehn Jahre. Nenn es bipolare Störung oder multiple Persönlichkeit, aber die Wahrheit ist: Im Moment gefalle ich mir ganz gut.«

»Du bist weit entfernt von der Mo von vor achtzehn Jahren. Du ermordest Menschen«, versuchte Leana weiter Zeit zu schinden.

»Wie dem auch sei. Ich bin nicht zum Diskutieren aufgelegt. Im Moment fühle ich mich ganz wohl, so wie ich bin.«

Leana begriff, dass es ihr nicht gelingen würde, Monika Stammer in ein Gespräch zu verwickeln, denn es war der Frau, die ihr da gegenüberstand, völlig gleichgültig, was Leana oder irgendein anderer über sie dachte. Die Gesellschaft hatte es achtzehn Jahre lang versäumt, über das Opfer von einst nachzudenken, und jetzt war es zu spät.

Leana wagte einen kurzen Blick auf Chris. Sein Mund zitterte, dann zuckte er, weil Monika die Spritze in seine Haut stieß.

Augenblicklich trat Natalia aus dem Dunkel, zog ihre Waffe, zerrte Bell auf die Knie und hielt ihr von oben die Mündung an den Kopf. »Wenn du deine Finger auch nur einen Millimeter bewegst, ist deine süße Bell eine tote Bell.«

Monika Stammer starrte Natalia überrascht an. »Das würdest du nicht tun!«

»Glaube mir, ich werde. Meine Reaktionszeit liegt im Millisekundenbereich, und während du auch nur zu tief einatmest, habe ich schon geschossen, und während du eine Sekunde brauchst, um zu reagieren, bin ich schon längst bei dir.«

Leana glaubte Natalia sofort. Sie erinnerte sich daran, wie schnell Natalia in ihrem Büro aufgetaucht war, nachdem Bell das Tablett vom Tisch gefegt hatte.

»Sie ist ätzend schnell, Mo, ich hab's erlebt«, wimmerte Bell passend.

»Und diesen Tod hast du dann zu verantworten«, redete Leana weiter.

»Du würdest eine Unschuldige töten?«

»Das hast du doch auch getan!«

»Habe ich nicht! Sie waren alle schuldig!«

Leana bemerkte, wie Monika Stammers Gesicht kurz zu einer Maske erstarrte und sich dann wieder entspannte.

Weitere Backsteine lösten sich aus der Decke und zersplitterten am Boden zwischen ihnen.

»Einer von ihnen hat versucht, Hilfe zu holen. Einer von ihnen wollte dich retten.«

Das Dach über ihnen ächzte bedrohlich unter dem Gewicht des Baumes. Immer wieder peitschten Zweige gegen die Fenster der kleinen Laterne, die die Kapelle krönte.

»Mich *retten*! Dass du dich traust, das zu sagen.«

Leana graute vor dieser Monika Stammer, die zwar ungleich attraktiver, aber auch beängstigend klar im Kopf war. Sie ahnte, dass deren Selbstvertrauen mit jedem gelungenen Mord gewachsen war, in einem Ausmaß, das Leana fremd war.

»Trotzdem wärst du schuld am Tod deiner Schwester. Auch wenn wir ihn bewirken würden, bist doch du es, die ihr Bedürfnis zu töten über das Leben der eigenen Schwester stellt. Dabei hätte auch deine Schwester noch ein paar schöne Lebensjahre verdient, denn sie ist gemeinsam mit dir zerbrochen. Das hast du nur damals nicht wahrgenommen.«

Bell Stammer liefen die Tränen über die Wangen. »Mo, bitte, lass diesen Mann gehen. Ich habe heute gesehen, wie die Menschen den anderen Mann vor die S-Bahn gedrängt haben. Es war schrecklich.«

Monika Stammer lachte, aber nicht grell und hässlich, sondern freundlich und dunkel. »Ja, das war so schrecklich wie für mich damals, als sie mit mir fertig waren und mich gemeinsam hochhoben und in die Brombeerhecke warfen, während in meiner Scheide eine zerbrochene Schnapsflasche steckte und in meinem Arsch ein Ast, den sie aufgehoben hatten, um mich erst damit zu schlagen und ihn dann in meinen Hintern zu rammen, wo er meinen Darm perforiert hat.«

Leana spürte, wie ihr die Angst die Kehle zuschnürte. Sie würde Chris nicht retten können. Diese Frau dort hinter dem Gitter war attraktiv, entschieden und sehr durchdacht. Sie strahlte eine Ruhe aus wie ein Mensch, der endlich seine Bestimmung gefunden hat und vor Glück geradezu von innen heraus strahlt.

»Bell, erzähl deiner Schwester, wie es für dich war«, sagte Leana, und Natalia lockerte ihren Griff um Bells Irokesenschopf ein wenig. »Rede!«, zischte sie.

»Ich … ich war damals mit … mit Mama und Papa …«

Leana sah, wie Monika Stammer die Spritze wieder herauszog, um das Gitter herumkam und sich neben Chris setzte. Sie hörte ihrer kleinen Schwester genau zu, wie die vom Krankenhaus und ihrer Panik erzählte. Davon, wie ihr Vater nicht mehr in der Lage gewesen war, schmackhaftes Brot zu backen, und einen Gesellen hatte einstellen müssen, um nicht pleitezugehen. Davon, dass Monika jede Nacht geschrien hatte und sie, Bell, deshalb oft bei ihr im Bett geschlafen hatte. Sie hatte sich auch Nacht für Nacht in dieses Bett geschlichen, wenn Mo tagelang verschwunden war, wach gelegen und auf sie gewartet, weswegen sie immer schlechter in der Schule geworden war.

Bell erzählte von ihren Glücksgefühlen und Freudentänzen, wenn Mo dann doch wieder auftauchte, zwar nach Alkohol, Urin, Kot und Erbrochenem stinkend, aber das war egal. Sie half ihr jedes Mal, sich auszuziehen, zu duschen, und wusch dann ihre Sachen. Vier Jahre lang hatte sie Nacht für Nacht in Monikas Bett gewartet, immer hoffend, dass ihre Schwester doch noch einmal zurückkommen würde.

Bell schwärmte von ihrem ersten Freund, berichtete, dass es ihr aber dann nicht möglich gewesen war, sich von ihm anfassen zu lassen. Dass auch ihr Vater sie nicht mehr hatte berühren dürfen. Und irgendwann durfte niemand sie mehr anfassen. Sie flog von der Schule, versuchte es mit einer Ausbildung als Krankenschwester, aber es fiel ihr zu schwer, die Patienten zu berühren.

Leana bemerkte, dass Monika Stammers Gesicht wieder weich und glatt wurde. In ihren Augen glitzerten ein paar Tränen.

»Ich will, dass das jetzt alles aufhört«, endete Bell. »Ich will mit dir weggehen.«

»Ich werde jetzt diesen Mann töten, und dann sehen wir weiter.«

Monika Stammer stand auf und nahm die Spritze wieder hoch. Sie drehte Leana und Natalia den Rücken zu, was Natalia dazu veranlasste, ihre Waffe zu entsichern.

Dieses Klicken ließ Monika Stammer innehalten. Ohne sich umzuwenden, sagte sie: »Sie meinen es also ernst?«

»Genau so«, sagte Natalia.

»Da ich euch aber nicht ansehe, wird mir wohl die Schrecksekunde erspart bleiben.«

»Mo«, rief Bell, »bitte, tu das nicht. Ich will leben! Ich habe noch was vor!«

Monika Stammer drehte sich jäh um. »Das hatte ich auch! Diese Menschen haben mein Leben zerstört, und Gott ist mein Zeuge, dass ich mehr als einmal versucht habe, aus dem Scherbenhaufen wieder was zu machen.«

»Ich war derjenige, der angerufen hat, ich wollte, dass du am Leben bleibst«, sagte Chris plötzlich.

Monika Stammer lächelte. »Ja, das haben sie alle gesagt, jeder Einzelne. Als ob dieser beschissene Anruf zu meiner sogenannten Rettung die Tat ungeschehen machen würde. Soll ich dafür dankbar sein? Ihr hättet mich besser dort erfrieren lassen. Und weißt du was, Michael Rupert Senner? Ich hatte auch deine Kollegen gebeten, mir Geld mitzubringen.«

»Wozu das Geld?«, fragte Leana.

»Das Geld.« Monika Stammer lächelte breiter. »Das liebe Geld. Jeder von ihnen hat mir am Telefon gesagt, er würde alles geben, um jenen Tag damals ungeschehen zu machen. Aber ›alles‹ ist oft ein großes Wort für eine mitunter winzige Geste, nicht wahr?«

Leana begriff, welches Spiel Monika Stammer gespielt hatte, und erinnerte sich an die Zahlen, die Tanni genannt hatte. »Der Lehrer hat dir fünfzehntausend Euro mitgebracht und hatte doch einhundertzwanzigtausend auf seinem Konto. Der Zahnarzt wollte sich für fünfunddreißigtausend freikaufen, doch allein auf seinem Girokonto lagen dreihunderttausend. Der Elektriker kam mit fünf- von zwölftausend, und der Autohausbesitzer aus Wolfsburg hatte dreißig- von über einhunderttausend abgehoben.«

»Muss ich das verstehen?«, fragte Natalia unwirsch.

Monika Stammer nickte Leana zu. »Du bist schlau, du hast es nur zu spät gemerkt. Sie beteuerten ihre Reue am Telefon und ahnten nicht, dass ich ihre Kontostände kannte. Und diese lächerlichen Summen, wo sie doch angeblich ›alles‹ darum gegeben hätten, waren ihr Todesurteil, denn es tat ihnen einfach überhaupt nicht leid. Sie hatten zwar alle Angst, ich würde ihrer Familie etwas antun, ihrem Haustier, sie an ihren Chef verraten. Aber was waren ihnen ihre Familien wert, wenn sie versucht haben, so billig davonzukommen? Dass sie die Schuld an mir so günstig tilgen wollten, war das eine. Aber die Sicherheit ihrer Familie war ihnen auch nicht mehr wert? Nein, es war einfach ihr Geiz.«

Wie zynisch die Wahrheit manchmal klingen kann, dachte Leana.

Das Gewölbe über ihnen ächzte bedenklich.

Plötzlich fielen Leana Tannis Worte wieder ein, dass der Architekt hauptsächlich in Bundesanleihen investiert hatte. »Aber Chris hat alles mitgebracht!«, sagte sie bestimmt.

»Dreihunderttausend sollen alles sein?« Monika Stammer lachte leise.

»Das ist alles, was er flüssig hatte. Er hat hier in Paris sein Konto aufgelöst. Der Rest liegt in Bundesanleihen fest.«

»Das stimmt«, sagte Chris. »Ich gäbe dir gern alles, nur hätte ich dafür mehr Zeit gebraucht.«

»Ach komm, du hast genauso wie die anderen gedacht: ›Die arme Frau. Ein bisschen kann ich ihr ja geben. Und dann ist Ruhe, wie sie es versprochen hat.‹«

Monika Stammer drückte ein wenig auf die Spritze, sodass ein bisschen von dem Gift auf Chris' nacktes Geschlecht tropfte. Sie blickte auf und sah Leana an. »Weißt du, jeder fürchtet um irgendetwas. Ich habe ihnen erst gezeigt, dass ich mühelos in ihrem Leben auftauchen kann. Dann den Spieleinsatz genannt, in der Annahme, ihre Familie, ihre Freunde wären ihnen was wert. Sie hatten die Chance, sich freizukaufen. Sie haben sie nicht genutzt. Nicht mein Problem. Wie viel wären dir denn deine Töchter Louisa und Georgia wert, Leana Meister?«

»Alles!«

»Ach ja? Und wie kommt es dann, dass du hier nach mir jagst, obwohl deine Georgia nach einem Unfall im Krankenhaus liegt?«

Leana wurde flau im Magen.

Monika Stammer senkte ihren Blick auf Chris. »Da jeder deiner Freunde geschworen hat, er habe damals die Ambulanz gerufen, kann ich dir auch nicht glauben.«

Leana schüttelte die bedrückenden Gedanken, die Monika Stammer in ihr wachgerufen hatte, ab und suchte verzweifelt nach weiteren Möglichkeiten. »Wenn ich dir beweise, dass er angerufen hat, lässt du ihn dann gehen?«

Monika Stammer blickte auf Chris hinunter, sah Bell und Natalia an und schließlich wieder Leana. »Quid pro quo?«

»Du lässt ihn gehen, wenn ich dir den Beweis liefere?«

»Das ist viel zu wenig. Denn selbst wenn er angerufen hat, war er doch dabei, war zu feige, seine Tat zu gestehen und seine Freunde anzuklagen. Wenn du es beweist, gilt sein Leben gegen meine Freiheit.«

»Das kannst du nicht tun«, zischte Natalia, und Leana wusste, es war sehr gewagt. Irgendetwas gab ihr das Gefühl, dass Chris der Anrufer gewesen war. Aber was, wenn nicht? Oder wenn er sich an das, was sie ihn jetzt fragen würde, nicht erinnern könnte? Und war sie damit einverstanden, dass er starb, weil er vielleicht nicht der Anrufer gewesen war? Anruf oder nicht, auch Chris hatte sich damals an der Vergewaltigung beteiligt, er war schuldig.

»Ich zähle auf deine Schnelligkeit«, flüsterte Leana Natalia zu. Dann sagte sie laut zu Monika Stammer: »Quid pro quo!«, und um sich und Chris Zeit zu verschaffen, fragte sie noch: »Und was willst du anschließend tun mit deiner Freiheit und dem Geld?«

»Ich werde mich vielleicht um die schlimmsten Verbrechen an anderen Frauen kümmern und andere Täter fragen, was es ihnen wert ist, es ungeschehen zu machen.«

»Obschon das ›quid pro quo‹ für heute gilt, so werde ich dich doch weiter jagen. Du wirst niemals mehr Mo oder Monika heißen können oder Hübner oder Stammer. Du wirst deine Eltern nicht mehr wiedersehen und auch deine kleine Schwester nicht.«

»Wenn das die Bedingungen sind, in Ordnung. Wenn du mich jagst, fühle ich mich weniger allein. Und jetzt genug mit dem Geplänkel. Wo ist dein Beweis?«

Leana atmete tief ein und aus. »Chris! Sieh mich bitte an.«

Er hob den Blick, und Leana fühlte seine Scham bis in ihr Inneres. Aber sie musste sich über sie hinwegsetzen, um ihn dahin zu führen, wo er hinmusste. »Und jetzt schließe deine Augen und geh in Gedanken zurück zu diesem Tag im Februar vor achtzehn Jahren. Du bist dort mit deinen Freunden. Ihr tragt Harlekinkostüme, weiß und mit bunten Knöpfen. Alle, die im Dorf unterwegs sind, sind verkleidet, manche mit Masken, denn es ist die ›Freinacht der Masken‹ von Hövelburg. Ihr trinkt Schnaps, zum Vergnügen, aber auch weil es so bitterkalt ist. Musik dröhnt aus den Boxen, die allerorts im Dorf installiert sind, ihr geht zu den Toiletten, habt Schnapsflaschen dabei, aus denen ihr trinkt, dann seht ihr Monika, wie sie hinter den Toiletten verschwindet, und folgt ihr. Siehst du das?«

Chris nickte.

»Was passierte dann?«

»Monika hockte sich hin, um zu pinkeln. Wir kicherten, aber sie bemerkte uns nicht. Wir sahen ihren weißen Po. Der erste packte seinen Schwanz aus und pinkelte im hohen Bogen auf sie drauf. Wir anderen folgten, taten das Gleiche. Erst begriff sie nicht, was das war. Sie sprang auf, zog ihre Hose hoch, fiel hin. Stand wieder auf und versuchte sich im Wald zu verbergen. Wir jagten sie. Da hielt ich es noch für ein Spiel. Mattes erreichte Mo als Erster. Er hielt ihr den Mund zu und zog ihre Hose runter, Dirk setzt sich auf sie drauf. Ich war wie gelähmt. Ich versuchte, Dirk von ihr zurückzuziehen, aber der schlug mir auf den Kopf. Sie zerrten ihr die Hose von den Beinen und fielen über sie her … dann machte ich mit. Als wir sie in die Hecke geworfen hatten, wurde mir klar, mit welchem Ziel das geschah. Sie sollte sterben, damit sie uns nicht anzeigen konnte. Ich rannte zurück ins Dorf, an vielen Feiernden vorbei, aber ich konnte irgendwie nicht sagen, was da gerade im Wald passiert war. Es war einfach zu schrecklich. Wir waren doch Freunde. Ich rief bei der Feuerwehr im Dorf an. Wir gingen nie über den Notruf, wir riefen immer direkt unsere Feuerwehr, unsere Polizei, unsere Ambulanz an. Der junge Martin ging dran, und er glaubte mir nicht. Ich sagte es noch einmal und legte auf. Ich lief zurück zu meinen Freunden. Um Mitternacht wurden wir in unserer Verbindungskneipe verhaftet.«

»Warum hast du vor Gericht nicht die Wahrheit gesagt?«, fragte Monika ruhig.

Chris senkte den Kopf. »Es waren meine Freunde. Sie hatten Familien. Sie flehten mich an, keiner von uns wollte ins Gefängnis. Sie erinnerten mich an die Statuten unseres Vereins. Wir durften einander nicht verraten. Ich war zu feige. Das ist die Wahrheit.«

»Von wegen Wahrheit«, sagte Monika. »Du warst einer von ihnen!«

»Chris, erinnere dich noch einmal an deinen Anruf«, schaltete Leana sich dazwischen. »Was war da noch?«

Chris runzelte die Stirn, schüttelte den Kopf.

»Als du angerufen hast. Erinnere dich genau an alles, die Straße, in der die Telefonzelle stand. Was war da noch?«

Draußen vor der Kapelle gab es einen Knall, aber keiner von ihnen rührte sich. Der Wind schlug hinter ihnen die Tür zu.

Plötzlich ging ein Ruck durch Chris. »Die anderen Feuerwehrmänner lachten im Hintergrund, und … ich hörte Ansagen für ein Skatspiel.«

»Bell?« Leana wandte sich erleichtert an die unverändert am Boden kniende junge Frau.

»Mo, das stimmt. Der Feuerwehrmann von damals hat es heute Vormittag erst erzählt. Das mit dem Lachen und dem Skatspiel konnte nur der wirkliche Anrufer wissen.«

Monika Stammer ließ die Spritze erst langsam sinken und dann zu Boden fallen. Leana spürte, dass es in diesem Moment für sie vorbei war.

Natalia ließ Bell Stammer los, die sich mit den Händen abstützte, aufstand und neben Leana trat.

»Deine Geschichte ist erzählt«, sagte Leana ebenso ruhig wie nachdrücklich zu Monika Stammer. »Niemand wird sie mehr ausradieren.«

Monika Stammer hob den Blick und sah Leana an. Die Dankbarkeit in ihren Augen berührte Leana in tiefstem Herzen. Sie hätte gern die Hand nach der Frau ausgestreckt, die nur vier Meter von ihr entfernt stand und doch unerreichbar war.

»Binde ihn los!«, befahl Natalia.

Monika Stammer schüttelte den Kopf. »Bell, komm her!«

Schneller, als Natalia nach ihr greifen konnte, war Bell Stammer bei ihrer Schwester, und einen Augenblick fürchtete Leana, es würde doch noch alles kippen.

»Ich werde jetzt mit Bell langsam rückwärtsgehen, zum Bootsausgang der Kapelle, und wenn wir weg sind, könnt ihr ihn losbinden. Danke für das Gespräch und, Leana, danke für deine Hilfe!« Monika lächelte, schob sich mit Bell am Gitter entlang und verschwand in der Dunkelheit.

Im selben Moment lösten sich gleich mehrere Backsteine aus dem gemauerten Gewölbe über ihnen.

Natalia zog Leana jäh nach hinten in den Gang, durch den sie gekommen waren. Leana spürte einen stechenden Schmerz in ihrem Knöchel. Sie stolperte, fiel hin, schlug mit dem Kopf auf und verlor das Bewusstsein.

Sie wurde von ihrem eigenen Stöhnen wach. Ihre Hände waren taub, und die erste Furcht, die sie durchzuckte, war, dass sie gelähmt war.

Leana versuchte ihre Füße zu bewegen und atmete auf. »Natalia?«, flüsterte sie.

Keine Antwort.

Leana setzte sich langsam aufrecht. Sie lag im Freien, und jemand hatte sie mit einer Jacke zugedeckt. Die Kapelle war fast ganz eingestürzt. Es dämmerte, allem Anschein nach war es früher Morgen.

Vorsichtig bewegte sie ihren Arm. Mit einem schmerzhaften Kribbeln kehrte die Durchblutung in ihre Hände zurück. Ein Blick auf die Uhr sagte ihr: vier Uhr fünfzig. Sie starrte zur Kapelle hinüber und ins Halbdunkel des Waldes und sah nur Chaos: Umgeknickte Bäume, abgeknickte Äste, die jeden Moment herabzufallen drohten, aufgeregt umherfliegende Vögel, die im Sturm ihre Nester verloren hatten.

»Natalia?«, rief Leana energisch und ängstlich und dann noch einmal lauter: »Natalia?«

»Hier!«

Leana wandte sich um und sah Natalia wenige Meter weiter am Bootssteg sitzen, und neben ihr saß Chris. Ein Seufzer der Erleichterung ging durch ihren ganzen Körper, Tränen liefen ihr über die Wangen. Sie hätte Natalia am liebsten umarmt, aber die sah genauso abgerissen und lädiert aus, wie sie sich fühlte. »Sind sie weg?«

Natalia zeigte auf den See hinaus und hielt das lose Ende eines Seils in die Höhe. »Sie hatte hier ein Boot liegen. Wir hätten sie oder so nicht gekriegt. Ich habe schon eine internationale Fahndung veranlasst.«

Leana ließ ihren Blick über das vom Sturm aufgewühlte Wasser gleiten. »Dann fliegen wir jetzt zurück?«

»Wir haben Zeit«, sagte Natalia. »Wir gehen jetzt erst einmal frühstücken. Die Flughäfen sind gesperrt. Vor neun Uhr heben wir hier nicht ab. In Düsseldorf dürfen nur Maschinen landen, die in der Nacht geflogen sind.«

»Meine Tochter!«

Natalia stand langsam und stöhnend auf. »Die holt Köhler ab. Komm, Chefin, gehen wir was essen.« Sie reichte Chris die Hand.

Leana blickte noch einmal über den See. Sie sah im Geiste das Ruderboot mit den ungleichen Schwestern im Nebel verschwinden und fragte sich, ob sie Monika Stammer, eine sechsfache Mörderin, wirklich weiter jagen würde.

Die Erinnerung an damals kehrte zurück, als aus JJs Auto die Tatwaffe verschwunden war und er gesagt hatte: »Es ist besser so. Hätten wir das Messer abgeliefert, hätten wir den Hauptverdächtigen noch einmal im Stich gelassen.«

War es denkbar, dass die Welt auf diesen Umwegen ein wenig gerechter wurde?

Leana wandte sich vom See ab und folgte Chris und Natalia.

Epilog

Victors Restaurant war bis auf den letzten Platz besetzt mit Mitarbeitern des Kompetenzcenters. Es war JJs Wiedergutmachung für die in mittelbarer Folge ihrer Fahndung geplatzte Firmenfeier am kommenden Samstag.

Leana hatte den ganzen Tag im Krankenhaus bei ihrer Tochter zugebracht, und sie wusste nicht, was JJ Georgia gesagt hatte, aber ihre Tochter war wie ausgewechselt und sparte nicht an freundlichen Worten für ihre Mutter. Ob die Lähmung wieder verschwinden würde, war immer noch nicht abzusehen, denn auch die modernsten Geräte hatten nichts gefunden. Gregor hatte direkt nach der Herzoperation in Kapstadt das nächste Flugzeug genommen und würde am frühen Morgen mit ihrer anderen Tochter Louisa in Düsseldorf ankommen.

Doch jetzt stand Leana erst einmal ein Interview mit Korbinian Baumgartner bevor. Er würde über diesen Abend im Restaurant berichten, und Leana hoffte, dass er dazu beitragen würde, dass Victors Restaurant von der Gesellschaft nicht weiter abgestraft werden würde, nur weil er Chris als Mieter beherbergt hatte.

Natalia kam mit Baumgartner auf Leanas Tisch zu. Sie war als Schützenhilfe eingeplant und sollte verhindern, dass Leana dem klugen und gewieften Journalisten ins Messer lief.

Das Interview nahm einen wesentlich positiveren Verlauf, als Leana erwartet hatte. Baumgartner zeigte großes Interesse an ihrem Werdegang, ihrer Arbeits- und Denkweise, und als er sie mit Natalia allein ließ, um im Restaurant ein paar Fotos zu machen, beugte Natalia sich zu ihr herüber und flüsterte ihr ins Ohr: »Ich glaube, auch der hat sich in dich verknallt.«

Zu ihrem eigenen Erstaunen errötete Leana. Ihr Blick kreuzte JJs, und er lächelte sie vielsagend an.

»Übrigens«, sagte Natalia und klopfte mit den Fingerknöcheln auf den Tisch, »ich hätte gern fünf Euro von dir!«

»Wie bitte?«

Natalia hob die Tischdecke ein wenig an und zeigte auf Leanas Füße. »Jesuslatschen!«

Leseprobe

Mia Winter

Janusmond

Leon schwitzte. Immer wieder benutzte er das bereits durchtränkte Taschentuch in seiner Hand, um sich über die Stirn zu wischen. Die Schweißflecken auf seinem grauen Hemd glänzten dunkel, das Jackett auf seinen Knien war zerknittert.

Es gab nur ein vergittertes Fenster in diesem schmalen Wartezimmer. Die ehemals weißen Plastikstühle hatten vergilbte Sitzflächen und ausgeleierte Lehnen. Ihm gegenüber saß eine fette Frau, die gleichgültig strickte und ihn ignorierte. Zwei junge Frauen waren vor zwanzig Minuten hinzugekommen und flüsterten miteinander. Ihr französischer Singsang mischte sich mit dem trägen Surren des Ventilators, der lahm über ihren Köpfen rotierte.

Leon spürte, dass sie sich über ihn unterhielten. Er lächelte die Frauen an. Das mochte er, diesen Moment. Die Zeit, da sie noch nicht ahnten, wie er in Wirklichkeit war. Seine feinen Gesichtszüge, die hellbraunen Augen, der androgyne Körper und das immer etwas zu lange dunkelblonde Haar verliehen ihm eine Ausstrahlung, die Menschen gern adelig nannten und die ihn für Frauen attraktiv machte. Immer wieder erfasste er damit einen Zipfel dessen, was die Gesellschaft normal nannte. Ein paar Atemzüge lang war er ein normaler Mann unter normalen Frauen, die mit ihm flirteten und die er hätte begehren sollen.

Leon Bernberg seufzte. Schon seit Stunden wartete er im Kommissariat von Louisson auf jemanden, der ihm würde helfen können. Ein wenig ungelenk hatte er sein Anliegen vorgetragen, denn seit dem Tod seiner französischen Mutter hatte er diese Sprache nicht mehr gesprochen. Er suchte Lune Bernberg, seine Schwester. Oder wollte vielmehr einen Beleg für den Tod seiner Zwillingsschwester.

Vor elf Jahren war Lune im September nach Louisson gefahren. Sie hatte sich immatrikuliert an der Universität La Valuse, aber niemals exmatrikuliert. Er brauchte etwas Offizielles, um Lune für tot erklären zu lassen.

»Ein Schreiben der Polizei wäre super«, hatte sein Freund und Anwalt Mark gesagt. »Viele bunte Stempel. Das hilft.«

Die Schwüle der Stadt setzte Leon mehr als erwartet zu. Es war, als schwebten in der feuchten Hitze die Blaupausen seiner Erinnerungen. Er stand auf, ging ein paarmal auf und ab und setzte sich auf einen anderen Stuhl. Einen kurzen Moment fühlte die Sitzfläche sich kühl an. Das dämmerige Licht des Raumes, das gleichmäßige Surren des Ventilators und die französischen Gesprächsfetzen, die gelegentlich vom Flur hereindrangen, mal ein Fluch, mal ein Zuruf, mal ein Lachen, erinnerten ihn an den Film »Casablanca«.

»Monsieur Bernberg?«

Leon drehte den Kopf. »Ja, das bin ich.«

»Guten Tag. Ich bin Inspektor Mirambeau. Bitte folgen Sie mir.«

Der große und kräftige Polizeibeamte ging durch den Flur voran, ehe er sich zu Leon umwandte und mit der Hand eine Treppe hinunterwies. »Kommen Sie bitte mit in mein Büro.«

Ein Stockwerk tiefer war die Luft des Polizeigebäudes merklich kühler, aber nicht weniger staubig und verbraucht. Die dicken Mauern speicherten nicht nur die Hitze des Tages, sondern auch den Schweiß der Menschen, die darin arbeiteten. Das Büro des Inspektors maß vielleicht vier Quadratmeter. Eine Tür zu einem schmalen Innenhof stand offen. Feuchte Kellerluft drang in den Raum. Papiere lagen kreuz und quer auf dem Schreibtisch verteilt. Eine Tasse, in der ein Rest Kaffee eingetrocknet war, war auf die Seite gekippt, als ob sie schliefe. In der Ecke, wo der Papierkorb stand, raschelte es.

Inspektor Mirambeau stampfte mit dem Fuß auf. Etwas Beiges, Felliges huschte auf den Hinterhof hinaus. »Ratten«, sagte er teilnahmslos.

Leon schauderte. Ratten!

Die dunkle Uniform des Inspektors glänzte speckig und verdreckt, Mirambeaus Gesicht überzog ein Gemisch aus Schweiß und Staub. Schweigend räumte er einen Stuhl frei und wies Leon an, sich zu setzen. Mit einem Arm schob er das Durcheinander auf dem Schreibtisch zusammen und nahm Leon gegenüber Platz.

»Entschuldigen Sie die lange Wartezeit. Wir hatten einen Großeinsatz. Was kann ich für Sie tun? Man sagte mir, Sie vermissen jemanden?«

Leon zwang sich zu einer entspannten Körperhaltung. Der große, kräftige Mann mit den prankenartigen Händen schüchterte ihn ein. An der linken Hand des Inspektors zog sich eine knotige Narbe vom Daumen bis zum Handgelenk. Wie immer, wenn Leon so etwas sah, dachte und fühlte er als Erstes, dass die Verletzung, die das hinterlassen hatte, bestimmt schmerzhaft gewesen war.

Leon wurde nervös. Er konzentrierte sich auf die dunklen Augen und das wache, von schwarzen Haaren umrahmte Gesicht seines Gegenübers.

»Monsieur?«

»Ja, ich meine … nein, ich …« Leon setzte sich gerade hin,

schlug die Beine übereinander und sagte seinen auswendig gelernten Text auf: »Meine Zwillingsschwester, Lune Bernberg, kam im September vor elf Jahren nach Louisson, um eine Weile an der Universität La Valuse zu studieren. Sie war dort immatrikuliert, hier in der Stadt angemeldet und hatte eine *carte de séjour*. Seit Juni des darauffolgenden Jahres ist sie spurlos verschwunden.« Leon bemerkte ein irritiertes Aufflackern in den Augen des Inspektors und senkte den Blick, bevor er fortfuhr: »Nach zehn Jahren Wartezeit hat unsere Familie sich entschieden, die Hoffnung aufzugeben und Lune für tot erklären zu lassen. Die Universität hat uns bestätigt, dass Lune sich nie exmatrikuliert hat. Wir nehmen an, dass sie sich bei den Behörden ebenfalls nicht abgemeldet hat.«

Inspektor Mirambeau stützte die Ellenbogen auf den Schreibtisch, verschränkte die Finger und ließ sie geräuschvoll knacken. Er schüttelte die Hände aus, senkte sie auf die unter seinen Fingern winzig wirkende Tastatur des Computers, gab etwas ein, wartete und schüttelte den Kopf.

Leon bemerkte, dass der Inspektor an der linken Hand einen großen Siegelring trug, von dem eine eigentümliche Dominanz ausging. Links neben dem Telefon stand ein Foto, augenscheinlich von der Familie des Polizisten. Eine schlanke Frau mit langem Haar legte darauf schützend ihre gebräunten Arme um drei Kinder. Gemeinsam lachten sie in die Kamera. Es war eine heile Welt, die Leon unwiderstehlich anzog.

Er reichte Mirambeau einen Zettel mit Lunes Daten, beobachtete, wie sich die kräftigen Finger des Inspektors über die Computertastatur bewegten, und wartete geduldig.

»Ich habe hier nichts über Ihre Schwester. Sie wurde nicht als vermisst gemeldet. Warum nicht?«

Auch die Antwort auf diese Frage hatte Leon einstudiert. »Lune verschwand öfter. Mal nur für ein paar Tage, mal auch für ein paar Wochen. Irgendwann hatten wir es aufgegeben, es den Behörden zu melden. Denn sie tauchte ja immer wieder auf. In diesem Fall allerdings nicht, und so haben wir sie nach ein paar Monaten in Deutschland als vermisst gemeldet. Man sagte uns damals, die Polizei hier würde automatisch informiert.«

Mirambeau trommelte mit den Fingern auf die Schreibtischplatte. »Und warum kommen Sie jetzt nach zehn Jahren hierher?«

»Zehn Jahre Wartezeit sind in Deutschland gesetzlich vorgeschrieben.«

»Die werden das kennen«, hatte Mark beteuert und es abgelehnt, Leons Wunsch nachzukommen und mitzufahren. »Das wirkt dann direkt so, als wären wir unsicher. Du schaffst das schon.«

»Was benötigen Sie jetzt von uns?« Mirambeau blickte auf seine Uhr.

Ein Kollege von ihm erschien in der Tür. »Christian, das Rugbyspiel Louisson gegen Montpellier beginnt in einer Stunde, oder willst du deine Tribünenkarte günstig verkaufen?« Der Beamte grinste.

»Keine Sorge, Uldis, zieh ab, und lass schon mal das Auto warmlaufen.«

Leon Bernberg räusperte sich. »Ich brauche eine Bestätigung, dass Lunes letzte Lebenszeichen von hier stammen. Und dass sie seit zehn Jahren vermisst wird.«

Leon spürte den argwöhnischen Blick des Inspektors und zwang sich, ruhig sitzen zu bleiben. Er hatte selbst bemerkt, wie irritierend kalt seine Worte klangen. Eher wie eine Drohung als eine Bitte. Er versuchte sich an einem Lächeln.

»Wie soll ich das bestätigen? Vielleicht ist Ihre Schwester einfach abgereist?«, antwortete Mirambeau.

»Nein, sie ist nie wieder irgendwo aufgetaucht. Sie hat das

letzte Mal Geld an einem Geldautomaten hier an der Place de la Concorde abgehoben. Hier, sehen Sie?« Leon zog einen Kontoauszug aus seinem durchweichten Jackett und reichte ihn über den Tisch.

»Wo hat Ihre Schwester gewohnt, also hier in Louisson?«

»Erst in einem Wohnheim, Victor Hugo. Danach in einem kleinen Haus am Stadtrand.« Leon reichte die Adressen, als Absender sichtbar auf zwei Briefumschlägen, über den Schreibtisch und wischte sich mit dem nassen Taschentuch über die Stirn. Sein Hemd klebte an seinem Rücken. Er fragte sich, wie der Inspektor es in seiner dicken Uniform aushielt.

»Das genügt nicht. Ich muss mich bei den zuständigen Stellen erkundigen, ob Ihre Schwester wirklich dort gemeldet war. Ob sie überhaupt je dort gelebt hat. Vielleicht wohnt sie ja auch noch da oder anderswo in Louisson. Das könnte doch sein?«

»Sie denken, Lune könnte noch hier sein?« Leon hörte den schrillen Ton in seiner Stimme.

»Menschen verschwinden und tauchen wieder auf. So ist das eben!« Mirambeau legte die Umschläge vor sich auf den Schreibtisch, betrachtete sie einen Moment, dann drehte er sie um. »Ist das Ihre Adresse in Deutschland?«, fragte er.

»Ja.« Leon zögerte. »Nein, also nicht genau. Sie schrieb mir an ein Postfach, weil mein Wohnort häufiger wechselte.«

Der Polizist blickte hoch. »Warum wollen Sie Ihre Schwester für tot erklären lassen?«

»Es gibt ein Haus in Berlin, das ihr gehört und für dessen Unterhalt ich aufkomme. Ich möchte es gern verkaufen.« Leon lehnte sich auf dem Stuhl zurück und schob als Begründung nach: »Es frisst mir die Haare vom Kopf.«

Mirambeau legte den Kopf schräg. »Nach zehn Jahren? Sie haben zehn Jahre für ein Haus bezahlt, das Ihnen nicht gehört, und wollen es jetzt plötzlich verkaufen?«

»Ich brauche Geld!« Leon atmete flach.

»Wenn es sich irgendwie vermeiden lässt, erwähne den Tod deiner Mutter nicht«, hatte Mark ihm als Freund und Anwalt dringend geraten.

»Aha«, antwortete Mirambeau.

»Also, helfen Sie mir oder nicht?« Leon knetete sein Taschentuch in der linken Hand. »Es ist doch nur ein Stück Papier, das für Sie nichts bedeutet.«

»Woher wollen Sie wissen, was mir etwas bedeutet?«, fragte der Inspektor mit einem lauernden Unterton.

»Entschuldigung, ich wollte Ihnen nichts unterstellen. Ich dachte nur, na ja, Sie kannten Lune ja schließlich nicht.«

»Das stimmt. Trotzdem muss ich mich ein wenig schlau machen und mit den Behörden Kontakt aufnehmen.«

»Und was werden die wissen wollen? Und geht das heute noch? Ich wollte heute Abend zurückfliegen nach Berlin.«

Mirambeaus Kollege namens Uldis klopfte wieder an den Türrahmen und dann auf seine Armbanduhr.

»Ich komme gleich!«, sagte Mirambeau zu ihm, ehe er sich erneut Leon zuwandte. »Monsieur Bernberg, ich muss mir wenigstens ein paar Unterlagen besorgen über Ihre Schwester. Könnten Sie Montag noch einmal wiederkommen?«

»Heute ist Freitag, arbeiten Sie samstags nicht?«

»Doch.« Mirambeau nickte. »Wir arbeiten auch am Samstag. Verbrecher halten sich selten an Wochenenden. Aber die Ämter haben geschlossen. Sagen wir ... Montagnachmittag, so gegen sechzehn Uhr. Passt Ihnen das?« Ohne eine Antwort abzuwarten, stand er auf, schob die Briefumschläge und den Kontoauszug in das oberste Fach seines Schreibtischs und reichte Leon seine kräftige Hand.

»Sicher.« Leon stand ebenfalls auf. »Vielen Dank, dass Sie mir helfen. Bis Montag!«

Mirambeau geleitete ihn zum Eingang des Kommissariats. »Wünschen Sie ein Taxi? Brauchen Sie ein Hotel?«

»Ja, bitte, ein Taxi. Ich fahre zum Crowne Plaza, ich werde dort wohnen, wenn es noch ein Zimmer gibt.«

Leon ging schon mal die Treppe zur Straße hinunter. Der Canal du Midi roch so moderig wie das Rattenloch, in dem er gerade gesessen hatte.

Der von der heißen Sonne hervorgelockte Geruch der Fäulnis, hatte Lune geschrieben.

Christian Mirambeau gab dem Pförtner ein Zeichen, ein Taxi zu bestellen, und sah Leon Bernberg nach. Die Uhr über dem Haupteingang zeigte halb sieben.

»Wer ist das?« Inspektor Uldis Melville aus der Abteilung für Tötungsdelikte, den sie alle nur bei seinem unverwechselbaren Vornamen nannten, trat neben Christian und zeigte auf Bernberg, der jetzt unten auf dem Bürgersteig hin und her ging.

Christian sah zu Bernberg hinunter und antwortete: »Er behauptet, dass seine Schwester hier vor zehn Jahren verschwunden sei, und will genau das von uns bestätigt haben. Lune Bernberg heißt sie und soll in Louisson gelebt haben. Wir haben nichts im Computer.«

»Wir suchen doch schon genug französische Frauen!«

Christian schüttelte den Kopf. »Jeder Mensch verdient, dass man sich wenigstens ein bisschen kümmert. Und irgendwie berührt mich dieser Mann. Er hat so etwas Trauriges in den Augen. Also, was ist, fährst du oder ich?«

Uldis warf seinen Autoschlüssel in die Luft und fing ihn wieder auf. Die beiden Männer gingen zum Parkplatz des Kommissariats und fuhren los.

Als das Taxi kam, stieg Leon ein. Er hatte geglaubt, Lune für tot erklären zu lassen, sei alles. Aber jetzt benahm dieser Polizeibeamte sich so, als wäre seine Zwillingsschwester noch irgendwo. Es war wie ein Schlag vor den Kopf.

Leon verlor sich augenblicklich in Erinnerungen; sie überrannten ihn. Die Sätze aus ihren Briefen wirbelten in seinem Hirn, gehorchten keiner Ordnung, entzogen sich seinem Willen.

Lune hatte seitenlang geschwärmt von dem seltsamen Abendlicht dieser Stadt. Wenn die flimmernde Hitze sich langsam auf den Asphalt senkte und die alten Häuser die Strahlen der untergehenden Sonne reflektierten. Lunes Worten nach hielt das sanfte Leuchten der Fassaden im Zusammenspiel mit dem gelben Licht der Gaslaternen die ganze Nacht an. *Das Zwielicht des Südens* hatte sie es genannt. Eine Stadt mit einer zweitausend Jahre alten Geschichte, die ihren kulturellen Reichtum kokett zur Schau stellte.

Sie passierten mit dem Taxi die Garonne, die Louisson mit dem Atlantik verband wie der Canal du Midi die Stadt mit dem Mittelmeer. Das Taxi hielt im Kreisverkehr der Place de la Concorde, denn die Zufahrt zur Place du Capitol, wo sich das Hotel befand, war versperrt. Leon zahlte und stieg aus. Der Kreisverkehr hier führte zu einigen Seitenstraßen. Zwei davon verbanden diesen Platz mit der Place du Capitol. Lune, erinnerte er sich, hätte diese Straßen längst gezählt. Es war ihre Art gewesen, sich zu beruhigen oder vielmehr … sich in der Realität zu halten: irgendetwas zu zählen. Türschlösser, Autos, die Stühle eines Restaurants, Treppenstufen. Das hatte sie bereits als Kind getan, wenn ihre Mutter Monique ihr einreden wollte, irgendein Ereignis habe sich ganz anders zugetragen. *Unsere Mutter ist eine Diebin,* hatte sie Leon oft zugeflüstert, *sie klaut Wirklichkeiten wie andere das Silberbesteck oder ein Porte-*

monnaie. Wenn Monique loslegte, hielt Lune sich mit Zählen an ihrer Wirklichkeit fest. Sie zählte einfach alles, was zählbar war. Die Bücher im Regal gegenüber vom Esstisch, die Perlen, die ihre Großmutter um den Hals trug, manchmal die Regentropfen auf den Fensterscheiben.